Daniela Vogel

Verloren im Abbild des Kriegers

Verloren im Abbild des Kriegers

Daniela Vogel

Hinweise zum Urheberrecht

Impressum

Texte: © Copyright by Daniela Vogel
Umschlag: © Copyright by Casandra Krammer
Verlag: Daniela Vogel
Nordstraße 52
47169 Duisburg
kontakt@fantasy-by-daniela-vogel.de
Druck: Wir machen Druck
wir-machen-druck.de
Vertrieb: Nova MD

Prolog

Die Nacht war schwarz wie das Gefieder eines Raben. Der Mond hatte sich hinter den dunklen Wolken verkrochen, so als wolle er nicht mit ansehen, was unter ihm geschah. Ein Sturm peitschte die Wellen des Meeres gegen die schroffen Gestade, sodass die Gischt mannshoch an die Mauern des großen Bergfrieds schlug. Zwischen das gespenstische Heulen des Windes mischte sich immer wieder vereinzeltes Donnergrollen, das bis in die Grundfesten des Gemäuers drang. Selbst in der kleinen Kammer, die sich weit innerhalb dieser Mauern befand, konnte man die tosende Urgewalt hören, die bedrohlich ihre Kreise um die Burg zog.

Sie seufzte leise, als ein weiterer Donnerschlag die Mauern erneut zum Beben brachte. Es war, als versuchte das Wetter ihr vor Augen zu führen, wie es tief in ihrem Innern gerade aussah. Doch es waren nicht ihre, sondern die Gefühle ihres Gefährten, die ihr lautstark zu verstehen gaben, dass die Zeit gekommen war, in ihr eigentliches Leben zurückzukehren. Dieser Sturm hier war erst der Anfang, doch schon er zeugte davon, dass das Ende infernalisch werden würde, wenn sie noch länger zögerte. Obwohl er selbst sich bisher oft genug desselben Vergehens schuldig gemacht hatte und sie es jedes Mal würdevoll erduldete, wog ihres weit schwerer als die Seinen, denn ihre als vermeintliche Rache gedachte Liaison mit dem Laird dieser Burg, war zu weit mehr geworden, als beabsichtigt. Es war eine Sache, es jemandem mit gleicher Münze heimzahlen zu wollen, eine ganz andere war es jedoch, es dann auch tatsächlich so weit kommen zu lassen. Zumal es einen gravierenden Punkt gab, den sie völlig außer Acht gelassen hatte: Ihre Gefühle! Wie auch hätte sie erahnen können, dass diese gerade jetzt, nach all den langen Jahren ohne sie plötzlich zurückkehren würden, und das mit einer Urgewalt, wie noch niemals zuvor.

In ihren Augen schimmerten Tränen, als sie sich letztendlich zu dem schlafenden Mann, der neben ihr auf den weichen Fellen lag, hinunterbeugte und ihm einen Kuss auf die Lippen hauchte. In diesem Moment schlug er die Augen auf.

»Du willst mich also wirklich verlassen?«, flüsterte er leise, während seine Hand nach ihrem Arm griff. Wieder seufzte sie, dabei wandte sie sich von ihm ab, damit er die Tränen, die ungehindert über ihre Wangen flossen, nicht sah. »Bleib! Bitte!« Seine Bitte war mehr ein Flehen, als eine bloße Aufforderung.

»So gerne ich dir deinen Wunsch auch erfüllen würde, du weißt, dass ich das nicht kann«, entgegnete sie ihm, ohne sich zu ihm umzudrehen. Seine Hand wanderte zaghaft über ihren Nacken zu ihrer Wange.

»Sieh mich an! Ich möchte, dass du mir in die Augen siehst!«

»Mach es uns doch nicht noch schwerer, als es ohnehin schon ist«, gab sie leise zurück. »Du wusstest von Anfang an, dass die Zeit, die wir uns gestohlen haben, nicht ewig andauern würde. Du weißt auch, dass ich eine Aufgabe zu erfüllen habe. Ich muss zurück! Ich gehöre nicht hierher und werde es auch niemals! Obwohl ich es mir mehr wünsche, als ...«

»Dann bleib! Auch ich wünsche es mir mehr als ...«

»Ich kann nicht!«, unterbrach sie ihn, während sie Anstalten machte, sich von dem Bett zu erheben. Doch er hielt sie mit seiner anderen Hand fest und hinderte sie auf diese Weise am Aufstehen.

Zaghaft wandte sie sich ihm zu und sah ihm mit tränenverhangenen Augen in die Seinen. »Bitte!«, flüsterte sie leise. »Wenn du mich jetzt nicht gehen lässt, dann bin ich mir nicht mehr sicher, ob ich es überhaupt noch einmal wagen werde.«

»Dann wage es nicht! Du weißt, dass du ... Wenn nicht für dich, dann für mich! Für uns!« Er ließ sie für einen Augenblick los, nur um seine Arme um sie zu schlingen und sie zurück auf das Bett zu ziehen. Als er jedoch ihren Widerstand bemerkte, hielt er abrupt inne.

»Du willst mich demnach wirklich verlassen?« Sie nickte zaghaft, dabei starrte sie ihn genauso verzweifelt an, wie er sie. Aus seinen Augen sprach Unglaube, Angst und eine Trauer, die man in einem Mann wie ihm kaum vermutet hätte. Er war die ganze Zeit, die sie inzwischen mit ihm verbrachte, ihr Fels in der Brandung, ihr Anker und ihr sicherer Hafen gewesen, doch nun geriet dieser Fels offensichtlich ins Wanken, so als hätte die Flut ihn unterspült. Und das alles wegen ihr! Denn sie war es, die ihm soeben den Boden unter den Füßen entzog und sein Herz brach.

Erneut seufzte sie. Dann beugte sie sich zu ihm hinunter und küsste ihn. Er hielt sie in seinen Armen gefangen, presste sie so fest an seinen Körper, als wäre es das Letzte, was er zu tun gedachte. So als gäbe es kein Morgen. Und genauso war es ja auch. Für sie beide würde es kein Morgen geben. Nie mehr!

Der Kuss ließ sie alles um sich herum vergessen. Wer sie war. Was sie war. Warum sie überhaupt fort wollte. Doch ein einzelner Donnerschlag, der die Mauern erneut erzittern ließ, brachte sie unsanft zurück in die Wirklichkeit. Erschrocken beendete sie den Kuss und sah ihn erneut an.

»Hörst du ihn? Er tobt vor Wut. Wenn ich seinem Drängen nicht nachgebe, dann ist kein Lebewesen auf dieser Burg mehr sicher. Er wird nicht eher ruhen, bis alles, was dir gehört, von Grund auf zerstört ist. Willst du das wagen? Willst du um meiner willen deine Leute wahrhaftig dieser Gefahr aussetzen?« Er öffnete seinen Mund, um ihr etwas zu entgegnen, doch sie legte sanft ihren Finger auf seine Lippen, und gebot ihm auf diese Weise zu schweigen. »Ich weiß, dass du mir jetzt entgegnen willst, dass du vor nichts und niemandem Furcht hast. Vermutlich stimmt das sogar, aber diesmal solltest du Angst haben. Es ist keine Armee, die dich und die Deinen bedroht, sondern eine höhere Macht. Mein Gemahl wird eine Niederlage niemals dulden. Auch wenn es sich dabei nur um die in der Gunst seiner Frau handelt«, erneut traten Tränen in ihre Augen.

»Du bist und wirst auf ewig meine große Liebe bleiben, doch so schwer es mir auch fällt, die Zeit des Abschieds ist gekommen.« Er wollte erneut etwas erwidern, doch sie schüttelte ihren Kopf.

»Sag jetzt nichts! Du brauchst es nicht auszusprechen, ich weiß es auch so. Bevor ich dich jedoch für immer verlasse, habe ich ein Geschenk für dich. Es wird dich an mich erinnern und dich beschützen. Hier!« Sie zog ein braun-gelbes seidenes Banner aus ihrem Gewand, das mit roten Punkten versehen war, und reichte es ihm. »Wenn die Not am größten ist, dann entfaltet es. Es wird euch vor allem Übel schützen, denn in ihm wohnt ein Teil meiner Macht, die ich dir hiermit schenke. Genauso«, fügte sie noch leise hinzu, »wie auch du mir einen Teil von dir geschenkt hast.« Mit diesen Worten löste sie sich vor seinen Augen auf und verschwand. Das Gewitter und der Sturm schlossen sich ihr an, als wären sie untrennbar mit ihr verbunden gewesen. Der Mond entblößte sein Antlitz und es kehrte Ruhe und Frieden ein. Doch nicht für ihn! Mit ihr war ein Teil seiner Seele verschwunden. Der Teil, der ihn fest mit all dem verband, was ihn einst ausgemacht hatte. In diesem Moment wurde ihm klar, dass er nie mehr derselbe sein würde. Sein Leben hatte mit ihr seinen Sinn verloren und einen Neuen zu finden erschien ihm mehr als unwahrscheinlich.

1

Raelyn MacLeod blitzte ihren Gegenüber wütend an. In dem kleinen Büro, in dem sie saßen, stapelten sich Kisten und Akten auf dem Boden. Die Regale waren zum Bersten mit diversen Papieren und allerlei Kleinkram vollgestopft, der vermutlich, obwohl es nicht gerade den Eindruck erweckte, ein Vermögen wert war. Einige vereinzelte Sonnenstrahlen versuchten sich, durch die halb heruntergezogenen Jalousien, ihren Weg ins Innere zu bahnen. Dort, wo sie auf das scheinbare Chaos trafen, sah man die Staubflocken in der Luft tanzen. Es war so stickig, dass Raelyn nur schwer ein Husten unterdrücken konnte.

»Das kann nicht dein Ernst sein! Du hast mir ausdrücklich zugesagt, dass ich diesmal alleine den Auftrag bekomme. Von einem Partner war nie die Rede.«

»Erstens ist es kein Partner, sondern eine Partnerin und zweitens geht es nicht anders.«

»Was soll das heißen, es geht nicht anders. Ich bin die Beste und das weißt du ganz genau. Hat unser Auftraggeber Angst, ein so junges Ding wie ich könnte mehr zerstören als kitten?« William Stuart Leiter der Restaurationsabteilung der „National Gallery of Scotland" fuhr sich verlegen mit einer Hand über seine Halbglatze. Raelyn deutete dies als stumme Zustimmung und seufzte leise. »Ich verstehe nicht, dass du mich nicht vor solchen absurden Theorien verteidigst. Du hast doch schon mehrfach gesehen, was ich leisten kann«, die Enttäuschung, die in ihren Worten mitklang, war kaum zu überhören.

»Ray das Ganze ist ein wenig komplizierter. Ich brauchte dich nicht zu verteidigen. Er weiß selbst, dass du die Beste auf deinem Gebiet bist und dass du trotz deines Alters alle anderen aus der Abteilung in die Tasche steckst, einschließlich mir. Aber er hat trotzdem darauf bestanden, zwei Personen zu beauftragen. Der Auftrag ist viel zu umfangreich für einen allein. Die Kiste, die sie gefunden haben, enthält mehr als ein Dutzend Bilder, dazu allerlei Schmuck und einige Gegenstände, die ebenfalls nicht gerade in einem hervorragenden Zustand sind. Gordon beabsichtigt, den größten Teil davon noch vor Jahresende in die Sammlung aufzunehmen. Das heißt für uns, wir haben noch nicht einmal ein halbes Jahr, um alles so weit in Ordnung zu bringen, dass wir sie der Öffentlichkeit preisgeben können.« Raelyn stöhnte. Gordon MacLachlan war der Kurator der Jakobitenausstellung des Museums. Jemand der, wenn er sich erst einmal etwas in den Kopf gesetzt hatte, es auch bis zum bitteren Ende durchzog.

»Dann sind die Dinge alle aus der Jakobitenzeit?«, Will nickte.

»Spätes 17. Jahrhundert bis Mitte 18. Jahrhundert. Sie wären wirklich eine Bereicherung für unsere Ausstellung!«

»Aber warum der Termindruck?«

»Weil der ursprüngliche Besitzer der Dinge darauf bestanden hat, sie noch in diesem Jahr in die Ausstellung aufzunehmen.«

»Hast du mir nicht erzählt, dass sie die Kiste erst vor kurzen entdeckt haben? Dass sie durch die Renovierungsarbeiten und den Umzug damals verschollen war und dass niemand den ursprünglichen Besitzer kennt?

Wie kann es da sein, dass er auf einen Veröffentlichungstermin besteht?«

»Das ist ja das Kuriose! In der Kiste lag ein Brief, der genaue Anweisungen enthält, was mit den Fundstücken geschehen soll.«

»Was ist daran kurios? Viele Sammler verfügen, was nach ihrem Ableben mit ihren Besitztümern geschehen soll. Ob testamentarisch durch einen Anwalt beglaubigt, oder noch zu Lebzeiten ist dabei völlig gleichgültig. Dann hat der vorherige Besitzer eben so ein Schreiben mit in die Kiste gelegt. Verständlich bei den Werten, die darin enthalten sind.«

»Da hast du vollkommen recht, aber ...«

»Was aber?«

»Gorden hat mir diese Kopie hier zukommen lassen und sie ist nicht nur merkwürdig, sondern geradezu mysteriös.« Ohne auf Raelyns Antwort zu warten, öffnete Will seine Schreibtischschublade und zog eine braune Mappe heraus, die er Raelyn anschließend in die Hand drückte. Als sie diese öffnete, glaubte sie, ihren Augen kaum zu trauen. Das Schriftstück, dessen Kopie sie nun in der Hand hielt, war alt. Sehr alt! Deutlich selbst auf der Kopie an den vergilbten Rändern zu erkennen. Es war mit der Tinte aus einer Feder geschrieben, denn das Schriftbild zeigte einige Unregelmäßigkeiten, die bei modernen Stiften nicht mehr so ausgeprägt zu erkennen waren. Es war auf den 31. Oktober 1746 datiert. So weit, so gut! Doch der Inhalt ließ sie an der Echtheit zweifeln. Der erste Teil des Schreibens war noch nachvollziehbar. Es handelte sich um eine Aufstellung der in der Sammlung enthaltenen Gegenstände. Dann jedoch wurde es nicht nur mysteriös, wie Will es so schön ausgedrückt hatte, sondern beinahe unheimlich. Raelyn musste die Zeilen mehrfach lesen, um überhaupt zu begreifen, was dort stand:

Ich vermache den gesamten Inhalt dieser Kiste der „National Gallery of Scotland“ unter der Voraussetzung, dass die Gegenstände, die sich in ihr befinden, bis zum Ende des Jahres 2018 a.D. in die dortige Jakobitenausstellung aufgenommen werden. Ferner bestimme ich, dass Raelyn MacLeod mit der Aufarbeitung und Restauration meines Nachlasses beauftragt wird. Sie wird wissen, warum. Sollten Sie einer meiner Forderungen nicht nachkommen, dann wird noch vor Ablauf der Frist, eine von mir beauftragte Person dafür Sorge tragen, dass die Gegenstände für alle Zeit verschwinden und niemals an die Öffentlichkeit gelangen.

Raelyns Hände zitterten, während sie die Zeilen immer wieder überflog. Wenn das Schriftstück echt war, dann konnte der Verfasser unmöglich ... Die „National Gallery of Scotland“ wurde erst im Jahr 1859 eröffnet, also mehr als hundert Jahre nachdem der Brief verfasst wurde, und sie selbst? Woher kannte der ominöse Besitzer der Kiste überhaupt ihren Namen? Woher wusste er, dass mehr als 250 Jahre nach seinem Ableben jemand wie sie geboren wurde, der noch dazu in der „National Gallery“ arbeitete? Verdammt!

»Und weißt du warum?«, Wills Stimme riss sie unsanft aus ihren Gedanken. Sie zuckte leicht zusammen, dann wanderte ihr Blick unwillkürlich von dem Schriftstück auf das Gesicht ihres Bosses, der sie jetzt grinsend anstarrte.

»Was?«, entgegnete sie ihm, so als hätte sie ihn nicht verstanden.

»Ich habe dich gefragt, ob du weißt warum. Der Besitzer der Kiste scheint auf jeden Fall davon auszugehen.«

»Machst du Witze? Woher soll ich wissen, warum? Da hat sich jemand einen gewaltigen Scherz mit euch erlaubt. Das Schreiben kann nicht echt sein.«

»Es ist aber echt! Gordon hat die Bestandteile analysieren und eine Strukturanalyse durchführen lassen.«

»Das sagt doch noch gar nichts aus. Gute Fälscher finden immer eine Möglichkeit, an Originalpapier aus der Zeit zu kommen.«

»Wie erklärst du dann aber die Tatsache, dass die Radiokarbondatierung der Tinte ebenfalls die Echtheit bestätigt hat?«, bohrte Will nach, dabei wurde sein Grinsen noch eine Spur breiter.

»Woher soll ich das wissen? Vielleicht hat unser ominöser Schreiber ja noch ein Fläschchen Tinte in seinem Keller gehabt und es benutzt.«

»Rae, du glaubst doch nicht ernsthaft, dass sich unsere Spezialisten und sogar unsere Labore allesamt irren?«

»Nein«, gab sie zähneknirschend zu. »Aber der Inhalt des Schreibens ist mir völlig unerklärlich.«

»Es sei denn«, fiel ihr Will mit einem Augenzwinkern ins Wort. »Du kannst durch die Zeit reisen und hast es selbst geschrieben.«

»Will, ich bitte dich!«, Raelyn war sichtlich entrüstet.

»Das sollte ein Scherz sein!«, gab Will lachend zurück. Im Gegensatz zu ihm war Raelyn nicht gerade zum Lachen aufgelegt.

»Kein besonders Guter«, gab sie noch wütender zurück.

»Beruhige dich, Mädchen. Ich weiß, dass du mit dem Schriftstück nichts zu tun hast, auch wenn du vermutlich die Einzige hier in der Abteilung bist, die eine dermaßen grandiose Fälschung zustande bringen würde. Aber dein Blick, als du es gesehen hast, sprach förmlich Bände und außerdem glaube ich kaum, dass du so dumm wärst, einen derartigen Text zu fälschen.«

»Apropos Text! Mir ist aufgefallen, dass der Sprachstil viel zu modern für das 18. Jahrhundert ist.«

»Nicht nur dir! Jedem, der sich ein wenig mit Urkunden aus dieser Zeit beschäftigt, fällt das sofort auf. Auch Gordon, deshalb hat er ...«

»Und was jetzt? Will er, dass du mich entlässt? Nur aufgrund eines Verdachts?«

»Nein, nichts dergleichen. Er will nur nicht, dass du dich alleine mit der Kiste befasst. Ich denke, er traut dir das Ganze durchaus zu, aber da er keine stichhaltigen Beweise hat, gilt im „Zweifel für den Angeklagten". Deshalb hat er angeordnet, dass dich Mary Fitzpatrick begleiten wird.«

»Mary Fitzpatrick?«, Raelyn sprang entrüstet auf. »Du weißt, wie sie zu mir steht! Außerdem ist sie so unfähig, dass ich genauso gut einen von der Straße mitnehmen könnte! Wahrscheinlich wäre er mir sogar eine größere Hilfe, als sie es je sein kann. Wenn sie nicht ständig mit Gordon auf der Matratze landen würde, hätte er sie schon längst entlassen. Er ...«

»Beruhige dich Kind!«, unterbrach Will ihre Tirade. »Sieh es doch einfach so. Er schickt dir sein persönliches Betthäschen, damit sie auf dich aufpasst. Da sie aber ansonsten nicht viel mehr zustande bringt, als ein Neuling aus dem Erstsemester, liegt die ganze Arbeit bei dir und genau das wolltest du doch. Wenn du wirklich nichts mit dem Schriftstück zu tun hast, dann wird sie es schnell merken und es Gordon erzählen, der dir daraufhin freie Hand lässt. Nimm das notwendige Übel in Kauf und die Lorbeeren, die am Ende vergeben werden, gehören allein dir.«

»Du hast gut reden. Mary hasst mich! Sie wird nichts unversucht lassen, mir einen reinzuwürgen.«

»Dann gib ihr keinen Anlass dazu. Rae es geht noch nicht einmal um ein halbes Jahr. Ihr braucht ja nicht die besten Freundinnen zu werden, aber es wäre angebracht, eure Zwistigkeiten erst einmal so lange ad acta zu legen.«

»Sag das nicht mir! Ich bin nicht diejenige, die ständig intrigiert!«

»Jetzt ist Schluss!«, Will sprang nun ebenfalls wütend auf. »Keine Diskussionen in Sachen Personal mehr«, schrie er sie an. »Gorden hat entschieden und du beugst dich seiner Entscheidung oder ich entziehe dir den Auftrag. James wird sich freuen, wenn er ihn übernehmen kann. Er wartet nur darauf! Hast du mich verstanden?« Rae schnaubte vor Wut. Ihre Blicke trafen sich. Es war ein wortloses Duell, in dem ein jeder versuchte den anderen mit seinem Blick niederzuringen, doch da Will nun einmal ihr Boss war und somit am längeren Hebel saß, seufzte Rae schließlich und nickte.

»Gut!«, bemerkte Will daraufhin schon ein wenig gelassener. »Wenn das geklärt ist, dann solltest du jetzt gehen. Du hast gleich einen Termin in der „Scottish National Portrait Gallery“ und du weißt, dass mein geschätzter Kollege dort Unpünktlichkeit wie die Pest hasst. Du solltest dich deshalb tunlichst beeilen.« Mit diesen Worten ließ er sich erneut auf seinen Stuhl sinken, nahm ihr die Mappe aus der Hand, legte sie zurück in die Schublade, drückte diese unüberhörbar zu und drehte dann demonstrativ den Schlüssel in ihrem Schloss. Seine Art, ihr deutlich zu zeigen, dass die Angelegenheit für ihn damit erledigt war und sie sich besser auf den Weg machen sollte. Sie schluckte den bissigen Kommentar, der ihr auf der Zunge lag herunter, machte auf dem Absatz kehrt und verließ wortlos das Büro. Dass die Tür hinter ihr mehr als lautstark ins Schloss fiel, war ihr in diesem Moment völlig gleichgültig.

2

Raelyn stampfte wütend durch die schier endlosen Korridore. Das hatte ihr gerade noch gefehlt. Ausgerechnet Mary Fitzpatrick! Dieses Biest hatte schon während ihrer gemeinsamen Ausbildung nichts unversucht gelassen, sie vor ihren Professoren unmöglich zu machen.

Wahrscheinlich lag es in erster Linie daran, dass Mary von Berufswegen in der Hauptsache Tochter ihres mehr als wohlhabenden Vaters war und Raelyn demgegenüber ein Waisenkind mit einem Stipendium. Wäre Will nicht gewesen, dann hätte sie vermutlich nicht einmal ihr erstes Jahr mit ihr überstanden. Dementsprechend wütend und enttäuscht war sie nun. Will wusste doch nur zu gut, wozu Mary fähig war! Bereits an ihrem ersten Tag an der Uni hatte sich herauskristallisiert, dass Mary sie, ohne ersichtlichen Grund, geradezu hasste.

Im Gegensatz zu ihr wohnte Mary damals nicht auf dem Campus der Uni, sondern in der etwas außerhalb von Edinburgh gelegenen Villa ihres Vaters. Sie war mit ihrem fabrikneuen Porsche auf den Campus gerauscht, hatte sich dreist auf den Parkplatz des Dekans gestellt und war dann in ihrem Designeroutfit an allen anderen vorbeistolziert. Ein mehr als deutliches Zeichen, Rae und ihren Mitstudenten zu zeigen, was sie von ihnen Mitstreitern hielt.

Mary benahm sich so, als stelle allein schon ihre bloße Anwesenheit ein Privileg für die gesamte Studentenschaft dar. Nicht aufgrund ihres Könnens, sondern weil ihr Vater einer der Hauptsponsoren der Uni war. Allem Anschein nach bildete sie sich deshalb ein, dass die gesamte Universität ihr in gewisser Weise gehörte. Dementsprechend herablassend behandelte sie ihre Kommilitonen.

Besonders auf Raelyn hatte sie es abgesehen. Das arme Waisenkind mit leichtem Sprachfehler, das fast ausschließlich in Secondhandklamotten herumgelaufen war, war wie geschaffen für ihre verbalen Attacken. Damals hatte zu allem Überfluss Raelyns mangelndes Selbstwertgefühl ihrer Kontrahentin obendrein den Boden für ihr Treiben geebnet. Obwohl Rae als Waisenkind das Gefühl auf Ablehnung zu stoßen, nicht fremd war, hatte es sie dennoch zutiefst getroffen. Und es traf sie noch immer! Auch wenn sie sich inzwischen einbildete, eine selbstbewusste, junge Frau zu sein, denn Mary brachte es mit ihren gutgewählten, verbalen Angriffen selbst heute noch fertig, den letzten Rest ihrer Selbstsicherheit zu zerstören.

Allerdings nicht mehr ganz so oft wie früher, da Rae inzwischen ihrer Kontrahentin weitestgehend aus dem Weg ging. Damals jedoch war das nicht so leicht möglich gewesen, da sie beide fast die gleichen Vorlesungen besuchten.

Als Mary schließlich in dem Glauben war, dass all ihre bissigen Bemerkungen an Raelyn abprallten, war sie jedoch entschieden zu weit gegangen. Sie gab sich nicht mehr mit bloßen verbalen Attacken ab. Nein, damit war sie nicht mehr zufrieden! Stattdessen fing sie an, Raes Arbeiten hinterrücks zu sabotieren. Verunreinigte Farben, verschwundene Arbeitsmaterialien und mit Sekundenkleber unbrauchbar gemachte Pinsel waren da noch die geringeren Übel.

Raelyn war von Anfang an klar gewesen, dass Mary hinter all ihren Missgeschicken stecken musste. Ganz im Gegensatz zu ihren Professoren, die aufgrund all der kleinen Peinlichkeiten und Malheure, die nur ihr widerfuhren, zu dem Schluss gekommen waren, dass Rae vollkommen unfähig wäre. Dass sie deshalb dem Dekan und der Fachbereichskommission ans Herz gelegt hatten, ihr das Stipendium zu entziehen, um es einer weitaus talentierteren und zuverlässigeren Studentin zu überschreiben, setzte dem Ganzen dann die Krone auf --...

Rae seufzte. Wenn sie heute an diese Zeit zurückdachte, erschien sie ihr noch immer wie einer ihrer schlimmsten Albträume, der anscheinend von neuem beginnen sollte. Sie seufze erneut. *Mary Fitzpatrick! Ausgerechnet Mary!* Ihre Gedanken wanderten unwillkürlich wieder in jene Zeit.

Kurz vor der Konferenz, die die Entscheidung herbeiführen sollte, war William auf der Bildfläche erschienen. Er hatte Praktikanten für das Museum gesucht und Mary zufällig dabei erwischt, wie sie gerade wieder eine von Raelyns Arbeitsproben manipulierte. Mary bekam daraufhin eine Abmahnung und wurde für ein Semester vom Unterricht suspendiert. Und oh Wunder, in diesem Semester entwickelte sich Raelyn zur Besten ihres Jahrgangs. Sie erhielt das begehrte Praktikum in der „National Gallery“ und nach ihrer Promotion mit „Summa cum laudem“, dort auch eine Festanstellung. In dieser Zeit war Rae geradezu aufgeblüht. Sie wurde von ihren Kollegen hochgeschätzt und William wurde zu ihrem Mentor und väterlichen Freund.

Bis vor einem Jahr, aufgrund einer horrenden Spende ihres Vaters Mary, plötzlich wieder in ihr Leben trat. Seitdem verging keine einzige Woche, ohne diverse Anfeindungen und Intrigen ihrerseits. Und da sie Gordon durch ihr kleines Tête á Tête bereits um den Finger gewickelt hatte, war es buchstäblich offensichtlich, wer ihm den Floh ins Ohr gesetzt hatte, sie beide zusammenarbeiten zu lassen.

Hätte Will nicht einfach auf Susan, mit der sie in den letzten Jahren schon mehrfach zusammengearbeitet hatte, bestehen können? Warum beugte er sich gerade jetzt Gordons Willen, wenn er es doch normalerweise auch nicht tat?

»Verdammt!«, entwich es ihr. Fast das gesamte nächste halbe Jahr versprach die Hölle zu werden und wenn sie nicht wollte, dass ein anderer den Auftrag bekam, dann gab es für sie kein Entrinnen.

Sie rüstete sich bereits innerlich gegen all die mit Gewissheit kommenden Angriffe aus Marys Giftspritze, denn dass Mary sich bei dieser Gelegenheit an ihr rächen würde, weil sie ihr immer noch die Schuld an ihrem ungewollten »Urlaubssemester« gab, war so sicher wie das „Amen“ in der Kirche. Nur wie und wann, das würde sich noch zeigen.

Raelyn unterbrach abrupt ihren Gedankengang, als sie begriff, wohin ihre Füße sie ungewollt getragen hatten. Wie immer, wenn sie wütend oder verwirrt war, war sie wieder einmal unbewusst vor einem bestimmten Gemälde gelandet: Dem Bildnis, das sie von ihrem ersten

Tag in der „National Gallery“, magisch in seinen Bann zog, obwohl sie nicht genau wusste, warum.

Bei dem Bild handelte es sich um den Streit von Oberon und Titania, gemalt von Sir Joseph Noel Paton. Dargestellt wurde eine Szene aus Shakespeares »Sommernachtstraum«, in der sich Titania und Oberon um ein Wechselbalg stritten. Das Kind versteckte sich hinter Titanias Rücken, derweil Oberon ihr mit wehendem Umhang Vorhaltungen machte. Umringt wurde das Paar von mehr als Einhundert Elfen und Feen, zu denen sich Kobolde und allerlei Getier gesellte. Die Szene wirkte auf sie irgendwie verstörend und gleichzeitig faszinierend. Obwohl das gesamte Szenario in den Wäldern vor Athen spielte, hatte sie das Gefühl, dass ihr etwas daran merkwürdig bekannt vorkam.

Lag es am Ort, an den Feen oder an der dargestellten Situation? Sie konnte es nicht sagen. Vielleicht aber lag es ja auch daran, dass die Szene ein Detail beinhaltete, was sie sich in ihrer Kindheit oftmals herbeigesehnt hatte. Die beiden Hauptpersonen stritten sich um das Kind, vor dem Titania schützend stand. Wie sehr hatte sie sich in ihrer Kindheit gewünscht, dass jemand sich auf dieselbe Weise vor sie stellte, wenn die Widrigkeiten des Lebens wieder einmal voll zuschlugen. Doch solche Personen hatte es in ihrer Vergangenheit nicht gegeben, bis auf Anni, aber ihre Freundin war ebenfalls eine Weise und nur ein paar Jahre älter als sie. Selbst als Annabelle sich vor sie gestellt hatte, hatten die Erwachsenen ihr nicht geglaubt und sie sogar dafür bestraft. Erst als William so unerwartet aufgetaucht war, war jemand in ihr Leben getreten, der sich nicht bloß vor sie stellte, sondern auch den nötigen Einfluss hatte, ihr Leben um Einiges leichter zu machen. Doch wieso gerade dieses Bild? Es gab unzählige Gemälde von glücklichen behüteten Kindern, die von ihren Geschwistern und Eltern umringt wurden und so das Gefühl von Geborgenheit und Liebe beim Betrachter auslösten. Das Gemälde von Paton dagegen tat nichts dergleichen. Denn trotz Titanias Schutz wirkte das Kind irgendwie verloren und deplatziert.

Bevor sie noch weiter ins Grübeln geraten konnte, riss Raelyn sich gewaltsam von dem Anblick los und setzte sich erneut in Bewegung. Dass ihre Schritte immer schneller wurden und sie das letzte Stück Weg bis zum Ausgang fast schon rannte, bemerkte sie dabei nicht.

3

»Wie konntest du mir das nur antun? Wo hast du sie hingebracht? Oder hast du sie getötet? Hasst du sie dermaßen, dass du so weit gehen würdest? Wenn du jemanden unbedingt bestrafen willst, dann bestrafe mich! Ich war es, der dir das Alles angetan hat, nicht sie! Warum lässt du sie dann für mein Vergehen büßen? Sie ist ein unschuldiges Kind! Verdammt! Ich rede mit dir, also dreh mir nicht den Rücken zu, sondern sieh mich an!« Ihre Stimme überschlug sich fast vor Wut und war so laut, dass sie in einem dröhnenden Echo von den Wänden widerhallte. Dann trat Stille ein. Eine bedrückende Stille, die an seinen Nerven zerrte. Es war ihm weitaus lieber, wenn sie schrie und tobte. Damit konnte er umgehen, nicht aber mit ...

Die Stille zog sich schier endlos in die Länge. Plötzlich jedoch spürte er ihre Hand, die sich zaghaft auf seine Schulter legte und den Hauch ihres Atems in seinem Nacken. Er zuckte fast unmerklich zusammen, so als hätte ihre sanfte Berührung ihn verletzt, dann atmete er tief ein. Es kostete ihn eine Unmenge Überwindung, sie auch weiterhin scheinbar zu ignorieren, denn wenn sein Plan gelingen sollte, dann musste er sie in dem Glauben lassen, dass er der rachsüchtige Hundsfott war, für den sie ihn hielt. Ihr nicht sofort die Wahrheit zu sagen, war seine einzige Chance. Die einzige Möglichkeit zu retten, was noch zu retten war,

Sie ging davon aus, dass seine Rachsucht ihn antrieb. Doch da irrte sie gewaltig. Nicht seine Rachsucht hatte ihn dazu getrieben, ihr das zu nehmen, was ihr mehr bedeutete als ihr Leben, sondern seine Liebe. Kaum zu glauben, aber dennoch wahr. Und wenn sein Plan gelang, dann ...

Seine eisblauen Augen glühten für einen Moment auf, bevor er lautstark ausatmete und ihr schließlich scheinbar widerwillig den Gefallen tat und sich ihr zuwandte.

»Ich weiß, dass sie ein unschuldiges Kind ist. Aber war **er** das nicht auch?«, bemerkte er bitter.

»Er war erwachsen und hat seine eigenen Entscheidungen getroffen!«, entgegnete sie ihm achselzuckend. »Was dann geschah, war sein Schicksal!«

»Ein Schicksal, dass du ihm auferlegt hast!«

»Ich? Was habe ich damit zu schaffen?«

»Was du damit zu schaffen hast?«, er war außer sich vor Wut. »Wer hat mir denn untersagt, ihm zu helfen? Wer wollte nicht, dass wir uns in die Belange der Menschen einmischen? Wer hat aus bloßer Angst vor was auch immer, das Tor zwischen ihrer und unserer Welt verschlossen und mir für eine scheinbar endlos lange Zeit meine Fähigkeiten genommen?«

»Ich hatte meine Gründe! Außerdem konnte es jederzeit wieder geöffnet werden und deine Fähigkeiten waren noch nicht einmal einen Monat eingeschränkt!«, schrie sie zurück.

»Eingeschränkt nennst du das! Du hast mich geradezu magisch kastriert! Ich war ...! Ich war ...! Verdammt! Ein Monat hier entspricht fast einem Menschenleben, wie konntest du nur? Und sicher! Das Tor wurde wieder geöffnet, nur nicht zu dem Zeitpunkt, als ich es von dir verlangt habe«, erwiderte er, ebenfalls schreiend.

»Was beschwerst du dich? Du hast ihn doch noch einmal gesehen!«, sie senkte leicht ihre Stimme.

»Aufgebahrt! Als es bereits zu spät war!«, entgegnete er ihr noch immer schreiend. Dass er ihr dabei einen entscheidenden Teil der Wahrheit vorenthielt, war nur gerechtfertigt, denn auf diese Weise würde ihr das, was er plante, noch mehr zusetzen. Deshalb fuhr er innerlich grinsend, aber noch immer mit wutverzerrter Mine, fort.

»Du wusstest, dass ich ohne meine Fähigkeiten nicht ...!«, seine Stimme wurde mit einem Mal gefährlich leise »Hättest du mir meine Fähigkeiten nicht ein wenig früher zurückgeben können, dann hätte ich ...«, in seinen Worten lag nunmehr nichts weiter als Resignation und Enttäuschung.

»Und das Risiko eingehen, dass du nicht nur **ihn** rettest, sondern **sie** zerstörst und dich obendrein an ihrem Vater rächst? Du weißt, dass ich bis nach ihrer Geburt warten musste, denn ...«

»Du glaubst doch nicht wirklich, dass ich ihre Geburt verhindert hätte«, unterbrach er sie. »Jedes Kind ist kostbar, auch wenn es ein Bastard ist. Meines eingeschlossen! Aber er war dir ja schon immer ein Dorn im Auge. Du konntest es nicht ertragen, dass meine Rache an dir Früchte getragen hat. Gib es endlich zu!« Sie starrte ihn eine Weile einfach nur wütend an, dann jedoch nickte sie fast unmerklich.

»Ja, ich konnte es nicht ertragen und ich habe ihn gehasst«, gab sie schließlich zu. »Aber nicht weil er dein Bastard war, sondern weil du dich fortwährend zu seiner Mutter geschlichen hast. All deine anderen menschlichen Verfehlungen konnte ich dir verzeihen, aber nicht diese.

Sie war mehr für dich! Du warst mit ihr glücklich und das, nachdem du mein eigenes Glück zerstört hast.«

»Du warst also glücklich mit deinem kleinen Laird? Und jetzt gibst du mir die Schuld, dass du ihn verlassen hast. Machst du es dir da nicht ein wenig zu einfach?«

»Einfach?«, jetzt schrie sie ihn an. »Wer hat denn so lange getobt, bis ich keinen anderen Ausweg mehr sah? Ich wollte vermeiden, dass er deinen Zorn zu spüren bekommt.«

»Ach ja und deshalb hast du mich durch eine erbärmliche Hinterlist eines Teils meiner Kräfte beraubt. Aber ich muss dich enttäuschen, du hast einen gewaltigen Denkfehler in deinen Ausführungen. Du vergisst, dass die Zeit bei uns vollkommen anders verläuft, als in ihrer Welt. Wenn ich es gewollt hätte, dann hätte ich deinen **geliebten Alasdair** bereits kurz nach deiner Rückkehr zerstören können. Du hättest es noch nicht einmal bemerkt. Aber warum sollte ich mich an ihm vergreifen, wenn doch du diejenige warst, die mein Zorn traf. Außerdem hattest ganz allein du schon bewerkstelligt, was ich niemals gekonnt hätte. Ich musste mich nur noch zurücklehnen und genießen. Kaum zu glauben, aber dein Fortgehen hat ihn mehr getroffen, als das, was ich ihm hätte zufügen können. Hast du dich jemals gefragt, was aus ihm geworden ist, nachdem du ihn verlassen hattest? Oder war deine Liebe doch nicht so groß zu ihm, wie du mich glauben machen willst?«, er wartete ihre Antwort gar nicht erst ab, sondern sprach einfach weiter.

»Weißt du, wie man ihn in seinen späteren Jahren genannt hat? Alasdair „Crotach“ oder der „Buckelige“. Zu meinem Bedauern war sein Beiname allerdings nicht die Folge seines Kummers, sondern die einer Verwundung, die ihn nur noch leicht gebückt gehen ließ und zeit seines Lebens hemmte. Ein Jammer, was in Schlachten aus wohlgestalteten, kräftigen Männern werden kann«, seine Worte trieften von Hohn.

»Als er starb, war er ein verbitterter alter Mann, der in einem Kloster lebte. Ja, aus deinem stattlichen, gutaussehenden, kleinen Sterblichen, der dir so gerne und oft zu Willen war, wurde ein **vergrämter, alter Krüppel**, der das Leben nur noch als Qual ansah.

Weißt du eigentlich, dass er dich nie vergessen hat? Noch heute zeugen der Feenturm von Dunvegan und die Feenbrücke, die er für dich erbauen ließ, von seiner Besessenheit von dir. Aber hat es dich geschert? Nein, du zogst dich in dein Gemach zurück und lecktest deine Wunden. Hast du während dieser Zeit überhaupt jemals das Bedürfnis gehabt, in ihre Welt zurückzukehren? Ich denke nicht. Also rede du mir nicht davon, dass ich dein Glück zerstört hätte, denn so glücklich wie du es vorgibst gewesen zu sein, warst du nicht!

Aber um es dir noch deutlicher zu machen, denn anders verstehst du es anscheinend nicht und wirst es mir bis in alle Ewigkeit vorhalten, werde ich dir auch noch erzählen, was anschließend aus deinem Geliebten wurde. Er hat Jahrzehnte auf dich gewartete, doch du kamst nicht zu ihm zurück. Erst als er das endlich begriff, heiratete er. Da hatte er allerdings seine besten Jahre bereits hinter sich. Wie dem auch sei, wenigstens sorgte er noch dafür, dass sein Geschlecht nicht ausstarb.

Doch nun kommt das Erstaunlichste. Anstatt sich seines Daseins zu freuen und den Rest seiner Jahre zu genießen, wurde er so verbittert, dass er vor nichts mehr zurückschreckte. Ihm ist es zu verdanken, dass sein ältester Sohn William als „William of the cave“ in die Geschichte einging. Du erinnerst dich vielleicht, ach nein, du kannst dich ja nicht erinnern, weil du dich nicht weiter um ihn geschert hast und dich ...«, er brach mitten im Satz ab, als er hörte, wie sie aufgrund seiner bissigen Bemerkung leise seufzte und ihm dann den Rücken zukehrte. Es dauerte einige Zeit, bis sie sich wieder zu ihm umdrehte. Das sie litt, war mehr als deutlich, aber sie hatte es nicht anders verdient. Deshalb fuhr er trotz der Tränen, die in ihren Augen schimmerten, einfach fort.

»Dein geliebter Alasdair war derjenige, der ihm den Befehl zu dem Massaker an den MacDonalds auf der „Isle of Eigg“ gab. Es heißt, er hätte zu seinem Gott gebetet, damit er ihnen beistünde. Welcher Gott, so frage ich dich, kann wollen, dass 395 Menschen in einer Höhle ersticken, unter ihnen auch Frauen und Kinder und vor allen Dingen, welcher Mann? Wo war seine von dir so gepriesene Sanftmut, als er seinem Sohn den Befehl dazu gab? Wo war sein Mitgefühl?

Du siehst also, nichts auf dieser Welt ist schwarz oder weiß. Niemand ist ausschließlich gut oder böse. Wir nicht und die Menschen erst recht nicht!

Aber weiter: Auf jeden Fall vergrub sich der **gute Alasdair** anschließend in einem Kloster und baute mehrere Kirchen. Ich weiß nicht, ob er seinem Gott dadurch danken wollte, oder aber ihn um Vergebung anflehen, auf jeden Fall starb er dort, einsam und von aller Welt verlassen. Wie du siehst, war es vollkommen unnötig mich an ihm zu rächen, denn sein Leben war auch ohne mein Zutun bemitleidenswert genug.« Für eine Weile starrten sie sich nur schweigend an.

»Du hast mir meine Frage noch nicht beantwortet«, begann sie nach einer Zeit das Gespräch von neuem, ohne jedoch auf seine Ausführungen einzugehen.

»Ich weiß!«

»Hast du sie ...?«

»Nein! Ich habe sie nicht getötet, wenn du mich das fragen willst. Ich habe sie dir lediglich genommen und sie vor deinen Blicken verborgen.«

»Bitte zeig sie mir!« Man konnte ihr ansehen, wie schwer es ihr fiel, ihn um etwas zu bitten. Er sah sie auch weiterhin nur schweigend an, dabei entspannten sich seine Gesichtszüge ungewollt. Als er es schließlich bemerkte, verhärteten sie sich aber genauso schnell wieder zu einer grimmigen Maske.

»Nein!«, seine Stimme klang härter als beabsichtigt.

»Werde ich sie jemals wiedersehen?«

»Oh, das wirst du, meine Liebe! Du wirst sie sehen, früher als du es erwartest, doch nicht so, wie du es dir vielleicht erhoffst.«

4

Die zehnminütige Wegstrecke bis zur „National Portrait Gallery“ schaffte Raelyn in der Hälfte der Zeit. Als sie ankam, parkte dort bereits Marys rotes Cabriolet. Raelyn seufzte laut, dann betrat sie das 1889 eröffnete Museum. Obwohl sie sich normalerweise, wenn sie in dem Gebäude etwas zu erledigen hatte, immer eine Zeit lang in der großen Halle aufhielt, um die Gallery, die von Spitzbögen getragen wurde, zu bewundern, hatte sie heute keinerlei Augen für die Schönheit, die sie umgab. Sie hetzte durch die Halle und verlangsamte ihre Schritte erst, als sie in den Gang, in dem Ron Bannets Büro lag, einbog.

Dort angekommen, blieb sie vor der geschlossenen Tür stehen, atmete noch einmal kräftig durch und hob dann ihre Hand, um anzuklopfen, doch mitten in der Bewegung hielt sie plötzlich inne. Aus dem Innern des Raumes, sogar durch die geschlossene, dicke Eichentür deutlich zu hören, waren die Stimmen einer Frau und eines Mannes, die sich lautstark stritten. Die Weibliche war unverkennbar Marys, denn ihr penetrantes Gekeife kannte Raelyn nur zu gut. Die Andere gehörte ohne Zweifel zu Ron Bannet.

»Ich habe Ihnen schon mehrfach gesagt, dass ich Ihnen die Kiste nicht aushändigen werde.«

»Mr. Bannet, Gordon hat mir die Befugnis erteilt, sie in Empfang zu nehmen. Ich bin seine persönliche Assistentin und ...«

»Und wenn sie die Kaiserin von China wären, Gordon hat erst das Recht über den Inhalt der Kiste zu verfügen, wenn wir mit unserer Arbeit fertig sind. Wir, damit meine ich Williams und mein Team. Sowohl er als auch ich sind der Meinung, dass ...«

»Gordon wird über Ihre mangelnde Zusammenarbeit nicht gerade erfreut sein. Er ...«

»Gordon kann mich mal! Sie können Ihrem arroganten Boss bestellen, dass, wenn er sich weiterhin in Angelegenheiten einmischt, die nicht in sein Ressort fallen, er sich die Ausstellung der Artefakte abschminken kann. Ich bin es so leid, dass er, nur weil er meint, über uns anderen zu stehen ...«

»Ich werde mit meinem Vater über Ihre mangelnde Kooperation reden und dann ...«

»**Sie** wollen mir drohen? Das wird ja immer schöner! Verschwinden Sie auf der Stelle!«

»Sie ...!«

»Raus hier habe ich gesagt, und zwar schleunigst. Was bilden Sie sich eigentlich ein? Sie erscheinen hier bei mir in ihrem Designeroutfit und meinen nur aufgrund der Tatsache, dass Ihr Vater großzügiger Weise ein paar Pfund für uns erübrigt hat, mir vorschreiben zu können, wie ich meine Arbeit zu machen habe? Sie ...«

»Das wird ein Nachspiel für Sie haben«, unterbrach sie ihn brüsk.

»So, wird es das? Das werden wir noch sehen! Und jetzt raus hier, und wagen sie es bloß nicht wieder hier aufzutauchen. Nicht solange ich hier das Sagen habe!«

Raelyn konnte hören, wie Marys Stilettoabsätze nun heftig den alten Parkettboden malträtierten, bevor die

Tür vor ihrer Nase aufgerissen wurde und Mary fast in sie hineinrannte. Als sie realisierte, dass Raelyn vor ihr stand, blitzte sie sie giftig an.

»Freu dich bloß nicht zu früh, MacLeod!«, presste sie zwischen zusammengebissenen Zähnen hervor. »Ich weiß, dass du alles mit angehört hast und dir wahrscheinlich schon die Hände reibst. Aber glaube ja nicht, dass ich es dir so leicht machen werde. Hier hat Bannet zwar das Sagen, aber wenn wir die Kiste erst einmal in unser Gebäude geschafft haben, dann wird sich noch zeigen, wer hier den Ton angibt.« Mit diesen Worten zwängte sie sich an Rae vorbei und eilte den Gang hinunter. Das laute Geschepper ihrer Absätze war auch noch zu hören, als sie schon längst aus Raelyns Blickfeld verschwunden war.

Wie immer, wenn Rae auf Mary traf, war sie völlig sprachlos. Das war mal wieder so typisch! Wieso schaffte sie es bloß nicht, Mary einmal die Stirn zu bieten? Wieso kuschte sie immer vor ihr und warum fiel ihr einfach nichts Passendes auf ihre bissigen Bemerkungen ein? *Weil du in ihrer Gegenwart noch immer die kleine Studentin bist, die sich nicht traut gegen ihre Intrigen vorzugehen, und weil du trotz all deiner Bemühungen das Selbstbewusstsein einer gemeinen Stubenfliege hast,* beantwortete sie sich selbst ihre Frage.

In den letzten Jahren ohne Marys Gegenwart hatte Rae schwer an sich gearbeitet. Ihr Sprachfehler war verschwunden und auch die Secondhandklamotten ihrer Schul- und Studienzeit gehörten der Vergangenheit an. Mit der wachsenden Anerkennung ihrer Kollegen hatte sich auch ihr Selbstbewusstsein endlich gesteigert und das hässliche Entlein von einst mauserte sich nun fast schon zu einem stolzen Schwan. Aber wirklich nur fast! Denn sobald sie in eine Situation geriet, die sie auch nur im Entferntesten an ihre Kindheit erinnerte, bröckelte nicht nur ihre mühsam aufgebaute neue Fassade, sondern sie wurde vollends eingerissen. Genauso, wie auch jetzt wieder.

Rae war nicht in der Lage sich zu bewegen, sie starrte völlig geistesabwesend auf den inzwischen leeren Flur. Erst als sie eine Hand auf ihrer Schulter spürte, kam sie wieder halbwegs zur Besinnung.

»Es tut mir leid, dass du es wieder abbekommen hast!«, Rae hörte zwar die Worte, war aber nicht richtig in der Lage sie auch zu begreifen.

»Was?«, entgegnete sie irritiert.

»Ich sagte, ..., ach was, komm erst einmal herein. Wir müssen die Angelegenheit ja nicht mitten auf dem Flur besprechen.« Die Hand auf ihrer Schulter schob er sie nun sanft in das Büro. Erst in diesem Moment wurde ihr in vollem Umfang bewusst, dass Ron ihr entgegengegangen war und sie behutsam in sein Büro schob. Sie starrte ihn eine Weile schweigend an, dann gab sie sich einen Ruck und betrat den Raum, derweil Ron die Türe hinter ihnen beiden schloss.

»Ich denke, ich bin dir eine Erklärung schuldig!«, hob er an, während er durch den Raum zu seinem Schreibtisch lief und sich auf den ledernen Drehstuhl setzte.

»Du bist mir gar nichts schuldig! William hat mir deutlich zu verstehen gegeben, dass mich eure Interna nichts angehen.« Rae ließ sich auf einem der Sessel ihm gegenüber nieder.

»Oh doch, ich möchte nicht, dass du einen falschen Eindruck von der Sachlage bekommst.«

»Welchen falschen Eindruck?«, merkwürdigerweise waren ihre Hemmungen und Selbstzweifel, die sie noch vor wenigen Sekunden geradezu gelähmt hatten, wie weggeblasen.

»Es ist doch wohl offensichtlich, dass ihr mir nicht traut und deshalb ...«

»Ich versteh, dass du wütend bist!«, gab er zurück.

»Ich bin nicht wütend, ich bin bloß enttäuscht! Gerade dir und William hätte ich niemals zugetraut, dass ihr ...«

»Moment mal, Kindchen«, in Rons Augen trat ein wütender Glanz, sein Tonfall allerdings blieb ruhig.

»Du glaubst doch nicht allen Ernstes, dass wir mit Gorden einer Meinung sind. Hier traut dir Keiner eine solche Eskapade zu, obwohl du, wie du selbst weißt, durchaus dazu in der Lage wärst. Wenn jemand hier ein falsches Spiel spielt, dann deine **hochgeschätzte** Kollegin, die gerade so bühnenreif abgerauscht ist. Nur, dass sie nicht die nötige Kompetenz besitzt, eine derartige Täuschung auch durchzuführen.« Rae nickte.

»Und jetzt?«

»Jetzt lassen wir uns etwas einfallen, damit diese Schlange ihr Gift nicht unkontrolliert verspritzen kann. Ich weiß nicht, was du von unserem Gespräch vorhin mitbekommen hast.«

»Nur, dass du sie zum Teufel geschickt hast«, diesmal nickte Ron.

»Wenn es nach mir ginge, würde ich dieses Biest bis auf den Mond jagen, doch leider fehlen mir dazu die Mittel. Aber Spaß beiseite, dann hast du also mitbekommen, was sie von mir wollte?«, wieder nickte sie.

»Sie wollte die Kiste.«

»Die ich ihr nicht geben werde!«

»Aber wie willst du verhindern, dass sie sie trotzdem bekommt? Wenn wir das Ding erst einmal in die „National Gallery“ geschafft haben, dann werden Gordon und ihr Vater schon dafür sorgen, dass sie das gesamte Projekt an sich reißt.«

»Und genau das müssen wir verhindern, denn sonst gibt es eine Katastrophe! Ihre Inkompetenz würde das Projekt nicht nur gefährden, sondern vermutlich auch einige der Artefakte zerstören. Ich weiß bis heute nicht, wie sie überhaupt ihren Abschluss geschafft hat, wahrscheinlich nur dank Papas großzügiger Spende«, die letzten Worte spie er geradezu aus. »Aber wie dem auch sei, sie darf die Gegenstände auf keinen Fall in ihre rotlackierten Klauen bekommen, dazu steht zu viel auf dem Spiel.« Rae sah ihn fragend an. Ron errötete leicht, als er merkte, dass ihr Blick auf ihm ruhte, räusperte sich leise und fuhr dann fort, als wäre nichts gewesen.

»Wie du ja mitbekommen haben wirst, habe ich Mary nicht nur des Büros verwiesen, sondern sie auch aus dem Gebäude gejagt. Und meine Äußerung, sie nicht mehr hier sehen zu wollen, war wörtlich gemeint. Wenn sie sich hier noch einmal blicken lässt, dann befördere ich sie eigenhändig wieder hinaus.« Ein verschmitztes Grinsen erschien auf seinem Gesicht. »Worauf mein kleiner Exkurs aber eigentlich abzielen soll, ist: Will und ich hatten vorhin ein äußerst ergiebiges Gespräch. Wir wissen beide, dass eine Zusammenarbeit mit Mary nicht gerade förderlich für dein Seelenheil wäre und somit auch nicht für das Unsrige. Da wir aber bestmögliche Ergebnisse von dir sehen wollen und dies besonders schnell, haben wir uns etwas überlegt. Ich bin zwar ebenfalls Angestellter der »National Museen«, aber Gorden hat in meiner Abteilung so gut wie keine Befugnisse. Da die Kiste hier gefunden wurde, fällt alles, was mit ihr zusammenhängt in meine Zuständigkeit.

Um dir ein bisschen mehr Luft zu verschaffen, haben wir deshalb beschlossen, dass du mit deiner Arbeit erst einmal hier beginnst. Nicht nur, um die Gegenstände zu sichten, sondern auch mit ihrer eigentlichen Restauration. Ich leihe dich sozusagen für dieses Projekt von William aus«, er machte eine kurze Pause, um seine Worte erst einmal wirken zu lassen, dann sprach er weiter. »Auch in unserem Gebäude befinden sich hervorragende Ateliers und es war niemals die Rede davon, dass du die Restaurationen unbedingt in der „National Gallery“ machen musst, sondern nur davon, dass du sie machen sollst. Wo, ist dabei völlig gleichgültig. Wir werden also versuchen, dir Mary solange wie nur eben möglich vom Hals zu halten, während du in aller Ruhe arbeiten kannst.

Des Weiteren haben wir beschlossen, dass James zu deiner Unterstützung ebenfalls von mir ausgeliehen wird. Er weiß es schon und wartet nur darauf, dir zur Hand gehen zu können.« Er sah Rae fragend an. »Ich denke, das ist auch in deinem Sinne.« Auf Raes Gesicht erschien ein breites Grinsen.

»Ob das in meinem Sinne ist? Machst du Witze? Ich habe mich die ganze Zeit auf dem Weg hierher gefragt, wie ich das restliche Jahr mit Mary einigermaßen unbeschadet überstehen kann. Von den ganzen Sabotageakten, die ich befürchtet habe, mal ganz zu schweigen.«

»Dann bist du demnach mit unserem Arrangement einverstanden?« Rae nickte abermals.

»Mehr als das! Mir ist im wahrsten Sinne des Wortes ein Stein vom Herzen gefallen.«

»Und James geht für dich auch in Ordnung?«

»Er ist neben mir einer unserer besten Restauratoren. Klar bin ich mit eurer Wahl einverstanden.«

»Das dachte ich mir. Da das ja nun geklärt ist, zeige ich dir jetzt deinen neuen Arbeitsplatz und Rae, ich freue mich auf unsere Zusammenarbeit.«

5

Nach ihrem Gespräch führte Ron Raelyn durch einige Gänge, bis sie schließlich in einem Korridor landeten, an dessen Ende eine Treppe nach unten führte. Unmittelbar vor den Stufen war eine massive Eisenkette mit einem Schloss befestigt, an der ein Schild mit der Aufschrift »Zugang nur für Personal« hing. Ron öffnete das Schloss und drückte ihr dann den Schlüssel in die Hand.

»Den wirst du in nächster Zeit brauchen. Die beiden anderen Schlüssel an dem Bund sind für das Atelier und die Seitentür. Aber komm erst mal weiter.«

Das erwähnte Atelier entpuppte sich als ein riesiger Kellerraum, der trotz seiner kleinen vergitterten Fenster taghell erleuchtet war. Um diesen Effekt zu erzielen, hatte man über ein Dutzend Lampen an der Decke angebracht, die leise vor sich hin surrten. Auf einer Reihe Staffeleien standen einige Ölgemälde in den verschiedensten Restaurationsstufen und überall lagen diverse Werkzeuge und Utensilien herum. Der größte Blickfang allerdings war eine riesige, hölzerne Kiste, die sich in der Mitte des Raumes befand. Sie erinnerte Rae eher an einen grob zusammengeschusterten Sarg, als an ein Aufbewahrungsobjekt für Artefakte, denn sie war nicht viereckig, wie sie vermutet hatte, sondern länglich mit einem leicht gewölbten Deckel. In einer kuriosen Weise wirkte die Kiste in dem hellen Raum völlig deplatziert, so als gehöre sie überall hin, nur nicht in diesen Raum.

Rae ging langsam auf die Kiste zu.

»Ist sie das?«, Ron nickte. »Sie ist riesig!«

»Genau deshalb brauchst du Hilfe bei der Restauration.« Diesmal nickte Rae. Irgendetwas war an der Kiste, dass sie magisch anzog.

Die Bretter waren verwittert und zwischen ihnen bildeten sich fingerdicke Spalten. *Es war eine Schande wertvolle Kunstobjekte derartig verrotten zu lassen, denn selbst die Kiste, war ein Solches*, schoss es ihr durch den Kopf. Aber dennoch war sie, ihres schlechten Zustandes zum Trotz, mehr als faszinierend.

Als sie unmittelbar neben ihr stand, kam sie einfach nicht umhin, sie noch genauer in Augenschein zu nehmen. Auf ihrem Deckel war ein Wappen zu erkennen. Es war zwar ebenso verwittert, wie der Rest der Kiste, aber dennoch gut zu identifizieren.

In der Mitte befand sich ein nach oben angewinkelter, in einer Rüstung steckender Arm, der ein Schwert hielt und direkt darunter ein stilisiertes Seil. Beide Elemente wurden von einem breiten Gürtel nebst Schnalle, der einen Kreis bildete, eingerahmt. Auf dem Kreis war deutlich das Clanmotto zu erkennen: „**Mo Righ's Mo Dhichaich**", für König und Vaterland! Das Motto der Camerons zur Zeit der Jakobitenaufstände! Rae fuhr gedankenverloren mit ihren Fingern über die Konturen des Wappens, während sie zu Ron hinübersah.

»William und du habt mir nicht gesagt, dass die Kiste solche Ausmaße hat und dass sie in einem so schlechten Zustand ist«, bemerkte sie leise. »Wie in aller Welt konnte sie so lange verschollen sein? Selbst ein Blinder wäre eher über sie gestolpert als ihr.«

»Da hast du vollkommen recht! Zu meiner Schande muss ich gestehen, dass sie noch nicht einmal in den

Verzeichnissen aufgelistet war, sonst hätte ich vermutlich viel eher nach ihr suchen lassen. Alles auf den Umbau zu schieben, wäre auch zu einfach. Ich denke, vielleicht sollte oder wollte sie nicht eher gefunden werden.«

»Sicher! Sie ist mit Magie belegt und wurde erst jetzt wieder sichtbar! Ron ich bitte dich!«, gab sie brüsk zurück.

»Das hast du gesagt! Aber Rae, manchmal sind die Dinge wirklich anders, als sie erscheinen.«

»Ich weiß, nur mit Magie hat das meist absolut nichts zu tun. Es sei denn, du heißt David Copperfield und kannst durch die „Chinesische Mauer" gehen.«

»Jetzt wirst du albern. Ich habe nicht mit einem einzigen Wort erwähnt, dass ich der Meinung bin, Magie wäre im Spiel gewesen.«

»Stimmt! Du bist nur davon überzeugt, dass die Kiste ein Eigenleben und ihren eigenen Willen hat.« Ron warf ihr einen vernichtenden Blick zu.

»Du weißt, dass ich es so nicht gemeint habe. Aber dennoch ist es merkwürdig, dass sie so lange verschollen war. Meine geschätzten Vorgänger haben über jeden Krümel, den sie erhalten und archiviert haben, genauestens Buch geführt, nur nicht über diese Kiste. Und, wo wir schon mal beim Thema wären, bist du gar nicht neugierig auf ihren Inhalt?«

»Ich und nicht neugierig? Ich brenne darauf! Ich dachte nur, du würdest ...«

»Ich würde vorher verschwinden und dich in Ruhe schnüffeln lassen?«, unterbrach er sie lachend. »Nein, dein Gesicht, wenn du sie öffnest, lass ich mir nicht entgehen. Wir haben im Übrigen alles bis auf die Nachricht an seinem Platz gelassen. Gordon hat darauf bestanden, also wundere dich nicht!« Rae wollte gerade erwidern, dass sie sich bestimmt nicht wundern würde, als Ron auch schon neben sie trat, nach dem Deckel der Kiste griff und diesen wie bei einem Sarkophag vorsichtig zur Seite schob.

Rae hielt den Atem an. Sie kam sich vor wie ein Pirat beim ausbuddeln einer alten Schatzkiste. Und genau das war die Truhe!

Der Schatz, der in ihr lag, wurde allerdings von einem in den Farben der Camerons gehaltenen Plaid, das in erstaunlich gutem Zustand war, vollständig bedeckt. Wenn man bedachte, in welcher Verfassung die Kiste an sich war, war das Plaid bereits eine wahre Sensation. Sie hatte mit dem Schlimmsten gerechnet, aber Gott sei Dank, waren ihre Befürchtungen nichts weiter als genau das, nämlich Befürchtungen! Das satte von grünen Streifen durchsetzte Rot hatte in all den Jahrhunderten, in denen es sich nun schon in der Kiste befand, nichts von seiner Farbintensität eingebüßt. Es sah fast so aus, als hätte man es erst gestern verpackt.

Vorsichtig streiften ihre Finger den dicken Wollstoff, auf dem kaum Verschleißerscheinungen zu erkennen waren. Er roch zwar etwas muffig, was auch nicht weiter verwunderlich war, aber ansonsten war er nahezu perfekt. Perfekt! Das war so nicht ganz richtig. Über den gesamten mittleren Teil der Stoffbahn breiteten sich dunkle, harte Flecken aus, die sich merkwürdig rau unter ihren Fingern anfühlten. Wenn es nicht so absurd wäre, dann würde sie auf getrocknetes Blut tippen. Aber wer legte ein blutbesudeltes Plaid in eine Kiste?

»Du kannst es ruhig zur Seite schieben«, bemerkte Ron, der ihr amüsiert zusah. »Er wird nicht zerfallen. Er ist, wider Erwarten, von erstaunlich guter Qualität. Zwar etwas ramponiert, aber dennoch sehr gut erhalten. Wie auch ein Großteil des restlichen Inhalts. Los, mach schon!«

»Ihr habt schon hineingesehen?« Ron grinste sie verschmitzt an.

»Muss ich das nicht, als Leiter dieser Abteilung? Wenn es dich beruhigt, alles habe ich mir noch nicht angesehen. Ich habe mir nur einen kleinen Überblick verschafft. Schließlich musste ich Gordon ja darüber informieren, was er zu erwarten hat, um ihn neugierig zu machen.«

»Wenn du dir die Kiste vorab schon näher angesehen hast, warum hast du ihm dann nicht einfach die Nachricht unterschlagen? Das hätte mir heute so einiges erspart.«

»Muss ich mich allen Ernstes vor dir rechtfertigen? Aber um des lieben Friedens willen, zum einen war ich nicht alleine und zum anderen ...«, Ron stockte.

»Was zum anderen?«

»Das, meine Liebe, wirst du noch früh genug erfahren. Und jetzt mach endlich! Ich kann es gar nicht mehr erwarten, dein Gesicht zu sehen, wenn du siehst, was ich gesehen habe.«

6

Alexander Cameron zügelte sein Pferd und sprang aus dem Sattel. Ihn umgab nichts weiter, als das satte Grün der sanft ansteigenden Hügelketten, die sich bis ans Ufer von Loch Leven erstreckten. Es war erschreckend ruhig und fast windstill. Selbst auf der Oberfläche des Lochs bildeten sich kaum Wellen. Sie lag fast so ruhig da, wie ein blank polierter Spiegel.

Obwohl Kendrick, einer seiner besten Freunde, ihn geradezu bedrängt hatte, diesmal nicht seinem alljährlichen Ritual zu folgen und sich alleine auf den Weg hierher zu machen, war er dennoch ohne ihn losgeritten. Er wusste auch nicht, was Kendrick damit zu erreichen suchte. Er war weder abergläubisch noch besonders vorsichtig. Dennoch, seit ihrer Begegnung mit dieser verrückten Alten aus dem fahrenden Volk, die ihnen aus der Hand hatte lesen wollen, benahm sich sein Freund nicht gerade vernünftig. Und das nur, weil sie Kendrick zwei Botschaften hinterhergerufen hatte. Die Erste hatte seinem Freund gegolten:

»Bedenke, was du tust«, hatte sie ihn eindringlich gewarnt. »Jede deiner Taten führt dich näher an den Abgrund und nur du allein kannst verhindern, dass du stürzt«. Ihre Botschaft an Alexander dagegen lautete:

»Du bist nicht der, der du vorgibst zu sein. Dein Schicksal liegt nicht in deiner Hand, sondern in der einer anderen. Du wirst nur eine einzige Chance haben. Nutze die Gunst der Stunde, denn das Schicksal, das dich sonst erwartet, würde ich nicht einmal meinem ärgsten Feind wünschen.« Kendrick war seit diesem Zusammentreffen nicht mehr der Alte. Es schien fast, als sehe er seitdem überall Gespenster. So auch gestern Abend.

Sie hatten gerade in einem kleinen, heruntergekommenen Gasthof ihr Quartier bezogen und sich an einen der Tische gesetzt, als Kendrick ihn plötzlich anstarrte ...

»Was ist mit dir?«, hatte er von ihm wissen wollen. »Du siehst mich an, als würdest du einen Geist sehen.« Zunächst hatte sein Freund ihn auch weiterhin nur angestarrt, dann aber schließlich geantwortet.

»Geh nicht! Ich habe kein gutes Gefühl dabei!«

»Soll ich jetzt all meine Entscheidungen von deinem Gefühl abhängig machen? Hast du auch ein ungutes Gefühl, wenn ich uns einen Whisky bestelle?«

»Alex, du weißt genau, was ich meine! Man sagt, die Alten des fahrenden Volks haben das zweite Gesicht!«

»Und?«

»Was, wenn sie recht hat?«

»Womit? Dass deine Taten dich in den Abgrund stürzen könnten? Oder, dass mir ein Schicksal droht, das sie nicht einmal ihrem ärgsten Feind wünschen würde?

Kendrick, was ist nur los mit dir? Du benimmst dich wie ein verschrecktes Huhn. Sind unsere Taten nicht immer für unser Schicksal verantwortlich?«, Kendrick nickte.

»Sicher, aber Alex ...«

»Kein aber! Es sind unruhige Zeiten. Selbst das fahrende Volk weiß das, oder gerade das fahrende Volk. Wir wussten doch von Anfang an, wohin uns unser Unterfangen führen kann. Das Geschwätz der alten Frau bestätigt es doch nur.«

»Du hast ja recht!«, entgegnete ihm Kendrick.

»Doch ich frage mich die ganze Zeit, warum sie uns gerade jetzt über den Weg gelaufen ist.«

»Weil momentan überall fahrendes Volk zu finden ist?«

»Alex, du nimmst das alles zu leicht!«

»Oder du zu schwer!«, entgegnete Alexander ihm grinsend.

»Verdammt! Ich mache mir wirklich Sorgen um dich!«

»Ich weiß! Aber du weißt auch, dass ich jedes Jahr alleine dorthin reite und dass bereits seit fünf Jahren.«

»Ich denke, diesmal solltest du mich mitnehmen!«

»Wieso? Was soll mir schon groß geschehen? Wir befinden uns auf unserem Clanland. Keiner unserer Leute würde den Neffen des Chiefs angreifen, auch wenn er nur ein Bastard ist. Oder gibt es Gerüchte? Treiben sich hier erneut Abtrünnige herum, die ...« Kendrick schüttelte vehement seinen Kopf.

»Nein! Nichts dergleichen! Ich habe nur so ein unbestimmtes Gefühl, dass etwas geschehen wird, was dein Leben von Grund auf verändert!«

»Zum Guten oder zum Schlechten?« Kendrick zuckte mit den Schultern. »Wenn du es nicht weißt, dann wollen wir hoffen, dass es zum Guten ist! Und jetzt mein Freund, lass uns endlich einen Whisky bestellen. Ich habe Durst.«

Sie hatten noch Stunden dagesessen, bis sie endlich zu Bett gegangen waren. Vielmehr Kendrick war zu Bett gegangen und er hatte sich wie ein gemeiner Dieb aus dem Wirtshaus hinausgestohlen,

Doch er war kein Dieb. Er war zwar nur ein Bastard, aber immerhin einer, der einen angesehenen Laird zum

Onkel hatte. Einen Laird, der offen mit den Stuarts sympathisierte, die im Begriff waren, sich ihre Krone zurückzuholen. Vielleicht rührte Kendricks Gefühl ja daher. Die Rotröcke waren momentan nicht gerade gut auf Angehörige seines Clans zu sprechen und auf ihn schon gar nicht, denn das, was er die letzten Jahre getan hatte, war eindeutig gegen das Gesetz. Sowohl gegen das Schottische als auch gegen das der englischen Besatzer. Doch, auch wenn er sich das Gesetz ein wenig zurechtbog und es in seine eigenen Hände nahm, so diente sein Unterfangen doch einzig und allein nur einem Ziel: Recht denjenigen zu bringen, die es von den Rotröcken nicht erwarten konnten. Und wenn er sich deshalb mit ihnen anlegen musste, dann ...

Es war auf jeden Fall niemand mehr da, der ihn diesmal davon abbringen würde oder könnte!

Alexander schüttelte gedankenverloren seinen Kopf, so als könne er, durch diese kleine Geste, seine trüben Gedanken vertreiben, doch es gelang ihm nicht. Wahrscheinlich hatte Kendricks Warnung ihn doch mehr berührt, als er zunächst angenommen hatte.

Verfluchte Rotröcke! Hatten sie hier in den Highlands nicht schon genug Probleme, auch ohne sie? Aber vielleicht wendete sich ja bald alles zum Guten ..., oder seine Befürchtungen bewahrheiteten sich und es würde sogar noch schlimmer für sie alle.

Wenn die Gerüchte stimmten, dann befand sich Charles Edward Stuart, der Enkel ihres vertriebenen Königs Jakob II., bereits in Frankreich. Es hieß, um Geld, das er von seinen Anhängern erhielt, und Männer für einen erneuten Aufstand zu sammeln.

Donald Cameron, Alexanders Onkel, konnte es kaum noch abwarten, endlich in eine Schlacht zu ziehen. Er fieberte geradezu dem Tag entgegen, der endlich eine Entscheidung bringen würde. Eine zu Gunsten der Stuarts!

Vor ein paar Tagen war deshalb auch sein anderer Onkel im Auftrag seines Bruders aufs Festland gereist, um mit ihrem „Prinz Charlie“, wie sie den Prinzen liebevoll zu nennen pflegten, zu reden. Es mochte ja gut und gerne sein, dass sie alle einem heroischen Ziel folgten, nur Alexander bezweifelte, dass ihr Unterfangen jemals von Erfolg gekrönt sein würde. Zumal die Mittel, die zum Erreichen dieses Ziels dienten, das Volk über kurz oder lang in noch größeres Elend stürzen würden als ohnehin schon.

Es war eine Sache, Geld, das die wenigsten seines Clans überhaupt noch besaßen, an den Laird zu geben, damit er die Rotröcke von ihren Ländereien möglichst fernhielt. Eine andere war es jedoch, ihnen auch noch das Letzte, was sie besaßen, zu nehmen, um es für einen König zu verwenden, der sein Land noch nicht einmal kannte, geschweige denn dessen Sprache sprach.

Gut, soviel er wusste, war der Prinz sehr wohl des Englischen mächtig, aber welcher Highlandschotte würde diese Sprache schon freiwillig als seine Muttersprache bezeichnen? Jedenfalls keiner, der noch einen Funken Stolz in sich trug.

Alexander war sich ebenfalls nicht sicher, ob der Prinz, sollte es denn wirklich zu einem erneuten Aufstand kommen, danach der bessere Herrscher wäre. Doch er stand mit seiner Meinung in seinem Clan so ziemlich alleine da, denn ein Großteil seiner Leute, erwartete bereits sehnsüchtig die Ankunft ihres „Prince Charlie".

Möglicherweise hatten sie ja recht! Ein Schotte auf dem Thron war vermutlich selbst dann die bessere Wahl für sein Volk, wenn er sich als vollkommen unfähig erweisen würde. Besser ein unfähiger schottischer König, als einer im fernen England, der in seinen schottischen Untertanen nichts weiter sah als Kühe, die er nach seinem Gutdünken melken konnte.

Alexander seufzte leise, während er langsam auf die alte, knorrige Eiche zuschritt, die auf einem der Hügel einsam und verlassen stand.

Wenn dieser Stuart sein Volk wieder enttäuschte, dann war das höchstwahrscheinlich der Untergang Schottlands. Seine Heimat würde danach nicht mehr dieselbe sein. Und nicht nur das! Bereits nach dem ersten Aufstand vor gerade einmal 55 Jahren, waren die Rechte des schottischen Volkes von ihrem englischen König so weit beschnitten worden, dass jeder Hochlandschotte, der noch etwas auf sich hielt, am liebsten vor den Rotröcken ausgespuckt hätte. Doch sie taten es nicht! Jedenfalls nicht diejenigen, denen ihr Leben lieb war.

Auch er war schon einige Male der Versuchung fast erlegen, es den Rotröcken einmal ordentlich zu zeigen, doch seine Frau und sein kleiner Sohn hatten ihn noch rechtzeitig zur Vernunft kommen lassen.

Das war jetzt bereits fünf Jahre her! Fünf verflucht lange Jahre! Doch was hatte ihm sein Zögern schließlich eingebracht? Nichts als Selbstvorwürfe, weil er nicht im Stande gewesen war, diejenigen zu schützen, die er am meisten geliebt hatte.

Selbst jetzt noch wurde er des Nachts oftmals von Albträumen heimgesucht, die ihn mit den Bildern von damals quälten.

Aber nicht nur seine Selbstvorwürfe machten ihm schwer zu schaffen. Noch schlimmer als diese waren die Einsamkeit und Leere, die er seit jenem Tag in sich fühlte. War es da nicht verständlich, dass er nun in anderen Dingen den Sinn seines Lebens suchte? Dinge, die ihn unweigerlich irgendwann aufs Schafott bringen würden und Kendrick, der ihm wie ein Schatten folgte, mit ihm.

Es war nicht weiter verwunderlich, dass die Alte es gesehen hatte. Selbst ein Blinder konnte fühlen, dass etwas mit ihm nicht stimmte. Und wenn die Alte auch nur den Hauch einer Ahnung besessen hatte, wer dort vor ihr stand, dann musste sie noch nicht einmal das zweite Gesicht besitzen, um zu wissen, wie sie dereinst enden würden.

Alexander hielt einen Moment inne. Wieso strömten gerade jetzt all diese Gedanken auf ihn ein? Er war hierhergekommen, um ihrer zu gedenken und nicht um sein Handeln zu hinterfragen. Dieser Tag gehörte nur ihnen. Ihnen allein!

Vielleicht hatte das Gewäsch der Alten ihm ja doch mehr zugesetzt, als er wahrhaben wollte. Es war eine Sache es zu wissen und gekonnt zu verdrängen, eine ganz Andere war es hingegen, es von jemanden gesagt zu bekommen. Verdammt!

Selbst hier war er inzwischen nicht mehr in der Lage seinen inneren Frieden zu finden. Wenn es schon so weit mit ihm gekommen war, dann war der Abgrund, auf den er zusteuerte, bereits näher als gedacht.

Die Erkenntnis traf ihn wie ein Schlag. Eigentlich hätte er es jetzt mit der Angst zu tun bekommen müssen, doch er verspürte keine Angst, sondern eher ... Genugtuung. *Aber warum? Weil du dir die Schuld an allem gibst*, beantwortete er sich selbst die Frage. *Aye, er gab sich die Schuld. Wäre er damals nicht auf Geheiß seines Onkels unterwegs gewesen, dann hätten ihn die Rotröcke nicht fälschlicherweise verhaftet. Dann wäre er bei ihnen gewesen und hätte verhindern können, dass ... Hättest du es wirklich verhindern können oder willst du es dir nur selber einreden?*, meldete sich seine innere Stimme erneut. Hatte er nicht alles Erdenkliche getan, um so schnell wie möglich zu ihnen zurückzukehren? Hatte er sich widersetzt, oder sich gewehrt, als die Rotröcke ihn ... Nein, ganz im Gegenteil! Seine Häscher hatten ihn wie einen räudigen Hund behandelt und er hatte es stillschweigend erduldet, nur um sein Leben zu retten, damit er ... Verflucht!

Wenn er damals schon gewusst hätte, dass sein Leben zu eben jener Zeit eine Wendung nahm, die es nicht mehr lebenswert machte, dann hätte er ... Aber seinerzeit hatte er es noch nicht einmal geahnt und sich deshalb stillschweigend seinem Schicksal ergeben. Immerhin hatte sein Onkel dann schließlich, nach einer gefühlten Ewigkeit, seinen Advokaten geschickt, um den Irrtum aufzuklären, doch da war es bereits zu spät gewesen. Er war nach Hause geeilt und hatte nur noch die verkohlte Ruine seiner ehemaligen Heimstatt vorgefunden und ...

Alexander erreichte nun die Kuppe des Hügels. Er hielt noch einmal einen Moment inne und seufzte leise, während sein Blick auf den bereits leicht verwitterten

Stein auf dem Boden fiel. Er senkte kurz sein Haupt, dann zog er, während er sich neben dem wuchtigen Stamm der alten Eiche auf seine Knie sinken ließ, sein Schwert aus der Scheide und rammte dessen Spitze vor sich in das Erdreich. Schließlich umfasste er den Knauf mit beiden Händen, legte seine Stirn dagegen, schloss seine Augen und begann leise zu beten.

7

Raelyn sah zu Ron herüber. Seine eisblauen Augen waren auf sie gerichtet. Sein Blick war dermaßen intensiv und durchdringend, dass sich ihr die Nackenhaare aufstellten. *Genauso musste sich ein Lamm fühlen, das von einem Wolf betrachtet wird, der auf der Lauer liegt,* schoss es ihr durch den Kopf. Aber Ron war kein Wolf! Ron war einfach nur Ron!

Doch nicht nur die Intensität seines Blickes jagte ihr Schauer über den Rücken. Seine Augen waren ebenfalls anders als sonst. In ihnen brach sich das Licht der Deckenlampen auf eine mehr als unheimliche Art und Weise. Ihr eisblau wirkte noch eine Spur heller, so dass das Licht von ihnen reflektiert wurde, wie von einem Spiegel. Es sah fast so aus, als würden sie von innen heraus glühen.

Raelyn schloss verwirrt ihre Augen. Als sie sie wieder öffnete, war das Glühen in seinen Augen verschwunden. Vor ihr stand nur noch ihr breit grinsender Ron. *Verdammt! Was war nur heute mit ihr los? Jetzt halluzinierte sie sogar*!

Rae atmete mehrere Male ein und aus, dann griff sie nach dem Plaid und schob es zur Seite. Zum Vorschein kam ein antikes Claymore. Das schottische Breitschwert war fast in demselben perfekten Zustand wie das Plaid. Der Schwertgriff war wunderschön gearbeitet, V-förmig, mit den für vor dem 17. Jahrhundert geschmiedeten Breitschwertern typischen Vierpässen an den Enden. Jenem in der Romantik und Gotik verwendetem Element, dass man von Kirchenfenstern kennt, und das vier identische Kreisbögen, die von einem weiteren, größeren Kreis umrundet wurden, darstellte.

Dort, wo der Griff, der aus Holz war und den man mit Lederriemen umwickelt hatte, auf das Metall der Klinge traf, war ein riesiger Granat in das Metall eingelassen, der blutrot im Schein der Lampen schimmerte. Kurz oberhalb des Heftes, mittig auf der Schwertklinge, die sich nach oben leicht verjüngte, prangte dasselbe Wappen, mit dem auch die Kiste verziert war. Die Gravur war so gut erhalten und detailgetreu, dass man selbst den Schriftzug noch ohne große Mühe lesen konnte.

Den einzigen Makel den das Schwert hatte, waren die dunklen, fast schwarzen Sprenkel, die sich unregelmäßig auf der Klinge verteilten und die ebenso dunkle Spitze. Es sah fast so aus, als würde das Blut seines letzten Opfers noch an ihm kleben, weil sein Träger es versäumt hatte, es anständig zu reinigen.

Raelyn fuhr mit einer Hand sanft über die Klinge. Dort, wo sich die Sprenkel befanden, war die Oberfläche rau und sie spürte die leichten Erhebungen, die sie bildeten. *Wie passend!,* schoss es ihr durch den Kopf. In den alten gälischen Sagen wurden die Granatsteine, die auf Cameron Land zu finden waren, als „**Blut der Krieger**" bezeichnet. Dort hieß es, dass die Seelen der verstorbenen Krieger zum Himmel emporsteigen und wie Vögel umherziehen müssen, solange, bis sie ihre irdischen Sünden gesühnt hätten. Nachts könne man dann das Kriegsgeschrei und Schlachtengetümmel hören. Ihr Blut aber, das an jener Stelle vergossen werde, würde zu Granatsteinen, die sich an den Schauplätzen ihrer nächtlichen

Schlachten morgens finden ließen. Deshalb nannte man sie auch „Blut der Krieger“. Auf dem Schwert befand sich demnach gleich zweimal das Blut eines Kriegers.

»Nimm es ruhig in die Hand!«, hörte sie Rons Stimme wie aus weiter Ferne sagen. »Auch wenn es so aussieht, es beißt nicht!« Seine Bemerkung war völlig unnötig, denn, noch bevor Ron den Satz beendet hatte, wanderten Raelyns Hände wie in Trance zu dem Heft. Ihre Finger schlangen sich wie von selbst um den lederbespannten Schwertgriff und hoben es leicht an. Kaum dass sie das volle Gewicht der Waffe in ihren Händen spürte, geschah etwas Merkwürdiges.

Irgendetwas durchzuckte ihren Körper und vor ihren Augen erschien plötzlich das Bild einer Landschaft. Grüne Hügel erstreckten sich, so weit das Auge reichte. Zwischen zwei Kleineren, genau in deren Talkessel, konnte sie die Konturen eines Sees erkennen. Die untergehende Sonne brach sich in seinem tiefblauen Wasser, dessen Oberfläche einen Teil der Landschaft widerspiegelte. Auf einem dieser Hügel stand eine riesige, alte Eiche. Die knorrigen Äste des Baumes wiegten sich sanft in der leichten Brise, die sein Laub leise zum Rascheln brachte.

Doch nicht der Baum an sich war es, der ihren Blick gefangen nahm, sondern die Gestalt, die zu seinen Füßen kniete. Es war eindeutig ein Mann! Nicht irgendein Mann, sondern ein schottischer Highlandkrieger in voller Highlandtracht. Sein Plaid entsprach genau dem Plaid, das sie eben noch zaghaft berührt hatte. Dichtes kastanienbraunes, schulterlanges, gelocktes Haar fiel ihm ins Gesicht, von dem sie nicht einmal die Konturen sehen konnte, da er auf einen Punkt vor sich auf den Boden starrte. Dieser Punkt war die Schwertspitze seines Claymores. Ein Schwert, das von weitem genauso aussah, wie jenes, dass sie selbst gerade ebenfalls in ihren Händen hielt.

Er hatte das Schwert senkrecht vor sich aufgestellt. Seine Hände lagen auf den Schenkeln des V-förmigen Hefts, während er die Stirn gegen den Knauf gelehnt hatte. Die ganze Szene hatte etwas Sakrales an sich, so als wollte er an eine höhere Macht gewandt, irgendetwas erflehen. *Wahrscheinlich den Sieg in einer Schlacht,* schoss es ihr durch den Kopf. *Welchen Sieg und welche Schlacht? Verdammt, war sie gerade dabei durchzudrehen?* Dass das wundervoll gearbeitete Claymore ihre Fantasie beflügelte, war ja noch verständlich. Dass es sie aber dazu brachte, Dinge zu sehen, die gar nicht sein konnten, jagte ihr einen Schauer über den Rücken.

Vielleicht hatte ihr kleiner Streit mit William und seine damit zusammenhängende Eröffnung, sie solle mit Mary zusammenarbeiten, ihr noch mehr zugesetzt, als sie bereits angenommen hatte. Und dann dieser abstruse Verdacht, sie könnte etwas mit dem Schreiben zu tun haben! Sie hatten sich über den Text unterhalten und wie unerklärlich ihr das Ganze erschien. Und er? Ja er hatte darauf einen vermeintlichen Scherz gerissen. Wie hatte er sich noch ausgedrückt? Ach ja! »Es sei denn, du kannst in die Vergangenheit reisen und hast es selbst geschrieben.« Wahrscheinlich hatte ihr Hirn nach all dem Stress diesen einen Satz dazu benutzt, ihr eine Szene aus der Vergangenheit vorzugaukeln. *Aber war es wirklich ein Szenarium, das in einer fernen Zeit spielte, oder eher etwas, was sie im Fernsehen oder Kino gesehen hatte und das ihre Erinnerung ihr nun als real vorgaukelte?* Wie dem auch sei, ihr Gehirn brachte sie offenbar mit dem Claymore in Verbindung. *Aber wenn alles um sie herum bloße Einbildung war, wieso konnte sie dann förmlich das Gras unter ihren Sohlen spüren und den Duft des Heidekrauts riechen?* Vor lauter Verwirrung hielt Ray den Atem an. *Welche Bilder würde ihre Fantasie ihr noch zeigen?*

Mit einem leichten, fast unbewussten Kopfschütteln versuchte sie, ihre Gedanken aus dem Kopf zu bekommen und sich wieder auf die Szene vor ihren Augen zu konzentrieren. Der Highlandkrieger hatte sich in der Zwischenzeit nicht einen Millimeter bewegt. Er kniete weiterhin in derselben Haltung auf der Erde *Wenn er selbst im Knien mit der Stirn den Knauf des Claymores berühren konnte, dann musste er ein wahrer Hüne sein. Und nicht nur das! Wenn der Rest seines Körpers nur halb so muskulös, wie seine starken Unterarme es erahnen ließen, war, dann war er nicht nur ein Hüne, sondern ein verdammt gut gebauter noch dazu.*

In diesem Moment hob er seinen Kopf und Raelyns Herzschlag setzte für eine Sekunde aus. Das Gesicht, in das sie sah, war das schönste Männergesicht, das sie jemals gesehen hatte. Von den hohen Wangenknochen, über seine gerade Nase, den vollen Lippen bis hin zu dem kantigen Kinn, war es nahezu perfekt. Jeder Maler hätte seine wahre Freude an ihm. Doch das Faszinierendste an ihm waren seine Augen, die sie nun völlig verwirrt ansahen. Wie, seine Augen sahen sie an? Wie war das möglich?

Um sich zu vergewissern, dass sie sich nicht schon wieder etwas einbildete, was gar nicht sein konnte, starrte sie einfach zurück.

Die seichte Abendbrise fuhr ihr durch ihr langes Haar und wehte es in ihr Gesicht. Ein Zittern ging durch ihren Körper, als der kühle Wind ihre Haut streifte. Ihre Nackenhaare stellten sich auf, während ihre Verwirrung stetig wuchs. *Wie konnte es sein, dass der Wind ...? Demnach bildete sie sich die Landschaft nicht ein. Doch wie war sie hierhergekommen? Und wo war hier?*

»Wer seid Ihr?«, der Klang seiner tiefen, sanften Stimme brachte sie völlig aus der Fassung. Sie schrak zusammen und das Schwert glitt aus ihren Händen. Bereits während es klirrend auf den Boden fiel, verblasste das Bild und Ron tauchte vor ihr auf.

»Ist etwas nicht in Ordnung?«, wollte er von ihr wissen. »Du siehst aus, als hättest du einen Geist gesehen.« Er schien überhaupt nicht bemerkt zu haben, dass sie eine Zeit lang nicht mehr ganz sie selbst gewesen war. Das verwirrte sie noch mehr.

»Nein ..., es ist nichts!«, stammelte sie. »Ich brauche nur dringend etwas frische Luft!« Mit diesen Worten machte sie auf dem Absatz kehrt und stürmte aus dem Raum.

Sie sah nicht mehr, wie auf Rons Gesicht, als er ihr nachblickte, ein teuflisches Grinsen erschien, er sich der Kiste zuwandte und das Plaid leicht berührte. Sie sah auch nicht das unheimliche Glühen, das in seine Augen trat, als er auf das Plaid blickte und sie konnte nicht hören, wie er dabei leise, »keine Sorge, mein Junge, Hilfe ist bereits unterwegs. Sie weiß es nur noch nicht!«, vor sich hin flüsterte.

8

Alexander starrte auf die Stelle, an der die zierliche Gestalt am Fuß des Hügels urplötzlich wie aus dem Nichts aufgetaucht und genauso plötzlich wieder verschwunden war. *Was war das?* Verwundert rieb er sich die Augen. *Das gerade konnte auf keinen Fall bloße Einbildung gewesen sein! Vielleicht hätte er doch auf Kendricks Drängen hören sollen, doch jetzt war es eindeutig zu spät dafür!*

Er hatte sie schon beobachtet, bevor sie überhaupt in seine Richtung gesehen und begriffen hatte, dass sich jemand unter der Eiche aufhielt. Das war der Vorteil seines langen Haares und jahrelangen Trainings. Sobald sich seine Nackenhaare aufstellten, spürte und wusste er, dass sich irgendwo in seiner Nähe eine Person aufhielt, die ihn beobachtete. Diese Fähigkeit, und sein Instinkt, jedwede Gefahr geradezu zu wittern, waren, wenn man in den schottischen Highlands überleben wollte, so wichtig geworden, wie das Atmen selbst. Denn nicht nur die Rotröcke, sondern auch einige der anderen Clans und diverse Abtrünnige trieben sich vermehrt überall herum.

Als die Fremde ihn entdeckt hatte, hatte sie ihn unverhohlen angestarrt, genauso wie er es mit ihr getan hatte. Die Spitze des riesigen Claymores, das sie in ihren Händen hielt, war auf ihn gerichtet. Doch sie war nicht zum Angriff übergegangen. Er hatte angenommen, dass sie womöglich zu einer dieser marodierenden Banden, die ihren Lebensunterhalt durch Viehdiebstahl und Wegelagerei bestritten, gehörte und nur darauf wartete, dass die Männer ihrer Horde zu ihr stießen. Oder, dass sie ein Lockvogel wäre, und der Rest ihrer Bande wäre bereits dabei, sich von hinten an ihn heranzuschleichen. Doch da war nichts, was auf eine Gefahr aus dieser Richtung hingedeutet hätte. Da war nur sie, sie allein!

Eine ganze Weile hatte sie einfach nur dagestanden und ihn von oben bis unten gemustert. Er hatte sie gewähren lassen. Nicht weil er gerne begafft wurde, wie ein Hengst auf einem Viehmarkt, sondern weil ... *Ja warum eigentlich? Weil etwas an ihr äußerst merkwürdig gewesen war.*

Ihre Kleidung entsprach so gar nicht dem Erscheinungsbild einer anständigen Lady. Die eng anliegenden dunkelblauen Beinkleider, die sie trug, schmiegten sich an ihre Schenkel wie eine zweite Haut. Darüber trug sie eine hauchzarte, tiefrote Winzigkeit, die mehr Haut freiließ, als sie bedeckte. So etwas hatte er noch nie zuvor gesehen. Die Beinkleider waren ja in gewisser Weise zu erklären. Röcke stellten höchstwahrscheinlich eine Behinderung für sie dar, wenn sie mit ihrem Claymore kämpfen musste. Aber das Oberkleid? Selbst dann, wenn es sich dabei um eine Art von Unterkleid handelte, war es viel zu freizügig. *Und wo zum Teufel war dann ihr Mieder?*

Da er seinen Kopf nicht vorzeitig hatte heben wollen, um ihr nicht zu zeigen, dass er sie bereits entdeckt hatte, sondern vielmehr gespannt darauf wartete, was sie als Nächstes zu tun gedachte, hatte er bis dato nur den Anblick ihres Körpers genießen können. Doch als er sie dann direkt angesehen hatte, war er mehr als geblendet gewesen von dem, was er sah. Ihr langes Haar, dass ihr von der seichten Abendbrise ins Gesicht wehte, glänzte wie Silber im Licht der untergehenden Sonne. Dann, wenn rötlichere Strahlen es trafen, reflektierte es sie, sodass sich eine Art Glorienschein um ihr Haupt bildete wie bei den Heiligenbildern in den Kirchen. Ihre Haut war dunkler als bei den meisten Ladys und ihre Gesichtszüge? Mein Gott! Er stöhnte leise. So stellte er sich einen Engel vor. Doch dieser Engel hatte mit einem Schwert auf ihn gedeutet, das erstaunliche Ähnlichkeit mit seinem eigenen hatte. Allerdings waren auf ihrer Klinge deutlich die Zeichen eines Kampfes zu sehen gewesen. Wusste sie denn gar nicht, dass eingetrocknetes Blut die Klinge ruinieren konnte, sodass sie völlig unbrauchbar wurde?

Und dann hatten sich ihre Blicke getroffen. *Ihre Augen waren ... Das konnte nicht sein! Sie waren blauer als der Himmel an einem strahlenden Sonnentag! Blauer als das Meer und sie funkelten wie Saphire in ihrem Gesicht.* Er war unfähig gewesen, seinen Blick von ihr abzuwenden und sogar unfähig zu atmen.

»Wer seid Ihr?«, hatte er daraufhin leise, fast tonlos geflüstert. Doch obwohl die Worte kaum mehr als ein Hauch gewesen waren, schien sie sie gehört zu haben. Ihre Augen weiteten sich vor Entsetzen. Das Schwert glitt aus ihren Händen, löste sich vor seinen Augen in Luft auf und mit ihm der unbekannte Engel.

Alexander Cameron rieb sich erneut verblüfft die Augen, dann blinzelte er mehrmals, doch das Mädchen, was er zu sehen geglaubt hatte, blieb verschwunden. Hastig erhob er sich von seinem Platz und rannte dann den Hügel hinunter, zu der Stelle, an der sie noch vor wenigen Augenblicken gestanden hatte. Doch da war nichts! Nicht einmal das Gras zeigte Anzeichen, dass dort überhaupt jemals eine Person gestanden hatte.

Wie war so etwas möglich? War sie vielleicht doch ein Trugbild, eine Erscheinung oder möglicherweise ein Geist oder eine aus dem »Kleinen Volk«? Klein war sie, doch trugen diejenigen, die der Túatha Dé Danann *angehörten, nicht weite, wallende Gewänder, dazu Blumenkränze und magische Gegenstände?* Er hatte noch nie von einer Fee gehört, die ein schottisches Claymore bei sich trug. *Und wenn sie ein Geist gewesen war, was wollte er dann von ihm? War sie als Warnung vor drohendem Unheil zu ihm gekommen? War der Aufstand und somit der Krieg, den er befürchtete vielleicht schon viel näher, als er es hätte vorausahnen können?* Wenn dem so war, dann brauchten er und sein Volk wirklich dringend die Unterstützung einer höheren Macht. Der Gedanke an eine höhere Macht, brachte ihn schlagartig zurück zu seinem eigentlichen Vorhaben. *Wie dem auch sei, früher oder später würde er es ohnehin erfahren.*

Mit diesem Gedanken atmete er noch einmal tief durch, dann lief er zurück, den Hügel hinauf, ließ sich abermals auf seine Knie sinken, richtete sein Schwert erneut senkrecht vor sich auf und lehnte dann die Stirn gegen den Schwertknauf. Ihr Erscheinen hatte ihn unterbrochen. Ihn abgelenkt von dem, was er jedes Jahr an diesem Tag tat. Hier unter der alten Eiche, die ihre Zweige schützend über sie ausgebreitet hatte. Die Inschriften auf den beiden steinernen Platten, die so dicht nebeneinander lagen, weil man sie zusammen in ein Grab gelegt hatte, und deshalb fast wie eine einzige erschienen, verblassten bereits langsam, obwohl es gerade einmal fünf Jahre her war, dass sie ihm genommen wurden. Lizzi und sein kleiner Sohn, der noch nicht einmal sein erstes Jahr vollendet hatte! Und warum das Ganze? Weil der unfähige, englische König und seine Rotröcke die Augen vor dem eigentlichen Problem Schottlands verschlossen:

Sie ließen zu, dass verfeindete Clans sich bis aufs Blut bekriegten und marodierende Banden nicht einmal vor Frauen und Kindern haltmachten. Zwar hatten all jene, die für den Tod seiner Familie verantwortlich gewesen waren, seine Rache bitter zu spüren bekommen, doch noch immer fand er keinen Frieden! Nur an diesem Tag, wenn er ihre Gräber aufsuchte, um für sie und ihn zu beten, war sein Geist nicht von stetiger Unruhe getrieben. Jedenfalls normalerweise!

Alexander schloss seine Augen in der Hoffnung, sich nun endlich auf den eigentlichen Grund seines Kommens konzentrieren zu können, doch diesmal war es nicht Lizzis Bild, sondern das der schönen Unbekannten, das seine Gedanken formten. *War sie vielleicht diejenige, die ihm endlich den erhofften Frieden bringen konnte? Doch, wieso sollte sie? Sie war bloß ein Trugbild!* Eines, das allerdings ziemlich beeindruckend gewesen war. Verdammt! Vielleicht war er ja wirklich einsamer, als er dachte. Was hatte Kendrick ihm noch vor gar nicht allzu langer Zeit gesagt? Ach ja! »Wenn du nicht langsam beginnst, das Leben wieder als Leben zu betrachten und auch die schönen Dinge darin siehst, dann wird es dich in den Abgrund reißen und mich mit dir!« Vielleicht war es ja das, worauf die Alte angespielt hatte? Aber ... Verflucht noch eins! Wieso kam ihm gerade jetzt all dies in den Sinn? Er war nicht hierhergekommen, um der Grübelei anheimzufallen, sondern ...

Um seine Gedanken endlich zu vertreiben, schüttelte er vehement seinen Kopf und starrte bewusst solange auf die beiden Inschriften auf den Steinen, bis diese vor seinen Augen verschwammen. Dann seufzte er leise und begann schließlich zu beten: »*A Thighearna Air nèamh, dìon mo mhàthair. Leig leotha fois a ghabhail ann an sìth agus an cuid anma a thoirt gu do rìoghachd shiorruidh! Athair, air néamh, na mo lámhan chuir mi mo dhuais! Thèid do thoil a dhèanamh*!« (Herr im Himmel, beschütze die Meinen! Lass sie in Frieden ruhen und führe ihre Seelen in dein ewiges Reich! Vater im Himmel, in deine Hände lege ich mein Schicksal! Dein Wille geschehe!)

9

Raelyn stürmte aus dem Gebäude und über den St. Andrews Square. Anschließend rannte sie, bis sie ihre Wohnung auf der Chambers Street erreichte. Als Nächstes öffnete sie hastig die Haustür und hechtete die zwei Stockwerke zu ihrer Wohnung hinauf. Erst als sie die Wohnungstür hinter sich zufallen hörte, hielt sie inne. Ihr Atem ging keuchend und ihr Puls raste. Sie schloss ihre Augen und versuchte verzweifelt, sich etwas zu beruhigen. Doch das war gar nicht so einfach.

Was war da gerade geschehen? Die Dinge, die sie gesehen hatte, waren so real gewesen wie das Holz ihrer Haustür, gegen die sie sich unbewusst gelehnt hatte und das sie nun in ihrem Rücken spüren konnte. Die Landschaft, das Gras, der Wind, selbst die Gerüche schienen authentisch, doch in einer Halluzination gab es nichts Echtes. Nichts, was wirklich echt war. Und doch waren all die Dinge für sie greifbar gewesen. Besonders er! Fast erwartete sie, dass jeden Moment irgendetwas gegen ihre Tür hämmern oder diese mit einem lauten Knall auf sie stürzen würde.

Aber nichts dergleichen geschah! Es war genauso ruhig wie immer. Niemand hämmerte an ihre Tür oder hob sie einfach aus den Angeln.

Als sie das begriff, löste sie sich von der Tür, ging langsam in ihren Wohnraum, warf ihre Tasche in eine Ecke und ließ sich dort auf der Couch nieder. Dann lehnte sie sich zurück, zog die Beine an, umfasste sie mit ihren Armen und schloss die Augen. Allerdings nicht, ohne auch weiterhin auf jedes Geräusch zu achten. Ihre Nerven waren zum Zerreißen gespannt. Dass sie den Kerl sehen konnte, war ja durchaus nachvollziehbar. Immerhin war er ihrer Vorstellung entsprungen. Vielleicht auch noch, dass er sie ebenfalls sah und sie ansprach.

War es nicht so, dass Menschen, wenn sie in der Wüste eine Fata Morgana sahen, oftmals jemanden sahen, der ihnen zuwinkte oder ihnen etwas zurief? Vielleicht war er ja so eine Art Fata Morgana gewesen. Nur, dass er nicht in der Wüste, sondern in den schottischen Highlands erschienen war. *Aber, wenn er eine derartige Erscheinung war, wieso hatte dann in seinen Augen derselbe Unglaube, dieselbe Verwirrung gestanden, wie sie vermutlich auch in ihren zu sehen gewesen war? War es vielleicht denkbar, dass zwei unterschiedliche Personen ein und dieselbe Halluzination miteinander teilten?* Über die andere Möglichkeit, sie wäre womöglich auf irgendeine Weise zu ihm teleportiert worden, wollte und konnte sie nicht nachdenken. Das war noch abstruser als der Gedanke an ein gemeinsames Fantasiegebilde. Sie war hier in keiner „Star Trek“ Folge und „Scotty“ beamte sie erst recht nirgendwohin.

Ihre angestrengte Grübelei verursachte ihr Kopfschmerzen. Sie fühlte sich matt und zerschlagen, aber egal wie sie es auch drehte und wandte, keiner ihrer Gedanken führte zu einer plausiblen Erklärung. Das Schlimmste daran waren jedoch nicht ihre Kopfschmerzen oder die Ergebnislosigkeit, sondern vielmehr die Tatsache, dass sie dadurch immer unruhiger wurde. Sie war meilenweit von ihrem inneren Frieden entfernt und je länger sie einfach nur dasaß, umso schlimmer wurde es.

Schließlich hielt sie es nicht mehr aus. Sie rutschte nervös auf der Couch hin und her, öffnete ihre Augen, griff nach ihrer Tasche, kramte dann nach ihrem Handy und wählte.

Es dauerte eine gefühlte Ewigkeit, bis sie endlich das Knacken in der Leitung hörte und sich die vertraute Stimme ihrer Freundin meldete.

»Kanzlei MacPherson, Grand und Boyle! Sie sprechen mit Annabelle Murray! Wie kann ich Ihnen helfen?«

»Anni?«

»Ray bist du das?« Die Stimme am anderen Ende klang überrascht. »Wieso rufst du auf meinem Dienstanschluss an? Du hättest mir genauso gut eine SMS schicken können.«

»Ich wollte sichergehen, dass du meine Nachricht sofort bekommst!«

»Ist irgendwas? Du klingst so ... nervös! So kenn ich dich gar nicht!«

»Hast du Zeit?«, fuhr Raelyn unbeirrt fort, ohne auf Annis Bemerkung einzugehen.

»Was? Jetzt?«, Annabelle klang irritiert, doch Rae schien es gar nicht zu bemerken.

»Ja! Jetzt! Ich würde es nicht so dringend machen, wenn es nicht dringend wäre.«

»Rae, du machst mir Angst! Was ist los? Wurdest du überfallen? Oder wurde bei uns eingebrochen? Bist du verletzt?«, Rae konnte hören, wie ihre Freundin am anderen Ende vor Spannung die Luft anhielt.

»Nein, das ist es nicht, aber ... Anni, bitte!«, versuchte sie, sie zu beruhigen.

»OK! Ich habe vor der Mittagspause noch einen Termin außer Haus, danach stehe ich dir voll und ganz zur Verfügung. Ich versuche, mir für den Rest des Tages frei zu nehmen! Und Rae, wenn es nicht wichtig ist, dann ... Bei mir stapelt sich die Arbeit! Wir haben drei Krankmeldungen und Edward ist zurzeit in London. Wir sind also ziemlich unterbesetzt!«

»Du weißt, dass ich dich nicht von der Arbeit wegholen würde, wenn es nicht wichtig wäre!«, entgegnete Rae ihr gereizt, obwohl sich ihr schlechtes Gewissen dabei lautstark meldete und ihr einzureden versuchte, dass sie Annabelle in diesem Fall nicht mit ihren Hirngespinsten behelligen sollte.

»Also gut! Bis in etwa einer Stunde!«

»Anni ...?!«, das Klicken in der Leitung zeigte Rae nur allzu deutlich, dass ihre Freundin bereits aufgelegt hatte.

Rae starrte noch eine Zeit lang das nun stumme Smartphone an, dann warf sie es in die andere Ecke der Couch. Es war schon lange nicht mehr vorgekommen, dass sie Annabelle mit ihren Problemen belästigte, aber diesmal brauchte sie wirklich dringend ihren Rat. Anni war ihre Freundin, solange sie denken konnte. Sie beide waren in demselben Waisenhaus aufgewachsen und mit ihr verknüpfte sie ihre ersten, bewussten Erinnerungen. Schon ganz früh, da konnte Rae kaum laufen, geschweige denn richtige, vollständige Sätze bilden, hatte Anni sich ihrer angenommen. Sie war ein paar Jahre älter als Rae und hatte das kleine, verängstigte Mädchen schnell in ihr Herz geschlossen und es wie eine Art große

Schwester adoptiert. Wenn Rae in Schwierigkeiten gewesen war, war Annabelle immer zur Stelle. Sie musste nie nach ihr rufen, denn irgendwie schien es fast so, als könne sie es förmlich riechen, wenn bei Rae irgendetwas nicht in Ordnung war. Als sie dann langsam erwachsen wurden und Anni schließlich in ihre erste Wohnung hier in Edinburgh zog, war für Rae eine Welt zusammengebrochen, obwohl sie Annabelle, so oft es ihr möglich gewesen war, besuchte und mit ihr telefonierte. Doch trotzdem hatte sie ihr gefehlt, denn es war etwas völlig anderes mit jemandem sein Zimmer zu teilen, oder ihn nur ab und an zu sehen oder zu sprechen.

Dann, als sie sich gerade mit der neuen Situation arrangiert hatte, war sie selbst in ihre Wohnung auf dem Campus gezogen und hatte mit ihrem Studium angefangen. Zuerst war alles Neue toll und aufregend für sie gewesen, doch dann war Mary in ihr Leben getreten und hatte es zur Hölle werden lassen. Wären Annabelle und später William nicht gewesen ...! Aber diese Zeit lag, Gott Lob, weit hinter ihr und dank Williams und Rons kleiner Hinterlist, musste sie auch nicht befürchten, dass sie so schnell noch einmal zurückkommen würde.

Rae fuhr sich nachdenklich durch ihr langes Haar. Es war wirklich beruhigend zu wissen, dass man Leute hatte, die fest hinter einem standen. Was sie wieder auf Annabelle brachte. Damals, kurz bevor Will Mary erwischt und sich die ganze Situation zu ihren Gunsten gewendet hatte, hatte Anni, die vermutlich ihr Elend nicht länger mit ansehen konnte, ihr vorgeschlagen, zu ihr zu ziehen. Rae hatte erst dankend abgelehnt, denn sie wollte ihrer Freundin unter keinen Umständen länger zur Last fallen, schließlich war sie ja bereits ebenfalls erwachsen und musste lernen, ihre Probleme alleine zu lösen. Doch Anni hatte ihre Einwände lapidar abgewunken und darauf bestanden, dass sie ihre Koffer packte und zu ihr umsiedelte. Erst nachdem ihr Annabelle einige Male versicherte, dass sie auch wirklich nicht stören würde, war sie schließlich auf den Vorschlag ihrer Freundin eingegangen. Seitdem teilten sie beide sich das kleine Apartment in der Chambers Street.

Da Annabelle inzwischen eine bekannte Anwältin war und in einer der renommiertesten Anwaltskanzleien des Landes arbeitete, war sie oft in ganz Schottland und England unterwegs. Die Mandanten der Kanzlei verteilten sich zwar auf der ganzen Welt, doch Anni betreute nur diejenigen, die auf der Insel ansässig waren. Trotzdem häuften sich in letzter Zeit ihre Reisen. Sie standen dann zwar telefonisch in Kontakt, allerdings bedeutete es für Rae aber dennoch, dass sie die Wohnung immer öfter für sich alleine hatte. Und Raelyn hasste es geradezu, sich ausschließlich mit sich selbst beschäftigen zu müssen.

Durch das Alleinsein kam sie sich noch verlassener vor, als ohnehin schon. *Womöglich lag es daran, dass sie in dem Waisenhaus zwar einsam, aber niemals völlig allein gewesen war!*

Was das Ganze zusätzlich verschlimmerte war die Tatsache, dass sich nicht nur seit geraumer Zeit Annis Dienstreisen häuften, sondern dass ihre Freundin seit Kurzem auch einen festen Freund hatte. Daniel war Pilot, mit dem Anni, wenn er sich in Edinburgh aufhielt, ihre Zeit verbrachte. *Verständlicherweise!* Rae gönnte ihrer Freundin alles Glück der Welt, doch da war auch diese innere Stimme, die Anni weiterhin für sich haben wollte. *Vielleicht waren ihre Halluzinationen ja nur Vor-*

boten einer fetten Depression oder ihre Art mit der neuen Situation umzugehen. Sozusagen ihre Antwort auf die Verlustängste, die sie sich selbst nicht eingestehen wollte. Aber musste es dann ein fast zwei Meter großer Highlandkrieger sein?

In diesem Moment drehte sich leise der Schlüssel im Türschloss und die Tür öffnete sich. Zuerst schrak Rae innerlich zusammen. Als sie aber den vertrauten Klang von Annabelles Schritten auf dem Parkett hörte, beruhigte sie sich sofort wieder und atmete tief durch.

»Rae?«, Anni klang nervös.

»Hier! Im Wohnzimmer!«, Rae konnte hören, wie ihre Freundin daraufhin ihre Schlüssel auf die Anrichte im Flur warf und kurz darauf erschien auch schon ihr Gesicht in der Türöffnung.

»Rae? Verdammt, wie siehst du denn aus? So aus dem Häuschen habe ich dich schon ewig nicht erlebt! Aber wie mir scheint, hat es nichts mit unserer Wohnung zu tun. Nach einem Einbruch sieht es hier nicht gerade aus!« Rae nickte. »Was ist es dann?«, Annabelle kam schnurstracks auf sie zu und ließ sich direkt neben ihr nieder, dabei sah sie sie fragend an.

»Anni du weißt, ich hätte dich wirklich nicht angerufen, wenn es nicht ... Ich ... Ach man!«

»Rae jetzt hör' auf nur zu stammeln und sag mir, was los ist! So kommen wir keinen Schritt weiter!«

»Ich weiß! Aber ... Anni ... Ich weiß gar nicht, wo ich anfangen soll.« Annabelle sah sie nachdenklich an.

»Weißt du noch, was ich dir in einer solchen Situation immer im Waisenhaus gesagt habe?« Rae nickte.

»Du hast gesagt, dass nichts schlimmer ist, als Probleme in sich hinein zu fressen, denn wenn **du** sie frisst, dann fressen sie **dich** eines Tages auf!«, diesmal war es Annabelle, die nickte.

»Ganz genau! Also raus mit der Sprache! Du weißt, dass du mir alles sagen kannst!« Rae zögerte noch immer. Schließlich aber gab sie sich einen Ruck.

»Also schön! ... Anni ich glaube, ich verliere langsam den Verstand!«

»Wieso denkst du, dass du den Verstand verlierst? Das musst du mir genauer erklären.«

»Dann muss ich aber etwas weiter ausholen«, entgegnete Rae unsicher.

»Das macht nichts! Nach deinem Anruf habe ich mir den Rest des Tages freigenommen. Also erzähl schon!«

»OK! Du weißt doch, dass William dieses neue Projekt bekommen und mir versprochen hat, dass ich es diesmal eigenständig und alleine bearbeiten kann. Ich habe dir die letzten Wochen damit ja förmlich die Ohren heiß geredet! Aber ... er hat nicht Wort gehalten! Ich soll mit Mary zusammenarbeiten.«

»Du sollst was?«, Annabelle war sichtlich geschockt. »Er weiß doch, wie ihr zueinander steht! Wie kann er so etwas auch nur in Betracht ziehen?«

»Zu seiner Verteidigung muss ich sagen, dass das Ganze nicht auf seinen Mist gewachsen ist. Gordon hat sich eingemischt und ...«

»Was hat Gordon damit zu tun? Er ist doch nur der Kurator? Seit wann greift Gordon in Williams Personalentscheidungen ein?«

»Normalerweise nicht! Doch diesmal ist es anders.« Daraufhin erzählte sie ihrer Freundin von dem Schreiben, das in der Truhe entdeckt wurde und Gordons Verdacht, sie hätte etwas damit zu tun.

»Verstehe ich dich richtig? Gordon geht davon aus, dass du den Brief gefälscht hast?«, Rae nickte erneut. »Aber das kann doch nicht sein Ernst sein? Wie solltest du an den Inhalt der Kiste kommen, wenn du sie noch nie zuvor gesehen hast? Das ist völlig unlogisch!«

»Ich weiß! Doch Gordon scheint da anderer Meinung zu sein. Außerdem vergisst du, dass der Einfluss seines Betthäschens ziemlich weit reicht. Du weißt, wie Mary ist! Ich denke, sie versucht nur wieder, aus der Situation ihren persönlichen Vorteil zu ziehen. Sie hat einfach mal wieder die Möglichkeit für ihre Rache gesehen und sich sofort daraufgestürzt.

Du weißt ja, dass sie jede Chance nutzt ... Ich steh dann meist blöd da und muss die bittere Pille schlucken, ob ich will oder nicht!«

»Kein Wunder, dass du völlig durch den Wind bist! Ich wäre an deiner Stelle vermutlich auch nicht gerade glücklich darüber.« Rae nickte zum wiederholten Male.

»Was ich aber immer noch nicht verstehe — wieso denkst du, dass du den Verstand verlierst? Dass du deshalb verwirrt bist, oder nahe am Durchdrehen, würde ich ja noch verstehen, aber deine Wortwahl lässt darauf schließen, dass deine Aussage nicht auf diese Weise gemeint war.« Annabelle sah sie fragend an, derweil Rae erst schluckte und dann vorsichtig erwiderte: »Aus dir spricht deutlich die erfolgreiche Anwältin!«

»Du weichst mir aus.«

»Aye!«

»Glaube ja nicht, dass ich mich mit dem kleinen Bröckchen, das du mir hingeworfen hast, einfach so zufriedengebe. Ich bin nicht umsonst eine erfolgreiche Anwältin. Du kannst dir nicht vorstellen, mit welchen abstrusen Geschichten mich manch einer schon abspeisen wollte, bevor er mit der vollen Wahrheit herausgerückt ist ... und, dass du mir nur die Hälfte der Geschichte erzählt hast, das sehe ich nicht nur an deinem treuen Hundeblick!«

»Du hast ja recht!«, gab Rae nach einer Weile zähneknirschend zu. »Was aber, wenn meine Geschichte genauso abstrus ist, wie die deiner Klienten?«

»Abstruser geht fast nicht! Schieß einfach los und ich sage dir dann, ob du mit deiner Geschichte mein persönlicher Favorit wirst.« Annabelle lächelte sie aufmunternd an. »Aber Spaß beiseite! So schlimm wird es schon nicht werden!« *„Wenn du wüsstest!“*, schoss es Raelyn durch den Kopf, dann begann sie jedoch, endlich zögernd zu erzählen:

»Als ich in die »Portrait Gallery« kam, war Mary bereits in Rons Arbeitszimmer und ...« Sie erzählte ihrer Freundin alles, was sich dort abgespielt hatte und beendete schließlich ihre Schilderung mit den Worten: »Ich war so kopflos, dass ich Ron einfach stehen ließ und zu unserer Wohnung gerannt bin. Ich wusste mir keinen Rat mehr, und da habe ich dich einfach angerufen.« Annabelle betrachtete sie eine Weile schweigend, so als könnte sie das eben Gehörte kaum glauben

»Du denkst auch, dass ich in eine Anstalt gehöre. Das sehe ich dir an! Glaube mir, ich nehme es dir nicht übel! Wenn ich an deiner Stelle wäre, würde ich mich wahrscheinlich auch einweisen lassen.« Anstatt ihr zu antworten, stand Annabelle jedoch auf, lief zu der Anrichte, öffnete diese und holte zwei Gläser und eine Flasche Whisky heraus. Anschließend kam sie zu Rae zurück, stellte die Gläser auf den Tisch, füllte sie, setzte das eine an ihre Lippen und trank es wortlos in einem Schluck aus. Anschließend füllte sie es erneut.

Rae, die Anni dabei beobachtete, war sprachlos. In solch einer Verfassung hatte sie ihre Freundin noch nie gesehen. Nicht mal dann, wenn einer ihrer Freunde wieder einmal aus fadenscheinigen Gründen mit ihr Schluss gemacht hatte.

»Ist es so schlimm?«, wollte sie daraufhin unsicher von Anni wissen. »Was ist los? Du glaubst mir nicht und hältst mich wirklich für verrückt?«

»Das ist es nicht! Ganz und gar nicht! Ich dachte nur, es wäre vorbei!«, gab Annabelle zurück, dabei griff sie erneut nach dem Glas und trank.

»Wie? Es wäre vorbei? Wovon redest du?«, Rae wurde zusehend nervöser und verwirrter. Sie hatte keine Ahnung, worauf ihre Freundin anspielte, geschweige denn, was sie ihr mitzuteilen versuchte. Vor lauter innerer Unruhe rutschte sie auf dem Sofa hin und her, während Annabelle sie dabei eingehend betrachtete. Ihr Schweigen war schlimmer, als eine Bestätigung ihrer Befürchtungen.

»Woran aus deiner Kindheit erinnerst du dich?«, wollte Anni plötzlich von ihr wissen und der Klang ihrer Stimme ließ Rae unwillkürlich zusammenzucken.

»Nicht viel!«, gab sie zu. »Aber warum willst du das wissen? Ich verstehe nicht, was meine Kindheit mit den Dingen, die heute passiert sind, zu tun hat.«

»Kannst du dich noch an die Zeit erinnern, als du in die Schule gekommen bist?«, Annabelle klang völlig ruhig, was Rae noch mehr aus der Fassung brachte.

»Verdammt Anni! Was soll das Ganze?«

»Du weißt wirklich nicht wovon ich spreche!«, es war eine nüchterne Feststellung, die Rae jedoch unwillkürlich einen Schauer über den Rücken jagte.

»Anni du machst mir Angst! Hör endlich mit deinen Andeutungen auf und erzähl mir, wovon du redest? Ich kann mich wirklich an nichts erinnern!«

»Also gut, aber nimm vorher erst einmal einen Schluck Whisky! Du wirst ihn brauchen!« Rae, die ihre Freundin noch immer anstarrte, griff automatisch nach dem Glas und nippte daran.

»Bist du jetzt zufrieden?«

»Aye! Aber halte es griffbereit! Ich glaube, das, was ich dir zu sagen habe, wird deinen Zustand nicht gerade verbessern!« Als Rae, wie zur Bestätigung kaum merklich nickte, begann Annabelle zu erzählen:

»... Unser altes, außerhalb von Stirling gelegenes Waisenhaus war damals so marode, dass sie uns vorübergehend in einem dreistöckigen Stadthaus aus dem 17. Jahrhundert in der Innenstadt untergebracht haben. Wir Älteren hatten die Zimmer im 1. Stockwerk, während ihr Jüngeren im zweiten Stock untergebracht wart. Du allerdings nicht sehr lange!

Zunächst hatten sie dich damals mit Gleichaltrigen in einem Gemeinschaftsraum einquartiert, aber da du fast jede Nacht schlafgewandelt bist und ständig nur noch geheult hast, hielten sie es wohl für besser, dich schließlich bei mir unterzubringen, denn immerhin war ich die Einzige, die es irgendwie fertigbrachte, dich zu beruhigen. Du warst aber auch ein verschrecktes, kleines Ding und dein Stottern hat es nicht gerade einfacher für dich gemacht. Auf jeden Fall warst du geradezu ein prädestiniertes Opfer. Wie dem auch sei, es muss in etwa drei Wochen nach deiner Einschulung gewesen sein, als ...«, Annabelle stockte.

»Als was?«

»Du kamst weinend zu mir, weil sie dich in der Schule wieder getriezt hatten, aber ich, damals schon ein Teenager, hatte gerade andere Dinge im Kopf, als mich um dich junges Gemüse zu kümmern. Ich habe dich deshalb weggeschickt. Wenig später allerdings tat es mir auch schon wieder leid und ich bin losgezogen, um dich zu suchen. Ich weiß nicht, wie viele Stunden ich dich gesucht habe. Ich habe fast jedes Zimmer vollständig durchkämmt. Sogar unseren Betreuern war aufgefallen, dass ich nahezu kopflos durch die Räume irrte, doch es gelang mir, sie abzuwimmeln, indem ich ihnen sagte, ich würde bloß etwas suchen. Das stimmte ja auch in gewisser Weise, also konnte mir niemand vorwerfen, ich hätte gelogen.

Als es dann aber langsam dunkel wurde und ich noch immer keine Spur von dir gefunden hatte, begann ich mir doch allmählich Sorgen zu machen. Was, wenn du wirklich weggelaufen wärst? Nicht nur, dass du mutterseelenallein durch die Straßen geirrt wärst, nein es wurde auch langsam dunkel und ich kannte deine Angst vor der Dunkelheit.

Selbst wenn ich bei dir war, musste ich das Licht so lange anlassen, bis du eingeschlafen warst. Außerdem, was sollte ich unseren Betreuern sagen, wenn sie deine Abwesenheit beim Abendessen bemerkten?

Ich war schon drauf und dran, mich ebenfalls davonzuschleichen, um dich in Stirling zu suchen, als du aus heiterem Himmel einfach aufgetaucht bist.«

»Wie ich bin einfach aufgetaucht? Du meinst, ich bin urplötzlich zu dir in unser Zimmer gelaufen, weil ich mich irgendwo versteckt hatte!«, unterbrach Rae die Ausführungen ihrer Freundin. Doch, anstatt ihr zu antworten, seufzte diese leise und setzte dann kommentarlos ihre Geschichte fort.

»Du warst so verwirrt, dass du noch mehr gestottert hast, als ohnehin schon. Ich wusste, dass, wenn du in diesem Zustand in den Speisesaal gehst, dich die Anderen nur noch mehr hänseln und dir das Leben schwer machen. Deshalb bin ich hinuntergerannt und habe uns beide entschuldigt.

Ich weiß nicht mehr, wie lange ich beruhigend auf dich eingeredet habe, bevor du mir endlich erzählen konntest, was geschehen war. Aber das, was du mir dann erzählt hast, war mehr als merkwürdig.« Rae sah ihre Freundin völlig verwirrt an. Das, was Anni ihr da berichtete, war für sie so neu wie ... *Ja, was eigentlich? Auf jeden Fall erschien es ihr keine Anekdote aus ihrer Kindheit zu sein, denn wenn es so wäre, müsste sie sich dann nicht wenigstens an irgendetwas daraus erinnern?*

»Du hast mir damals gesagt«, erzählte Annabelle unbeirrt weiter. »Dass du, nachdem ich dich sozusagen rausgeschmissen hatte, die Treppe hinuntergerannt bist. Unten in der großen Halle, war seitlich in die Wand unterhalb der Stufen eine kleine Tür eingelassen. Ich nehme an, dass sie in früheren Zeiten als eine Art Lagerraum gedient hat, auf jeden Fall war sie wohl unverschlossen und du bist in den kleinen Raum hineingeschlüpft, um dich dort zu verstecken.

Da es in der winzigen Kammer aber dunkel war, wolltest du Licht machen. Du hast erzählt, du hättest, als du die Tür aufgemacht hast, in einer Ecke eine Kiste mit angebrannten Kerzen und Streichhölzer entdeckt, dir eine dieser Kerzen geschnappt und sie letzten Endes angezündet. So weit, so gut! Bis dahin ist noch nichts ungewöhnlich an der Geschichte, doch jetzt kommt der Teil, der nicht nur dich verwirrt hat ...

Als die Kerze schließlich brannte und ihr Licht sich in dem Raum ausbreitete, warst du plötzlich nicht mehr in der kleinen Kammer, sondern in einem viel größeren Raum. Du hast mir erzählt, dass die schweren, schwarzen Vorhänge an den Fenstern zugezogen waren, sodass du nicht erkennen konntest, ob es Tag oder Nacht war. An den Wänden hingen bunte Teppiche und Gemälde, auf denen unheimliche Schatten tanzten. Ich nehme an, dass die Kerzen, einerseits die, die du in der Hand hieltest und andererseits diejenigen, die sich schon vorher in dem Raum befanden, ihre Schatten auf die Wände warfen, sodass sie diesen Effekt erzielten.

Wie dem auch sei, das eigentlich Interessante stand in der Mitte des Raumes. Umringt von Kerzenständern, auf denen jeweils eine dicke Kerze brannte, war dort ein **Bett** platziert, wie du es damals genannt hast, auf dem ein riesiger Mann lag.

Ich denke aber eher, dass es eine Bahre war, denn der Mann, der darauf lag, bewegte sich laut dir nicht. Er hatte die Augen geschlossen und seine Haut war so weiß wie die einer Statue. Er trug einen Kilt und auf seiner

Brust lag ein Schwert. Direkt unterhalb des Hefts war ein roter Stein in die Klinge eingelassen und er muss in etwa auf der Höhe seines Herzens gelegen haben, denn du hast ständig davon gefaselt, dass der Krieger ein rotglühendes Herz hatte.«

»Moment mal«, unterbrach Rae sie, »wie kommst du darauf, dass das Schwert einen Edelstein in seiner Klinge hatte?«

»Ich habe zwei und zwei zusammengezählt! Überleg doch mal! Das Schwert lag auf der Brust des Kriegers. Sein Herz hat angeblich rot geglüht. Das kann nur bedeuten, dass sich auf dem Schwert irgendetwas befand, was bei dir diesen Eindruck hervorgerufen hat. Was fällt dir dazu ein, außer einem Edelstein?« Rae nickte.

»Du hast recht! Wenn du es so siehst, dann würde ich auch darauf tippen.«

»Aber weiter! Das war noch nicht alles!«

»Nicht?«

»Nein! Du warst wohl eine Zeit lang alleine mit dem toten Krieger, vollkommen verwirrt, weil du dir nicht erklären konntest, wo du warst und wie du dorthin kamst.

Du wolltest mich suchen und mir alles erzählen, als du hörtest, wie sich die Tür öffnete und ein Mann den Raum betrat. Vor lauter Schreck hast du dich flach auf den Boden neben die Bahre fallen lassen. Dabei ging deine Kerze zwar aus, aber du hast sie weiterhin in der Hand gehalten.

Der Mann kam dann auf die Bahre zu. Zu deinem Glück genau von der anderen Seite, sodass er dich zuerst gar nicht sah. Er hat sich neben die Bahre gekniet und schließlich mit dem Toten geredet. Du hast ihn **„sein Papa“** genannt, deshalb gehe ich davon aus, dass er den

Mann auf der Bahre mit „**mein Sohn**“ angeredet hat. Auf jeden Fall muss er sich letztendlich über ihn gebeugt und dich dabei entdeckt haben.

Als er dich angesehen hat, hast du vor Schreck die Kerze fallen lassen und vor Angst die Augen geschlossen. Als du sie wieder geöffnet hast, warst du plötzlich ...« Annabelle stockte erneut.

»Wo war ich plötzlich?« Ihre Freundin seufzte.

»Unter deinem Bett!« Rae spürte, wie sich Annabelles Blick auf sie richtete, so als erwarte sie eine Reaktion von ihr, doch Rae war in diesem Moment zu keiner Reaktion fähig. Sie starrte einfach nur apathisch auf einen imaginären Punkt auf dem Tisch, bevor sie nach dem Glas Whisky griff und es ebenfalls in nur einem Zug leerte.

»Ich glaube, ich habe dich geschockt!«, bemerkte Annabelle daraufhin nach einer Weile tonlos.

»Das kannst du wohl laut sagen!«, entgegnete Rae ihr völlig geistesabwesend.

»Und du kannst dich wirklich an nichts erinnern?«, Rae schüttelte mechanisch ihren Kopf.

»Nein! Ich kann mich noch nicht einmal daran erinnern, es dir erzählt zu haben. Und jetzt denkst du vermutlich, ich war damals schon reif für die Anstalt!«

»Nein!«

»Wieso nicht? Ah, ich verstehe! Weil es nur eine einzige Erklärung für das Alles geben kann. Wenn ich etwas intensiver darüber nachdenke, klingt die Geschichte auch überhaupt nicht mehr mysteriös! Ich bin offenbar damals vor Angst unter mein Bett gekrochen und dort eingeschlafen. Den Rest habe ich nur geträumt und ...«

»Und wie erklärst du dir dann, dass ich dich dort nicht gesehen habe? Denkst du, ich war so blöd, nicht als Erstes unter deinem Bett nachzuschauen, bevor ich wie ein verrücktes Huhn durch das gesamte Gebäude gerannt bin?«

»Aber ...!«

»Warte mal einen Moment!« Annabelle sprang ohne ein weiteres Wort auf und lief hinüber in ihr Zimmer. Es dauerte eine gefühlte Ewigkeit, bevor sie schließlich freudestrahlend zurückkehrte und sich erneut auf dem Sofa neben ihr niederließ.

»Du sagst, du kannst dich an nichts erinnern!«, Rae nickte. »Dann bestimmt auch nicht an das hier!« Ihre Freundin öffnete erst ihre eine Hand und zum Vorschein kam ein aus Gold gefertigter Knopf mit einer Art Wappen. Anschließend stellte Anni mit der Anderen einen gelblichen Kerzenstummel direkt vor Ray auf den Tisch. Rae betrachtete neugierig die beiden Gegenstände. Der Kerzenstummel war nichts weiter als ein gewöhnlicher Kerzenstummel, aber der Knopf war eine wahre Augenweide. Selbst ohne ihn anzufassen, konnte sie erkennen, dass er handgefertigt, antik und zudem aus massivem Gold war.

»Warst du deshalb in deinem Zimmer?«, diesmal nickte Annabelle.

»Was ist das?«

»Das sind die Dinge, die ich unter deinem Bett gefunden habe, als du endlich eingeschlafen warst.«

»Und du hast sie all die Jahre aufbewahrt?« Anni zuckte mit den Achseln.

»Ich dachte, du würdest sie vielleicht gerne sehen, wenn du mich einmal auf diesen Tag ansprichst.«

»Aber ich habe dich nicht angesprochen!«

»Nein! Du hast ihn nie auch nur mit einer einzigen Silbe erwähnt, doch ich denke, heute ist der richtige Zeitpunkt, sie dir zu zeigen.«

»Und was versprichst du dir davon?«

»Vielleicht kehren deine Erinnerungen ja zurück, wenn du sie berührst! Ist es nicht oft so? Man hält etwas aus seiner Vergangenheit in den Händen und plötzlich sieht man Bilder in seinem Kopf, die schon seit Jahrzehnten verschwunden sind. Oder man betrachtet eine alte Fotografie und wie aus heiterem Himmel weiß man sofort wieder genau, wo sie aufgenommen wurde und was vorher oder nachher geschah.«

»Du willst also, dass ich die Dinge anfasse, und hoffst, dass ich ...« Rae versuchte, so ruhig wie möglich zu klingen, was ihr allerdings nicht so richtig gelang, denn dass sie Angst hatte, war kaum zu überhören. Wenn sie ehrlich mit sich war, dann hatte sie nicht nur Angst, sondern geradezu eine Scheißangst!

Was war sie? Ein verdammtes Medium? Hatte sie etwa das zweite Gesicht? Oder war es noch schlimmer? War sie vielleicht etwas, was man noch vor nicht allzu langer Zeit eine Hexe genannt und auf dem nächstbesten Scheiterhaufen verbrannt hätte? Und was würde geschehen, wenn sie die beiden Gegenstände wirklich anfasste?

»Genau!«, entgegnete Anni ihr. »Einen Versuch ist es wert! Was hast du zu verlieren? Wenn es klappt, bist du um eine Erinnerung aus deiner Kindheit reicher, wenn nicht ...«, wieder zuckte sie mit den Achseln. Raes Blick wanderte unschlüssig von der Kerze zu dem Knopf und wieder zurück.

»Was denkst du, womit soll ich anfangen?«

»Ich würde vorschlagen, du fängst mit der Kerze an! Wenn mich nicht alles täuscht, dann war sie es, die dich damals in dein kleines Abenteuer brachte. Vielleicht ist sie ja der Schlüssel!« Ray nickte, während sie ihre zittrige Hand nach der Kerze ausstreckte. Dann umfasste sie den Stummel mit ihren Fingern und hob ihn hoch, dabei hielt sie gespannt den Atem an. Doch nichts geschah! *Was hatte sie auch erwartet, dass dadurch ein greller Lichtblitz erscheinen würde, der sie in das von Anni beschriebene Zimmer katapultierte? Oder, dass plötzlich ihre Erinnerungen wie ein zerstörerischer Tsunami über sie hereinbrächen?* Da weder das Eine, noch das Andere geschah, atmete sie wieder ein und stellte frustriert die Kerze zurück auf den Tisch.

»Und?«, Anni sah sie fragend an.

»Nichts und? Da war gar nichts! Nicht einmal ein Hauch von etwas!«

»Das kann nicht sein! Oder ... warte mal! Du hast mir doch erzählt, du hättest die Kerze angezündet. Vielleicht liegt es ja daran? Ich hol schnell ein paar Streichhölzer und dann versuchst du es noch einmal!«

»Nein, Anni warte ...«, doch ihre Freundin war bereits aufgesprungen und in die Küche geeilt. Rae sah ihr kurz nach, dann wanderte ihr Blick zurück auf die Kerze.

Das Ding sah völlig unscheinbar und normal aus. Was sollte sich daran ändern, wenn Anni sie anzündete? Danach blieb sie immer noch das was sie war: Eine ordinäre, nichtssagende Kerze!

In diesem Moment kehrte Anni breit grinsend aus der Küche zurück, dabei schwang sie ein Päckchen Streichhölzer hin und her, sodass es lautstark in ihrer Hand rappelte.

»Soll ich sie anzünden, oder willst du?«

»Da du die Hölzer schon ihn der Hand hast, würde ich vorschlagen, du machst es!«, antwortete Rae ihr jedoch ohne den Enthusiasmus, den Anni dabei an den Tag legte. Ihre Freundin schien davon allerdings vollkommen unbeeindruckt. Sie grinste noch eine Spur breiter, zog ein Streichholz aus der Packung, entzündete es und setzte damit den Docht der Kerze in Brand.

»So jetzt bist du wieder dran!«, bemerkte Anni daraufhin, während sie sich neben Rae auf die Couch fallen ließ. Rae hielt erneut die Luft an. Ihre innere Anspannung war kaum noch zu ertragen. Sie kam sich vor wie eine Maus in einem Versuchslabor, die genau den falschen Weg einschlug und blindlings in eine Falle tappte. Dennoch folgte sie Annis Aufforderung und berührte zaghaft mit ihren Fingern das Wachs. Als sie daraufhin spürte, dass sie nichts spürte, griff sie schließlich zu und hob die Kerze an. Zuerst geschah auch diesmal nichts. Doch gerade als sie Anni sagen wollte, dass auch der zweite Versuch jämmerlich in die Hose gegangen war, begann die Flamme der Kerze plötzlich zu flackern. Das Bild ihrer Freundin verschwamm vor ihren Augen und mit ihr auch der gesamte Raum, in dem sie sich befand. Stattdessen sah sie nun, wie ihr viel jüngeres Ich in einer kleinen Kammer in eine Kiste mit Kerzen griff, sich eine herausfischte und sie anzündete. Kaum dass die Kerze brannte, löste sich die Kleine vor ihren Augen in Luft auf und verschwand. Raelyn ließ vor Schreck ihre eigene Kerze fallen, die dabei auf den Fußboden fiel, ein Stück darüber rollte und schließlich ausging. Dann sah sie völlig panisch zu ihrer Freundin herüber, die auf der Couch saß. *Wie, Anni saß alleine auf dem Sofa? Hatte sie nicht gerade eben selbst noch dort gesessen? Wie zum Teufel war sie hierher, direkt neben die Küchentür gekommen?*

Wahrscheinlich war sie nur ohne es zu bemerken mit der Kerze in der Hand aufgestanden! Das war eine Erklärung! Doch anscheinend nicht die Richtige, denn Annis ängstlicher Gesichtsausdruck ließ auf etwas ganz anderes schließen.

»Anni?!«

»Rae, Gott sei Dank, du bist wieder da!«, Annabelles ängstlicher Gesichtsausdruck war auf einmal wie weggeblasen. Stattdessen erschien erneut ein breites Grinsen auf ihrem Gesicht, dabei funkelten ihre Augen Rae spitzbübisch an, bevor sie vehement vom Sofa aufsprang, auf sie losstürmte, sie in ihre Arme riss und schließlich fest an sich drückte. Das irritierte Rae noch mehr.

»Was ist los?«, stammelte sie, dabei befreite sie sich aus der Umklammerung ihrer Freundin.

»Wenn ich es nicht mit eigenen Augen gesehen hätte, dann würde ich es nicht glauben, wenn man es mir erzählte.«

»Wovon sprichst du?«

»Rae, es hat geklappt! Du hast etwas gesehen! Und nicht nur das! Wir haben endlich den Beweis dafür, dass du weder damals noch heute halluziniert hast.« Rae sah sie verständnislos an.

»Ja?! Aber, wie kommst du da darauf?«

»Als du die brennende Kerze in der Hand gehalten hast, bist du zunächst durchscheinend wie ein Geist geworden, dann hast du dich förmlich in Luft aufgelöst und bist anschließend wie aus dem Nichts an der Küchentür wieder aufgetaucht.«

»Was? Ich habe die Szene eben nicht nur gesehen? Ich bin ...«

»Das habe ich dir gerade zu erklären versucht«, unterbrach Anni sie.

»Das habe ich verstanden!«, entgegnete Rae ihr fassungslos. »Was ich allerdings nicht verstehe: Du erzählst mir das alles, als würde es sich um eine Szene aus einem Spielfilm handeln, den du gerade gesehen hast und nicht um mich. Bist du denn gar nicht überrascht? Ich an deiner Stelle wäre völlig aus dem Häuschen. Was heißt hier **wäre**, ich **bin** völlig aus dem Häuschen. Nicht nur, weil ich gesehen habe, was ich sah, sondern ...«

»Nein!«, Annabelle schüttelte vielsagend ihren Kopf.

»Wenn ich ehrlich bin, dann habe ich mit so etwas gerechnet. Ich bin nur heilfroh, dass meine andere Vermutung nicht auch noch gestimmt hat, denn dann wärst du, anstatt wieder hier bei mir zu landen, in unserem alten Waisenhaus gelandet, und da das Gebäude mittlerweile ein Hotel ist, wärst du den Gästen oder dem Personal wahrscheinlich einige Erklärungen schuldig.«

Raelyn betrachtete sie eindringlich. Während sie selbst vollkommen verstört war, schien ihre Freundin das genaue Gegenteil davon. Sie wirkte eher wie jemand, der sich nach einem geglückten Versuch selbst auf die Schulter klopft.

»Anni? Wenn du, wie du sagst, damit gerechnet hast, dass ich ... Ich verstehe nicht, warum es dann in all den Jahren, die seit meiner Einschulung vergangen sind, nicht wieder vorkam. Ich kann mich auf jeden Fall nicht erinnern, dass so etwas in der Zwischenzeit noch einmal vorgekommen ist!«

»Stimmt! Vielleicht hängt es mit deiner Gemütslage zusammen. Du warst heute vermutlich genauso fertig wie damals und deshalb ...«

»Aber dann hätte es doch auch zu meiner Studienzeit passieren müssen! Denk an Mary!«

»Ich weiß auch nicht, woran es genau liegt, dass du heute und nicht damals ... Aber heute ist es bereits zweimal passiert. Einmal in dem Atelier und dann hier!«

»Weißt du, was ich mich gerade frage, jetzt wo du das Atelier erwähnst? Wenn ich dort auch einfach verschwunden bin? Wieso hat Ron dann nichts gesagt?«

»Das, meine Liebe, gilt es herauszufinden und du glaubst nicht, wie sehr ich mich darauf freue!«

10

»Ich glaube, ich brauche jetzt erst einmal noch einen Whisky!«, Raelyn ließ sich erneut auf der Couch nieder, griff nach der Flasche und sah Anni dabei fragend an.

»Du brauchst mich gar nicht so anzusehen«, bemerkte ihre Freundin lachend. »Habe ich mir schon jemals einen so guten Tropfen entgehen lassen?«, Rae lächelte sie nun ebenfalls an.

»Nein, hast du nicht! Hätte mich auch gewundert, wenn!«, gab sie zurück, während sie die beiden Gläser erneut füllte. »Aber Spaß beiseite, dass mit Ron ist wirklich merkwürdig! Wenn ich in dem Atelier auch einfach so verschwunden bin, dann hätte er doch zumindest eine Reaktion darauf zeigen müssen und nicht bloß gesagt: **„Ist etwas nicht in Ordnung? Du siehst aus, als hättest du einen Geist gesehen“**.«

»Waren das seine Worte?«

»Aye!«

»Da stimmt, doch was nicht!«, Anni setzte sich ihr gegenüber auf die Lehne eines der Sessel. Dann griff sie nach ihrem Glas und nippte daran, dabei starrte sie nachdenklich ins Leere.

»Obwohl ich selbst so etwas erwartet habe, ist mir, als du plötzlich verschwunden bist, das Herz beinahe in die Hose gerutscht. Ron hingegen hat von deinen außergewöhnlichen Fähigkeiten keine Ahnung. Er hätte genauso irritiert, wenn nicht panisch reagieren müssen, wie du selbst.«

»Nicht, wenn ich im Atelier nicht verschwunden bin«, erwiderte Rae, während sie ebenfalls an ihrem Glas nippte. »Vielleicht bin ich ja im Museum gar nicht verschwunden, sondern habe die Dinge einfach nur wie in einer Halluzination gesehen, so wie ein Medium oder jemand, der das Zweite Gesicht besitzt?«

»Klar und ich bin Queen Viktoria! Rae, du glaubst doch nicht allen Ernstes, dass du hier plötzlich verschwindest und dort nicht. Aber um das genau festzustellen, haben wir ja noch eine Möglichkeit, deine Theorie zu überprüfen.« Die Blicke der beiden Frauen wanderten unwillkürlich auf den Knopf.

»Du denkst, ich soll ...?«, Anni nickte.

»Ganz genau! Wenn wir einen Beweis wollen, dann ist das die einzige Möglichkeit. Meinst du, du schaffst das noch einmal? Ich meine damit nicht dein Verschwinden, sondern eher ...«

»Ich weiß, was du meinst!«, unterbrach Rae sie.

»Du musst nicht, wenn du nicht willst!« Raes Blick wanderte von Anni auf den Knopf und wieder zurück.

»Weißt du was? Ich mache es! Ist doch egal, ob heute oder morgen oder vielleicht übermorgen ... Wie Schwester Bernadette immer gesagt hat: **Was du heute kannst besorgen, ...**«

»**Das verschiebe nicht auf morgen**«, ergänzte Anni lachend.

»Na dann!«, mit diesen Worten leerte Rae ihr Glas und griff nach dem Knopf auf dem Tisch. Der Knopf lag erstaunlich schwer in ihrer Hand, aber das war auch schon alles. Neugierig betrachtete sie das Wappen, das darauf abgebildet war. Es war kein gängiges Wappen, auf jeden Fall keines, das sie eindeutig einem Clan zuordnen konnte. Allerdings kam es ihr dennoch merkwürdig bekannt vor. Es sah fast so aus, wie eine stilisierte Darstellung des Weltenbaums oder Lebensbaums, wie er auch genannt wurde: Yggdrasil aus der Edda.

Obwohl der Knopf sehr alt zu sein schien, war er dennoch nicht alt genug, um auf einen der Nordmänner, die zwischen den Jahren 795 - 1672 immer mal wieder den Norden Schottlands heimgesucht hatten, als Besitzer schließen zu können. Der Machart nach zu urteilen schätzte sie sein Entstehen auf Anfang bis Mitte des 18. Jahrhunderts, also etwa 100 Jahre, nachdem die Nordmänner ihre Plünderungen eingestellt hatten. *Was aber wollte ein Schotte mit einem nordischen Knopf? Oder war sie bei ihrem ersten Ausflug gar nicht in Schottland, sondern in Norwegen gelandet?*

»Und?«, Annis Stimme riss sie aus ihren Gedanken.

»Nichts und! Ich weiß nicht, warum es diesmal nicht klappt, ich ...«, weiter kam sie nicht. Erneut verschwamm das Bild vor ihren Augen und änderte sich.

Diesmal befand sie sich in einem großen Raum. So wie es aussah, hatte man versucht, das Tageslicht durch dicke, schwere, schwarze Brokatvorhänge aus dem Raum zu verbannen, doch hier und da drang dennoch ein einzelner Lichtstrahl durch ihre Ritzen. Es roch penetrant nach Weihrauch, der in drei von der Decke hängenden Schalen, über denen sich kleine Rauchschwaden bildeten, entzündet worden war. In der Mitte des Raumes standen karreeförmig angeordnet, acht große, metallene Kerzenständer, auf denen jeweils eine dicke Altarkerze brannte. Doch der Platz, den sie umschlossen, war, bis auf zwei hölzerne Böcke, auf denen ein dickes Brett lag, leer. Es war jedoch offensichtlich, dass er zum Aufbahren einer Leiche vorbereitet worden war.

Sie wollte sich gerade noch weiter umsehen, als sie hörte, dass sich schwere Schritte der Tür näherten. Instinktiv wich sie so lange zurück, bis sie den Vorhang in ihrem Rücken spürte. Ohne groß zu überlegen, schlüpfte sie zwischen zwei der wuchtigen Stoffbahnen und hielt den vormals leicht aufklaffenden Schlitz mit ihrer einen Hand halbwegs geschlossen. Doch ihre Neugierde war noch größer, als ihre Angst vor Entdeckung. Deshalb hielt sie die Vorhangteile nur so weit zusammen, dass sie noch erkennen konnte, was in dem Raum vor sich ging.

In diesem Augenblick öffnete sich die Tür. Als Erstes betrat ein groß gewachsener, schlanker Mann den Raum, dessen silberblondes Haar ihm bis auf die Schulterblätter reichte. Es reflektierte das Licht der Kerzen, als würde es auf einen blank polierten Spiegel treffen. Raelyn lief ein eiskalter Schauer über den Rücken. Sie hatte zwar schon gesehen, dass Haare, wenn sie nur hell genug waren, einen Teil des Lichts, das auf sie traf, nicht absorbierten und es stattdessen reflektierten, aber nicht auf die Art und Weise, wie es bei diesem Mann der Fall war. Irgendetwas stimmte mit ihm nicht und das lag nicht nur an seinem Haar.

Obwohl seine Gesichtszüge im Grunde genommen viel zu weich für einen Mann waren, wirkte er dennoch nicht weiblich. Daran lag es demnach nicht! Auch seine Kleidung war vollkommen normal für eine hochgestellte Persönlichkeit. Kniehosen und ein mit Silberfäden durchwirkter Brokatgehrock, der hervorragend zu seinen Augen passte. *Seinen Augen?* In diesem Moment begriff sie, was an ihm mehr als ungewöhnlich war. Die Augen des Mannes waren von einem so hellen eisblau, dass sie fast weißlich schimmerten und sie reflektierten das Licht genau auf dieselbe Weise wie sein Haar.

Ein erneuter Schauer kroch über ihren Rücken. Doch, noch bevor sie einen weiteren Gedanken an die Augen des Mannes verschwenden konnte, betraten sieben, allerdings weniger prunkvoll gekleidete Männer den Raum, von denen der Erste eine geradezu herzzerreißende Melodie auf einem Dudelsack spielte. Die anderen Sechs folgten ihm paarweise und bildeten schließlich ein Spalier zu beiden Seiten des Karrees. Ihnen folgten vier Weitere, die eine Bahre, auf der die Leiche eines jungen Mannes lag, auf ihren Schultern in den Raum trugen. Den Abschluss der Prozession machte eine in schwarz gekleidete Frau, deren Haar und Gesicht gänzlich von einem ebenso schwarzen Spitzenschleier verdeckt wurden. Äußerlich wirkte sie extrem gefasst, aber dennoch ließ ihr schleppender Gang erahnen, dass es in ihrem Innern vollkommen anders aussah.

Als die Männer das Karree erreichten, hoben sie die Bahre bedächtig von ihren Schultern und legten sie behutsam auf die dafür vorgesehene Konstruktion. Genau in dem Moment, als die Bahre zum Liegen kam, verstummte der Dudelsackspieler und es kehrte absolute Stille ein. Alle Anwesenden hielten für einen Moment andächtig inne, bevor sich die Männer vor der Leiche verneigten, sich von ihr abwandten, der Frau und dem geheimnisvollen Mann kurz zunickten und schließlich den Raum verließen.

Als sich die Tür hinter ihnen schloss, fiel die Frau vor der Bahre auf die Knie, dabei brach sie in ein so herzzerreißendes Schluchzen aus, dass Raelyn das dringende Bedürfnis verspürte, auf sie zuzugehen und sie zu trösten. Doch zu ihrem Glück siegte diesmal ihr Verstand über ihr Herz. Statt ihrem Herzen zu folgen und ihre Deckung zu verlassen, drückte sie sich noch eine Spur tiefer hinter die Vorhänge. Genau in diesem Moment sah der Mann zu ihr herüber. Raelyn hielt den Atem an! *Wenn er sie jetzt entdeckte, dann ... Ja, was eigentlich? Dann hätte sie endlich die Gewissheit, dass sie nicht halluzinierte, sondern sich wirklich in dem Raum befand*! Doch der Zeitpunkt, das herauszufinden, schien ihr nicht gerade passend. Sie konnte und wollte die Frau in ihrer Trauer nicht stören, nur um ihr eigenes, ihr in diesem Augenblick nichtig erscheinendes Problem in den Griff zu bekommen.

»Wieso hast du ihn nicht gerettet?«, die tränenerstickten Worte der Frau waren kaum zu hören, doch der Mann reagierte sofort. Er wandte stirnrunzelnd seinen Blick von den Vorhängen ab und sah zu der Frau hinunter, die nun ihren Schleier zurückschlug und zu ihm hochblickte.

»Du hättest es verhindern können!«

»Nein! Diesmal nicht! Du überschätzt eindeutig meine Macht!«

»So tue ich das!« Ihr Schluchzen verebbte, dabei erschien ein wütendes Funkeln in ihren Augen. »Wer, wenn nicht du, hätte es verhindern können? Du bist sein Vater!« Der Mann nickte.

»Ja, ich bin sein Vater, was noch nicht einmal er wissen durfte«, erwiderte er bitter.

»Und genau deshalb waren mir die Hände gebunden! Erstens muss ich gestehen, dass ich zwar einiges zu Stande bringe, aber dennoch keine Toten erwecken kann. Und zweitens darf und, für dieses eine Mal, kann ich mich nicht in Dinge einmischen, die für das große Ganze nicht von beträchtlichem Belang sind!«

»Dein eigener Sohn ist demnach ein Ding, das nicht von Belang ist?«, sie spie ihm die Worte geradezu ins Gesicht.

»Ist und war er dir so gleichgültig? Bin ich dir so gleichgültig?«

»Margret, du weißt, dass dem nicht so ist!«

»Warum dann? Sag es mir, damit ich es verstehen kann!« Er schwieg.

»Denkst du, die Weltordnung würde zusammenbrechen, wenn du dich eurem Kodex widersetzt? Oder liegt es an ihr? Hat sie dir jedwede Hilfe untersagt? Hasst sie mich und deinen Sohn so sehr, dass sie uns ...«

»Margret!«, unterbrach er sie rüde.

»Was Margret? Hast du Angst, sie könnte mich hören? Soll sie doch! Ich habe keine Geheimnisse vor ihr! Weißt du, was ich nicht verstehe? Du hast mir doch erzählt, dass sie das Kind eines Anderen bei euch großzieht. Es mit Liebe überhäuft! Es hütet wie ihren Augapfel! Wie kannst du es ertragen, ihr Balg täglich vor Augen zu haben? Wie kannst du es zulassen, dass sie dich gleichzeitig demütigt und dir im selben Atemzug verbietet, etwas für dein eigen Fleisch und Blut ...?«

»Margret!«, in seiner Stimme lag ein drohender Unterton.

»Es stimmt doch!«

»Das Kind, von dem du redest, ist erst wenige Tage alt! Würdest du es dann nicht auch wie deinen Augapfel hüten?«

»Wieso verteidigst du sie? Was hat sie, das wir nicht haben? Wenn ich es nicht besser wüsste, würde ich denken ... Oder weißt du es doch nicht mit Bestimmtheit? Könnte es unter Umständen sehr wohl von dir sein? Vielleicht ...!«

»Kein vielleicht!«, er schrie sie geradezu an. »Das Balg ist ein Bastard! Es ist nicht von mir! Zu dem Zeitpunkt, als sie es empfangen hat, war sie verschwunden! Für mehrere Monate! Außerdem würde ich mein eigen Fleisch und Blut erkennen. Ich habe schließlich auch deinen Sohn als den unseren erkannt.«

»Was niemand wissen durfte!«, gab sie brüsk zurück.

»Aye, und dennoch war ich immer für euch beide da!«

»Nicht immer«, sie deutete mit dem Kopf auf die Leiche des jungen Mannes.

»Da liegt der Beweis!«

»Bei einem meiner Besuche habe ich ihn gewarnt. Ich habe ihm ein Angebot gemacht. Aber er hat es ausgeschlagen. Du weißt, dass ich nur eingreifen kann, wenn derjenige bereit ist, einen Handel mit mir einzugehen. Er wollte nicht!«

»Hättest du nicht wenigstens für ihn auf deinen verfluchten Handel verzichten können und ihn einfach gegen seinen Willen ...?«

»Nein! Hätte ich nicht!«, unterbrach er sie rüde. »Ohne einen Handel habe ich keinerlei Befugnis geschweige denn Macht über ...«, fügte er schon ein wenig ruhiger hinzu.

»Außerdem ...«, er hielt kurz inne.

»Bedenke, wenn ich nicht gewesen wäre, dann ... Du weißt ganz genau, was ursprünglich mit ihm geschehen sollte!« Sie nickte.

»Es wäre nicht viel von ihm übrig geblieben, was du hättest begraben können. Sein Kopf würde jetzt auf einem Stab als Trophäe nach London gebracht und sein Körper wäre kaum noch als ein solcher zu erkennen, wenn sie ihn nicht schon längst verbrannt oder an die Hunde verfüttert hätten. Wenn ich dich daran erinnern darf, er war in den Augen eures Königs genau so ein Hochverräter wie sein Ziehvater, der ebenso wie sein Bruder seiner Verhaftung nur durch Flucht entgangen ist! Haben die beiden zu diesem Zeitpunkt auch nur einen Gedanken an ihn verschwendet? Wenn man bedenkt, dass der eine ihn förmlich dazu gezwungen hat, ihn bei seinen Machenschaften zu unterstützen, nur um dem anderen beizustehen, dann ist das schon erstaunlich. Zumal eben jener ja den Beinamen „**der Sanfte**" trägt«, wieder nickte sie.

Bei seinen Worten wanderte Raes Blick unwillkürlich auf die Leiche. Allerdings konnte sie aus ihrem Versteck heraus nicht mehr als seine Stiefel und einen Teil seiner Beine sehen, da der Mann, sein Vater wie sie jetzt wusste, ihr die Sicht verdeckte. Dennoch, wenn sie so seine Mutter betrachtete, dann konnte der Mann auf der Bahre höchstens Ende Zwanzig bis Anfang dreißig sein. Demzufolge also ein Mann in der Blüte seiner Jahre. Einer, der den Großteil seines Lebens vermutlich noch vor sich gehabt hätte, wenn er nicht ... *Was hatte sein Vater gesagt, er wäre ein Hochverräter?* Auf Hochverrat stand Erhängen, Ausweiden und Vierteilen, doch wenn sie sich nicht täuschte, war diese Art der Hinrichtung schon im 17. Jahrhundert aus der Mode gekommen. Obwohl jetzt, wo sie so darüber nachdachte, wurde nicht einer aus dem Cameronclan noch auf diese Weise hingerichtet? An wen und das genaue Datum erinnerte sie sich zwar nicht mehr, aber es musste in der zweiten Hälfte des 18. Jahrhunderts gewesen sein. Lange nach Culloden! Und, wenn sie sich nicht vollkommen irrte, dann spielte sich die Szene vor ihren Augen eindeutig im 18. Jahrhundert ab. Dies wurde nicht nur anhand der Kleidung der beiden Personen allzu deutlich. Wie dem auch sei, egal zu welchem Zeitpunkt auch immer, wie musste sich eine Mutter fühlen, wenn der eigene Sohn ...

»Sie hatten doch nicht wirklich vor ...?«, fuhr die Frau, Margret, wie sie jetzt wusste, in weinerlichem Ton fort und unterbrach damit ihren Gedankengang.

»Doch! Und es hat mich einiges gekostet, das Schlimmste zu verhindern!«

»Wenn du seine ..., seine ..., wenn du das verhindern konntest, wieso hast du dann nicht auch das andere verhindert? Er war mein einziges Kind! Ich musste schon auf dich verzichten und jetzt auch noch er! Ich werde niemals ...«, abermals brach sie in leises Schluchzen aus. Anscheinend brachte ihr erneuter Gefühlsausbruch den Mann endlich dazu, seine stoische Gelassenheit als Lüge zu strafen. Er trat neben sie, packte sie leicht bei den Schultern und zog sie sanft hoch, dann drückte er ihren Kopf mit einer Hand fest gegen seine Brust, während er mit der anderen zärtlich über ihr Haar strich.

»Margret, nicht weinen! Ich verspreche dir, alles wird wieder gut!«

»Wie soll jetzt noch alles gut werden? Er ist tot und wird bald begraben! Auch du kannst die Zeit nicht zurückdrehen!«

»Nein kann ich nicht!«, entgegnete er resignierend.

»Aber wenn meine Vermutung stimmt, dann ... Es gibt jemanden, der ...« Margrets Tränenfluss verebbte langsam.

»Und er kann helfen?«, wollte sie ungläubig von ihm wissen.

»Ja, nur leider ist dieser jemand erst wenige Tage alt! Wir müssen also noch etwas warten!«

»Warten? Wenn wir weiterhin nur warten, dann wird er bereits verrottet sein, bevor dieser Jemand überhaupt das Erwachsenenalter erreicht. Er ...«

»Margret, er wird nicht verrotten. Das habe ich nicht zugelassen! Sein Körper bleibt unversehrt, das verspreche ich dir. Ich werde eine Möglichkeit finden, ihn ... Margret, sieh mich an!« Die Frau hob zögernd ihren Kopf und sah ihm in die Augen.

»Du weißt, dass es in unserer Natur liegt, immer die Wahrheit sprechen zu müssen. Ich ... Ach verdammt! Du kannst mir demnach glauben, wenn ich dir sage, dass ich einen Plan habe. Ganz gleich, wie es auch erscheinen mag, wenn er gelingt, dann wird er das Leben leben können, das du dir immer für ihn gewünscht hast. Verstehst du? Er wird sich in Sicherheit befinden und ... Du vertraust mir doch?« Sie sah ihm tief in die Augen, schließlich nickte sie. Während er ihren Blick erwiderte, beugte er sich zu ihr herunter und hauchte ihr schließlich einen Kuss auf die Stirn.

»Dann geh jetzt! Lass mich einen Moment mit ihm alleine«, der Blick des Mannes wanderte, obwohl er die Frau noch immer in seinen Armen hielt, erneut zu den Vorhängen, hinter denen Rae sich aufhielt, dabei trat ein unheimliches Funkeln in seine Augen.

»Du kannst dich nachher noch von ihm verabschieden. Ich habe noch etwas zu erledigen, bevor ... Würdest du mir meinen Wunsch erfüllen?« Wieder nickte sie und sah noch einmal zu ihrem Sohn herüber, bevor sie sich von ihm löste.

»Du versprichst es?«

»Aye!«

»Und ich kann dir vertrauen?«

»Das weißt du doch!« Sie hielt noch einen Moment zögernd inne, letztendlich aber nickte sie abermals, warf ihrem Sohn noch einen kurzen Blick zu, machte auf dem Absatz kehrt und verließ den Raum.

Der Mann blieb alleine zurück. Zunächst stand er einfach nur da und starrte auf die dunklen Stoffbahnen. Dann aber wandte er sich ganz den Vorhängen, hinter denen Rae verborgen war, zu.

Vor Angst wie versteinert, war sie nicht in der Lage sich zu bewegen. Sie starrte ihm in diese gespenstischen Augen, die sie geradezu hypnotisierten.

»Ich hoffe, du hast alles mitangehört und auch verstanden, Raelyn MacLeod. Ich habe von dir geredet! Du wirst mir helfen, ihn zu retten! Du wirst das Unmögliche möglich machen! Das ist keine Bitte, sondern ein Befehl! Ich werde dir nicht die Wahl lassen, denn du schuldest es ihm und vor allen Dingen mir! Hast du mich verstanden?

Wenn nicht freiwillig, dann werde ich dich dazu zwingen und glaube mir, ich habe Mittel und Wege dazu. Wenn du leben willst, dann merke dir meine Worte, denn solltest du sie vergessen, dann wirst du ihm eher folgen, als dir lieb ist! Bedenke also gut, was du tust! Ich werde kein Zögern und keine Fehler dulden! Halte dich also bereit! Wir werden uns eher wiedersehen, als dir vermutlich lieb ist!«, mit diesen Worten löste er sich, kurz bevor er sie erreichte, in Luft auf.

Rae fühlte sich, als wären ihre Glieder plötzlich aus Watte. Sie schnappte verzweifelt nach Luft und schloss dabei ihre Lider. Seine Worte hallten als endlose Litanei durch ihren Kopf. Immer und immer wieder! Dazu mischten sich ihre Gedanken, die sich förmlich überschlugen. *Was war das eben? Woher kannte der Fremde ihren Namen? Wer war er?*

Ihr Kopf dröhnte, als wolle er zerspringen und schließlich, als sie es kaum noch aushalten konnte, spürte sie, wie ihr allmählich schwarz vor Augen wurde. Sie taumelte leicht, versuchte, sich krampfhaft an den Vorhängen festzuhalten, doch es war vergebens. Mit einem leisen Seufzer glitt sie zu Boden und hieß die Dunkelheit willkommen, die sie letztendlich sanft einhüllte, wie eine schützende Decke.

11

Als Raelyn erwachte, war das Erste, was sie erkennen konnte, Anni, die neben ihr kniete und sie panisch ansah. Rae schluckte, dann rappelte sie sich mühsam auf.

»Anni, was ist los? Wieso siehst du mich so an?«

»Wie sollte ich dich denn sonst ansehen?«, Annabelle klang verärgert und irgendwie gehetzt. *Oder war sie doch eher besorgt?* Rae konnte Annis Reaktion nicht genau einordnen und das verwirrte sie fast noch mehr, als das, was eben in dem Raum geschehen war. *War das wirklich eben geschehen?*

»Was glaubst du?«, mit ihren Worten unterbrach Annabelle abrupt ihren Gedankengang.

»Weißt du überhaupt, wie spät es ist? Nein, natürlich weißt du es nicht! Aber ich weiß es. Es ist bereits stockdunkel draußen. Du warst für Stunden verschwunden und als du dann endlich wieder auftauchst, bist du ohnmächtig und reagierst auf nichts. Habe ich da nicht alles Recht der Welt, dich so anzusehen?«

»Ich war was?« Rae starrte ihre Freundin entgeistert an.

Das konnte nicht sein! Anni musste sich einen Scherz mit ihr erlauben. Noch dazu einen besonders Schlechten! Sie war doch bloß ..., wenn sie schätzen müsste, für höchstens eine halbe Stunde in dem Raum gewesen. Aber als sie sich nun umsah, stockte ihr der Atem. Es stimmte! Draußen war es inzwischen so dunkel, dass nur noch das Licht der einsamem Straßenlaterne vor dem Gebäude, auf das Fenster fiel.

»Ich bin vor Angst fast gestorben!«, fuhr Annie unbeirrt fort, ohne dabei auf Raes Kommentar zu achten.

»Ich hatte keine Ahnung, wo und wann du wieder auftauchen würdest. Das waren die schlimmsten Stunden meines Lebens, wenn man mal von denen absieht, die ich damals nach deinem Verschwinden hatte. Ich ...«

»Es tut mir leid!«, unterbrach Rae ihre Tirade. »Ich konnte doch nicht ahnen ...«

»Nein, konntest du nicht!«, nun war es Anni, die ihr ins Wort fiel.

»Aber **ich** hätte es ahnen müssen. Und jetzt setzt dich auf den Sessel oder die Couch oder sonst was. Ich habe keine Lust, mit dir weiter auf dem Boden zu hocken.« Die Art und Weise wie ihre Freundin mit ihr sprach, machte nur zu deutlich, in welcher Stimmung sie sich befand. Schon immer, selbst als Rae noch ein Kind war, hatte Annabelle versucht, ihre wirklichen Gefühle durch ihre brüske Art zu überspielen und dass sie dies im Moment wieder tat, war offensichtlich. Noch bevor Rae ihr etwas entgegnen konnte, erhob Anni sich und setze sich auf die Lehne eines der beiden Sessel. Rae zögerte kurz, dann aber folgte sie dem Beispiel ihrer Freundin, wobei sie sich allerdings auf dem Sofa niederließ.

»Anni, es tut mir wirklich leid! Ich wollte dir keinen Schrecken einjagen,« eröffnete Rae das Gespräch von Neuem, nachdem sie sich eine ganze Weile schweigend angestarrt hatten. »Ich ...«

»Hat es denn etwas gebracht? Kannst du dich an die Geschehnisse aus deiner Kindheit erinnern?« Rae schüttelte ihren Kopf.

»Dann war das alles also vollkommen unnötig? Unser Versuch! Meine Angst um dich! Die Gefahr, in die du dich begeben hast! Alles reine Zeitverschwendung!«, entgegnete Anni ihr in einem Tonfall, der ihre Frustration kaum verbarg.

»So würde ich das nicht sehen.«

»Nicht? Den eigentlichen Sinn und Zweck unserer Unternehmung haben wir doch verfehlt. Ein nutzloser Zeitaufwand mit noch überflüssigerem Risiko!«

»Aus dir spricht wieder die Anwältin. Nicht immer ist etwas nutzlos, wenn es nicht das erhoffte Ergebnis bringt.«

»Aus deinen Worten schließe ich, dass du da nicht ganz meiner Meinung bist!« Ihre Worte sollten wohl wie eine Herausforderung klingen, doch Rae nickte nur.

»Anni, du klingst, als wärst du vor Gericht. Aber das sind wir nicht und ich bin keiner deiner Mandanten.«

»Ich weiß, aber ... Rae, ich habe dich für nichts und wieder nichts einer Gefahr ausgesetzt, von der wir nicht einmal erahnen können, wie groß sie ist. Das ist mir in den Stunden deiner Abwesenheit erst so richtig klar geworden. Ich hätte dich niemals dazu drängen dürfen. Ich hätte ...«

»Du konntest es doch nicht ahnen und außerdem war es ja wohl meine Entscheidung darauf einzugehen.«

»Sicher! Aber der ganze Aufwand hat sich nicht gelohnt.« Rae sah Annabelle in die Augen, dabei bedachte sie ihre Freundin mit einem strahlenden Lächeln. Als Annabelle es sah, stutzte sie zuerst, dann aber erschien auch auf ihrem Gesicht ein Grinsen.

»Deine Kindheit war es nicht!«, bemerkte sie daraufhin erkennend. »Aber es war etwas anderes. Etwas, woran ich anscheinend nicht gedacht habe. Was war es? Los sag schon! Ich hätte mir auch denken können, dass du nicht Stunden verschwunden bist, ohne dass etwas geschieht. Spann mich nicht länger auf die Folter. Ich platze fast vor Neugier!«

»So hast du aber gerade noch nicht geklungen.«

»Nein, du hast recht! Zu meiner Entschuldigung kann ich dir nur noch einmal sagen, dass ich eine Scheißangst um dich hatte. Rae, du bist der wichtigste Mensch in meinem Leben. Ich kenne dich, seitdem du auf deinen wackligen, kleinen Beinchen auf der Schwelle unseres Waisenhauses gestanden hast und nichts weiter als ein unzusammenhängendes Kauderwelsch hervorbrachtest, das nicht englisch, schottisch oder sonst etwas war, was wir kannten.

Als ich dich gefunden habe, hast du deine winzigen Ärmchen nach mir ausgestreckt und mich mit diesen riesigen Augen so ängstlich angestarrt, dass ich nicht anders konnte, als dich auf den Arm zu nehmen und dich sozusagen zu adoptieren.

Rae, ich habe wirklich gedacht, ich hätte dich verloren und das wäre schlimmer gewesen als das damals mit meinen Eltern«, Anni schwieg, dabei sah sie Raelyn in die Augen.

»Anni ich kann mir ausmalen, was du durchgemacht hast, aber es war nicht meine Schuld. Auch ich kann mir ein Leben ohne dich nicht vorstellen — ...

Du hast so viel für mich getan. Ich würde niemals mutwillig ... Du ...«, Annabelle war sichtlich verlegen. Sie schluckte demonstrativ und winkte dann, vehementer als vermutlich geplant, ab.

»Rae, du brauchst es nicht auszusprechen. Ich weiß es auch so und nun erzähl schon. Lange halte ich es nämlich tatsächlich nicht mehr aus.« Rae nickte, dann begann sie zu erzählen.

»Anni, ich denke, ich war in dem Raum, in dem ich auch als Kind gewesen bin.«

»Wie kommst du darauf? Du hast doch gesagt, du kannst dich an nichts erinnern.«

»Du hast mir doch heute Mittag einiges erzählt. Der Raum sah genauso aus, wie du ihn beschrieben hast, allerdings zunächst ohne Leiche.«

»Was sagst du da?«

»Anni, ich glaube, ich bin diesmal etwas früher als damals in dem Raum gelandet. Alles war schon für eine Aufbahrung vorbereitet, aber die Leiche war noch nicht da.«

»Aber du hast ihn gesehen?«, Rae nickte erneut.

»War das rote Licht ein Rubin oder ein Granat?« Raelyn zuckte mit den Achseln.

»Anni, ich bin gar nicht dazu gekommen, ihn mir genauer anzusehen.«

»Was? Wieso? Wir haben das alles doch genau aus diesem Grund veranstaltet. Damit du etwas siehst, das dir deine Erinnerungen wiederbringt. Das war deine Chance! Ich verstehe nicht, warum du sie vertan hast.«

»Weil, — ... Anni, haben wir noch Whisky?« Anni sah sie nachdenklich an.

»Was ist los Rae? Was hast du, außer dem Toten, noch dort gesehen?«

»Anni, du hältst mich jetzt wahrscheinlich für noch verrückter als ohnehin schon, aber da war ein Mann. Er hatte silbern schimmerndes Haar und seine Augen schienen von innen heraus zu glühen. Das Merkwürdigste an ihm war jedoch ...«, Rae hielt inne.

»Was Rae?«

»Er ... Er hat mich angesprochen. Er wusste, dass ich da war und mich hinter den Vorhängen versteckte. Er kannte meinen Namen und er hat ...«, wieder hielt sie inne, dabei sah sie Anni an.

»Was?«, Annis Tonfall und die Art und Weise wie ihre Freundin sie jetzt ansah, erinnerten Rae an ihre Kindheit. Genauso hatte Anni sie immer angesehen, wenn sie wieder dermaßen gestottert hatte, dass kaum etwas Zusammenhängendes dabei herauskam. Ihr Blick bedeutete damals immer: Beruhige dich erst einmal und dann noch einmal, ganz langsam, von vorne. Raelyn schluckte, dann nickte sie wie zur Bestätigung, obwohl es eigentlich nichts zu bestätigen gab.

»Anni er hat mir gedroht! Er ist der Meinung, dass ich seinen Sohn retten kann und wenn ich ihm nicht freiwillig helfe, dann will er mich dazu zwingen. Nicht nur das! Er hat gesagt, ich würde seinem Sohn schneller folgen, als mir lieb wäre. Verstehst du jetzt, warum ich mir den Toten nicht genauer angesehen habe. Ich habe mich in diesem Moment gefühlt, wie in einem meiner schlimmsten Albträume! Man reißt mir den Boden unter den Füßen weg, so dass ich unaufhörlich falle. Ich falle und falle, aber niemand ist da, der mich auffängt, oder eine rettende Hand nach mir ausstreckt. Und, zu allem Überfluss löste sich der Kerl, nachdem er mir die Brocken wie zum Fraß vorgeworfen hat, auch noch vor meinen Augen in Luft auf. Ist es da nicht verständlich, dass ich in Ohnmacht gefallen bin? Oder denkst du, es war keine Ohnmacht? Bin ich vielleicht nur eingeschlafen?« Annabelle starrte sie entsetzt an. Es dauerte eine Weile, bis ihre sonst so souveräne Freundin endlich ihre Sprache wiederfand.

»Du sagst, er hat sich vor dir in Luft aufgelöst?« Rae nickte erneut.

»Und er wollte, dass du ihm hilfst, seinen Sohn zu retten? ... Jetzt aber mal ganz ruhig und von vorne, damit ich das Ganze begreifen kann. Der Mann mit dem silbrigen Haar, war also der Vater des Toten?« Rae nickte abermals.

»Wenn man der Mutter des Toten Glauben schenken will, dann ja.«

»Und er wusste, dass du dich dort hinter den Vorhängen aufhieltest, und kannte deinen Namen?« Wieder nickte sie.

»Aber wie kann das sein? Wie konnte er von dir wissen? Wie ... Ach zum Teufel!« Anni sprang auf und lief unruhig in dem kleinen Raum auf und ab, derweil Rae sie dabei schweigend beobachtete.

»Und er hat sich schließlich vor deinen Augen in Luft aufgelöst?«, wiederholte sie ihre Frage vom Anfang noch einmal, allerdings mehr an sich selbst gewandt als an Rae.

Schließlich aber blieb sie für einen Moment mitten in der Bewegung plötzlich stehen, sah Rae noch einmal kurz an und fuhr dann, als diese zum wiederholten Male mechanisch nickte, mit ihrer Bewegung fort, als wäre nichts gewesen.

Eine schier endlos lang erscheinende Zeit geschah nichts weiter. Annabelle rannte unruhig auf und ab, während Rae ihr schweigend dabei zusah. Dann jedoch runzelte Anni plötzlich ihre Stirn, hielt abrupt inne und starrte Rae auf dieselbe Art an, wie einen ihrer Zeugen vor Gericht.

»Rae, wenn das alles stimmt, dann ... Hör mir jetzt genau zu! Du hast mir doch heute Mittag erzählt, alle glauben, du hättest die Nachricht in der Truhe gefälscht und dass sie dir deshalb die Hölle heißmachen. Was, wenn dein ominöser Fremder etwas damit zu tun hat? Was, wenn er die Nachricht geschrieben hat, damit du ...?«

»Ach Anni!«, unterbrach Rae sie. »Jetzt siehst du aber Gespenster. Ich bin mir nicht einmal sicher, ob die Zeit in der ich vorhin gelandet bin, in etwa der Zeit entspricht, aus der die Gegenstände, die sich in der Truhe befinden, stammen. Außerdem würde das bedeuten, dass ich bereits als Kind ...«

»Ganz genau«, unterbrach Anni sie jetzt. »Vielleicht warst du damals noch zu jung oder du hast ihn überrascht oder ... Was, wenn er dieselbe Fähigkeit hat? Ich meine, dass auch er ... Wäre es da nicht möglich, dass ...«

»Anni hörst du dich eigentlich selbst reden? Wenn ich das, was du gerade sagst, weiterspinne, also, gesetzt den Fall ich war damals als Kind wirklich dort. Nehmen wir zusätzlich an, er hat mich gesehen. Wie zum Teufel konnte er dann wissen, dass ich als Erwachsene noch einmal zurückkehre? Oder vielmehr, hinter den Vorhängen stehen würde, bevor er mich als Kind dort gesehen hat? Und vor allen Dingen, selbst wenn es so wäre: Woher sollte er dann meinen Namen kennen?

Was uns zur nächsten Frage bringt. Heute hat er mich nicht wirklich gesehen, da bin ich mir sicher. Ich stand so verdeckt hinter den Vorhängen, dass er allerhöchstens eine Ahnung davon haben konnte, dass sich jemand dort befand. Woher wusste er dann so genau, dass ich es bin? Es hätte jeder X-Beliebige sein können! Und drittens: Woher, verflucht noch eins, weiß er von meinen Fähigkeiten, wenn noch nicht einmal ich selbst eine Ahnung davon hatte?«

»Aber was, wenn er auch aus unserer Zeit stammt und dich dabei beobachtet hat, wie du ... Immerhin hat er sich ja vor deinen Augen aufgelöst. Genauso, wie du es vorhin vor meinen getan hast ... Du könntest ... Ach was, ich rede wirklich dummes Zeug«, gab Anni resignierend zu.

»Ich glaube, ich verrenne mich da tatsächlich in etwas. Aber dennoch sollten wir diesen Aspekt nicht völlig aus den Augen verlieren.«

»Und was schlägst du vor? Wie soll ich mich deiner Meinung nach verhalten? Ich kann doch nicht ständig in der Angst leben, dass sich plötzlich ein unheimlicher Fremder vor mir materialisiert und mich bedroht. Oder noch schlimmer, dass meine neue Fähigkeit mich bei jedem Gegenstand, den ich berühre, eventuell in eine andere Zeit katapultiert. Noch dazu vor den Augen von James oder Ron, oder noch schlimmer, vor Marys.«

»Ich denke nicht, dass es bei jedem Gegenstand geschieht. Wenn es so wäre, dann hätte dich das Glas, was du gerade geleert hast, mit Sicherheit auch verschwinden lassen. Das hat es aber nicht! Dementsprechend vermute ich, dass hinter deiner neuen Fähigkeit weit mehr steckt. Was hältst du davon, wenn wir unsere kleinen Versuche weiter fortführen?« Rae sah sie fragend an.

»Wir wissen ja noch immer nicht genau, was es auslöst. Wenn du nun bei der Arbeit immer darauf achtest, deine Handschuhe zu tragen, auf jeden Fall solange du Gegenstände aus der Kiste anfassen musst, dann könnte dich das doch eventuell vor bösen Überraschungen schützen.«

»Du denkst, ich brauch Hautkontakt um ...«, jetzt nickte Anni.

»Das ist für mich die einzig logische Erklärung!«

»Stimmt! Normalerweise trage ich auch immer Handschuhe bei meiner Arbeit! Vielleicht ...«, Rae sah sie nachdenklich an.

»Genau! Du trägst sie sonst immer. Nur diesmal nicht. Als du das Schwert berührt hast, war das mit bloßen Fingern. Auch hier hast du die Gegenstände mit deinen Fingern berührt, bevor es geschehen ist.«

»Nicht nur das, ich habe die Gegenstände in der Hand gehalten.«

»Aye! Wenn unsere Vermutung stimmt und ich bin mir fast sicher, dass es so ist, dann solltest du vor deinen Kollegen tunlichst vermeiden, etwas in deine bloße Hand zu nehmen. Es sei denn, du legst es darauf an, ihnen einen kleinen Schreck einzujagen.

Außerdem sollten wir nachforschen, was es mit dieser Kiste genau auf sich hat. Wer war der Besitzer des Inhalts? Was ist mit ihm geschehen und so weiter ...«

»Ok, das lässt sich herausfinden. Wenn wir erst einmal alles gesichtet haben, werden wir bestimmt auch Hinweise auf den Besitzer finden.«

»Gut! Die teilst du mir dann mit und ich stelle Nachforschungen an.« Rae nickte.

»Und, um noch einmal auf unser anderes Problem zu kommen, denkst du, du könntest ein paar kleinere Gegenstände mit nach Hause nehmen, damit wir hier ausprobieren können, ob sich deine Fähigkeit auch bei ihnen zeigt? Du weißt doch: Übung macht den Meister!«

»Sicher! Doch nur wenn man bewusst übt! Anni ich kann es nicht steuern!«

»Du meinst, du kannst es noch nicht steuern. Aber, was nicht ist, kann ja noch werden!«

12

Als Rae am nächsten Morgen das Kelleratelier der „National Portrait Gallery" betrat, wurde sie schon von Ron und James erwartet. Ron lächelte sie an und bemerkte dann, wie nebenbei:

»Ich war so frei und habe James schon einmal hierher beordert. Ich dachte, du könntest seine Unterstützung wirklich gut gebrauchen. Außerdem haben wir bereits einen Teil des Inhalts aus der Kiste herausgeholt. Du musst ihn nur noch sichten, in die Liste aufnehmen und dann beurteilen, inwieweit und wie aufwendig die Gegenstände restauriert werden müssen, damit wir einen zeitlichen Überblick bekommen.« Rae nickte zur Bestätigung, während James sie ebenfalls mit einem Lächeln bedachte.

»Ich freu mich auf unsere Zusammenarbeit!«, James kam auf sie zu. Irgendwie wirkte er verlegen, aber das konnte auch nur Einbildung sein.

»Du weißt, dass ich schon sehr lange darauf warte, wieder einmal mit dir zusammenarbeiten zu dürfen.«

»Dann lass ich euch beiden jetzt alleine!«, bei seinen Worten wurde aus Rons Lächeln ein breites Grinsen. Dabei machte er auf dem Absatz kehrt und fügte dann noch leise lachend: »Ich störe ja doch nur!«, hinzu.

Als die Tür hinter ihm lautstark ins Schloss gefallen war, wandte sich Rae an James.

»James, wenn du dir von unserer Zusammenarbeit mehr versprichst, als bloße Zusammenarbeit, dann muss ich dich enttäuschen. Ich sehe in dir nicht mehr als einen guten Freund und Kollegen. Jedenfalls **nicht mehr**!«

»Wie kommst du darauf, dass ich mehr will?«, entgegnete er ihr.

»Wie lange kennen wir uns jetzt schon?«, konterte sie, anstatt auf seine Frage einzugehen. »Wenn ich mich nicht täusche, dann müssen es jetzt vier Jahre sein. In diesen vier Jahren haben wir einmal den Fehler begangen, uns zu etwas hinreißen zu lassen, das für uns beide nicht das war, was wir uns erhofft hatten. Diesen Fehler werde ich nicht wiederholen. Wenn du willst, dass unsere Zusammenarbeit funktioniert, dann belässt du es auch dabei.« Sie sah ihn herausfordernd an.

»Rae, so war das nicht gemeint! Du fängst schon wieder an, mir jedes Wort im Mund umzudrehen«, beteuerte er.

»Nicht? Dann scheinst du dich ja geändert zu haben!«

»Aye! Ich habe an mir gearbeitet! Sehr zur Freude meiner jetzigen Beziehung! Ich meine es wirklich nur so, wie ich es auch gesagt habe.« Rae betrachtete ihn zunächst skeptisch, dann jedoch erschien ein Lächeln auf ihrem Gesicht.

»Ich kann nur hoffen, dass es auch so bleibt ...

Anscheinend sind wir uns ja dieses Mal einig. Ich wollte das nur vorab klären, bevor du auf dumme Gedanken kommst.«

»Ich und auf dumme Gedanken kommen? Ich habe nie dumme Gedanken, das weißt du doch.« Ein breites Grinsen erschien auf seinem Gesicht.

»Blödmann! Das war ja klar! Anscheinend hast du doch nicht genug an dir gearbeitet. Ich sollte vielleicht mal mit deiner Freundin reden!«

»Gott bewahre! Damit du sie auf dumme Gedanken bringst?« Rae brach in leises Gelächter aus.

»Ich denke, das waren genug dumme Gedanken für einen Tag. Wir sollten uns besser langsam um unsere Arbeit kümmern, bevor doch noch einer von uns beiden auf dumme Gedanken kommt!« James brach nun ebenfalls in leises Gelächter aus.

»Ja, ja. Dumme Gedanken können äußerst hartnäckig sein. Ich weiß, wovon ich rede und glaube mir, wenn sie erst einmal da sind, dann wird man sie so leicht nicht wieder los.« Dann wandte er sich der Kiste zu.

Rae hielt noch einen Augenblick inne. Obwohl die Dinge zwischen ihnen nicht so gelaufen waren, wie sie es sich erträumt hatte und auch wenn es nicht immer so schien, so mochte sie James MacAllister wirklich noch.

James war in etwa fünf Jahre älter als sie und hatte bereits zu Williams Team gehört, als sie dazu stieß. Im ersten halben Jahr ihrer Zusammenarbeit war auch nichts weiter passiert, als ein paar unbeholfene Flirts. Nicht bloß unbeholfen, sondern fast schon peinlich, wie sie sich heute eingestehen musste.

Zu diesem Zeitpunkt war sie nicht gerade das, was man eine Augenweide nannte. Jedenfalls hatte sie sich nie so gefühlt. James hingegen hatte ihr das Gefühl gegeben, etwas Besonderes zu sein. Seine offene Art steckte sie an. Sie war lange nicht mehr so gehemmt im Umgang mit anderen und auch ihr Erscheinungsbild änderte sich langsam.

Ein halbes Jahr später waren sie beide dann ein Paar geworden. Aber die erwarteten rosaroten Wolken, die angeblich gerade zu Anfang über jeder Beziehung schwebten, blieben ihnen fern.

Es war nicht so, dass er sie nicht auf Händen trug oder ihr jeden Wunsch von den Augen ablas. In dieser Beziehung war er geradezu vorbildlich! Aber James war noch immer ein zu groß geratenes Kind. Ihm fehlte der nötige Ernst, und vor allen Dingen die Beständigkeit, sich auf langfristige Beziehungen einzulassen. Also genau das, was Rae eigentlich gesucht hatte.

Sie hatte gehofft, in ihm endlich die Schulter zu finden, an die sie sich anlehnen konnte. Ihren sicheren Hafen, der ihr das Gefühl von Geborgenheit geben könnte. Doch sie war bitter enttäuscht worden.

James hatte keine Frau fürs Leben gesucht, sondern er war die Biene, die von Blüte zu Blüte flog, um von ihrem süßen Nektar zu naschen. Als sie das begriffen hatte, war James für sie Geschichte. Sicher, sie war ihm auch jetzt noch dankbar, dass er sie zu nichts gedrängt und ihr die Zeit gelassen hatte, die sie brauchte, um es auch zu wollen. Dennoch war ihr erstes Mal mit ihm enttäuschend gewesen. Nicht weil es anders gewesen war, als sie es sich erträumt hatte. Das war nicht das Problem. Vielmehr lag es daran, dass ihr genau in diesem Moment richtig bewusst geworden war, dass James in ihren Augen zwar durchaus ein guter Freund war und sie auch Gefühle für ihn hatte, allerdings nicht die, auf denen man eine dauerhafte Beziehung aufbauen konnte.

Wie dem auch sei, nach ihrer Trennung hatte er bei den verschiedensten Gelegenheiten versucht, ihre Beziehung neu aufleben zu lassen. Ob aus gekränkter Eitelkeit oder weil ihm wirklich etwas an ihr lag, konnte Rae nicht sagen. Doch sie hatte ihm mehr als einmal zu verstehen gegeben, dass sein Interesse daran einseitig war. William, der den Braten wohl gerochen hatte, hatte daraufhin eingegriffen und so war das Cameron Projekt nun ihr erstes, gemeinsames seit über zwei Jahren. Was nur bedeuten konnte, dass William anscheinend zu dem Entschluss gekommen war, zwei Jahre würden ausreichen, um Gras über die Sache wachsen zu lassen. Und er hatte damit vollkommen recht.

Da sich James ja offenbar in einer Beziehung befand, stand somit einer erfolgreichen und vor allen Dingen problemlosen Zusammenarbeit nichts mehr im Weg. So hoffte sie wenigsten, denn im Grunde genommen war sie sogar froh, dass gerade James mit ihr zusammenarbeiten sollte. Gar nicht auszudenken, wie eine ihrer Kolleginnen, allen voran Mary, reagieren würde, wenn ihr wirklich ein kleines Malheur passierte und sie ungewollt plötzlich verschwand.

James hingegen würde es sicher mit seiner gewohnten Coolness und Humor nehmen. Auch wenn er danach vermutlich einige Fragen an sie hätte. Doch ihr waren James Fragen hundertmal lieber als Marys bissige Bemerkungen.

Doch noch war es nicht so weit. Noch hatte sie sich nicht wie die „bezaubernde Jeannie“ vor ihm in Luft aufgelöst. Demnach bestand auch kein Grund, sich weiter den Kopf über Dinge zu zermartern, die höchstwahrscheinlich niemals eintreffen würden.

Genug der Grübelei, ermahnte sie sich selbst, dann gab sie sich einen Ruck und wandte sich ebenfalls der Kiste zu.

»Was habt ihr denn schon ausgepackt?« Rae betrachtete neugierig den Gegenstand, den James gerade in der Hand hielt. Eine kleine Schmuckschatulle.

»Noch nicht sehr viel. Wir sind auch nur ein paar Minuten vor dir hier angekommen. Aber du kennst ja Ron. Er muss sich immer ein bisschen selbstbeweihräuchern.«

»Ok! Trotzdem brenne ich vor Neugier. Los sag schon!«

»Als erstes natürlich das Plaid und das Schwert, aber die beiden Teile kennst du ja schon. Ron hat mir erzählt, dass er gestern mit dir hier unten war und sie dir gezeigt hat.«

»Hat er sonst noch etwas erzählt?«, Rae versuchte, so beiläufig wie möglich zu klingen, doch in ihrem Innern brodelte es.

»Nein, nur, dass es dir nicht gut ging und du nach Hause gegangen bist. Er hat schon befürchtet, du würdest dich heute krankmelden.« Rae sah ihn prüfend an.

Ron hatte also nichts erzählt, sondern ... Merkwürdig!

»Nein, mit mir ist wieder alles in Ordnung. Ich denke, mir ist nur etwas auf den Magen geschlagen.«

»Etwas oder eher jemand? Ich weiß von deiner Unterredung mit Will. Der Flurfunk, du verstehst? Stimmt es, dass Mary dich eigentlich unterstützen sollte?« Rae nickte.

»Dann ist es kein Wunder, dass dein Magen rebelliert hat. Aber ich denke, mit der Lösung, die Ron und Will zusammen ausgeheckt haben, kannst du leben. Oder stört es dich, dass wir zusammenarbeiten sollen?«

»Nein! Ganz und gar nicht.«

»Wirklich nicht? Ich dachte, du wärst mir seit unserem kleinen Intermezzo bewusst aus dem Weg gegangen.« Rae schüttelte ihren Kopf.

»Nein! Ich kann damit umgehen. Außerdem sind wir erwachsen und sollten es langsam abhaken.«

»Gut, dass du es auch so siehst.« Eine Weile schwiegen sie.

»Du hast mir noch nicht geantwortet«, fing Rae das Gespräch von neuem an.

»Stimmt! Du wolltest ja wissen, was wir schon ausgepackt haben. Nicht viel! Um ehrlich zu sein, fast nichts! Wir haben erst einmal ein bisschen gestöbert.«

»Ohne mich?«

»Du kennst doch Ron.«

»Ja, doch er weiß ja bereits, was in der Kiste ist. Das hat er gestern jedenfalls behauptet!«

»Vielleicht kannte er einen Teil von ihrem Inhalt, aber alles mit Sicherheit nicht. Du hättest seine Augen sehen sollen. Er hat mich an ein Kind erinnert, das seine Geburtstagsgeschenke auspackt.« Rae kicherte leise.

»Aber Spaß bei Seite, auch wenn wir nicht sehr produktiv waren, so weiß ich immerhin schon einmal, was sich hier in der Schatulle befindet.«

»Und was?«

»Sie enthält einige Schmuckstücke und geschnitzte Tierfiguren aus Eberzähnen.«

»Sonst noch etwas?«

»Viel mehr passt wohl nicht hinein!«

»Du Idiot! Ich meine, habt ihr schon etwas aus der Kiste herausgeholt?«

»Nur einige Kleidungsstücke. Sie liegen dort hinten.« James deutete mit seinem Kopf auf einen der länglichen Tische.

»Die Waffen und ein paar Ölgemälde, sowie ein Sporran und einige andere Gebrauchsgegenstände, die ich mir angesehen habe, befinden sich noch in der Kiste.« Mit einem Mal änderte sich schlagartig James Mine und er sah sie nachdenklich an.

»Rae, ich habe da noch eine Frage an dich, aber du musst mir versprechen, nicht gleich auszuflippen, wenn ich sie dir stelle.« Rae erwiderte fragend seinen Blick.

»Was denn?«

»Der Flurfunk hat gemeldet, dass man dir Manipulation unterstellt und du deshalb mit Mary zusammenarbeiten solltest. Stimmt das? Hast du etwas manipuliert?« Rae atmete tief ein und seufzte.

»Was denkst du? Traust du mir so etwas zu?« James schüttelte seinen Kopf.

»Du weißt, dass man dem Flurfunk nicht immer glauben kann, deshalb habe ich auch gefragt.«

»In diesem Fall hat der Flurfunk allerdings recht. Ich soll etwas manipuliert haben und deshalb wollte Gordon, dass ich mit Mary arbeite.«

»Was sollst du manipuliert haben?«

»Das Testament des Besitzers der Truhe!« James starrte sie entgeistert an.

»Das kann nicht sein ernst sein!«

»Doch ist es! Aber, weißt du was, das ist mir jetzt so was von egal. Wenn du willst, erzähle ich es dir irgendwann einmal in aller Ruhe. Jetzt allerdings sollten wir langsam wirklich mit unserer Arbeit anfangen, schließlich müssen wir in nicht einmal einem halben Jahr damit fertig sein.«

13

Den Rest des Tages verbrachten die beiden damit, die Gegenstände aus der Truhe zu katalogisieren. Bei den Kleidungsstücken handelte es sich neben dem Plaid um eine Kniehose, einen Gehrock, einen Umhang und mehrere Hemden, von denen eines, genauso wie das Plaid, auf der Vorderseite eingerissen und mit Blutflecken übersäht war. Entweder, weil sein Träger verwundet worden war, oder aber das Blut stammte von einem seiner Gegner. *Doch wieso hatte man es in diesem Zustand in die Kiste gepackt?*

Zu den Waffen gehörten unter anderem das Schwert, eine Streitaxt und mehrere Sgian Dubhs, jene kleinen Dolche, die unter diversen Kleidungsstücken getragen wurden. Besonders einer davon fiel ihr direkt ins Auge. Er steckte in einer reich verzierten ledernen Scheide und oben auf dem Knauf war genauso wie auf dem Schwert ein rotfunkelnder Granat eingelassen.

Die Gemälde waren allesamt Porträts. Eins zeigte Donald Cameron of Lochiel, den 19. Chief des Cameron Clans, der während des zweiten Jakobitenaufstands den Cameron Clan angeführt hatte und als „der Sanfte" oder „The gentle Lochiel" in die Geschichtsbücher eingegangen war. Ein weiteres war das Bildnis seines Bruders Archibald. Jetzt, wo sie ihn sah, erinnerte sie sich auch wieder daran, dass er derjenige war, den die Rotröcke noch sieben Jahre nach Culloden wegen Hochverrats hinrichten ließen. Es war nicht weiter verwunderlich, dass sich gerade die Porträts dieser beiden Männer in der Kiste befanden. All die Kostbarkeiten, die nach und nach zum Vorschein kamen, ließen bereits erahnen, dass ihr Besitzer nicht gerade einer der ärmsten Pächter des Lairds gewesen war, sondern vielmehr ein enger Verwandter der beiden Brüder sein musste. *Aber welcher? Oder stammten die Objekte vielleicht sogar von einem der Brüder selbst?*

Raelyn unterbrach ihren Gedankengang und widmete sich bewusst den restlichen Dingen. Da waren noch einige Kinderporträts, das Bildnis einer Frau, die Rae merkwürdig bekannt vorkam und zum guten Schluss das Bild eines jungen Mannes. Nicht bloß eines jungen Mannes, sondern des Mannes, den sie auf dem Hügel gesehen hatte. Rae hielt den Atem an. Das Bild war so realistisch gemalt, dass es fast so schien, als würden seine Augen sie ansehen. Egal, aus welcher Perspektive sie ihn auch ansah, seine Augen folgten ihr. Das kannte sie nur von einem einzigen Bild: *„La Gioconda"*, besser bekannt als die „Mona Lisa"! Und der Maler war kein Geringerer als das Genie Leonardo da Vinci.

Ob der Maler dieses Bildes genauso genial gewesen war, wusste sie nicht, denn es war weder signiert noch datiert. Wieder wanderte ihr Blick auf die so eindrucksvoll gemalten Augen. Und was für Augen! Sie waren ihr ja bereits bei ihrem Ausflug aufgefallen, aber jetzt aus der Nähe ... Himmel!

»Sollen wir die Bilder schon auf die Staffeleien stellen?«, James Stimme holte sie abrupt in die Wirklichkeit zurück. Sie zuckte leicht zusammen und riss sich gewaltsam von dem Anblick des Bildes los. Da sie momentan kaum fähig war zu atmen, geschweige denn zu reden nickte sie nur.

»Ok, dann fang ich mal an. Rae, ist alles in Ordnung mit dir? Du wirkst so ... abwesend.« Wieder nickte sie. Schließlich aber lächelte sie James an.

»Du kennst mich doch. Wenn ich solche Prunkstücke vor Augen haben, schwebe ich immer in anderen Sphären,« war ihre klägliche Bemühung, ihm ihr Verhalten im Nachhinein zu erklären. Sie konnte nur hoffen, dass James ihre Antwort wortlos akzeptierte. Rae hielt erneut den Atem an, während James sie zweifelnd anstarrte. Letztendlich aber nickte er und Rae atmete hörbar aus.

»Solange du nicht in ihnen stecken bleibst ...«, entgegnete er ihr breit grinsend, dann wandte er sich erneut den Bildern zu.

Nachdem sich James von ihr abgewandt hatte, wanderte Raes Blick sofort wieder auf das Porträt des jungen Mannes. Sein Blick hypnotisierte sie geradezu und so sehr sie auch versuchte, sich von dem Anblick zu lösen und sich wieder auf ihre Arbeit zu konzentrieren, es wollte ihr nicht gelingen. Es dauerte eine gefühlte Ewigkeit, bis es ihr schließlich doch noch gelang, den Rahmen des Bildes zu fassen, es aus der Kiste zu heben und auf eine der Staffeleien zu tragen. Anschließend hielt sie erneut inne.

Verdammt! Was tat sie hier eigentlich? Der Typ war schon längst tot und begraben und sie starrte ihn an wie ... Ja, was eigentlich? Rae wenn du so weiter machst, ermahnte sie sich selbst, *dann wirst du doch noch in einer Anstalt landen.* Es half alles nichts, sie musste sich endlich von dem Bild lösen, damit sie heute wenigstens mit der Sichtung der Gegenstände fertig würden, denn höchstwahrscheinlich würde allein schon die Restauration der Bilder eine Unmenge an Zeit in Anspruch nehmen. Und wenn sie jedes Mal ihre ohnehin schon mehr als knapp bemessene Zeit damit vergeudete, dieses eine Bild wer weiß wie lange anzustarren, dann würden sie niemals rechtzeitig mit ihrer Arbeit fertig werden. Zumal die Meisten der Bilder nicht annähernd in dem Zustand waren, in dem sich das Bildnis des jungen Mannes befand.

Ihre Farben waren verblasst und von einer dicken Rußschicht bedeckt, und eines wurde sogar von dunklen Flecken verunstaltet. Raelyn seufzte. Allein die Reinigung jedes Einzelnen würde bereits Wochen in Anspruch nehmen ...

William hatte vollkommen recht, für einen alleine war diese Aufgabe schon so gut wie nicht zu bewältigen. Und da waren ja nicht nur die Bilder, sondern auch noch die anderen Gegenstände

Es dauerte noch über eine Stunde, bis sie auch die restlichen Dinge aus der Truhe herausgeholt und in die Liste eingetragen hatten. Zum Schluss warf Rae noch einen Blick in die kleine Schatulle. In ihr befanden sich vor allem Schmuckstücke: diverse Ringe, Armbänder und eine Kette. Allesamt wunderschöne Schmiedearbeiten aus Silber. Auch eine Clanbadge mit dem Wappen der Camerons war darunter. Genau wie das Schwert und das Hemd, wurde diese jedoch von dunklen Flecken verunstaltet, die nur von Blutspritzern herrühren konnten. *Blut! Immer wieder Blut! Das war äußerst merkwürdig!*

Zu guter Letzt kamen dann die von James erwähnten, aus Eberzähnen geschnitzten, Tierfiguren zum Vorschein. Darunter ein kleines Pferd, ein Wolf und ein Schwan.

Als Rae sich unbeobachtet fühlte, ließ sie das Pferd und den Wolf in die Tasche ihres Kittels fallen. Die beiden Gegenstände eigneten sich hervorragend für einen erneuten Selbstversuch und da heute Freitag war, und somit das Wochenende vor der Tür stand, brannte sie geradezu darauf, endlich Feierabend machen zu können, um es zu Hause auszuprobieren.

Als sie mit der Kiste so weit durch waren, wandte sie sich schließlich erneut an James.

»Was sagst du zu den Dingen?«, wollte sie von ihm wissen.

»Ganz ehrlich?«

»Ich würde dich nicht fragen, wenn ich nicht deine ehrliche Meinung hören wollte«, James nickte.

»Der Typ, dem die Sachen gehört haben, war auf jeden Fall kein Bauer. Allein schon das Schwert und der Dolch, sind wahrscheinlich mehr wert, als ...«

»Was mich allerdings wundert«, unterbrach Rae ihn, die bereits in Gedanken seinen Satz vervollständigt hatte. »Da sind keinerlei Dokumente unter den Dingen. Nichts, was auf den Besitzer hindeuten könnte oder würde. Zwei der Porträts kann ich ja zuordnen, aber der Rest?«

Eigentlich waren es drei, aber das konnte sie James ja wohl unmöglich sagen.

»Du redest von Donald und Archibald!«, jetzt nickte Rae.

»Und da ist noch etwas, was mich stört. Dieses ganze Blut! Wenn man die Waffen in der Nähe eines Schlachtfelds in der Erde gefunden hätte, dann könnte ich es verstehen. Aber wer verpackt blutbesudelte Gegenstände in eine Kiste und vermacht sie einem Museum, das noch dazu zu der Zeit gar nicht existiert hat?« James sah sie eine Zeitlang nachdenklich an.

»Weißt du, woran mich das erinnert?«, entgegnete er ihr schließlich. »An die Reliquienschreine der Märtyrer. Blut, Knochen, Eingeweide, alles, was man von ihnen finden konnte, wurde fein säuberlich verpackt und angebetet.«

»Ja, sicher! Aber das waren Heilige!«, gab sie zurück. »Ich kenne keinen Heiligen aus dem 18. Jahrhundert, der dem Cameron Clan angehört hätte.«

»Ich auch nicht! Aber ich wüsste da jemanden, der uns weiterhelfen kann. Du weißt ja, dass ich neben der Kunstgeschichte und Restauration auch einige Semester schottische Geschichte belegt hatte. Mein ehemaliger Professor hat eine Tochter, die eine wahre Koryphäe in Bezug auf die Jakobitenaufstände ist.

Ihr Mann soll sich besonders gut mit Waffen und den Clangeschichten aus dieser Zeit auskennen. Wenn du willst, kann ich den Professor ja mal anrufen und ihn fragen, ob er mir die Nummer seiner Tochter gibt. Vielleicht weiß sie ja mehr.«

»Das ist eine super Idee. Wenn wir mehr über den Besitzer wüssten, dann würde es uns auch viel leichter fallen, die Gegenstände eindeutig zuzuordnen. Rede mit ihr! Du kannst ihr die Sache ja ein bisschen schmackhaft machen. Es würde auf jeden Fall helfen, wenn wir sie oder ihren Mann mit ins Boot nehmen könnten.«

»Das denke ich auch! Ich setzte mich gleich ans Telefon!«

»Mach das! Wir sehen uns dann am Montag. Für heute reicht es!«, James nickte erneut.

»Also dann, bis Montag! Und Rae, mach dir nicht zu viele Gedanken über Mary und die Dinge, die sie dir unterstellen. Ich weiß, es gibt keine Bessere für den Auftrag als dich und wenn sie nicht ganz dämlich sind, dann werden sie das früher oder später auch noch merken.«

14

Als Rae auf die Straße vor das Museum trat, atmete sie erst einmal kräftig durch. Sie hatte so gehofft, beim Sichten der Gegenstände einen Anhaltspunkt auf den Besitzer der Kiste zu finden, doch da war keiner. Noch nicht einmal eine Andeutung davon. Sie war nicht einen Schritt weiter! Vielleicht war James Vorschlag ja wirklich des Rätsels Lösung. Wenn sich die Tochter seines Professors tatsächlich so gut in der Zeit der Jakobitenaufstände auskannte, dann war sie vermutlich die Einzige, die Licht ins Dunkel bringen konnte.

Rae hielt noch einen Augenblick inne bevor sie sich langsam in Bewegung setzte. Das alles war so verdammt frustrierend! Was, wenn die Tochter des Professors ihnen auch nicht weiterhelfen konnte? Wie konnte sie dann je erfahren ...? *Die beiden kleinen Tierfiguren,* schoss es ihr durch den Kopf, dabei glitt ihre Hand unbewusst in ihre Tasche. *Sie konnten womöglich ein wenig Licht ins Dunkel bringen!*

Die beiden Figuren, die sie heimlich für ihren Selbstversuch stibitzt hatte, lagen, sorgsam in ihren Schal gewickelt, in ihrer Handtasche. Zu ihrem Glück hatte es James verdammt eilig, und so nicht mitbekommen, wie sie sie aus ihrer Kitteltasche genommen, in den Schal gewickelt und dann in ihre Tasche gesteckt hatte. Hoffentlich war ihr kleiner Ausflug ins Illegale es auch wert! Immerhin konnte sie, wenn sie entdeckt wurde, diesmal wirklich in ernsthafte Schwierigkeiten geraten. Allerdings nur dann, wenn sie unvorsichtig wurde.

Raelyns Augen blitzten verschmitzt auf. Wenn die beiden Gegenstände tatsächlich ein klein wenig Licht ins Dunkel brachten, und sei es auch nur, um ihre neuentdeckte Fähigkeit zu üben, dann standen ihr aufregende Wochen bevor. Die Kiste war voll von Kleinigkeiten, die man gut aus dem Museum schmuggeln konnte.

Hatte sie das gerade eben wirklich gedacht? Sie war doch sonst nicht der Typ, der sich kopflos in irgendwelche Abenteuer stürzte? Es grenzte ja schon fast an ein Wunder, dass Annabelle sie überhaupt dazu gebracht hatte, sich einmal auf das Experiment einzulassen und jetzt? Jetzt dachte sie bereits darüber nach, noch mehr Gegenstände zu entwenden! Heiliger Himmel! Sie hatte normalerweise selbst Angst vor einer Achterbahn!

Das bist nicht du!, meldete sich ihre innere Stimme. *Du bist eher der Typ feiges Huhn! Das stimmte! Sie ging nicht gerne ein Risiko ein, doch diesmal ...!*

Irgendetwas reizte sie ungemein an ihrer neuentdeckten Fähigkeit und dieses Etwas war stärker als ihre Angst. Es war nicht bloß reine Neugierde. Neugierde fühlte sich anders an. Das, was sie nun empfand, war etwas völlig anderes. Es schien tief in ihrem Innern schon sehr lange darauf zu warten, endlich befreit zu werden. Nur was es genau war, das konnte sie nicht sagen. Vielleicht sollte sie diesmal auf ihr Inneres hören und es einfach zulassen. Wer weiß, vielleicht war es ja der Schlüssel zu all dem hier. Denn eines war sicher: Den Kopf in den Sand stecken und einfach abwarten, bis der Fremde erneut bei ihr auftauchte, war keine Option.

Und apropos der Fremde. Wenn Anni tatsächlich recht

hatte, und zwischen dem unheimlichen Fremden mit den glühenden Augen und der Kiste ein Zusammenhang bestand, dann waren die Relikte ihre einzige Hoffnung und Möglichkeit, selbst herauszubekommen, was der Mann genau von ihr wollte, und wie sie seiner Drohung entgehen konnte.

Aber konnte sie das überhaupt? Die Relikte zu ihrem Zweck nutzen oder seiner Drohung entgehen? Wie dem auch sei, sie würde es so oder so bald wissen.

15

Rae war dermaßen in ihre Gedanken vertieft, dass ihre Füße wie automatisch den Weg nach Hause fanden. Erst als ihre Finger gewohnheitsmäßig nach dem Schlüsselbund in ihrer Jacke kramten und sie ihn in das Türschloss steckte, begriff sie, dass sie bereits zu Hause angekommen war.

»Und?«, beim Klang von Annis Stimme, die ihr schon entgegenschallte, bevor sie die Tür überhaupt richtig aufgemacht hatte, zuckte Rae unwillkürlich zusammen.

»Anni was machst du hier? Wolltest du nicht zu Daniel? Soweit ich weiß, ist er doch dieses Wochenende hier in Edinburgh.« Annabelle trat aus dem kleinen Wohnzimmer in den Flur und sah sie an.

»Sein Flug wurde gecancelt. Die Fluglotsen streiken! Er kann also frühestens morgen hier sein. Du siehst also, ich habe unendlich viel Zeit.« Rae nickte.

»Das hast du wohl!«

»Das klingt nicht gerade begeistert. Hast du es dir doch noch einmal anders überlegt? Oder ist heute wieder etwas passiert?« Anni sah sie erwartungsvoll an und hielt dabei die Luft an. Doch als Rae ihren Kopf schüttelte, atmete sie erleichtert aus und grinste.

»Du hast also nicht David Copperfield vor deinem Kollegen gespielt!« Auch Rae grinste jetzt.

»Ich dachte da eher an die „bezaubernde Jeannie". Aber nein, ich habe mich nicht in Luft aufgelöst.«

»Hast du schon etwas über den Besitzer herausgefunden? Ihr habt doch die Gegenstände gesichtet?«

»Kannst du mich nicht weiter löchern, wenn ich erst einmal richtig hereingekommen bin?« Annis Grinsen wurde noch eine Spur breiter.

»Dann beeil dich besser, ich platze fast vor Neugier!«

»Das dachte ich mir.«

Kurz darauf ließ Rae sich auf dem Sofa nieder, während Anni es sich schon auf einem der Sessel bequem gemacht hatte. Da ihre Freundin sowieso nicht lockerließ, bevor sie von ihr nicht eine genaue Beschreibung ihres Tagesablaufs erhalten hätte, erzählte sie ihr, was alles in dem Atelier vorgefallen war und was sie in der Kiste gefunden hatten.

»Und du sagst, da ist überall Blut an den Sachen?«, wollte Anni anschließend von ihr wissen.

»Nicht an allen! Aber an einigen! Wenn ich es mir genau überlege, dann befindet sich das Blut an all den Dingen, die jemand während eines Kampfes getragen haben könnte. Zuerst einmal auf einem Hemd, dann an dem Schwert, an der Clanbadge und ich denke, dass es sich auch auf einem der Sgian Dubh befindet. Und bevor ich es vergesse, natürlich auch auf dem Plaid.«

»So als wären die Dinge direkt nach einem Kampf in die Kiste gepackt worden,«, ergänzte Anni.

»Genau! So als wollte derjenige, der sie dort verpackt hat, sichergehen, dass jemand sie genauso dort vorfindet.«

»Du redest nicht von irgendjemand, sondern von dir! Du denkst, er hat sie für dich dort verpackt.« Rae nickte.

»Was würdest du denn denken? Erst soll ich das Testament gefälscht haben, dann spricht mich dieser Fremde an und nun all die merkwürdigen Dinge in der Kiste.«

»Denkst du inzwischen auch, dass deine Begegnung mit ihm und dein Auftrag irgendwie zusammenhängen?«

»Langsam scheint es mir nicht mehr so abwegig zu sein.« Eine Zeit lang schwiegen sie.

»Vielleicht sollten wir erst einmal mit unseren Versuchen fortfahren,« begann Anni schließlich das Gespräch von neuem. »Du kannst nur mehr über die Dinge erfahren, wenn du mehr über ihren Besitzer erfährst. Ich hoffe allerdings für dich, dass du nicht jedes Mal in dem Zimmer landest, indem sich die Leiche befindet. Das würde dich nämlich auf keinen Fall weiterbringen.«

»Stimmt! Das hoffe ich auch! Es wäre wirklich ziemlich unproduktiv, wenn ich bei jedem Versuch wieder auf den Mann treffen würde und er mir immer wieder dasselbe sagt. Und da es ja laut ihm um mein Leben geht ...,« Rae griff nach ihrer Tasche und zog ihren Schal heraus, »..., werde ich jetzt sofort damit anfangen.« Während Rae nun vorsichtig die beiden Figuren aus dem Schal wickelte und sie behutsam mit Hilfe des Stoffs vor sich auf den Tisch stellte, sah Anni ihr schweigend dabei zu.

»Bevor ich es versuche, möchte ich dich aber noch um etwas bitten.« Annis Blick klebte auf den beiden geschnitzten Tierfiguren, als hätten diese sie hypnotisiert. »Anni! Hörst du mir überhaupt zu?« Es dauerte eine ganze Weile, bis Annabelle schließlich mechanisch nickte.

»Versprich mir, dass du, egal was auch passiert, nicht wieder panisch reagierst. Ich bin auch so schon nervös genug und wenn ich mir während meines Aufenthalts, wo auch immer der sein wird, auch noch Sorgen um dich machen muss, dann werde ich vielleicht unvorsichtig und mache Fehler. Oder ich übersehe Dinge, die möglicherweise wichtig sind.« Anni reagierte wieder nicht sofort, sondern starrte noch immer wie gebannt auf die beiden Figuren. Schließlich aber hob sie ihren Kopf, sah Rae in die Augen und nickte.

»Wenn ich dir versprechen muss, nicht panisch zu reagieren, dann musst du mir aber auch etwas versprechen: Wenn du merken solltest, dass es gefährlich für dich wird, dann brichst du das Ganze sofort ab. Du weißt ja inzwischen, wie du zurückkehren kannst. Also geh bloß kein Risiko ein! Versprichst du mir das?« Jetzt war es Rae, die nickte.

»Gut!«, noch während sie das Wort aussprach, sprang Anni auf, lies sich neben ihr auf das Sofa fallen und drückte sie dabei fest an sich.

»Anni! Bitte! Ich habe nicht vor, auf ewig zu verschwinden.« Als Rae ihrer Freundin nun in die Augen sah, schimmerten dort Tränen.

»Ich weiß!«

»Wer wollte denn, dass ich ein paar Dinge aus dem Museum mitbringe, um es noch einmal zu probieren? Wenn du jetzt bei jedem Gegenstand, den ich anfasse, solch ein Theater machst, dann ...«

»Rae, verdammt! Das ist es!«

»Was ist was?«, Rae sah sie völlig irritiert an.

»Ich habe mich die ganze Zeit gefragt, was so merkwürdig an deiner Fähigkeit ist. Jetzt weiß ich es!«

»Vielleicht die Tatsache, dass ich einen Gegenstand anfasse und einfach woanders lande?«

»Ja, ... Nein ...! Das meine ich nicht! Ich meine etwas völlig anderes. Du hast mich gerade förmlich mit der Nase darauf gestoßen! Weißt du noch unser Gespräch von gestern?« Rae nickte erneut.

»Du hast mich doch gefragt, warum du gerade damals und jetzt verschwunden bist und nicht auch während deiner Studienzeit oder bei deiner Arbeit.«

»Ja sicher! Ich habe in der Zeit zwischen damals und jetzt Tausende Gegenstände in meinen Händen gehalten. Eigentlich hätte ich jedes Mal verschwinden müssen.«

»Nein, hättest du nicht!«

»Nicht?«

»Nein! Nicht, wenn ich recht habe und es kein Zufall ist.«

»Was meinst du damit?«

»Rae, denk doch mal nach! Bei jedem deiner Ausflüge tauchte bisher ein Schwert auf. Wenn du mich fragst, dann ist es immer dasselbe. Was bedeuten würde, dass bereits dein erstes ungewolltes Abenteuer mit der Kiste zu tun hatte.« Rae sah sie nachdenklich an.

»Und nicht nur das. Du landest zweimal an demselben Ort, nur zu verschiedenen Zeiten.«

»Sicher, aber ich habe auch zweimal denselben Gegenstand benutzt!«

»Das hast du, aber so ist das nicht ganz richtig. Du hast die Kerze zwar zweimal benutzt, aber sie hat dich nicht jedes Mal zum gleichen Ort geführt. Beim ersten Mal war es der Raum und beim zweiten Mal die Kammer unter der Treppe, in der du dich selbst gesehen hast. Der Knopf allerdings hat dich wieder zurück in den Raum mit der Bahre gebracht.«

»Weil ich ihn laut dir von dort mitgebracht habe.«

»Genau! Trotzdem ist es dennoch merkwürdig. Wieso erwecken gerade diese Gegenstände deine Fähigkeit und das sogar mehrfach? Denk an die Kerze! Was, wenn da weit mehr dahintersteckt, als wir annehmen. Was, wenn es wirklich kein Zufall ist, sondern ... Schicksal!«

»Anni! Schicksal? Ich bitte dich!«

»Das werden wir noch sehen. Wenn meine Vermutung stimmt, werden dich diese beiden Gegenstände da«, sie deutete auf das Pferd und den Wolf, »auch wieder in die Nähe des Schwertes und seines Trägers bringen.«

»Wenn deine Theorie stimmt? Zu viel wenn ...«, Rae runzelte die Stirn.

»Ich würde sagen, es gibt nur einen Weg, es herauszufinden«, die Blicke der beiden Frauen wanderten erneut auf die beiden Tierfiguren.

»Stimmt!«, pflichtete Rae ihr bei. »Und den sollten wir möglichst schnell nutzen.« Noch während sie es aussprach, griff sie auch schon nach dem Pferd. Sie hörte noch, wie Anni, »Warte Rae, nicht so schnell,« sagte, dann spürte sie auch schon, wie das inzwischen vertraute Zucken ihren Körper durchfuhr und sah, wie Anni sich langsam vor ihren Augen auflöste.

16

Alexander zügelte sein Pferd, sprang aus dem Sattel und übergab die Zügel an den Stallburschen, der ihn bereits erwartete. Er warf dem Jungen eine Münze zu und grinste ihn dabei an.

»Ewan, steck sie besser sofort weg, bevor Ian sie sieht.« Der Junge grinste ihn nun ebenfalls an und nickte.

»Aye, ich will sie ja behalten!« Während Ewan Alexanders prächtigen Hengst nun langsam in Richtung Stallung führte, blieb dieser auf dem Vorhof stehen und sah ihm nach. Jedes Mal, wenn der Cameron ihn rufen ließ und er den Hof des Herrenhauses, das dieser bewohnte, betrat, zögerte er das Treffen unbewusst ein wenig länger hinaus als unbedingt nötig. Er hasste die Treffen mit seinem Onkel, der ihn bei jeder erdenklichen Gelegenheit spüren ließ, was er in seinen Augen war, nämlich nichts weiter als ein Bastard. Eine Jugendsünde seiner Schwester, die er nur allzu gerne ungeschehen gemacht hätte. Der Schandfleck in der ach so scheinbar makellosen Familienchronik. Doch es war nicht mehr rückgängig zu machen. Des „Sanften" ältere Schwester war für immer gebrandmarkt und das trotz einer horrenden Mitgift, durch die man ihre in Betracht kommenden Bewerber hatte milde stimmen wollen.

Es half auch nichts, dass das Kind, das sie unter ihrem Herzen getragen hatte, ein Kind der Liebe gewesen und während eines *Handfastings* entstanden war. Normalerweise war es Brauch, dass selbst wenn das *Handfasting* nicht zu einer von Gott gesegneten Ehe führte, der Mann für eventuelle Früchte seiner Lenden die Verantwortung übernahm. Doch nicht so sein Erzeuger. Er war, kurz nachdem er von der Schwangerschaft erfahren hatte, einfach verschwunden und hatte seine Mutter guter Hoffnung zurückgelassen. Da sie deshalb keinen greifbaren Ehemann vorzuweisen hatte, war es ohne Belang, dass sie ja quasi verheiratet gewesen war, denn es gab weder Zeugen noch eine Urkunde als Beweis ...

Dementsprechend galt sie in den Augen ihrer Familie und aller anderen als unverheiratete Schwangere. Und da keiner ihrer ehemaligen Bewerber, selbst gegen die horrende Mitgift, beschädigte Ware gewollt hatte, war ... Auf jeden Fall wurde seine Mutter erst einmal für unbestimmte Zeit ins Exil geschickt, in dem sie ihn zur Welt gebracht hatte. Deshalb trug er jetzt auch den Namen Cameron und das nicht immer mit Stolz, obwohl er seine Mutter aufrichtig liebte.

Das alles lag jetzt bereits mehr als ein viertel Jahrhundert zurück und er selbst hatte erst davon erfahren, als seine Mutter mit ihm aus Frankreich zurückgekehrt war. Damals, als sie das von ihrem Bruder erzwungene Exil gegen dessen Willen einfach verlassen, ein riesiges Anwesen in der Nähe von Sterling bezogen und ihn schließlich zur Ausbildung bei seinem Onkel abgeladen hatte.

Es waren nicht gerade glückliche Jahre gewesen, die dem gefolgt waren und wäre Kendrick nicht gewesen, wer weiß, wo er dann gelandet wäre. Denn eines war gewiss, ohne ihn hätte er die Jahre und vor allen Dingen die Behandlung, die man ihm zuteilwerden ließ, nicht so einfach über sich ergehen lassen.

Wenn er heute darüber nachdachte, dann war Frankreich eigentlich mehr Heimat, als es Schottland je sein könnte. Denn dort auf jenem kleinen, abgelegenen Landgut, auf dem er einen Teil seiner Kindheit verbracht hatte, hatte ihn keiner wie einen räudigen Hund behandelt. Und dennoch liebte er Schottland so sehr wie kein anderes Land. Vielleicht war es wirklich so, wie die Leute behaupteten. Ein Schotte blieb immer ein Schotte, selbst dann, wenn er fern der Heimat aufwuchs. Das schottische Blut in ihm gewann immer die Oberhand, selbst wenn er sich noch so sehr dagegen sträubte.

Nur er sträubte sich gar nicht und hatte sich auch nie gesträubt. Ob es ihm nun gefiel oder nicht, es war einfach eine Tatsache, dass er so fest mit diesem Land verwurzelt war, wie die alten Eichen, die auf ihm wuchsen und deshalb war es seine verdammte Pflicht, dieses Land zu einem besseren Ort für all seine Bewohner zumachen. Selbst dann, wenn sie ihn nicht als vollwertigen Schotten ansahen.

Als er nun Ewan dabei beobachtete, wie dieser seinen Hengst zu den Stallungen führte, formten sich unwillkürlich Bilder einer anderen Zeit in seinem Kopf. Es war noch gar nicht so lange her, dass er selbst Ian in den Stallungen geholfen hatte und doch fühlte es sich an, wie ein ganzes Leben. Zu viel war seitdem geschehen. Hier hatte er Lizzie kennengelernt, hier hatten sie geheiratet und nur einen Steinwurf von hier ein glückliches Jahr miteinander verbracht. Und gerade dieser Steinwurf war ihnen zum Verhängnis geworden.

In diesem Moment hielt der Junge kurz inne und wandte ihm sein Gesicht zu.

»Ihr solltet jetzt besser zu ihm gehen. Euer Onkel hasst es, wenn er zu lange warten muss.«

»Ich weiß! Du hast recht! Ich sollte mich wirklich langsam auf den Weg machen.«

»Aye! Das solltet Ihr wohl«, mit diesen Worten setzte er seinen Weg fort. Alexander starrte ihm noch so lange nach, bis er in den Stallungen verschwunden war. Dann wandte er sich dem Haupthaus zu und setzte sich lustlos in Bewegung.

Als er das Arbeitszimmer seines Onkels betrat, stand Donald Cameron of Lochiel vor dem Kamin und starrte in das offene Feuer, dabei stocherte er übertrieben mit einem Schürhaken in der Glut. Es war nicht zu übersehen, wie ungeduldig und gereizt er war. Dementsprechend barsch war dessen Begrüßung.

»Hat deine Verspätung einen triftigen Grund, Neffe, oder liegt es alleine an der Tatsache, dass du es verabscheust, in meiner Nähe zu sein? Ich habe bereits vor zwei Tagen nach dir geschickt und als dein Laird kann ich erwarten, dass du meine Befehle unverzüglich ausführst«, begrüßte er Alexander, ohne sich jedoch zu ihm umzudrehen.

Alexander schwieg

»Was ist? Bekomme ich eine Erklärung oder soll ich das als Befehlsverweigerung werten? Du weißt, welche Strafe darauf steht« Alexander schwieg erneut.

»Rede endlich! Oder willst du wirklich, dass ich meine Drohung wahr mache?«, mit diesen Worten drehte sich

Donald Cameron langsam zu seinem Neffen um. Der Blick, mit dem er Alex bedachte, zeigte nur zu deutlich, was er von seinem Neffen hielt. Alex wurde von ihm nicht akzeptiert, sondern nur geduldet. Früher, damals als seine Mutter ihn zu seinem Onkel brachte, da hatte ihn dieser Umstand noch getroffen, jetzt aber war es ihm vollkommen gleichgültig. *Sollte der Cameron doch denken, was er wollte, es hatte ja doch keinen Sinn, ihn vom Gegenteil überzeugen zu wollen. Warum um etwas buhlen, was dieser eh nicht bereit war zu geben? Zum Teufel mit ihm!* Laut aber sagte er:

»Eure Depesche hat mich erst heute Morgen erreicht. Ihr wisst, welcher Tag gestern war?«, entgegnete er dem Cameron scheinbar gelassen. Wenn der Laird dachte, er könne mit seiner Art erreichen, dass er seine Fassade aufgäbe, dann hatte er sich gewaltig getäuscht. Er ließ sich nicht mehr so leicht zu unüberlegten Dingen hinreißen. Vor allem nicht dann, wenn es darum ging Gefühle zu zeigen. Einmal hatte er diesen Fehler begangen und ein zweites Mal würde es nicht geben.

Sein Onkel hob fragend eine Braue, dann jedoch erschien ein Hauch des Erkennens auf seinem Gesicht.

»Aye!«, entgegnete dieser knapp und wechselte sofort das Thema.

»Ich habe dich rufen lassen, weil ich deine Unterstützung benötige. Du weißt, dass ich Archibald nach Frankreich geschickt habe. Er hatte eine lange Unterredung mit Charles Edward Stuart. Der Prinz plant, sich seinen Thron zurückzuholen. Anders als sein Vater wartet er nicht darauf, dass die Franzosen ihn unterstützen, sondern nimmt die Dinge selbst in die Hand. Archibald hatte mir geschrieben, dass Charles in der 2. Julihälfte nach

Schottland übersetzen wollte, was er auch tat. Nur leider bekommt der Prinz zurzeit nicht die Unterstützung, die er benötigt. Einige Clans zögern noch. Bei unserem letzten Treffen habe ich ihm deshalb zugesagt, dass er sich auf uns Camerons verlassen kann. Unser Prinz braucht jedwede Unterstützung, die er bekommen kann. Und jetzt kommst du ins Spiel. Ich denke, dass die Clans, die noch zögern, sich erst seinem Unterfangen anschließen, wenn sie sehen, dass der große Cameron Clan bereits geschlossen hinter ihm steht. Dann dürfte es ein Leichtes werden auch die anderen davon zu überzeugen, dass seine Sache die einzig Richtige für unser Land ist«, Alexander runzelte die Stirn. *Das also war es! Es ging demzufolge wirklich los und das eher als erwartet!*

»Während ich und Archibald uns in den Glenfinnan begeben, um dort auf die Ankunft des Prinzen zu warten, wirst du so viele Männer anwerben, wie nur irgend möglich. Noch Fragen?« Alexander betrachtete seinen Onkel eingehend. Es war nicht mehr bloße Verachtung, die in dessen Blick lag, sondern noch etwas anderes. Nur, was es war, konnte er nicht genau einordnen. Eines war jedoch klar: Diesmal brauchte der Cameron ihn und dass es so war, war ihm mehr als unangenehm. Alexander war sich sicher, dass sein Onkel genau aus diesem Grund sein Anliegen als Befehl vortrug und nicht als Bitte. Obwohl nur ein Bastard, hatte seine Stimme unter den Clansmännern Gewicht. Es gab nicht wenige, die ihm sogar noch etwas schuldig waren und genau diese Tatsache versuchte der Cameron nun für seine Sache auszuschlachten und das, ohne seinen verhassten Neffen darum bitten zu müssen.

»Ich erwarte noch immer deine Antwort«, die donnernde Stimme seines Onkels riss ihn aus seinen Gedanken.

»Wenn du keine weiteren Fragen mehr hast, dann solltest du langsam aufbrechen. Du hast zwei Wochen.«

»Eine Antwort auf welche Frage? Die, ob ich begriffen habe, was Ihr von mir wollt?«

»Du vergreifst dich im Ton, Neffe! Gerade von dir hätte ich etwas mehr Begeisterung erwartet. Bedenke, was du durch die Rotröcke erlitten hast. Muss ich dich erst daran erinnern? Aber nein, du selbst hast mich ja gerade erst darauf hingewiesen. Vielleicht sollte ich es dir dennoch noch einmal verdeutlichen«, mit diesen Worten bewegte er sich auf den riesigen Sekretär zu, der in der Mitte des Raumes stand, öffnete dessen oberste Schublade und holte etwas, das er in seiner Faust verbarg, heraus. Dann schloss er die Lade und sah Alexander herausfordernd an.

»Ich denke, das hier wirst du noch erkennen.« Donald Cameron öffnete seine Faust und zum Vorschein kam ein kleines aus Eberzahn gefertigtes Pferd. Jenes Pferd, das Alexander für seinen Sohn eigenhändig geschnitzt hatte und von dem er angenommen hatte, es wäre an jenem Tag in der Hütte verbrannt.

»Woher habt Ihr das?«, wollte er tonlos von seinem Onkel wissen.

»Anscheinend hast du es erkannt«, entgegnete der Cameron ihm, ohne auf seine Frage einzugehen. »Wenn du verhindern willst, dass dergleichen jemand anderem widerfährt, dann solltest du dich nicht länger sträuben und meinen Befehl endlich ausführen. Bedenke, einzig und allein den Rotröcken ist es zuzuschreiben, was damals geschah. Und es wird wieder und wieder geschehen, wenn wir nicht endlich bereit sind, etwas zu unternehmen.« *Den Rotröcken und deinem Zögern, mich aus ihren Klauen zu befreien,* meldete sich Alexanders innere Stimme wütend. *Wenn du den Irrtum sofort aufgeklärt hättest, dann ... laut allerdings sagte* er:

»Ich sträube mich nicht. Jedenfalls nicht gegen Euren Auftrag.«

»Tust du nicht?«

»Nein, ich weiß selbst, dass wir keine Wahl haben. Schottland hat keine Wahl! Dennoch ...«

»Dann wirst du also dafür sorgen, dass unsere Männer kampfbereit parat stehen, wenn der Prinz in Schottland eintrifft?«, unterbrach ihn der Cameron brüsk. Alexander nickte. Es war sowieso sinnlos, seinem Onkel seine Bedenken vorzutragen. Und wenn dieser ihm schon keine Wahl ließ, dann war es vermutlich besser, mit ihm zusammen zu arbeiten, bevor das ganze Unterfangen in einem noch größeren Fiasko endete, wie seinerzeit der erste geplante Aufstand.

»Hier«, sein Onkel streckte ihm die Hand mit dem Pferd entgegen. »Nimm es, damit du niemals vergisst, wofür wir kämpfen. Und jetzt geh!« Alexander zögerte noch einen Moment, dann aber griff er nach dem Pferd, machte auf dem Absatz kehrt und verließ wortlos den Raum. Die Tür ließ er hinter sich lautstark ins Schloss fallen.

Draußen auf dem Flur hielt er erst einmal inne und atmete tief durch, dabei starrte er auf die kleine Tierfigur in seiner Hand. Das Pferd schien ihn hämisch anzugrinsen, so als wolle es ihm sagen: Sieh mich nur an! Ich bin der Beweis für deine Unfähigkeit, diejenigen zu schützen, die du liebst. Deshalb wirst du auch nie wieder eine finden, die dumm genug ist, sich auf dich einzulassen. *Ja klage mich ruhig an!,* meldete sich erneut seine innere Stimme. *Ich habe es nicht anders verdient. Dennoch ... Ach, verdammt! Warum? Warum haben sie dich gefunden und sie ...* Alexander schluckte, während er verzweifelt versuchte, die Tränen, die in seine Augen traten, zu unterdrücken.

Wenn sein Haus mit allem was darin war, bereits bis zu den Grundmauern niedergebrannt war, als die Männer seines Onkels dort eintrafen, wieso war die Figur dann nicht auch verbrannt, oder wenigstens vom Feuer geschwärzt? Oder hatte sein Sohn sie noch in seinen steifen Fingern gehalten, als die Männer seines Onkels ihn und seine Mutter fanden? Hätte nicht anstatt ihrer das verdammte Pferd ... Alexander starrte noch eine Weile auf die Figur in seiner Hand. Schließlich aber gab er sich einen Ruck, verstaute das Pferd in seinem Sporran und machte sich dann eilig auf den Weg zu den Stallungen.

17

Die Figur katapultierte Raelyn direkt vor eine geschlossene Tür. Da hinter der Türe deutlich die Stimmen von mindestens zwei Männern zu hören waren, war sie zu öffnen keine wirkliche Option. Wenn sie den beiden in die Arme lief, dann musste sie ihren Ausflug höchstwahrscheinlich eher beenden, als ihr lieb war. Deshalb drehte sie der Tür entschlossen den Rücken zu und wandte sich um. Das, was sie sah, brachte sie erst einmal dazu, unwillkürlich für einen Moment die Luft anzuhalten. Sie befand sich in einem breiten, menschenleeren Korridor, der allerdings nicht nur ein bloßer Gang war, sondern sich als eine prunkvoll ausgestattete Ahnengalerie entpuppte. Eines der Porträts fiel ihr direkt ins Auge, es zeigte Donald Cameron of Lochiel und hatte erstaunliche Ähnlichkeit mit dem Porträt von ihm aus der Kiste. Demnach musste sie sich irgendwo auf Cameron Land befinden. Vermutlich in einem Herrenhaus. Vielleicht sogar in dem Herrenhaus, das die Engländer nach der Schlacht von Culloden in Brand gesetzt hatten und das vom Clanchief selbst bewohnt wurde. Prunkvoll genug war es auf jeden Fall.

Und nicht nur das. Wenn sie recht hatte, dann sah sie sich gerade ein Stück Geschichte an, dass so nicht mehr existierte. Nicht nur Will und einige andere aus dem Museum wären jetzt wahrscheinlich liebend gerne an ihrer Stelle!

Wenigstens war sie nicht wieder in dem verdunkelten Zimmer mit der Leiche gelandet. Das war schon einmal ein Fortschritt. Vielleicht ihre Chance endlich einen Anhaltspunkt zu finden, denn irgendeinen Grund musste es ja haben, dass das Pferd sie gerade hierher geführt hatte. *Das Pferd*! Rae umklammerte die kleine Figur so fest mit ihren Fingern, dass ihre Fingerknöchel weiß hervortraten. Es durfte ihr auf keinen Fall ungewollt aus der Hand rutschen, nicht bevor sie nicht die Information hatte, die sie so dringend brauchte. Nur vom herumstehen alleine würde sie diese Informationen gewiss nicht bekommen. Deshalb gab sie sich einen Ruck und entschied sich erst einmal dem Gang zu folgen.

Sie war fest entschlossen, soviel wie möglich von dem Haus zu erkunden, bevor sie das Pferd willentlich fallen ließ, doch der Reiz, den die Gemälde auf sie ausübten, war stärker als ihr Wille. Sie redete sich zwar ein, dass eines der Bilder ihr vielleicht weiterhelfen konnte, doch das war es nicht, was sie dazu trieb, sie vollkommen fasziniert, länger und eingehender zu betrachten, als sie es eigentlich wollte. Zu ihrem Glück ließ sich auch weiterhin keine Menschenseele blicken, auch nicht der Träger des Schwertes. *Demzufolge war Annis Theorie nichts anderes als eben dies: Eine Theorie!* Was sie zum eigentlichen Grund ihres Ausflugs zurückbrachte. So faszinierend die Bilder auch waren, auch sie gaben ihr keinerlei Anhaltspunkte. *Es war zum Mäusemelken! Auf diese Weise würde sie dem mysteriösen Besitzer der Kiste niemals auf die Spur kommen. Vielleicht gab es ja in dem Haus irgendwo ein Schreibzimmer, in dem sich die Dokumente und Briefe des Hausherrn befanden. Wenn etwas weiterhelfen konnte, dann Dokumente. Sie musste sie nur finden.*

Rae riss sich gewaltsam von dem Anblick der Bilder los und bemerkte erst in diesem Moment, dass der Gang vor ihr plötzlich abbog und sie deshalb das kommende Stück nicht einsehen konnte. Doch da war es bereits zu spät, denn genau in dem Moment, als sie die Ecke erreichte, rannte jemand in sie hinein und sie geriet ins straucheln. Gleichzeitig packten zwei starke Hände ihre Taille und verhinderten auf diese Weise, dass sie zu Boden stürzte.

»Was steht Ihr hier mitten im Weg herum, Ihr solltet ...« Die tiefe Stimme, die trotz der rüden Worte so warm und weich klang, dass Rae ein Schauer über den Rücken lief, gehörte eindeutig zu einem Mann. Einem Mann, der sie einfach umgerannt hatte und ihr auch noch Vorwürfe deshalb machte. *Reichte es nicht, dass man ihr zu hause für alles und nichts die Schuld gab? Musste es hier jetzt auch noch so weitergehen? Was war sie? Der Sündenbock für alles und jeden?* Raelyn legte sich bereits eine passende Bemerkung zurecht, drehte ihm ihr Gesicht zu und sah ihn an. Doch das, was sie gerade im Begriff war zu sagen, erstarb augenblicklich auf ihren Lippen, dabei starrte sie ihn an, als hätte sie einen Geist gesehen. Ihm erging es anscheinend nicht anders, denn auch er starrte sie jetzt nur noch schweigend an.

Raelyn war so geschockt, dass sie selbst das Atmen vergaß. Der Mann, der sie jetzt in seinen Armen hielt, war niemand anderes als der schottische Highlandkrieger, den sie auf dem Hügel unter der alten Eiche bei seinem Gebet beobachtet hatte. Sie hätte ihn unter tausenden Kriegern sofort wiedererkannt. Das Verstörende an dem Ganzen war jedoch, dass er hier, aus der Nähe betrachtet, noch beeindruckender war, als sie ihn in Erinnerung hatte und dass ihr Herz plötzlich wie wild in ihrer Brust hämmerte. Als sie das erkannte, weiteten sich ihre Augen vor Panik und ihr schoss nur noch ein einziger Gedanke durch den Kopf: Sie musste fliehen! Fliehen vor ihm, bevor auch er sie erkannte, wenn es dafür nicht bereits schon zu spät war. Auf den Gedanken, das Pferd einfach loszulassen, kam sie in diesem Moment erst gar nicht, stattdessen versuchte sie, sich von ihm loszureißen.

»Ihr? Wie ist das möglich?«, in seiner Stimme lag Unglauben, während er sie so festhielt, dass es ihr unmöglich war, aus seinem Griff zu entkommen. Eines machten seine Worte ihr allerdings in diesem Moment nur zu deutlich: *Nicht nur sie hatte ihn, sondern auch er hatte sie erkannt! Das hatte ihr gerade noch gefehlt.*

»Wer seid Ihr?«, Raelyn antwortete ihm nicht, sondern starrte ihn nur weiter an:

»Wie seid ihr hierhergekommen?«

»Bitte, lasst mich los! Lasst mich gehen!«, brachte sie mühsam zustande, während ihr donnernder Herzschlag fast seine Worte übertönte.

»Damit Ihr erneut einfach verschwinden könnt?« Der Fremde sah sie vorwurfsvoll an und schüttelte dabei seinen Kopf.

»Ich verschwinde nicht einfach, sondern ich möchte nur gehen«, entgegnete sie ihm, während sie ihm flehend in die Augen sah. Das hätte sie besser lassen sollen, denn das, was sie nun sah, brachte sie endgültig völlig aus dem Konzept. Die Augen des Fremden waren genauso schattiert und klar wie Tigeraugen, wobei ihr bei dem Gedanken nicht zu allererst der Edelstein in den Sinn kam. Er betrachtete sie, wie eben jene Raubkatze ihr Beutetier. Doch nicht so, als wolle er sie erlegen, sondern eher ... Ja was eigentlich? Eine ganze Weile starrten sie sich gegenseitig an. Bevor sie endlich ihre Sprache wiederfand und noch leise, »Bitte!«, hinzufügte.

»Erst antwortet Ihr auf meine Fragen. Wer seid ihr? Was seid Ihr? Wie konntet Ihr von dort so einfach verschwinden? Und, wie seid Ihr hierhergekommen?« Es war offensichtlich, worauf er anspielte. Raelyn wusste nur nicht, was sie ihm antworten sollte. Wenn ihr nicht schnell eine plausible Erklärung einfiel, dann würde er sie garantiert nicht gehen lassen. So viel war sicher!

Und nicht nur das. Sie war noch nie gut darin gewesen, sich Geschichten auszudenken, geschweige denn jemandem offen ins Gesicht zu lügen, doch genau das war es, was sie jetzt brauchte und musste. Vielleicht half es ja, wenn sie die Wahrheit ein wenig verdrehte oder bestimmte Details einfach wegließ? Oder sollte sie womöglich versuchen, auf dieselbe Art wie er, etwas über ihn herauszufinden? Doch wie? Auf jeden Fall nicht, indem sie ihn weiterhin nur anstarrte!

Verflucht! Sie war eine Frau aus dem 21. Jahrhundert und keine verschreckte graue Maus, die nur darauf wartete, dass der Tiger sie genüsslich verspeiste. Verdammt noch mal, er war nicht Mary. Er ist nicht Mary!

Sie wiederholte den Satz solange im Stillen, bis sie ihn dermaßen verinnerlicht hatte, dass sie sich in der Lage fühlte, ihm zu antworten. Sie musste es auf jeden Fall versuchen.

Raelyn sah ihm erneut bewusst in die Augen, dabei versuchte sie, ihn anzulächeln. Dass sie seine Sprechweise dabei imitierte, merkte sie noch nicht einmal.

»Ist es nicht so, dass der Herr der Dame zuerst seine Aufwartung macht, bevor diese sich ihm vorstellt?« Rae sah, wie er verblüfft eine Augenbraue hob, sie von oben bis unten musterte, kurz innehielt und sie dann breit angrinste.

»Ich vergaß! Entschuldigt! Aber ich dachte nicht, dass ich eine Lady vor mir habe.«

»Soll das heißen, ich bin in Euren Augen keine Lady?« In seine Augen trat ein amüsiertes Funkeln, was ihren Eindruck von dem Raubtier noch verstärkte. Aber er würde schon sehen, dass sie nicht seine wehrlose Beute war.

»Bei Eurem Gewand hätte ich Euch eher für das Gegenteil gehalten«, entgegnete er ihr, ohne den belustigten Unterton in seiner Stimme vor ihr zu verbergen.

»Was soll das heißen? Bei meinem Gewand? Was stimmt damit nicht?« Rae sah instinktiv an sich herunter. *Wirklich! Was war an ihrem Outfit denn so ungewöhnlich? Sie trug doch nur ihre superteure, zerrissene Designerjeans und dazu eine blassblaue Corsage mit einer beigefarbenen geknoteten Chiffonbluse darüber. Ein ganz normales Outfit!*

Ganz normal in deiner Zeit, flüsterte ihr daraufhin ihre innere Stimme zu. *In seiner hingegen ... Verdammt! Wie hatte sie das nur vergessen können? Allein schon die Hosen mussten für ihn ... Und dann auch noch die Corsage und die Bluse? Kein Wunder, dass er sie für eine ... Was eigentlich? ... Vermutlich eine Dirne oder eine vom fahrenden Volk hielt.*

»Ihr seht nicht so aus, als würden Euch die nötigen Mittel zur Verfügung stehen, eher als hättet Ihr ...«

»Meine Mittel haben Euch nicht im Geringsten zu interessieren!«, unterbrach sie ihn, dabei funkelte sie ihn wütend an.

»Ich wollte Euch nicht zu nahetreten, aber ...«

»Aber was? Beurteilt ihr ein Buch auch nach seinem Einband, bevor Ihr überhaupt einen Blick hineingeworfen habt?« Er sah sie nachdenklich an.

»Ein interessanter Vergleich! Tut Ihr es nicht?«

»Nicht immer!«

»Ihr meint also, ich sollte Eure äußere Erscheinung außer Acht lassen und mich mehr mit Euren inneren Werten befassen oder mit Euren Augen? Oder vielleicht Euren Lippen? Was sind Eure inneren Werte?« Raelyn sah ihn irritiert an. *Versuchte er etwa, mit ihr zu flirten? Die Unterhaltung begann allmählich eine Wendung zu nehmen, die sie auf diese Weise nicht geplant hatte. Aber gut! Wenn es ihn von seinen Fragen ablenkte, dann würde sie liebend gerne mitspielen!*

»Ist es nicht Eure Aufgabe, das herauszufinden?« Sie lächelte ihn vielsagend an. Zu ihrem Erstaunen lächelte er zurück. Sein Lächeln war einfach umwerfend. Die beiden Grübchen, die sich in seinen Wangen zeigten, machten sein Gesicht noch attraktiver und gaben ihm ein spitzbübisches Aussehen.

»Wollt ihr denn, dass ich es herausfinde?« Seine Augen nahmen nun die Farbe von dunklem Whisky an, während er sich ihrem Gesicht näherte. Raelyns

Herzschlag setzte für einen Moment aus. *Wenn er sie jetzt küsste, dann ... Hatte sie das gerade tatsächlich gedacht? Verdammt! Was war nur mit ihr los? Sie benahm sich wie ein pubertierender Teenager und nicht wie eine erwachsene Frau. Das konnte doch wohl nicht wahr sein. In ihrer Welt versuchte sie, Männern seines Schlages für gewöhnlich aus dem Weg zu gehen. Und hier war das Erste, was sie zustande brachte, in den Armen eines Casanovas zu liegen und mit ihm hemmungslos zu flirten. Noch dazu eines Casanovas, dessen Namen sie nicht kannte.*

Raelyn versuchte ein Stück von ihm abzurücken, doch in demselben Augenblick fassten seine Hände ihre Taille noch ein wenig fester und sie landete mit ihrem Gesicht direkt vor seinem.

»Wartet!« Es war ein verzweifelter Versuch, dem, was jetzt kommen würde zu entgehen. Doch er war vergebens. Noch bevor sie das Wort vollständig ausgesprochen hatte, legten sich seine Lippen auf ihren Mund. Sie war so perplex, dass sie sogar das Denken vergaß. Sie fühlte nur noch. Fühlte, wie seine Hände von ihrer Taille zu ihrem Rücken wanderten und sie enger an sich pressten. Fühlte seine warmen weichen Lippen und schließlich seine Zunge, die ihre Lippen sanft auseinander schob und sich dadurch Einlass verschaffte.

Ohne es zu wollen, erwiderte sie seinen Kuss. Zuerst zögernd, dann aber mit derselben Hingabe, die er an den Tag legte. Die Wärme, die von seinem Körper ausging, umhüllte sie, wie ein schützender Mantel und jagte ihr Schauer über den Rücken, oder waren es seine Berührungen? So sanft und doch gleichzeitig so kraftvoll? Wie die Brandung des Meeres, die sanft und kraftvoll den Sand mit sich fortreißt. Auf dieselbe Weise riss er sie nun mit sich fort. So hatte sie sich noch niemals zuvor gefühlt.

Der Kuss dauerte eine gefühlte Ewigkeit. Schließlich gab er sie frei, dabei flüsterte er leise, »Mein Name ist Alexander. Alexander Cameron«, in ihr Ohr.

»Und Ihr? Wie ist Euer Name?« Rae sah ihn an. Noch völlig gefangen von seinem Kuss, hauchte sie nur:

»Raelyn MacLeod.«

»Ihr solltet nicht leichtfertig mit dem Feuer spielen, Raelyn MacLeod. Es könnte Euch verbrennen.«

Seine Bemerkung brachte sie schlagartig zurück auf den Boden der Tatsachen. *Was bildete sich dieser Kerl eigentlich ein?* Ihre Augen blitzten wütend auf, dann holte sie aus und versetzte ihm eine schallende Ohrfeige. Alexander ließ sie schlagartig los.

»Dasselbe gilt für Euch Alexander Cameron. Es mag ja sein, dass gewisse **Ladys**«, sie betonte das Wort Ladys extra auf die Weise, dass er sofort verstehen musste, was sie damit meinte, »liebend gerne willig in Eure Arme sinken, ich gehöre jedoch nicht zu ihnen.« Erneut trat dieses amüsierte Funkeln in seine Augen.

»Nicht? Das erschien mir gerade aber ganz anders«, entgegnete er ihr grinsend, so dass sich zum wiederholten Male seine Grübchen zeigten. Doch diesmal ließ sie sich von ihm nicht so leicht aus der Fassung bringen.

»Manchmal trügt der Schein! Das solltet Ihr wissen.« Raelyn wandte sich von ihm ab um zu gehen, doch Alexander stellte sich ihr erneut in den Weg. Sein Grinsen war aus seinem Gesicht verschwunden.

»Ihr habt mir meine Fragen noch nicht beantwortet!«, entgegnete er ihr in einem Tonfall, den ein Offizier bei seinen Soldaten anwenden würde

»Ich denke, die werde ich Euch auch noch schuldig bleiben müssen!«

»Ich lasse Euch erst gehen, wenn Ihr sie mir beantwortet habt.«

»Ihr wollt also Antworten. Gut, die könnt Ihr haben! Aber sie werden Euch nicht gefallen.« Rae zögerte kurz. *Sie waren also genau wieder dort angekommen, wo sie schon einmal gewesen waren. Vor dem Kuss! Und noch immer wusste sie nicht, was sie ihm sagen sollte. Sagen sollte? Wieso sagen? Sie würde es ihm zeigen! Aye! Sie würde ihm zeigen, dass er sie nicht aufhalten konnte. Selbst dann nicht, wenn er ihr den Weg versperrte.*

Unwillkürlich wanderte ihr Blick auf ihre zur Faust geballte Hand. Das Pferd! Sie musste es nur loslassen und dann ...

»Seht Ihr das?« Raelyn hob ihre geballte Hand genau unter seine Nase, dann öffnete sie sie langsam.

»Ich habe hier einen magischen Gegenstand!« Sie konnte sehen, wie er auf ihre Faust starrte und auf das Pferd, das nun langsam zum Vorschein kam. »Er wird mich ...« Weiter kam sie nicht. Alexander packte sie grob am Handgelenk und schrie sie geradezu an.

»Woher habt Ihr das? Habt Ihr es aus meinem Sporran genommen, während ich Euch küsste? Also hatte ich doch recht, Ihr seid eine ...«, gleichzeitig riss er das Pferd aus ihrer Hand. Noch bevor er es in seinen Händen hielt, sah sie, wie er vor ihren Augen verschwamm und

Anni vor ihr auftauchte. Das Einzige, was sie noch zustande brachte, war:

»Anni, ich habe endlich einen Namen! Alexander! Alexander Cameron!«, dann verlor sie das Bewusstsein.

18

Alexander starrte auf seine leere Hand und den nunmehr leeren Platz vor ihm. Wie war so etwas möglich? Wie konnte das Pferd sich in seiner Hand einfach auflösen? Und was noch viel schlimmer war, wie konnte **sie** sich vor seinen Augen auflösen? Auflösen? Ja, genau das war es gewesen. Wie Rauch, der sich in der Luft plötzlich in nichts verwandelte. Wie Nebel, der überraschend verschwand. Wenn er es nicht mit eigenen Augen gesehen hätte, dann hätte er es niemals geglaubt. So aber ...

Verdammt! Sie war ihm schon wieder entwischt. Diesmal direkt vor seiner Nase. Sie war geradewegs vor seinen Augen verschwunden, wie ein verdammter Geist. War sie ein Geist? Aber waren Geister nicht flüchtig? Schemen, die keinen Körper besaßen? Sie aber hatte eindeutig einen Körper. Und was für einen! Himmel!

Als sie so plötzlich vor ihm gestanden, oder vielmehr fast schon in seinen Armen gelegen hatte, da war ihm nur ein einziger Gedanke gekommen. Wie würden sich ihre Lippen auf seinen anfühlen? Einen derartigen Gedanken hatte er schon lange nicht mehr. Nicht seitdem er Lizzie damals verloren hatte. Doch diese Frau, Raelyn MacLeod, wie er jetzt wusste, erweckte etwas in ihm, was nach Lizzies Tod einfach verschwunden war.

Das Schmerzhafte daran war, dass er es noch nicht einmal vermisst hatte. Jedenfalls nicht bewusst. Jetzt aber vermisste er es und nicht nur das, in ihm keimte die Hoffnung auf, es erneut haben zu können.

Verdammt, was war nur mit ihm los? Selbst als junger Bursche hatte er sich niemals zu einer derartig unüberlegten Tat hireißen lassen. Aber vielleicht war es ja das, was Kendrick gemeint hatte, als er ihm sagte, er solle endlich wieder anfangen zu leben? Aye! Genau das hatte Kendrick gemeint. Denn das Leben bestand nicht nur aus dem bloßen Existieren oder dem Erfüllen von Aufgaben und Pflichten, sondern es war weit mehr. Und dieses mehr bahnte sich nun langsam seinen Weg zurück an die Oberfläche. Es war zwar noch nicht wieder vollständig da, aber die Mauern, die er darum errichtet hatte, drohten langsam zu bröckeln. Es gab nur zwei Möglichkeiten damit umzugehen. Entweder er ging dieser Raelyn so weit wie möglich aus dem Weg, oder aber er ließ es zu, dass sich diese Kleine, was auch immer sie war, in sein Herz schlich und damit seinen Gefühlen Tür und Tor öffnete.

Wenn er einen klaren Kopf für die Aufgabe, die vor ihm lag, behalten wollte, dann war Ersteres wahrscheinlich klüger. Sein Verstand schrie: Vergiss sie! Belasse es bei dem kleinen Geplänkel! Doch irgendetwas in seinem Innern verlangte das genau Gegenteil.

Alex war hin und her gerissen. Schließlich aber fasste er einen Entschluss. Er würde das Schicksal entscheiden lassen. Wenn sie nicht binnen einer Frist von, sagen wir einmal einem Monat, erneut bei ihm auftauchen würde, dann war er bereit, sie sich aus dem Kopf zu schlagen und sich ganz seiner Aufgabe zu widmen. Wenn er sie aber innerhalb dieses Monats wiedersah, dann konnte sie sich auf etwas gefasst machen. Auf etwas, das garantiert nicht wieder nur in harmlosem Geplänkel enden würde.

Herr Gott im Himmel! Hatte er das gerade tatsächlich gedacht? Aye, das hatte er! Und warum? Weil du sie begehrst, wie seit Lizzie keine andere Frau!, beantwortete er sich selbst seine Frage. *Weil es sich viel zu gut angefühlt hat, als sie in deinen Armen lag. Und weil du jede Minute mit ihr genossen hast. Selbst das kleine Wortgefecht.* Und wenn dem so war, dann musste er sie auf jeden Fall davon abhalten, beim nächsten Mal erneut einfach so zu verschwinden. Er brauchte dringend einen Plan. Einen Guten noch dazu.

Auf Alexanders Gesicht erschien ein verschmitztes Grinsen.

»Raelyn MacLeod, du weißt es noch nicht, aber beim nächsten Mal wirst du mir nicht mehr entkommen. Du hättest mich nicht reizen dürfen und das nicht nur in einer Hinsicht. Jetzt will ich herausfinden, ob du diejenige bist, die das verloren geglaubte wieder zurückbringen kann. Und ich will verflucht sein, wenn ich dich gehen lasse bevor ich es weiß«, murmelte er noch leise vor sich hin, bevor er sich in Bewegung setzte und das Gebäude verließ.

Etwas abseits, in dem Bereich der Galerie die Alexander nicht einsehen konnte, formte sich ein Schemen zu einem Mann. Seine eisblauen Augen blitzen spitzbübisch auf, während er mit einer Hand über seinen nicht vorhandenen Bart strich. Das hier lief besser als gedacht, denn das, was er gerade beobachtet hatte, war noch viel faszinierender, als sein ursprünglicher Plan. Auf diese Weise würde er nicht nur die schnöde Existenz seines Schützlings retten, sondern ihn auch zurück ins Leben holen können. Und nicht nur das! Seine Rache an seiner Königin würde um einiges besser ausfallen, als beabsichtigt. Welche Ironie des Schicksals! Ein Bastard fand einen anderen! Nicht zufällig, sondern eigentlich nur aus rein taktischen Überlegungen. Doch selbst der beste Taktiker war nicht in der Lage, jedes Detail vorherzusehen. Selbst er nicht und er hielt sich in dieser Beziehung für ein Genie. Oh ja, er war ein Genie und seine Schachzüge brachten meist das gewünschte Ergebnis. Meist, aber nicht immer! Diesmal würde er die Partie ein wenig abändern müssen. Doch auch darin war er ein wahrer Meister. Ganz egal, was auch geschah, er würde die Antwort darauf finden, so viel war sicher. Und zum Schluss zählte sowieso einzig und alleine nur, dass er die Oberhand behielt und das Spiel gewann. Und dass er gewinnen würde stand außer Frage!

Auf seinem Gesicht breitete sich ein selbstgefälliges Grinsen aus. Das, was er gerade gehört hatte, war ein hervorragender Aufhänger für seinen nächsten Schritt. Der Junge sollte seinen Willen bekommen. Und das nicht nur in einer Hinsicht. Doch um das zu erreichen, bedurfte es noch gewisser Vorbereitungen. Vorbereitungen, die er unverzüglich treffen musste. Das Grinsen auf seinem Gesicht wurde noch eine Spur breiter.

Armes Ding! Wenn er sich nicht sicher wäre, dass er zu diesem Gefühl nicht fähig war, dann würde er das, was er nun empfand, fast für Mitleid halten. Aber wirklich nur fast! Das, was nun kommen würde, war nicht seine Schuld. Die Schuld trug jemand anderes. Die Kleine hatte einfach nur das Pech ihre Tochter zu sein. Wenn die Kleine sich anschließend bei jemand beschweren wollte, dann gefälligst bei ihrer Mutter. Doch er bezweifelte stark, dass es so weit kommen würde. Wie dem auch sei, hier gab es für ihn vorerst nichts mehr zu tun, deshalb zögerte er nicht länger, sondern löste sich kurzerhand erneut in Luft auf.

19

Als Raelyn erwachte, lag sie auf ihrem Bett. Wie sie dort hineingekommen war, war ihr rätselhaft. Sie fühlte sich so matt und erschlagen, als hätte sie zwei Tage nicht geschlafen. Zudem klaffte eine gewaltige Lücke, ähnlich wie nach einem Vollrausch, in ihrem Gedächtnis.

Das Letzte, woran sie sich noch erinnern konnte, war, dass Annis Gesicht vor ihr aufgetaucht war. Der Rest des Tages fehlte. Auf jeden Fall alles, was nach ihrer Landung in ihrem Wohnzimmer geschehen war. Alles andere war nach wie vor präsent. Jede noch so kleine Einzelheit! *Verdammt!* Oder spielte ihr Verstand ihr einen Streich und gaukelte ihr Dinge vor, die ... Was, wenn nicht? Hatte sie tatsächlich mit diesem Alexander hemmungslos geflirtet und sich anschließen vor seinen Augen ...? *Oh mein Gott!*

Rae drehte sich hektisch auf den Bauch und vergrub ihr Gesicht in dem Kissen. *Was war nur in sie gefahren? Dumme Kuh,* flüsterte ihre innere Stimme. Ganz so, wie du es dir einzureden versuchst, war es nicht. Nicht du hast mit ihm, sondern er mit dir geflirtet. Das ist etwas völlig anderes! Sicher! Und ihr kleines Wortgeplänkel konnte man auch nicht wirklich als Flirt bezeichnen. Doch da war auch noch der Kuss! Was war schon ein einziger Kuss? Nichts, worüber man sich langfristig Gedanken machen musste. Zumal es sowieso keinen Zweiten geben würde. Wie auch? Er lebte im 17. oder 18.

Jahrhundert, während sie ein Teil vom Heute und Jetzt war

Machte sie sich gerade ernsthaft Gedanken darüber, dass sie beide in unterschiedlichen Zeiten lebten? *Verdammt! Das wurde ja immer schöner!*

Rae vergrub ihr Gesicht noch tiefer in dem Kissen. War sie etwa beziehungstechnisch mittlerweile so verzweifelt, dass sie ernsthaft in Betracht zog, bei ihrem nächsten Zusammentreffen da weiter zu machen, wo sie aufgehört hatten? Gut, ihre letzte und einzige bisherige Beziehung mit James lag ja schon ein paar Jahre zurück, aber ... Ihr war nie bewusst gewesen, dass sie etwas vermisste. Schon gar nicht einen Mann! Noch dazu einen, der sofort die Gelegenheit beim Schopfe packte und ... Raelyn knurrte wütend in ihr Kissen. *Dieser Kerl hielt sich wohl für unwiderstehlich!* Und sie blöde Gans hatte sich noch nicht einmal dagegen gewehrt. Aber was erwartete sie auch von einem Hinterwäldler aus dem 17. oder 18. Jahrhundert, der vermutlich gerade einmal seinen Namen schreiben konnte.

Allerdings hatte er nicht gerade wie ein ungebildeter Klotz auf sie gewirkt. Jedenfalls nicht, wenn man seine Wortwahl genauer betrachtete. Und das Haus, in dem sie gelandet war, war ja auch nicht gerade eine einfache Bauernhütte gewesen ... Obwohl, vielleicht war er ja einer der Bediensteten? *Niemals!,* meldete sich ihre innere Stimme. Sein ganzes Auftreten war alles andere als das eines einfachen Dienstboten. Er war es gewohnt Befehle zu erteilen, so viel war sicher. Kein Wunder, dass er sie einfach ... *Himmel!* Wahrscheinlich gab es in dem Haus unzählige weibliche Bedienstete, die schmachtend in seine Arme sanken, wenn er sie nur ansprach oder mit seinen Tigeraugen betrachtete! Sie war aber keine dieser Dienerinnen. Sie war eine aufgeklärte, moderne, selbstbewusste Frau und kein Dummchen aus dem 18. Jahrhundert!

Apropos 18. Jahrhundert!, dass sie sich vor ihm in Luft aufgelöst hatte, war vermutlich nicht gerade einer ihrer taktisch besten Schachzüge gewesen. Was, wenn sie ihn zufällig bei ihrem nächsten Ausflug wiedersah? Immerhin war das gar nicht so abwegig, denn zwei ihrer Ausflüge hatten sie ja bereits direkt zu ihm geführt. Und bei beiden war sie einfach vor seinen Augen verschwunden. Wenn man bedachte, dass der Aberglaube damals noch viel verbreiteter als heutzutage gewesen war, dann hatte er bei ihrem gestrigen Zusammentreffen erstaunlich ruhig reagiert. Dennoch war es viel zu gefährlich, noch einmal aufs Geratewohl in seine Zeit zurückzukehren. Alles, was die Menschen sich in jener Zeit nicht erklären konnten, wurde direkt mit Hexerei in Verbindung gebracht. Was, wenn man sie für eine Hexe hielt? Noch dazu eine, die wie ein bunter Hund auffiel?

Eines war sicher, in ihren normalen Alltagsklamotten konnte sie, ihre kleinen Ausflüge unmöglich fortsetzen. Aber wollte sie das überhaupt? Ihre Ausflüge fortsetzen? Was hieß hier wollen? Ob sie wollte oder nicht, sie musste! Ihr Leben hing schließlich davon ab! Aber wenn, dann nicht so wie bisher. Bisher war das Glück auf ihrer Seite gewesen. Einzig und alleine er hatte sie gesehen. Was aber, wenn sie beim nächsten Mal mitten in einer Menschenmenge landete? Dann war der nächstbeste Scheiterhaufen mit Sicherheit der ihre. Sie musste dringend etwas unternehmen!

Rae drehte sich zurück auf ihren Rücken und starrte an die Decke. Hatte James nicht irgendwann einmal erwähnt, dass seine Schwester Mitglied einer dieser Historiengruppen war? Veranstalteten die nicht auch Gatherings? Jene Festivals, bei denen die Nachkommen schottischer Auswanderer den Daheimgebliebenen zeigen wollten, wie viel Schotte wirklich noch in ihnen steckte? Meist liefen die Veranstalter bei diesen Gelegenheiten in historischen Gewandungen herum, als wäre die Zeit einfach stehengeblieben. *Das war die Lösung!*

Bess hatte in etwa ihre Größe, demnach müsste ihr ein Kleid von ihr passen. Nur, was sollte sie ihr sagen? Sie hatten seit über drei Jahren kein einziges Wort miteinander gewechselt, geschweige denn sich gesehen. Vielleicht sollte sie James anrufen. Bei dieser Gelegenheit konnte sie ihn dann auch direkt fragen, ob er etwas in Bezug auf die Tochter seines Professors erreicht hatte ...

Genau so würde sie es machen!

Raelyn erhob sich aus ihrem Bett, schlüpfte in ihre Pantoffeln und warf sich ihren Morgenmantel über. Dann öffnete sie die Tür zu ihrem Zimmer. In der Wohnung war es erstaunlich ruhig. Keine Annabelle, die sie sofort mit ihren Fragen bombardierte. Das war ungewöhnlich! Ihr Blick fiel unbewusst auf die Wanduhr. Es war bereits kurz vor Mittag. Damit hatte sie nicht gerechnet. Normalerweise war sie eine Frühaufsteherin. Selbst wenn sie ihren Wecker nicht stellte, war sie immer vor 6 Uhr morgens wach. Wahrscheinlich waren ihre kleinen Ausflüge doch anstrengender, als sie gedacht hatte. Doch wenn es schon so spät war, wo war dann Annabelle?

Ach ja, Daniel war ja in Edinburgh! Also war Anni vermutlich bei ihm. Umso besser! Dann hatte sie den ganzen Tag Zeit, ihren nächsten Ausflug genau zu planen. Aber vorher brauchte sie dringend eine kalte Dusche und einen starken Kaffee.

Als sie die kleine Küche betrat, fiel ihr Blick sofort auf den riesigen Zettel, den Annabelle an den Kühlschrank gepinnt hatte.

„Habe dich schlafen lassen“, war dort zu lesen. *Ich dachte, du hast es nötig. Wenn ich noch nicht zurück sein sollte, wenn du wach wirst, dann wundere dich nicht. Ich bin nur kurz zu Daniel gefahren, komme aber so schnell wie möglich zurück. Wollte ihn nicht versetzen. Immerhin hat er sich extra für heute freigenommen.*

Ach ja, und wenn du die beiden Figuren suchst, die habe ich eingeschlossen. Glaub bloß nicht, dass ich es zulasse, dass du einen Alleingang wagst. Auch wenn ich dort, wo du landest, nicht bei dir sein kann, so will ich zumindest anwesend sein, wenn du verschwindest.

Ach und noch etwas. Auf dem Tisch liegen ein paar Ausdrucke. Ich habe mich bereits nützlich gemacht und im Internet nach diesem Alexander geforscht. Sieht so aus, als wäre der Name Alexander damals äußerst beliebt gewesen. Ich habe über

20 Personen entdeckt, die zu dieser Zeit gelebt haben. Vielleicht kannst du sie ja eingrenzen. Ich weiß ja nicht sehr viel über ihn. (Noch nicht einmal sein Alter, geschweige denn, wie er aussieht). Also viel Spaß beim Stöbern! Und Rae, du brauchst die Figuren gar nicht erst zu suchen, du wirst sie nicht finden!"

Rae überflog die Nachricht mehrfach und musste unwillkürlich grinsen. *Typisch Anni!* Dass sie gar nicht vorhatte, einen neuen Versuch zu starten, konnte ihre Freundin ja nicht ahnen. Dennoch eines musste sie ihr lassen: Anni dachte einfach an alles! Gut, dass heute Sonntag war. So konnte sie sich in Ruhe all den Dingen widmen, die wirklich wichtig waren. Zuerst einmal einer ausgiebigen Dusche, dann einem starken Kaffee, anschließend dem Telefonat mit James und schließlich der Recherche. *Was trödelte sie eigentlich noch herum?*

Nach einer ausgiebigen Dusche und mehreren Tassen schwarzen Kaffees, die so stark waren, dass sie selbst Tote erweckt hätten, fühlte Rae sich endlich in der Lage das Telefon in die Hand zu nehmen und James anzurufen. Es war erstaunlich, dass sie seine Nummer noch immer auswendig kannte, aber dennoch war es so. Als sie das vertraute Freizeichen am anderen Ende der Leitung hörte, kamen ihr plötzlich Zweifel. Was, wenn er gerade mit seiner Freundin beschäftigt war? Immerhin war Sonntag und noch dazu einer, der seinem Namen alle Ehre machte, wenn sie so aus dem Fenster sah. Sie wollte gerade wieder auflegen, als sich James Stimme am anderen Ende meldete.

»Rae? Wie komme ich zu der Ehre, dass du mich anrufst? Das hatten wir schon Jahre nicht mehr.«

»Hi, James, woher weißt du, dass ich es bin?«

»Deine Nummer ist noch immer gespeichert.«

»Wieso hast du sie nicht gelöscht, ich ...«

»Rae«, unterbrach James sie daraufhin. »Sieh nicht wieder Gespenster. Ich habe es schlichtweg vergessen. Außerdem habe ich nicht damit gerechnet, dass du mich jemals wieder anrufst. Also, da gibt es nichts hinein zu interpretieren.«

»Schon gut. Ich wollte dir ja auch gar keine Vorwürfe machen.«

»Du hast aber so geklungen.«

»Geschah nicht mit Absicht.«

»Ich weiß! Und jetzt, heraus mit der Sprache. Warum rufst du an?«

»Ich wollte dich nicht stören, also, wenn du etwas anderes vorhast, dann können wir auch morgen ...«

»So war das nicht gemeint!«, unterbrach er sie mitten im Satz. »Ich freue mich über deinen Anruf. Ich habe mich bloß gewundert. Es wäre doch echt dämlich, wenn wir jetzt wieder auflegen. Schieß los! Was gibt es?«

»Also, na gut. Sag mal, ist Bess eigentlich noch immer in dieser Historiengruppe?«

»Ja sicher! Wieso fragst du?« Rae hielt einen Moment inne. Dass sie von Bess ein Kleid brauchte, um unauffällig durch die Zeit zu reisen, konnte sie ihm ja wohl kaum sagen. Ihr musste etwas anderes einfallen und zwar schnell.

»Ich frage«, begann sie schließlich zögernd, »weil Anni gerne möchte, dass sich sie begleite. Einer ihrer Kollegen, Jacob Fowley, veranstaltet eine Kostümparty zu seinem runden Geburtstag. Thema: Schottland zur Zeit der Jakobitenaufstände. Wie passend! Nur leider habe ich nichts anzuziehen. Könntest du Bess fragen, ob sie mir ein Kleid borgt?«

Rae war heilfroh, dass sie die Lüge einigermaßen selbstsicher über die Lippen bekam und James nicht anwesend war, denn sonst hätte er vermutlich anhand ihrer höchstwahrscheinlich krebsroten Gesichtsfarbe sofort gemerkt, dass sie ihn schamlos belog.

»Klar! Kein Problem! Bess hat einen ganzen Schrank voller historischer Klamotten. Eines dieser Kleider wird sie bestimmt für dich erübrigen können.«

»Du bist ein Schatz!«, entgegnete Rae ihm erleichtert. »Du glaubst gar nicht, wie sehr du mir damit hilfst.«

»Dann habe ich ja was gut bei dir!«

»Hast du!«

»Ich bringe dir das Kleid morgen mit. Ach und übrigens, mein Telefonat mit Professor Campbell war erfolgreich. Ich habe ihm geschildert, worum es geht und er muss daraufhin direkt mit seiner Tochter gesprochen haben, denn keine zehn Minuten später hat sie zurückgerufen. Sie und ihr Mann kommen morgen ins Museum und sehen sich die Kiste mal an. Ich hoffe, das war in deinem Sinne. Ich dachte, je eher, desto besser!«

»Super! Das sind gleich mehrere gute Neuigkeiten. Danke! Ich freue mich auf morgen.«

»Ich mich auch! Und Rae, wenn ich dir das Kleid mitbringe, ziehst du es dann einmal für mich an?«

»Spinner!«

»Nein! Ich würde dich wirklich gerne einmal darin sehen.«

»Hatten wir nicht vereinbart, dass wir nur noch Freunde sind? Was sagt denn deine Freundin dazu, wenn du fremde Frauen darum bittest, sich vor dir ...«

»Gar nichts!«, unterbrach er sie lachend. »Wieso sollte sie auch?«

»Wieso sie sollte? James, das kann nicht dein ernst sein!«

»Ist es auch nicht. Ich wollte nur mal ausprobieren, wie du reagierst, wenn ich dich darum bitte. Freunde?«, sein Lachen am anderen Ende wurde noch eine Spur lauter.

»Du Schuft! Freunde!«, entgegnete sie ihm nun ebenfalls lachend. »Wir sehen uns dann morgen!«

»Bis morgen Rae und schönen Sonntag noch!«

»Dir auch!«, mit diesen Worten legte sie auf. *Eine Sache war schon einmal erledigt. Jetzt fehlte nur noch die Recherche.*

Den Rest des Tages verbrachte Rae damit, Annis Ausdrucke zu durchforsten. *Von wegen ein Paar!* Anni hatte wahrscheinlich fast ein gesamtes Papierpaket durch den Drucker gejagt. Aber auch das war typisch für ihre Freundin. Wenn sie recherchierte, dann richtig! Jede noch so winzige Kleinigkeit wurde akribisch von ihr aufgelistet, Querverweise hergestellt und vermeintlich Interessantes oder Wichtiges sorgfältig unterstrichen. Wenn Rae es einschätzen müsste, dann würde sie darauf wetten, dass Anni die gesamte Nacht damit verbracht hatte, all diese Informationen für sie zusammenzustellen.

Um den schier unerklimmbaren Berg etwas kleiner werden zu lassen, überflog sie erst einmal alle Geburtsdaten. Da ihr Krieger bei jedem ihrer bisherigen Treffen ein zu einem Kilt gebundenes Plaid getragen hatte, fielen schon einmal diejenigen heraus, die kurz vor oder nach Culloden geboren waren. Denn nach dem Sieg der Engländer von Culloden war es jedem Schotten strengstens untersagt worden, Waffen, ihre Farben und vor allen Dingen Kilt zu tragen. Blieben noch Zehn übrig. Von denen sie allerdings auch wieder fünf direkt aussortieren konnte, weil drei davon bereits Anfang des 18. Jahrhunderts in die Neue Welt ausgewandert waren und die beiden anderen nach Frankreich. Blieben noch fünf! Doch das, was Anni alleine über diese Fünf herausgefunden hatte, war enorm. Wie sie es immer wieder schaffte, selbst dann Informationen zu bekommen, wo eigentlich gar keine existierten, war ihr ein Rätsel, aber dennoch fand sie immer irgendetwas.

Rae kämpfte sich mühsam durch die verschiedenen Stapel. Als sie schließlich mit dem Letzten fast durch war, hörte sie Annis Stimme:

»Und?«, Raelyn zuckte unbewusst zusammen und sah dann von dem Blätterstapel auf.

»Musst du mich so erschrecken? Ich habe dich gar nicht kommen hören.«

»Das habe ich bemerkt! Ich stehe schon eine ganze Weile hier und beobachte dich.«

»Du warst ausgesprochen fleißig. Wie schaffst du es nur immer, in so kurzer Zeit so viele Informationen zusammenzutragen?« Anni grinste sie vielsagend an.

»Ich denke, ich bin so etwas wie ein Informationseichhörnchen. Ich horte alles, was ich in die Finger bekomme und sortiere und strukturiere erst hinterher. War denn etwas brauchbares dabei?« Rae nickte.

»Drei kommen in die engere Auswahl. Ich habe erst einmal die aussortiert, die meiner Meinung nach zu jung sind, dann die die ausgewandert sind und zum Schluss noch zwei, wovon der eine ein Kaplan war und der andere auf den äußeren Hybriden gelebt hat. Bleiben noch drei, die im direkten Zusammenhang mit dem damaligen Chief stehen. Der Eine, Alexander Cameron of Dungallon war in der Schlacht von Culloden Major, ein anderer Sergeant und der dritte ein Privatmann. Ich denke allerdings, dass wir vielleicht noch einen übersehen haben. Auf jeden Fall muss der Alexander, den ich gesehen habe, ein enger Verwandter des Chiefs gewesen sein, denn sonst hätten wohl kaum Porträts von Donald und Archibald in der Kiste gelegen. Außerdem vermute ich, dass mein letzter Ausflug mich in das Herrenhaus des Cameron gebracht hat.«

»Du warst in dem Herrenhaus?« Rae nickte.

»Ich glaube schon.«

»Und, wie war es?«

»Viel habe ich nicht gesehen, aber allein schon die Ahnengalerie war extrem beeindruckend.«

»Wie ich dich kenne, konntest du dich wieder mal nicht vom Anblick der Bilder lösen.« Rae sah ihrer Freundin tief in die Augen und lächelte dann vielsagend.

»Ganz so war es diesmal nicht. Ich **konnte** nicht mehr von dem Haus sehen, weil dieser Alexander in mich hineingerannt ist und ich schnell verschwinden musste.« Annis Augen weiteten sich kurz vor Schreck, schließlich aber lächelte auch sie.

»Hat es sich wenigstens gelohnt? Ich meine, dass ...«

»Anni!«

»Nicht Anni! Wird Zeit, dass du dich endlich wieder den Männern zuwendest.«

»Ja, ich weiß!«, gab Rae zu. »Aber bestimmt nicht einem, der in einem anderen Jahrhundert lebt und sich noch dazu aufführt wie ...«

»Wie was?«

»Casanova höchstpersönlich!« Anni brach in leises Gelächter aus.

»So schlimm?«

»Schlimmer! Aber lassen wir das, es geht hier nicht um mein Liebesleben, sondern um mein schnödes Dasein. Die Drohung des Fremden steht noch immer im Raum und ...«

»Du hast ja recht! Aber schade ist es trotzdem. Ich würde dir so einen netten, jungen Mann gönnen, der dich auf Händen trägt.« Rae grinste nun ebenfalls.

»Auf seinen Händen tragen könnte er mich vermutlich, stark und breit genug ist er auf jeden Fall. Aber ..., was würde es mir nützen, wenn er mich erst trägt und dann wie eine gemeine Magd behandelt. Nein Anni, ich will einen Mann, der mir den Himmel zeigt. Der mich so nimmt, wie ich bin. Der mich festhält und mir all die Geborgenheit gibt, die ich ...

»Ich weiß, Rae! Und du wirst ihn vermutlich eher finden, als du es dir jetzt vorstellen kannst.« Rae nickte erneut.

»Ich hoffe, du hast recht. Aber jetzt genug von meinen zukünftigen Männern. Momentan gibt es wichtigere Dinge. Wir waren ja bei deinen Ausdrucken stehen geblieben. Wenn man aus den Unterlagen auf die Herkunft der Männer schließt, dann kann ich von keinem der übrigen mit Sicherheit behaupten, dass er zum engsten Familienkreis von Donald und Archibald gehörte. Im Grunde genommen sind wir also keinen Schritt weiter.«

»Dann war meine ganze Arbeit also völlig umsonst«, entgegnete Anni ihr frustriert.

»Nicht völlig! Ich nehme die Ausdrucke mit und zeige sie morgen der Tochter von James Professor. Vielleicht kann sie die Männer ja genauer zuordnen. Immerhin hat sie Zugriff auf Quellen, die uns verschlossen bleiben.«

»Damit könntest du recht haben!«

»Ich weiß, dass ich recht habe!«

»Dann würde ich vorschlagen, du schmeißt die Ausdrucke erst einmal in eine Ecke, machst es dir auf dem Sofa gemütlich, während ich uns etwas zum Essen bestelle. Wie ich dich kenne, wirst du bis auf einen starken Kaffee heute bestimmt noch nichts getrunken, geschweige denn gegessen haben. Das sollten wir schleunigst nachholen.«

»Mittlerweile befürchte ich, dass du mich wirklich viel zu gut kennst, denn auch damit hast du wieder recht! Ich war so beschäftigt, dass ich es glattweg vergessen habe.«

»Dann wird es höchste Zeit. Mach schon mal den Fernseher an. Ich kümmere mich um den Rest!«

20

Rae war die Erste, die am darauffolgenden Tag das Atelier betrat. Kurz bevor sie aus dem Haus gegangen war, hatte Anni ihr noch die beiden Tierfiguren, sorgsam in einen Schal eingewickelt, in die Hand gedrückt, sodass sie sie nun ohne große Schwierigkeiten, heimlich in das Schmuckkästchen zurücklegen konnte. Als das erledigt war, atmete sie erst einmal tief durch, bevor sie die beiden nächstbesten Schmuckstücke herausfischte, sie in den Schal einwickelte und in ihre Handtasche steckte. Ihr war nicht ganz wohl bei der Sache, aber eine andere Möglichkeit an die Gegenstände zu gelangen gab es nicht. Und von hier aus ihre nächste Reise zu starten war viel zu riskant.

Sie war gerade damit beschäftigt, das erste Bild aus der Kiste schon einmal grob mit einem Staubwedel vom Staub zu befreien, als sich die Tür öffnete und zwei Personen den Raum betraten. Die eine, eine zierliche Brünette, mit Augen, die sie an die saftig grünen Hügel der Highlands erinnerten, lächelte ihr sofort freundlich zu. Während der andere, ein muskelbepackter Hüne mit pechschwarzem, schulterlangem Haar, sie zuerst misstrauisch beäugte, sich dann an der Frau vorbei drängte und sich schließlich vor diese stellte, so als wolle er sie mit seinem Körper vor etwas beschützen. *Aber wovor? Doch nicht etwa vor ihr?* Einen Moment war es totenstill in dem Raum. Schließlich beobachtete Rae jedoch, wie die Frau ihre kleine Hand auf seine riesige legte und langsam hinter ihm hervorkam. Der Hüne sah die junge Frau hilflos an, was diese mit einem strahlenden Lächeln quittierte, sich dabei auf ihre Zehenspitzen stellte und ihm einen zärtlichen Kuss auf die Wange drückte.

»Dusten, du kannst mir ruhig etwas Luft lassen!«, hörte sie daraufhin die Brünette leise flüstern. »Es gibt hier nichts, wovor du mich beschützen musst. Du solltest das langsam wissen. Wir sind hier nicht mehr ...« Sie brach mitten im Satz ab, als sie Raes prüfenden Blick bemerkte.

»Dennoch stimmt hier etwas nicht«, gab er missmutig zurück. »Glaub mir, ich weiß, wovon ich rede!«

»Du siehst Gespenster. Was soll nur Miss MacLeod von uns denken? Sie sind doch Raelyn MacLeod?« Die Brünette kam nun auf sie zu und streckte Rae ihre Hand entgegen. Raelyn nickte.

»Ich bin Caitriona MacDonald und das hier ist mein Mann Dusten. Freut mich, Sie kennenzulernen.« Rae starrte sie irritiert an, ergriff aber dennoch ihre Hand. »Sie müssen entschuldigen, mein Mann befürchtet immer sofort das Schlimmste.«

»Was?«

»Ach nichts! Machen Sie sich um ihn keine Sorgen, er wird es überstehen.« Rae wusste nicht, was sie darauf antworten sollte, deshalb nickte sie erneut.

»Sie haben hier ein kleines Problem?«, wechselte Caitriona MacDonald abrupt das Thema. »Ihr Kollege James war so freundlich mir ein bisschen darüber zu erzählen.«

»Was hat James ihnen denn gesagt?«

»Er sagte nur, dass man hier im Museum eine Kiste aus dem 18. Jahrhundert gefunden hat. Dass aber keinerlei Papiere darin zu finden waren, die auf den Besitzer hindeuten würden. Es wäre aber wichtig für die Beurteilung der einzelnen Gegenstände, dass man wenigsten einen Anhaltspunkt hätte.«

»So stimmt das nicht ganz. Wir haben einen Anhaltspunkt, allerdings keinen genauen. Das einzige, was wir wirklich wissen, ist, dass die Kiste aus dem Nachlass eines Camerons stammt. Da sich Bilder von Archibald und Donald Cameron darin befinden, würde ich darauf wetten, dass der Besitzer zu ihrer Zeit gelebt hat und wahrscheinlich in einem engen Verwandtschaftsverhältnis zu ihnen stand.«

»Das ist doch schon mal was. Und was genau erwarten Sie nun von mir?«

»Es wundert mich, dass Sie überhaupt die Zeit gefunden haben hierher zu kommen. Laut James sind sie ziemlich gefragt und ...«

»Was hat James denn noch so über mich zum Besten gegeben?«, unterbrach Caitriona sie grinsend.

»Nicht sehr viel. Nur, dass Sie die Beste wären, wenn es um die Zeit der Jakobitenaufstände geht und außerdem soll Ihr Mann eine wahre Koryphäe in Sachen Waffen aus dieser Zeit sein.«

»Typisch James! Aber er hat recht!«, pflichtete ihr die junge Frau bei.

»Mein Mann weiß alles über die Schmiedekunst und Herkunft der Waffen dieser Zeit und meine Meinung wird mittlerweile ebenfalls mehr als geschätzt. «

»Aus Ihren Worten entnehme ich, dass Sie James näher kennen. Das hat er mir gar nicht gesagt.« Caitriona brach in leises Gelächter aus.

»Auch das ist typisch James. Eine sehr gute Freundin von mir ist seine Tante.

Das hat er bestimmt nicht erwähnt.«

»Nein hat er nicht! Mir hat er gesagt, er würde Ihren Vater anrufen um ...«

»Das passt! In Wirklichkeit hat er nur kurz mit Fiona telefoniert und da wir momentan noch bei ihr wohnen ...«

»Fiona? Fiona MacIntyre?«

»Sie kennen sie?« Rae nickte.

»Wir waren ein paarmal bei ihr, als ich mit James ... Sie war, glaube ich, mit dem Bruder von James Mutter verheiratet.«

»Aye! Und da sie selbst keine Kinder hat, hat sie uns sozusagen adoptiert.«

»Backt sie immer noch diese köstlichen Scones?«

»Ja! Und nicht nur die. Wenn sie uns weiter so verwöhnt, werde ich bald aussehen wie ein Hefekloß. Ach, und im Übrigen, mir wäre es wesentlich lieber, wenn wir uns duzen könnten. Ich bin Caitriona, oder Cat. Das ist kürzer!«

»Raelyn, oder Rae!«

»Da wir das nun geklärt haben, James hat es ziemlich dringend gemacht. Wie kann ich helfen?«

»Wenn du mich schon so direkt fragst«, Rae war erstaunt, wie leicht es ihr fiel, die junge Frau zu duzen. »Also zunächst hätte ich da eine Bitte an deinen Mann. In der Kiste befanden sich einige damals gebräuchliche Waffen, aber in erster Linie möchte ich, dass er sich ein Schwert und einen Sgian Dubh genauer ansieht. Wären Sie so freundlich?« Rae wandte sich jetzt direkt an den Hünen, der sie noch immer aus halbzusammengekniffenen Augen misstrauisch beäugte. Schließlich aber nickte er und kam auf sie zu.

»Wenn Sie sich schon mit meiner Frau verbrüdern, dann können Sie mich auch ruhig Dusten nennen.«

»Also gut, Dusten. Ich weiß, dass der Granat der Stein der Camerons ist. Das Blut des Kriegers, wie er auch genannt wird. Aber ... sieh selbst.« Rae schob das Plaid, das neben den Waffen und anderen Kleidungsstücken noch in der Kiste lag, beiseite, sodass er einen Blick auf das Schwert werfen konnte. Kaum dass er es sah, ging eine erstaunliche Veränderung mit ihm vor. Die grimmigen Gesichtszüge glätteten sich und in seine Augen trat ein verträumter Glanz.

»Darf ich?«, versuchte er sich zu vergewissern, dabei streckte er seine Hand nach dem Schwert aus. Rae nickte. Mehr Bestätigung brauchte Dusten nicht. Zunächst nahm er das Schwert nur in seine Hände und betrachtete es eingehend. Dann jedoch umfasste er das Heft mit nur einer Hand und ließ es einige Male durch die Luft sausen. Obwohl er enganliegende Jeanshosen und ein ärmelloses T-Shirt trug, wirkte das riesige Claymore, wie eigens für ihn geschmiedet. Unwillkürlich drängten sich Bilder in ihr Unterbewusstsein, die Caitrionas Mann in einem Kilt, mit vom Wind zerzaustem Haaren und bewaffnet mit einem Claymore, in den grünen Hügeln der Highlands mit einem anderen Mann kämpfend zeigten. *Langsam aber sicher war sie wirklich dabei, vollkommen den Verstand zu verlieren!*

In diesem Moment hörte sie ein leises Seufzen, das von seiner Frau kam.

»Man kann deinem Mann ansehen, dass er sich mit Waffen auskennt. Er erweckt fast den Eindruck, als wäre er mit einer in der Hand geboren.«, bemerkte Rae nebenbei, ohne Dusten jedoch aus den Augen zu lassen. Es war faszinierend, mit welcher Leichtigkeit er die schwere Waffe schwang. Genauso musste sich ein echter Highlandkrieger bewegt haben.

»Mein Mann befasst sich seit seiner Kindheit mit Breitschwertern, Äxten und Sgian Dubhs. Aber, du müsstest ihn erst einmal sehen, wenn er Holz hackt«, erwiderte Caitriona ihr grinsend. Rae sah sie an.

»Ich beneide dich!«

»Nicht nur du. Meine beste Freundin ist auch immer wieder begeistert.«

»Das kann ich mir vorstellen. Würdest du mir eine Frage erlauben?« Die junge Frau nickte.

»Wo findet man so ein Exemplar?«

»Das werde ich dir verraten, wenn wir uns ein wenig besser kennen gelernt haben.«

Es dauerte eine Weile, bis Dusten sich von dem Schwert losreißen konnte und es schließlich auf einen der Tische legte. Dann zog er den Dolch aus seiner Scheide, sah ihn sich kurz an, schüttelte dann seinen Kopf und legte ihn anschließend direkt neben dem Schwert ab.

»Würdet ihr für einen Moment einmal etwas näherkommen?« Die beiden Frauen folgten seiner Aufforderung und stellten sich direkt neben ihn.

»Das Schwert genauso wie der Dolch stammen auf keinen Fall aus dem 18. Jahrhundert«, bemerkte er daraufhin umgehend.

»Nicht? Sie sind doch keine Fälschung?«, in Raes Worten klang Enttäuschung mit.

»Das habe ich nicht gesagt. Sie sind echt, aber ... Das Heft und die Intarsien, genauso wie das Wappen und der

Stein wurden im 18. Jahrhundert hinzugefügt, die Klingen allerdings sind weitaus älter.« Rae sah ihn ungläubig an.

»Das kannst du ohne Radiocarbonanalyse erkennen?« Dusten nickte.

»Wie alt?«

»Ich würde sie auf das 15. Jahrhundert datieren. Und, wenn ich mich nicht täusche, was im Grunde genommen niemals vorkommt, dann würde ich sagen, dass das Schwert höchstwahrscheinlich nordischen Ursprungs ist.«

»Nordisch?« Rae starrte wie gebannt auf das Schwert. »Das würde dann auch den Zusammenhang mit dem Knopf erklären«, schoss es ihr durch den Kopf.

»Welcher Knopf?«, wollte Caitriona von ihr wissen. Rae schluckte. Ohne es zu wollen hatte sie ihren Gedanken einfach ausgesprochen. *Verdammt! Jetzt musste sie schnell eine Erklärung finden, ohne ...*

»Welcher Knopf?«, wiederholte Cat noch einmal ihre Frage.

»Das würde mich auch interessieren«, fügte Dusten noch hinzu. Rae schluckte kurz, dann entgegnete sie den beiden:

»Wir haben einen Knopf gefunden, der meiner Meinung nach ebenfalls nordischen Ursprungs ist.« Erstaunlicherweise ging ihr die Lüge diesmal ziemlich leicht über die Lippen. Aber vielleicht lag es auch daran, dass es keine richtige Lüge, sondern nur nicht ganz die Wahrheit war.

»Kann ich ihn mal sehen?«, Caitriona klang begeistert.

»Tut mir leid, ich habe ihn nicht hier.«

»Schade! ... Wie kommst du darauf, dass er nordisch ist?«

»Auf ihm ist Yggdrasil abgebildet.«

»Der aus der Edda?« Rae nickte.

»Das würde passen. Dusten weißt du von einem Zusammenhang zwischen den Camerons und den Nordmännern?«, richtete Cat ihre Frage an ihren Mann.

»Alle Clans stehen mehr oder minder im Zusammenhang mit den Nordmännern. Allerdings nicht mehr im 18. Jahrhundert. Es könnte sein, dass das Schwert in die Hände der Camerons gefallen ist und diese es später umgearbeitet haben. Doch ...«

»Doch was?«, Rae sah ihn fragend an.

»Es ist zu prunkvoll! Nicht mal der Cameron selbst besaß solch ein Schwert. Es ist so gut austariert und so reichlich verziert, dass es eines Königs würdig wäre und doch wurde es blutbesudelt in einer Kiste verpackt. Da stimmt was nicht und ich kann beim besten Willen noch nicht erkennen, was.«

»Es wird dir schon noch auffallen, da bin ich mir ziemlich sicher«, entgegnete ihm seine Frau. »Aber es geht dir ja nicht nur um das Schwert und den Dolch. Wie kann ich dir helfen?«

»Stimmt! Das hätte ich fast vergessen. Meine Freundin und ich haben ein wenig im Internet recherchiert. Das Plaid, die Waffen, die Bilder der Cameron-Brüder, alles deutet daraufhin, dass der Besitzer im 18. Jahrhundert gelebt haben muss und in engem Zusammenhang mit dem Chief stand.«

»Das sagtest du bereits.«

»Ja, aber wir haben ein paar Personen gefunden, die dafür in Frage kommen. Würdest du dir die Ausdrucke einmal in Ruhe ansehen?«

»Klar! Gib sie mir! Ich werde sie genaustens unter die Lupe nehmen. Wäre doch gelacht, wenn wir nichts finden, was uns weiterhilft.« Rae griff nach ihrer Tasche und zog ein Bündel Ausdrucke heraus. Cat sah sie erstaunt an.

»Ihr wart fleißig!«, bemerkte sie grinsend.

»Das ist noch gar nichts. Du hättest mal den Stapel sehen sollen, bevor ich ihn sortiert habe.«

»Na dann!«

Wenig später verabschiedeten sich die beiden MacDonalds von ihr. Cat versicherte ihr noch einmal, sich genauestens mit den Unterlagen zu beschäftigen und sich sofort bei ihr zu melden, wenn sie etwas finden würde.

Kurz darauf erschien dann auch endlich James, bewaffnet mit einem Kleidersack, in dem Atelier.

»Du hast die MacDonalds verpasst«, empfing sie ihn.

»Habe ich nicht. Ich habe sie draußen noch getroffen.«

»Ah. Es ist schon praktisch, wenn man den Kontakt zu seinen alten Professoren über Jahre hinweg pflegt«, versuchte sie, ihn aus der Reserve zu locken. James sah sie an.

»Das ist es wohl.«

»Ach James, ich weiß, dass die beiden bei Fiona wohnen. Warum hast du es mir nicht gleich erzählt?« Auf James Gesicht erschien ein verschmitztes Lächeln.

»Vielleicht wollte ich ein wenig Eindruck schinden.«

»So viel zum Thema: Ich habe mich geändert!«

»Manche Dinge ändern sich nie, Rae. Das müsstest du allmählich wissen.«

21

»Du hast mich rufen lassen?« Seine Frage folgte seinem Erscheinen auf den Fuß. Es war ungewöhnlich, dass sie ihn um diese Zeit zu sich beorderte. Etwas musste vorgefallen sein. Er konnte nur hoffen, dass es nichts war, was seine Pläne gefährdete.

»Wie lange willst du mich noch quälen?«, entgegnete sie ohne Umschweife, während sie sich von ihrem Diwan erhob, ihrer Dienerin mit einer Handbewegung befahl, den Raum zu verlassen und langsam auf ihn zu kam. »Habe ich nicht bereits genug gelitten? Also, wie lange noch?«

»Hast du mich deshalb rufen lassen?«, entgegnete er ihr schroff. Der Blick ihrer fast violetten Augen traf auf seine eisblauen.

»Nein, nicht nur. Aber, ich dachte, ich nutze die günstige Gelegenheit.«

»Dachtest du? Aber ich muss dich enttäuschen. Die Antwort werde ich dir noch etwas schuldig bleiben.«

»Das dachte ich mir«, in ihren Worten lag Resignation. Sie starrte ihn eine Weile schweigend an, während er ihrem Blick auswich. Schließlich seufzte sie leise und wechselte dann abrupt das Thema.

»Ich wurde über etwas in Kenntnis gesetzt.«

»So? Darf ich fragen worüber?«

»Arawn war bei mir«, das war zwar keine direkte Antwort auf seine Frage, aber dennoch ahnte er, was nun auf ihn zukommen würde.

»Und was wollte der gute Arawn?« Seine Frage sollte beiläufig klingen. Er konnte nur hoffen, dass es ihm auch gelang.

»Was wohl? Bericht erstatten! Seit Morgane verhindert ist, ist er dazu verpflichtet, wie du sehr wohl weißt.«

»Und was hat Arawn dir berichtet?«

»Zuerst nicht sehr viel. Aber dann, ... Es geschehen merkwürdige Dinge in unserem Reich.«

»Was soll das heißen? Merkwürdige Dinge? Hat er das gesagt?« Ihre violetten Augen blitzten wütend auf.

»Stell dich nicht dümmer als du bist. Du weißt genau, wovon ich rede.«

»Sollte ich das? Ich habe keine Ahnung, worauf du anspielst.«

»Hast du nicht? Das wundert mich.«

»Wieso wundert dich das? Arawn befehligt die „Wilde Jagd", damit habe ich nichts zu schaffen.«

»Mit Arawn allerdings schon. Er ist schließlich dein Freund.«

»Was hat das Eine mit dem Anderen zu tun? Ich habe viele Freunde.«

»Aber nur einen, der die „Wilde Jagd" befehligt.«

»Was sollen all die Andeutungen? Wenn du mir etwas zu sagen hast, dann solltest du es besser ohne viel Aufhebens erledigen!«, entgegnete er ihr wütend.

»Also schön. Wie du willst. Dann unverhohlen! Ich kann dich allerdings beruhigen, Arawn war es nicht, der dich verraten hat. Jedenfalls nicht sofort.«

»Was hast du ihm angetan?« Er ließ seine Worte in den Raum donnern, doch sie zuckte noch nicht einmal zusammen.

Sowohl Arawn als auch er selbst hatten gewusst, worauf sie sich einließen, als sie beide den Plan vorbereitet hatten, doch ... Es bestand immer ein Risiko, wenn es um Dinge ging, die ohne die Zustimmung ihrer Königin geschahen. Und das, was er diesmal getan hatte, war in ihren Augen vermutlich weitaus schwerwiegender als bloßes hintergehen.

Sein Vergehen konnte sie nicht so einfach hinnehmen. Selbst dann nicht, wenn sie wollte und er diesen gewissen Trumpf in seiner Hand ausspielte. Er konnte nur hoffen, dass sie nicht das volle Ausmaß seiner kleinen Intrige kannte, denn dann ...

Verdammt!, schoss es ihm durch den Kopf. *Er musste sich dringend etwas einfallen lassen!* Obwohl, selbst Arawn kannte nicht jedes Detail seines Plans. Auch wenn dieser ihr alles, was er wusste, erzählt hatte, blieben immer noch einige Dinge, die nicht an die Oberfläche gelangen konnten, außer sie würde ... Aber das würde sie ihm niemals antun. Nicht ihm! Das wiederum war sein Vorteil.

In all den Jahrtausenden, die er nun schon existierte, war er stets darauf bedacht gewesen, nur so viel von sich preiszugeben, wie unbedingt nötig. Auch diesmal hatte er es wieder so gehalten. Er hatte seinem Freund nur so viel erzählt, dass er auf dessen Hilfe vertrauen konnte. Zu seinem Glück, wie sich jetzt herausstellte. Dass Arawn allerdings derjenige war, der nun ihren Zorn zu spüren bekommen hatte, damit hatte er nicht im Entferntesten gerechnet und es trieb ihn schier zur Weißglut. Wenn sie sich an irgendjemand rächen wollte, dann sollte sie gefälligst auch den Richtigen treffen.

»Keine Sorge, deinem Freund geht es gut. Er hat es überlebt!«, ihr Tonfall war beängstigend ruhig.

Sicher hat er das! Er kann ja ebenso wenig sterben wie wir, schoss es ihm durch den Kopf.

»Wo ist er?«

»Bei seiner Meute und leckt seine Wunden. Du kannst nachher nach ihm sehen. Nachdem ich mit dir fertig bin!« Das war eindeutig eine Drohung. Aber eine Drohung war erst einmal nichts anderes als ebendiese. Und selbst wenn sie sie wahrmachen wollte, dann blieb ihm immer noch sein Trumpf.

»Gestattest du mir eine Frage?« Sie nickte.

»Wenn nicht Arawn derjenige war, der zuerst geredet hat, woher weißt du dann ...«

»Oh, seine Königin war äußerst gesprächig, bevor ich sie in ihr vorübergehendes Exil geschickt habe.«

»Morgane hat mit dir geredet?« Er klang überrascht.

»Das hat sie«, erwiderte sie nickend. »Sie hatte wohl die Hoffnung auf eine etwas mildere Strafe.«

»Und hast du ihr ihren Wunsch erfüllt?«, hakte er nach, um sie vom eigentlichen Thema abzubringen. Dabei verzog sich sein Gesicht unwillkürlich zu einem diabolischen Grinsen.

»Du kennst mich doch.«

»Eben! Da wird die Gute aber enttäuscht gewesen sein.« Diesmal funkelte sie ihn wütend an.

»Was versuchst du hier? Ich habe dich nicht rufen lassen, um mit dir über Morganes eventuelle Befindlichkeiten zu diskutieren. Die Gute wird erst einmal schmoren, bis sie wieder zur Besinnung gekommen ist. Ich dulde in meinem Reich keine Alleingänge. Und das gilt nicht nur für sie, sondern auch für dich!«, fauchte sie ihn an.

»Welche Alleingänge?«, erneut versuchte er, den Ahnungslosen zu spielen.

»Jetzt reicht es! Lass deine Spielchen! Auch wenn sie mich normalerweise amüsieren, diesmal jedoch nicht. Du hast den Bogen bei Weitem überspannt. Und jetzt zum eigentlichen Thema. Meine kleine Unterhaltung mit Morgane war sehr informativ. Wie ich von ihr hörte, hat Arawn einen Neuzugang. Nicht nur einen, sondern einen ganz Bestimmten. Wie konntest du mir auch das noch antun? Nicht nur, dass du seiner Mutter wie ein räudiger Hund hinterhergestiegen bist, nein, du musstest deinen Bastard zudem noch in mein Reich holen.«

»Er befindet sich nicht in deinem Reich!«

»Nein? Dann gehört die „Wilde Jagd" in deinen Augen also nicht zu meinem Reich?«

»Nicht im direkten Sinne. Arawn gehört zu deinem Reich. Die „Wilde Jagd" allerdings nur bedingt.«

»Du meinst also, nur weil sie in der Oberwelt stattfindet, würde sie nicht zu uns gehören? Da muss ich dich enttäuschen. Die Geister derjenigen, die sich Arawn freiwillig anschließen, gehören zu uns.«

»Sicher, aber ihre Körper nicht.«

»Du willst mir allen Ernstes weismachen, dass ich die Geister und Körper getrennt betrachten muss? Ruhen die Körper der Jäger nicht in der „Höhle der Jäger"?«

»Normalerweise schon.«

»Demnach ruht dein Bastard also auch hier. Dementsprechend befindet er sich in unserem Reich.«

»Nein! Du glaubst doch nicht ernsthaft, dass ich das Risiko eingegangen bin, dass du ihn womöglich hier entdecken könntest. Hältst du mich für schwachsinnig? Ich rette ihn einerseits vor dem Schafott, nur um ihn dir dann auszuliefern? Außerdem beinhaltet deine Version der Geschichte einen gewaltigen Denkfehler: nur der Eingang der Höhle gehört zu unserem Reich!«

»Wo ist er dann?«, hakte sie nach, ohne auf seinen Einwand näher einzugehen.

»Das wüstest du wohl gerne.« Er sah sie herausfordernd an.

»Wie dem auch sei, eines steht jedoch fest: Du hast gegen unsere Regeln verstoßen. Du hast ihn gegen seinen Willen ...«

»Nein!«, unterbrach er sie schroff. »Auch darin machst du einen Fehler. Er ist mit mir einen Handel eingegangen. Das Ganze ist demnach kein Verstoß gegen unsere Regeln.« Während sie ihn zweifelnd anstarrte, erschien erneut ein diabolisches Grinsen auf seinem Gesicht.

Eine ganze Weile schwiegen sie. Er konnte sehen, wie sie verzweifelt versuchte, den Punkt in seiner Geschichte zu finden, der nicht ganz der Wahrheit entsprach, doch da konnte sie lange suchen. Es stimmte, der Geist seines Sprösslings zog mit Arawn des Nachts über den Himmel, doch anders als bei allen anderen lag sein Körper nicht zur ewigen Ruhe aufgebettet in der Grotte der wilden Jäger, sondern er befand sich in Cailleach Mhor Nam Fiadhs Reich. Die alte Seehexe von Kilmorack war ihm noch etwas schuldig gewesen und diese Schuld hatte er ohne Zögern eingefordert, als es von Nöten gewesen war. Auf diese Weise hatte er zwei Dinge gleichzeitig erreicht. Zum einen, seinen Sohn solange vor den Blicken und dem Zugriff seiner Königin verborgen, bis die Zeit reif war, das Spiel zu Ende zu spielen und zudem, — in Cailleachs Reich gab es keine Zeit.

Anders als in der Menschenwelt und in der der Tùatha Dê Danann konnte ein Körper ohne Geist dort nicht verrotten und sein Sohn benötigte dringend seinen Körper, wenn man ihn retten wollte.

Genau darin bestand nämlich die Schwierigkeit. Es gab Erlösung für die Jäger der „Wilden Jagd", allerdings nur dann, wenn ihre Körper noch intakt waren. Da aber die „Wilde Jagd" in Morganes Metier fiel, war dies so gut wie unmöglich. Die Tùatha Dê Danann des Krieges und Todes war äußerst geschickt darin, jedweden Handel in ein zweischneidiges Schwert zu verwandeln. Wer sich Arawn anschloss, ging den Handel nämlich nicht direkt mit ihm, sondern mit seiner Herrin ein und was diese einmal in ihren Klauen hatte, ließ sie nie wieder los. So auch all die Ahnungslosen, die sich gutgläubig auf die „Wilde Jagd" einließen.

Jeder Handel, der in ihrem Reich geschlossen wurde, musste für beide Seiten auch einen Weg beinhalten, von dem Handel zurückzutreten. Das war ein ungeschriebenes Gesetz, an das sich alle hielten. Morgane hingegen fand immer eine Möglichkeit, diese Tatsache nach ihrem Gutdünken auszulegen. Bei der „Wilden Jagd" hatte sie sich selbst übertroffen. Wer zurück in sein Leben wollte, musste während der Jagd ein menschliches Wesen finden, das ihn beim Namen nannte und den Geist in seinen Körper zurückbringen konnte. Das war einzig und allein durch den Kuss der wahren Liebe möglich. Kaum zu glauben aber wahr. Die Tùatha Dê Danann des Krieges und Todes fand Gefallen daran, die Liebe zu einem ihrer Werkzeuge zu machen, denn genau diese war es, nach der sich die meisten Menschen sehnten. *Eine lebende Person musste einen Geist küssen! Welch ein Irrsinn!*

Doch das war es nicht allein. Das eigentlich Fatale an der ganzen Sache war, dass die Jäger einmal im Monat in ihren Körper zurückkehren mussten, um ihn am Leben zu erhalten, denn nur in einen lebenden Körper konnte man zurückkehren. Doch die Zeit in den beiden Reichen verlief anders. Ein Tag bei den Tùatha Dê Danann entsprach einem Jahr in der Menschenwelt. Die „Wilde Jagd“ war Teil von Morganes Reich. Die Höhle hingegen nur bedingt, denn ihr Eingang lag zwar, wie schon erwähnt, in Morganes Reich, der Teil in dem die Körper aber gebettet wurden, nicht. Ihre gutgläubigen Opfer begaben sich in die Höhle, legten sich nieder und vertrauten darauf bei ihrer Rückkehr einen intakten Körper vorzufinden. Doch wenn sie schließlich nach einem Monat bei der „Wilden Jagd“ zurückkehrten, mussten sie entsetzt feststellen, dass von ihren Körpern nicht mehr als Knochen übrig waren. Deshalb war es bisher auch noch keinem der Jäger gelungen, in sein Leben zurückzukehren. Seinem Sohn würde es nicht so ergehen, dafür hatte er gesorgt. Und der Rest würde sich auch noch finden. Er arbeitete ja bereits intensiv daran.

22

Rae eilte nach der Arbeit sofort nach Hause. Das Gespräch mit den beiden MacDonalds ließ sie einfach nicht los. Was hatte Dusten gesagt? Das Schwert wäre so prunkvoll wie das eines Königs? Es gab aber keinen König aus dem Cameron Clan. Und was hatte es zu bedeuten, dass die Gravuren und der Edelstein erst später hinzugefügt worden waren?

Sie versuchte sich verzweifelt, an die Details ihrer Begegnungen mit dem Krieger zu erinnern? Hatte sein Schwert schon die Gravuren und den Stein, als sie auf ihn traf? Sie konnte sich nicht daran erinnern und wenn sie ehrlich mit sich selbst war, dann hatte sie auch gar nicht genau darauf geachtet. Bei ihrer Begegnung unter der Eiche hatten zwar die Form und Größe seines Schwertes mit dem aus der Kiste übereingestimmt, aber die Seite mit den Gravuren und dem Edelstein war ihm zugewandt gewesen. Das hatte sie auf jeden Fall angenommen und sich deshalb keine weiteren Gedanken darüber gemacht. Und bei ihrer Begegnung in der Ahnengalerie war sie mit ganz anderen Dingen beschäftigt gewesen. Wer schenkte da schon seinem Schwert Beachtung?

Sie nahm sich fest vor, bei ihrem nächsten Zusammentreffen besser darauf zu achten, denn dass Dustens Erkenntnisse auf irgendeine Weise wichtig für sie werden konnten, war fast sicher.

Raelyn ließ den Kleidersack auf das Sofa fallen und kramte dann in ihrer Handtasche nach dem Schal. Sie war gespannt, was genau sie da aus dem Kästchen mitgenommen hatte. Es war zwar sonst nicht ihre Art, aber diesmal hatte sie einfach hineingelangt und die erstbesten Gegenstände, die ihr in die Finger geraten waren, in ihrer Tasche verschwinden lassen. Als sie den Schal nun auseinanderschlug, kamen die blutbesudelte Clanbadge und ein silberner Armreif zum Vorschein. Der Armreif war wunderschön gearbeitet. Eine stilisierte Kordel mit zwei Knoten an den Enden, die als Schließe dienten. Plötzlich kam ihr eine Idee. Was, wenn sie den Armreif nicht bloß in ihrer Hand hielt, sondern ihn sich ums Handgelenk legte? Das hätte den Vorteil, dass sie auch in der Vergangenheit beide Hände frei hätte und nicht immer darauf achten musste, nicht ungewollt den Gegenstand einfach fallen zu lassen. Einen Versuch war es auf jeden Fall wert.

Obwohl sie Anni versprochen hatte, keine Alleingänge zu starten, konnte sie es kaum abwarten, ihren Gedanken in die Tat umzusetzen. Was, wenn der unheimliche Fremde zurückkam und sie noch immer keinen Schritt weiter war? Sie war hin und her gerissen. Eines war jedoch klar: Sie konnte nicht länger einfach nur dasitzen und abwarten. Diesmal war es Anni, beim nächsten Mal vielleicht das Wochenende und dann? Was würde dann kommen? Rücksicht hin oder her, manchmal musste man entscheiden, was wichtiger war. Die Zeit rannte ihr davon. Sie brauchte dringend Antworten. Antworten, die sie niemals bekommen würde, wenn sie immer nur Rücksicht nahm. Ohne es bewusst zu wollen, ertappte sie sich dabei, wie sie bereits, noch während sie darüber nachdachte, den Kleidersack öffnete und anfing, sich langsam auszuziehen.

23

»Wie viele sind es jetzt?« Alexander sah zu Kendrick herüber, der die Liste der Namen, die sich ihnen angeschlossen hatten, akribisch studierte.

»Mit denen von heute, knapp Zweihundert.«

»Nicht schlecht als Ausbeute von nur knapp einer Woche.«

»Das will ich meinen!« Kendrick blickte von der Liste hoch und sah ihn an. »Dein Onkel kann stolz auf dich sein.«

»Eher friert die Hölle zu!« Alexander griff nach der Flasche Whisky, die vor ihnen stand und schenkte ein.

»Nein! Ich meine es ernst. Auch wenn er der Cameron ist. Es ist allein dein Verdienst, dass sich all diese Männer breit erklärt haben, für die Sache zu kämpfen. Nachdem du mit deinem Onkel, den Männern die du bereits rekrutiert hattest und den MacDonalds die Standarte unseres „Bonnie Prince Charlie“ auf unserem Clanland gehisst hast, werden es immer mehr.

Wenn das so weitergeht, dann wird der Hannoveraner seine Stützpunkte hier nicht mehr lange halten können. Es muss nur einer fallen und die anderen werden wie von selbst folgen. Sind diese erst unser, dann geht es Richtung England und unser Land bekommt endlich wieder seinen rechtmäßigen Herrscher.

Wir müssen nur fest daran glauben, dass der geplante Angriff auf Ruthven Barracks von Erfolg gekrönt sein wird, dann ... «

»Kendrick ich bin mir noch immer nicht sicher, ob wir das Richtige tun«, unterbrach Alexander ihn ernst.

»Hast du nicht immer gesagt, ein unfähiger schottischer König wäre allemal besser als ein Englischer?«

»Aye, dennoch habe ich meine Zweifel.«

»Es ist gut, Zweifel zu haben. Dann wird man nicht so schnell leichtsinnig. Ist man sich einer Sache zu sicher, dann begeht man Fehler und diese können wir uns auf keinen Fall leisten. Nicht, nachdem der erste Aufstand bereits so blutig niedergeschlagen wurde und der zweite bereits scheiterte, bevor er überhaupt begann.«

»Ich weiß, doch ich befürchte, so denken nicht viele.« Alexander nippte an seinem Whisky. »Ich glaube kaum, dass mein Onkel oder unser geschätzter Prinz sich über das Blut, das für ihre Sache vergossen wird, Gedanken machen.«

»Du aber schon!«, Alexander nickte.

»Aye! Schottlands Erde wurde schon so oft mit dem Blut all derer getränkt, die Freiheit für ihr Land wollten, dass es vermutlich keinen Flecken mehr gibt, der trocken geblieben ist. Ich möchte ungern derjenige sein, der ...«

»Das bist du doch auch nicht«, warf Kendrick ein. »Du bist nur ...«

»Eben«, fiel ihm Alex ins Wort. »Ihr Handlanger! Der Lakai, der die ahnungslosen Lämmer zur Schlachtbank führt!«

»Du siehst das zu schwarz.«

»Nein, Kendrick, du bist zu blauäugig. Wenn unser Unterfangen scheitert, was meinst du, was dann mit meinem Onkel und dem Prinzen geschieht. Du glaubst doch nicht ernsthaft, dass die beiden sich in die Hände der

Rotröcke begeben. Entweder werden sie fliehen, oder aber ... Wir hingegen ...«

»Spielst du auf die Prophezeiung der Alten an?«

»Nein, Kendrick, die Alte hat damit nichts zu schaffen. Ich betrachte die Dinge nur so, wie sie sind.« Diesmal griff Kendrick nach seinem Glas und setzte es an seine Lippen.

»Dann können wir nur hoffen, dass sowohl du als auch die Alte unrecht hat«, entgegnete ihm Kendrick, nachdem er seinen Becher geleert und ihn erneut gefüllt hatte. Alex nickte. Eine ganze Weile schwiegen sie, während um sie herum die Männer in dem kleinen Schankraum lautstark ihren Prinzen hochleben ließen.

Der Schankraum, in dem sie sich befanden, gehörte zu einem kleinen Wirtshaus. Das Vierte, das sie diese Woche aufsuchten und dazu benutzen Männer für den Cameron zu gewinnen. In den nächsten Wochen, bis zu dem Treffen mit seinem Onkel, würden auch noch unzählige weitere folgen.

Alex ließ seinen Blick über die grölenden Männer schweifen. Die meisten von ihnen waren einfache Pächter. Keine kampferprobten Krieger, aber dennoch waren sie alle bereit, ihr Leben für die große Sache zu geben. Er fühlte sich schuldig, denn anscheinend war keinem dieser Männer so richtig bewusst, worauf sie sich gerade einließen. Sicher, die meisten von ihnen hatten mehr als genug unter der Fuchtel der Rotröcke gelitten, aber dennoch ...

Sie alle hatten Familien. Familien, denen er schon oft geholfen hatte. Nicht nur indem er ihnen Geld gegeben hatte, damit diese wenigsten ihr Vieh und ihre Ernten behalten konnten, wenn die Pacht fällig wurde. Und dennoch nagten fast alle am Hungertuch ...

Es war bedrückend, das Elend, das in den Highlands herrschte, mitansehen zu müssen, ohne wirklich etwas dagegen tun zu können. Alles auf die Engländer zu schieben war auch nicht die Lösung, denn mit den marodierenden Banden, die von Zeit zu Zeit über die Ländereien der einzelnen Clans zogen und die deren Pächter geradezu ausbluteten, hatten die Rotröcke nichts zu schaffen. Wohl aber mit deren Verfolgung und Bestrafung. Doch meist fand weder das Eine noch das Andere statt. Deshalb hatte er es sich seit Lizzies Tod auch zur Aufgabe gemacht diese Banden auszurotten. Zuerst hatte er Lizzies Mörder ihrer gerechten Strafe zugeführt und anschließen das Cameronland von ihnen gesäubert. Sehr zur Freude der Pächter, die ihn wie einen Helden feierten. Und genau diese Heldenverehrung brachte nun all diese unbedarften Männer dazu, sich ihm anzuschließen. Alexander seufzte und griff erneut nach seinem Becher. Das Unheil begann seinen Lauf zu nehmen und er konnte nichts dagegen machen.

»Und hast du sie wiedergesehen?«, Kendrick Stimme riss ihn aus seinen Gedanken.

»Wen?«

»Deine *„shíthiche bea*g“!«

»Meine kleine Fee?«

»Aye! Das Mädchen, das du auf dem Hügel und in dem Haus deines Onkels gesehen hast?« Alexander schüttelte seinen Kopf. Sein Freund war der einzige

Mensch mit dem er über sie geredet hatte. Erstaunlicherweise hatte Kendrick seine Geschichte ziemlich gelassen aufgenommen. Selbst wenn er sie ihm nicht glaubte, so ließ er es sich auf jeden Fall nicht anmerken.

»Dann ist es ja wohl entschieden. Du vergisst sie und widmest dich ganz unserer Aufgabe.«

»Noch ist der Monat nicht vorbei.«

»Nein, du hast recht. Ein Tag fehlt noch.« Kendrick grinste ihn verschmitzt an. »Und, was wäre dir lieber?«

»Ich weiß es nicht! Einerseits kann ich es gar nicht abwarten sie wiederzusehen, andererseits ... Sieh dir die Männer an. Sie alle vertrauen darauf, dass ich sie nicht im Stich lasse. Wie könnte ich das auch? Die meisten sind einfache Pächter. Wenn wir sie nicht vorbereiten, dann werden sie geradewegs in ihren Tod rennen. Die Rotröcke werden sie abschlachten wie Vieh.« Kendrick nickte.

»Aye, das werden sie. Und dennoch, hast nicht auch du es verdient, endlich ein wenig Ruhe zu finden? Und nicht nur das. Wie wäre es mit Glück, Liebe, das Leben selbst?« Alexander sah ihn ernst an.

»Ich denke, das Recht auf all diese Dinge habe ich verwirkt?«

»Jetzt reicht es aber!«, Kendrick sprang auf und schrie ihn wütend an.

»Wie lange willst du noch für Dinge büßen, die du nicht verschuldet hast?« Augenblicklich wurde es so still in dem kleinen Raum, dass man das Feuer im Kamin prasseln hören konnte. Die Blicke aller anwesenden Männer wanderten auf Alexander, der sich sichtlich unwohl in seiner Haut fühlte.

»Ich habe dich etwas gefragt!«, donnerte Kendricks Stimme erneut durch den Raum.

»Verdammt, Kendrick«, entgegnete er ihm vollkommen ruhig. »Setz dich wieder hin.«

»Ich setze mich erst, wenn du mir geantwortet hast«, erwiderte sein Freund ihm, allerdings schon um einiges ruhiger. Die Blicke der anderen Männer wanderten nun von ihm zu Kendrick und wieder zurück.

»Kendrick, du irritierst die Männer.«

»Und wenn schon. Ich habe ein Recht, es zu wissen.«

»Bitte! Setzt dich! Ich verspreche dir, wenn sie bis morgen nicht in Erscheinung getreten ist, dann bekommst du deine Antwort.«

»Und du gibst mir dein Wort darauf?« Alexander nickte.

»Nicht bloß mein Wort.« Jetzt war es Kendrick, der nickte, dabei ließ er sich langsam zurück auf seinen Stuhl sinken. Doch selbst als dieser seinen Becher in die Hand nahm und trank, starrten die Männer sie auch weiterhin schweigend an.

Die Stille und die Blicke der anderen waren kaum zu ertragen. Alexander wusste, dass die anklagenden Blicke nicht ihm sondern vielmehr Kendrick galten dennoch, auf irgendeine Weise fühlte er sich schuldig. Die Stimmung, die herrschte, erinnerte ihn an die besagte Ruhe vor einem Sturm und er musste dringend verhindern, dass dieser Sturm über sie hereinbrach. Es war auch so schon schwierig genug, all die Männer im Zaum zu halten. Wenn jetzt aber Kendrick sich auch noch ihren Zorn zuzog, dann war alles vergebens. Er alleine war niemals in der Lage, die Männer auf das Kommende vorzubereiten. Er brauchte Kendrick und Kendrick brauchte das Vertrauen der Männer. Da ihm auf die Schnelle nichts Besseres einfiel, griff er nach seinem Becher, hob diesen in die Luft und schrie lauthals: »*Tog glainne Air a 'Phrionnsa Teàrlach Eideard Stiùbhart. Slàinte!* Hebt das Glas auf unseren Prinzen Charles Edward Stuart. Prost!« Zunächst ging nur ein Raunen durch die Menge. Dann aber sprangen Einige auf, griffen nach ihren Bechern und antworteten lautstark: »*Slàinte*!«

Alexander atmete aus. Das war geschafft! Jetzt durfte Kendrick nur nicht wieder einen Fehler begehen. Doch diesmal war auf Kendrick Verlass. Er hob ebenfalls seinen Becher.

»*Slàinte*!« Das genügte anscheinend um die Männer zu besänftigen, denn anschließend herrschte in dem Schankraum so reges Treiben wie zuvor.

»Wir müssen besser aufpassen«, bemerkte Alexander daraufhin leise. »Bei einem Streit würdest du immer den Kürzeren ziehen.« Kendrick nickte, dann grinste er Alexander breit an.

»Aye, sie würden mich eher lynchen als zuzulassen, dass ich ihrem »*Laoch*« etwas antue.«

»Ja, ein Held zu sein, hat manchmal auch gewisse Vorteile.«

Während die Männer, allen voran Kendrick, weiterhin ausgelassen feierten und zechten, wanderten Alexanders Gedanken zu seiner »*shìthiche bea*g«, seiner kleinen Fee. Er hatte so gehofft, erneut auf sie zu treffen, aber bisher war sie ihm nicht mehr erschienen. Vielleicht entsprang sie ja wirklich nur seiner Einbildung. Doch wieso gaukelte ihm sein Verstand gerade jetzt ihr Bildnis vor? Wenn sie ihm kurz nach Lizzies Tod erschienen wäre, dann hätte er es ja noch verstanden, so aber ...

Nach ihrer letzten Begegnung in der Galerie seines Onkels hatte er überall nach ihr Ausschau gehalten. Erst im Haus selbst, dann in den Stallungen und mittlerweile in jedem Dorf, in das sie kamen. Es war ihm bereits sogar schon passiert, dass er eine junge Frau mit ähnlicher Haarfarbe und Statur von hinten gesehen hatte, auf sie zu gerannt war und sie dann mit „Raelyn“ angesprochen hatte. Sehr zum Erstaunen dieser Frau, die natürlich nicht Raelyn gewesen war. Zu seinem Glück hatte sie es mit Humor genommen, er allerdings hatte sich wie ein kompletter Idiot gefühlt. Doch das war noch gar nichts gegen das, was er in einem der beiden letzten Dörfer getan hatte.

Wie er zu dieser vollkommen irrsinnigen Idee gekommen war, war ihm auch jetzt noch ein Rätsel, aber er hatte es getan. Als sie in das Dorf geritten waren, war ihm aufgefallen, dass dort ein Silberschmied ansässig war. Während Kendrick ihre Pferde in den Stall des Wirtshauses geführt hatte, war er in die Schmiede geeilt und hatte dort einen silbernen Armreif erstanden. Der Armreif sah aus wie eine Kordel, deren Enden zwei Knoten bildeten. Als er ihn dort liegen sah, hatte er ihn, ohne groß zu überlegen, gekauft. Ein silberner Armreif? Noch dazu für eine Frau, die er nur zweimal gesehen hatte und von der er nicht einmal wusste, ob er sie überhaupt jemals wiedersehen würde. Das war noch nie vorgekommen. Das einzige Schmuckstück, das er bisher erworben hatte, war Lizzies Ehering gewesen. Er hatte sich nie für Schmuck interessiert. Wozu auch? Lizzie war immer mit dem wenigen zufrieden gewesen, was sie bereits besaßen und hatte nie irgendwelche Ansprüche gestellt. Außerdem war ihre Zeit miteinander viel zu kurz gewesen, um ... Alexander seufzte leise. Was hatte er sich nur dabei gedacht?

Aye, er hatte etwas gedacht, als er den Reif dort liegen sah. Das erste, was ihm in den Sinn gekommen war, als er ihn erblickte, war, dass er genau das richtige Kleinod wäre, um sich bei ihr zu entschuldigen. Für die falsche Verdächtigung und für den Kuss. Aber machte einsolches Geschenk nicht alles nur noch viel schlimmer? Und wieso wollte er sich überhaupt bei ihr entschuldigen?

Sein Blick fiel auf seinen Freund, der gerade einen weiteren Becher Whisky an seine Lippen setzte und trank. Wenn Kendrick wüsste, worüber er gerade grübelte, dann hätte er wahrscheinlich seine wahre Freude daran. Aber Kendrick wusste es nicht und würde es auch niemals erfahren. Das war sein kleines Geheimnis, das gut versteckt in seinem Sporran lag und das erst dann zum Vorschein kommen würde, wenn er es der Person, für die es bestimmt war, um ihr Handgelenk legen würde.

24

Raelyn betrachtete sich zögernd im Spiegel. Die Frau, die sie von dort aus anstarrte, hatte kaum noch Ähnlichkeit mit ihr. Die weiten Röcke, die sie trug, ließen ihre Taille noch schmaler erscheinen als ohnehin schon. Dieser Eindruck wurde von dem enganliegenden vorne geschnürten Mieder nur noch verstärkt. Irgendwie war es ihr gelungen ihr Haar zu einer Hochsteckfrisur zu drapieren, so dass nur noch einige vereinzelte Strähnen in ihr Gesicht fielen. Und apropos ihr Gesicht. Diese riesigen Augen, die sie verblüfft anstarrten, konnten unmöglich ihre eigenen sein. Aber dennoch waren sie es.

»Was meinst du? Kann ich es so wagen?«, Raelyn warf ihrem Spiegelbild einen erwartungsvollen Blick zu, den dieses erwiderte. »Weißt du, du bist mir auch keine große Hilfe. Wenn Anni hier wäre, hätte sie mit Sicherheit einen passenden Kommentar, aber du schweigst mich ja bloß an. Was sagst du? Nichts! Das dachte ich mir! Auf Anni kann ich aber nicht warten. Wer weiß, wann sie nach Hause kommt. Also ist es beschlossene Sache. Ich versuche es.« Rae wandte ihrem Spiegelbild den Rücken zu und lief zurück in das kleine Wohnzimmer. Dort griff sie sich den Armreif vom Tisch und drückte ihn gegen ihr Handgelenk. Noch während sie die beiden Knoten miteinander verband, verschwamm bereits das Zimmer vor ihren Augen. Sie musste den Gegenstand demnach gar nicht festhalten, sondern Hautkontakt reichte völlig aus. Gut zu wissen!

Rae landete in einer dunklen Ecke unterhalb einer grob zusammengeschusterten Holztreppe. Es roch nach verbranntem Holz und Alkohol. Zusätzlich herrschte ein Höllenlärm, der von der Treppe leicht gedämpft zu ihr herüberwehte. *Wo war sie nun wieder gelandet? Jedenfalls nicht in dem Herrenhaus.*

Etwas oberhalb ihres Kopfes konnte sie einen Lichtschimmer erkennen. Die Treppe musste dort oben ein Loch haben. Wenn sich dort ein Loch befand, dann konnte sie auch hindurchsehen, um sich erst einmal einen Überblick zu verschaffen. Rae stellte sich auf ihre Zehenspitzen und spähte vorsichtig hindurch. Hinter der Treppe lag ein Raum, der bis zum bersten mit Männern gefüllt war. Ihrer Stimmung nach zu urteilen, mussten die meisten von ihnen bereits sehr tief ins Glas geschaut haben. Zwischen all den zechenden Männern rannte eine vollbusige Magd aufgeregt hin und her und schenkte den Männern nach. Sie war demnach in einem Wirtshaus gelandet. Und das, worauf ihr Blick gerade fiel, musste der Schankraum sein.

Sie hatte den Gedanken noch nicht ganz zu Ende gedacht, da spürte sie, wie zwei Hände sie grob packten und nach hinten rissen.

»Wen haben wir denn hier?«, hörte sie eine tiefe Stimme sagen. »Eine Spionin! Das wird den *Laoch* gar nicht freuen!« Rae drehte sich abrupt zu dem Mann um. Der Mann war gut und gerne fast zwei Köpfe größer als sie. Er trug einen verwilderten Vollbart und war so breit, dass selbst ihre ausladenden Röcke hinter ihm völlig verschwanden. Er grinste sie diabolisch an, während er sie nun fest am Handgelenk packte und mit sich in den Schankraum zog.

»Ich bin keine Spionin«, brachte sie mühsam hervor, doch der Mann schien sie gar nicht zu hören.

»Seht mal, welcher kleine Vogel mir gerade ins Netz gegangen ist! Wenn ich raten müsste, dann würde ich sagen, er zwitschert für die Rotröcke.« Raelyn versuchte, sich verzweifelt aus seinem Griff zu befreien, doch der Mann hielt sie gefangen wie in einem Schraubstock. »Ich würde vorschlagen, wir fangen an, ihn zu rupfen!« Im selben Augenblick wurde es totenstill in dem Raum.

»Ian, was ist los?«

»Ich habe ein Täubchen gefunden, das nicht zu unserem Taubenschlag gehört!«

»Wo hast du sie gefunden?« Diese Stimme kam ihr merkwürdig bekannt vor, doch der Koloss versperrte ihr die Sicht auf den Mann, zu dem sie gehörte. Der Hüne, Ian, wie sie jetzt wusste, zerrte sie ein Stück tiefer in den Raum und blieb dann vor einem der Tische stehen.

»Das Täubchen hatte sich unter der Treppe versteckt. Ich habe sie beim Spionieren ertappt,« Ian sah zu ihr herunter und grinste sie dabei noch breiter an. Sie konnte fühlen, wie sich schlagartig auch die Blicke der anderen Männer in ihren Rücken bohrten. Raelyn fühlte sich mehr als unwohl in ihrer Haut. Sie wäre am liebsten schreiend davongerannt, doch Ian hielt sie so fest, dass ihr Handgelenk bereits schmerzte.

»Sie hat uns durch das Loch in der Treppe beobachtet. Ich weiß nicht, was sie alles mitbekommen hat, aber ich denke mehr als genug. Was soll ich mit ihr machen, *Laoch*?« *Na klasse,* schoss es ihr durch den Kopf. *Das hast du ja perfekt hinbekommen!* Da Ian ihr Gelenk festhielt, kam sie auch nicht an den Armreif heran, um zu verschwinden. Diesmal war sie wirklich in echten Schwierigkeiten. Sie konnte nur hoffen, dass sie in der Lage war, den Männern eine glaubhafte Geschichte aufzutischen, denn sonst ... *Tja Anni, so viel zum Thema direkt verschwinden, wenn ich in Gefahr bin!*

Noch immer verdeckte sein massiger Körper ihr die Sicht auf den Tisch und den Mann mit dem ihr Häscher gerade redete.

»Das werde ich entscheiden, wenn ich mit ihr gesprochen habe. Dann zeig mir mal das Täubchen«, hörte sie seine Stimme erneut. Ian ließ sich nicht lang bitten. Er versetzte ihr einen Stoß in Richtung Tisch, so dass sie unsanft gegen die Tischplatte stieß. Fast wäre sie gestürzt, aber wirklich nur fast, denn gleichzeitig hörte sie das Poltern eines Stuhles und fühlte zwei Hände, die sanft nach ihr griffen und so ihren Fall verhinderten. Fast dieselbe Situation hatte sie schon einmal erlebt und das war noch gar nicht so lange her.

»So sehen wir uns also wieder,« hörte sie die Stimme des Mannes sagen. Instinktiv wandte sie sich um und sah direkt in die Tigeraugen Alexander Camerons. Raelyn war nicht in der Lage ihm zu antworten. Sie starrte ihn nur an, als hätte sie einen Geist gesehen.

»Ian«, Alexander grinste den Hünen vielsagend an. »Ich denke, ich werde das Vögelchen schon zum Reden bringen. Wenn ich erst einmal mit ihr allein bin ...«, dann zwinkerte er ihm zu. Ian nickte und brach dabei in schallendes Gelächter aus.

»Aye, das wirst du! Aber nimm sie nicht zu hart ran. Wenn sie außer Atem ist, kann sie nicht sprechen.« Auch die restlichen Männer brachen nun in Gelächter aus. Raelyn starrte von Alexander auf Ian und wieder zurück.

»Das kann nicht Euer ernst sein«, flüsterte sie so leise, dass nur Alexander es verstehen konnte.

»Oh meine kleine *shìthiche*«, flüsterte dieser ebenso leise zurück direkt in ihr Ohr. »Ich will verflucht sein, wenn es das nicht wäre.«

Rae merkte, wie langsam Panik in ihr aufstieg. Das konnte doch wohl nicht wahr sein. Sie musste dringend etwas unternehmen. Doch was? Je verzweifelter sie nach einem Ausweg suchte, umso hektischer wurde ihre Atmung. Ihr Puls raste und sie spürte ihren Herzschlag bis hinauf zu ihren Schläfen. Sie hörte das Rauschen ihres Blutes und fühlte, wie ihre Beine unter ihr nachgaben. Dann wurde es plötzlich ganz still und sie verlor das Bewusstsein.

25

Alexander starrte auf die zierliche Gestalt, die vollkommen unerwartet in seinen Armen in sich zusammensackte. Er hatte sie nicht für so zart besaitet gehalten. Nicht nach ihrem kleinen Geplänkel in der Ahnengalerie seines Onkels. Aber anscheinend hatte er sich da gewaltig getäuscht.

»Kendrick, bestell Ian noch eine Flasche Whisky. Er hat sie sich verdient.« Kendrick betrachtete erst ihn, blickte dann auf Raelyn und anschließend wieder zurück auf Alexander, dabei grinste er ihn breit an.

»Deiner Verhaltensweise nach zu urteilen würde ich sagen, das ist sie. Deine *shithiche beag*!«, Alexander nickte, während er Raelyn vorsichtig auf seine Arme hob und sich in Richtung Treppe mit ihr in Bewegung setzte. »Kein Wunder, dass du sie nicht vergessen konntest! Mir würde es wahrscheinlich genauso ergehen. Dann ist es ja wohl entschieden!«, rief Kendrick ihm noch nach.

»Vermutlich!«, gab Alex leise zurück. »Kommt ganz drauf an, wie sie das sieht!«

Alexander trug Raelyn auf den Armen die steile Stiege hinauf. Das Mädchen war leicht wie eine Feder, was auch nicht weiter verwunderlich war. Sie war so zart wie eine Fee, eben seine *shithiche beag*. Oben angekommen öffnete er die Tür zu seiner bescheidenen Kammer und betrat den kleinen Raum. Dort legte er Rae vorsichtig auf das Bett und setzte sich neben sie. Er hätte nie damit gerechnet, dass sie einfach so in Ohnmacht fiel.

Aber, vielleicht hatte sie sich ja auch einfach nur ihr Mieder zu fest geschnürt?

Als er sie das letzte Mal gesehen hatte, hatte sie nicht mehr als einen Hauch von etwas getragen. Jetzt aber war sie fest verschnürt. Aye, und nicht nur das. Sie trug außerdem auch noch, der Mode entsprechend, mehrere Röcke.

Unwillkürlich drängten sich Bilder von ihren ersten Begegnungen in seinen Kopf. Raelyn in engen Beinkleidern mit einem Hauch von nichts darüber. Fast ärgerte es ihn, dass sie sich diesmal so schicklich gekleidet hatte, aber wirklich nur fast, denn wenn die Männer sie so gesehen hätten, wie er sie bereits mehrfach gesehen hatte, dann ... Alexander stöhnte leise.

Der Widerschein des Feuers im Kamin reflektierte sich in ihrem Haar, das sie diesmal aufgesteckt trug. Einige vereinzelte Strähnen hatten sich aus dem Knoten gelöst, sodass sie ihr in sanften Wellen ins Gesicht fielen. Sie sahen so weich aus, dass er seine Hand gerne danach ausgestreckt hätte, um sie zu berühren, aber etwas in seinem Innern drängte ihn dazu, es nicht zu tun. Stattdessen starrte er sie auch weiterhin nur an. Ihr Gesicht war das eines Engels, doch wollte er Ian Glauben schenken, dann das eines Gefallenen, der für die Rotröcke spionierte. War sie deshalb im Haus seines Onkels gewesen? Hatte man sie auf den *Sanften* angesetzt, weil man im fernen England bereits Kunde von dessen Machenschaften erhalten hatte? Oder war sie gar auf ihn selbst angesetzt worden? Zwar wusste niemand außer Kendrick und den Pächtern, denen er geholfen hatte, dass er der *Laoch* war, dennoch ... Konnte ein derartiger Engel dermaßen verschlagen sein?

Er würde es niemals erfahren, wenn sie nicht langsam wieder zur Besinnung kam. In diesem Moment erinnerte er sich an etwas, was seine Mutter ihm einmal gesagt hatte. »Wenn du kein Riechsalz zur Verfügung hast, dann löse das Mieder! Allerdings nur so weit wie es sich schickt.« Alexander war hin und her gerissen. Es entsprach so gar nicht seiner Art, ihr einfach das Mieder zu öffnen, dennoch ... Sie musste wieder zu sich kommen und dafür war es notwendig, dass sie tief atmete.

Ohne weiter lange darüber nachzudenken, gab er sich einen Ruck und löste vorsichtig die Schleife der Schnürung. Dann lockerte er ganz behutsam ihr Mieder. Genau in diesem Moment öffnete Raelyn ihre Augen. Augen, deren strahlendblaue Iris von einem violetten Kranz umgeben wurde und die ihn angsterfüllt ansahen. Zuerst sein Gesicht, dann seine Hände! Es war offensichtlich was sie dachte, doch er bekam nicht die Gelegenheit, es sofort richtigzustellen, denn fast gleichzeitig richtete sie sich auf, griff nach der Decke, zog sie sich bis an ihr Kinn und rückte dabei stetig von ihm ab. Alexander hatte große Mühe, ernst zu bleiben. Sie dachte also wirklich, er würde ...

»Raelyn MacLeod«, bemerkte er leise. »So sehen wir uns also wieder.« Anstatt ihm zu antworten, zog sie die Decke noch ein Stück höher. Dabei verrutschte der Ärmel ihres Unterkleides und Alexander konnte einen Blick auf ihr Handgelenk werfen. Alex Augen weiteten sich. War das nicht ein Armreif dort an ihrem Handgelenk? Nicht bloß ein Armreif, sondern exakt derselbe Armreif, den er für sie erstanden hatte. Wenn er nicht so gut darin geschult wäre, auch noch auf die kleinste Kleinigkeit zu achten, denn sie konnte lebensnotwendig werden, dann hätte er ihn vermutlich übersehen. So aber ...

Zuerst kam ihm der Gedanke, sie könnte ihn, während er sie im Schankraum in seinen Armen gehalten hatte, aus seinem Sporran entwendet haben. Aber das war absurd! Nicht in ihrer Verfassung und nicht vor all den Männern, die sie selbst in ihrer einfachen Kleidung wie eine Zuchtstute begutachtet hatten. Sie selbst hatte es vermutlich noch nicht einmal bemerkt, aber die Blicke der Männer und die Stille, die nach ihrem Erscheinen eingetreten war, waren nicht auf Ians Rede zurückzuführen, sondern ... Verdammt!

Und jetzt saß sie hier vor ihm, mit angstgeweiteten Augen und hielt ihn vermutlich für ein Untier. Eines dieser Untiere, die er bis aufs Blut bekämpfte, weil sie ihm Lizzie und seinen Sohn genommen hatten.

Alexander wusste nicht wie er reagieren sollte. Wenn er näher an sie heranrückte, dann würde er sie vermutlich noch mehr ängstigen als ohnehin schon und das hätte vermutlich zur Folge, dass sie wieder einfach verschwand. Das aber wollte er mit allen Mitteln verhindern.

Eine ganze Weile sah er sie nur an, während sie ihn ebenfalls schweigend musterte. Die Stimmung war mehr als befremdlich. Sie zu Tode verängstigt und er vollkommen ratlos. Um ihr ein wenig Sicherheit zu verschaffen, drehte er ihr schließlich den Rücken zu und erhob sich von dem Bett. Er konnte hören, wie sie fast gleichzeitig die Decke noch ein wenig weiter zusammenraffte und musste unwillkürlich Lächeln. Sie war demnach auf keinen Fall das, wofür er sie zunächst bei seinen Begegnungen mit ihr gehalten hatte. Ein Hoffnungsschimmer in der misslichen Lage, in der sie sich gerade befanden.

»Ich weiß nicht, was ich mit Euch machen soll, Raelyn MacLeod«, bemerkte er leise, mehr zu sich selbst als an sie gerichtet, während er dabei zum Kamin lief. Dort angekommen stützte er sich auf den Sims und starrte eine Weile in die lodernden Flammen des Feuers.

»Ihr habt Euch selbst in ziemlich große Schwierigkeiten gebracht.« Er spürte ihren Blick in seinem Nacken, doch noch immer antwortete sie ihm nicht. Das Knacken der Holzscheite war das einzig hörbare Geräusch. Die Stille war unerträglich. Obwohl er ihren Blick noch immer spüren konnte, bekam es Alexander plötzlich mit der Angst zu tun. Was, wenn sie wieder einfach verschwunden war. Vielleicht täuschte ihn sein Gefühl ja auch nur. Er musste sich Gewissheit verschaffen.

»Was würdet Ihr mir raten?« Bei seinen Worten drehte er sich erneut zu ihr um. Zu seinem Erstaunen war sie nicht einfach verschwunden, sondern saß noch immer in derselben Haltung auf dem Bett. Der Blick ihrer großen, eindrucksvollen Augen ruhte auf ihm, wie bei einem Reh, das vollkommen verängstigt den Wolf, von dem es belauert wird, beobachtet. Er aber war kein Wolf. Er war nur ein Mann. Einer, der niemals ...

Aber woher, zum Teufel, sollte sie das wissen? Bei ihrer letzten Begegnung hatte er sich ja nicht gerade wie ein Edelmann benommen. Und das, was sie gesehen hatte, als sie erwachte, sprach auch nicht gerade für ihn. Nur, wenn sie auch weiterhin in dem Zustand verharrte, dann würde er niemals die Antworten bekommen, die er so dringend benötigte, um seine Männer von ihrer Unschuld zu überzeugen. Ihre Unschuld? War sie wirklich unschuldig? Verdammt!

Alexander war hin und her gerissen. Sein Herz schrie »Ja«, während sein Verstand ihm genau das Gegenteil einreden wollte. Worauf sollte er hören? Es gab nur eine einzige Möglichkeit das herauszufinden. Er musste Zeit mit ihr verbringen. Viel Zeit! Und er wollte verflucht sein, wenn er nicht die Gelegenheit beim Schopfe packte und sie sich diesmal einfach nahm.

26

Raelyn starrte Alexander an. Wo zum Teufel war ihr so mühsam und hart erarbeitetes Selbstvertrauen geblieben? Nicht nur seine Worte unten im Schankraum hatten sie geradezu geschockt, sondern auch ... Sie fühlte sich wie gelähmt. Selbst Mary gegenüber hatte sie sich nie so gefühlt. Und nun stand er vor ihr, sah sie an wie ein Tiger seine Beute und sie war noch nicht einmal in der Lage einen einzelnen verfluchten Satz herauszubringen. Selbst wenn, würde vermutlich nicht viel mehr als unzusammenhängendes Gestotter dabei herauskommen. Sie war also genau an dem Punkt wieder gelandet, an dem sie sich schon einmal befunden hatte. *Verdammt!*

Obwohl sein Tonfall keineswegs bedrohlich war, jagten seine Worte ihr Schauer über den Rücken, sodass sie sich am liebsten vollständig unter der Bettdecke verkrochen hätte. *Bettdecke?* Erst in diesem Moment wurde ihr so richtig bewusst, dass sie ja in einem Bett lag. Nicht in irgendeinem Bett, sondern vermutlich in seinem! Er musste sie, als sie das Bewusstsein verloren hatte, in seine Kammer getragen und dort auf seinem Bett abgelegt haben. Seine Kammer! Dann waren seine Worte unten im Schankraum doch nicht bloß Worte gewesen, sondern ... Aber, dass er sie, während sie bewusstlos war ...

»Ihr habt ein hübsches Kleinod an Eurem Handgelenk«, wechselte Alexander abrupt das Thema und kam einen Schritt auf sie zu. »Woher habt Ihr es? Von Eurem Ehemann? Oder einem wohlhabenden Galan?« Raelyns

Blick wanderte von Alexander auf ihr Handgelenk und wieder zurück.

Verdammt!, schoss es ihr durch den Kopf. Das auch noch! *Das Artefakt aus der Kiste!* Hatte er es womöglich erkannt und glaubte zu allem Überfluss auch noch, sie hätte es ihm entwendet? Ihr erster Gedanke war, es abzunehmen und in ihre Zeit zurückzukehren, doch, wenn sie immer dann, wenn es brenzlich wurde, oder er mit ihr redete, fluchtartig seine Zeit verlies, dann würde sie niemals die nötigen Antworten bekommen. Diesmal würde sie nicht fliehen! Nicht solange sie sich nicht in Lebensgefahr befand. Vielleicht trog sie ihr Gefühl ja auch, dennoch, irgendetwas in ihrem Innern flüsterte ihr unablässig zu, dass dies nicht der Fall war.

Raelyn atmete einige Male tief ein und aus, dann schüttelte sie ihren Kopf.

»Hat es Euch die Sprache verschlagen? Bei unserem letzten Zusammentreffen wart ihr nicht so wortkarg«, bemerkte Alexander wie nebenbei, während er einen weiteren Schritt auf sie zukam. Rae zog instinktiv die Bettdecke noch ein Stück höher, so als könne sie ihn wie eine schützende Wand davon abhalten, ihr noch näher zu kommen.

»Ich habe Euch erschreckt! Das war nicht meine Absicht! Ich wollte Euch auch nicht zu nahetreten, wenn Ihr das glaubt. Aber, Ihr wart ohnmächtig und da ich kein Riechsalz bei mir trage ...«, er zuckte mit den Schultern. »Hätte ich Euch weiterhin einfach liegen lassen sollen?« Das sollte eindeutig so etwas wie eine Entschuldigung werden, jedoch nicht für das, was er im Schankraum gesagt hatte, sondern nur für ...

»Habt Ihr das ernst gemeint?«, brachte sie schließlich mühsam hervor.

»Was? Dass es mir leidtut? Aye! Es war wirklich nicht meine Absicht, Euch zu nahe zu treten.«

»Das meine ich nicht? Ich rede von dem, was Ihr im Schankraum zu mir sagtet?« Auf Alexanders Gesicht erschien ein Grinsen.

»Was denkt Ihr? Haltet Ihr mich für einen Mann, der seinen Worten keine Taten folgen lässt?« Raelyn schluckte. *Also doch! Er war der Tiger und sie seine Beute! Und dieser Tiger spielte gerade mit ihr!*

Alexander kam nun direkt auf sie zu und setzte sich neben ihr auf das Bett, während sie so weit von ihm abrückte, dass sich ihre Körper nicht berühren konnten.

»Raelyn, ich darf Euch doch Raelyn nennen?« Das Grinsen war aus einem Gesicht verschwunden. Sein Blick traf den Ihren und seine Stimme war so sanft, dass sie sie geradezu einlullte. »Auch wenn Ihr es anscheinend nicht glaubt, so bin ich doch ein Ehrenmann. Ich werde nichts mit Euch machen, was Ihr nicht auch wollt. Ich will einfach nur reden!« Zum Zeichen, dass er es auch ehrlich meinte, hob er seine Hände beschwichtigend in die Höhe. »Ich werde Euch nicht anfassen, noch nicht einmal berühren. Das verspreche ich Euch bei allem, was mir heilig ist.« Rae sah ihn prüfend an. Vermutlich war ihre Urteilsgabe momentan nicht auf ihrem normalen Niveau, aber etwas sagte ihr, dass sie ihm in dieser Hinsicht vertrauen konnte.

»Ich glaube, ich muss Euch vorab etwas erklären. Die Männer unten im Schankraum sind alles einfache Pächter. Bauern, die nicht ... Wenn ich sie anführen will, dann erwarten sie von mir, dass ich ihnen zeige, dass ich es auch wert bin. Das braucht eine starke Hand. Sie halten Euch für eine Spionin. Demnach ... Seid Ihr eine Spionin?« Raelyn schüttelte leicht ihren Kopf.

»Was seid Ihr dann, meine *shithiche beag*?« Raelyn stutzte. Er nannte sie seine *kleine Fee?*

»Ich ...«, hob sie an, doch Alexander unterbrach sie sofort.

»Wieso verfolgt Ihr mich?«

»Ich verfolge Euch nicht.«

»Nicht?

»Nein. Ich traf Euch zufällig.«

»Dreimal kurz hintereinander? Das nennt Ihr Zufall?« Raelyn nickte.

»Ihr könnt nicht ahnen, wie gerne ich Euch das glauben würde, aber ...« Wieder sah er ihr in die Augen, diesmal allerdings so als könne er darin etwas finden, was ihm Gewissheit verschaffen könnte. Die Intensität seines Blicks jagte Raelyn erneut einen Schauer über den Rücken. Was war nur mit ihr los? Wenn sie es nicht besser wüsste, dann ...

Verdammt! Sie hatte ihn erst dreimal gesehen. Noch dazu ganz kurz! Er lebte in einer anderen Zeit! In einer Zeit, in der sie nichts zu suchen hatte, außer ...

Du drehst langsam durch, mahnte sie ihr Verstand. Ja, ganz genau! Sie war nahe daran komplett wahnsinnig zu werden. Wenn sie nicht langsam die Reißleine zog, dann würde sie mit Sicherheit in nicht allzu ferner Zeit in einer Anstalt landen. Raelyn griff instinktiv nach dem Verschluss des Armbands.

»Ich denke, wir sollten unser Gespräch besser morgen fortsetzen. Schlaft erst einmal! Vielleicht seid Ihr dann etwas gesprächiger. Eines müsst Ihr mir jedoch versprechen. Ihr dürft Euch nicht erneut in Luft auflösen, denn wenn es einen weiteren Zufall, wie Ihr es genannt habt, geben sollte, dann steht es nicht mehr in meiner Macht, Euch zu schützen. Wie bereits erwähnt, meine Männer sind einfache Bauern ...«, mit diesen Worten erhob sich Alexander von dem Bett und setzte sich in Richtung Tür in Bewegung. Dort angekommen drehte er sich noch einmal zu ihr um.

»Ich vertraue darauf, dass Ihr diesmal nichts Unüberlegtes tut. Enttäuscht mich nicht!«, bemerkte er noch, als er die Tür öffnete, hindurchtrat und sie hinter sich schloss. Sie konnte noch hören, wie er sie anschließend von Außen fest verriegelte, dann wurde es so still, dass nur noch das Knacken der Holzscheite im Kamin zu hören war.

Raelyn starrte auf ihre Hand, die bereits den Verschluss des Armbands umklammerte. Nur noch eine Bewegung und sie würde in ihre eigene Zeit zurückkehren. Dann musste sie seine Fragen morgen nicht beantworten. Dann musste sie sich auch keine Gedanken mehr darüber machen, warum ihr Körper auf ihn so ungewöhnlich reagierte. Doch, wenn sie jetzt erneut verschwand, dann war ihr Problem immer noch nicht gelöst. Das Einzige, was sie bisher über ihn herausgefunden hatte, war, dass er der Anführer einer Meute Bauern war. Klasse! Das brachte sie enorm weiter! Sie hätte demnach keine andere Wahl, als noch einmal in seine Zeit zu reisen, um mehr herauszufinden. Das würde unweigerlich dazu führen, dass sie sich wiedertrafen. Der vierte Zufall! Drei hintereinander waren ja noch irgendwie zu erklären, aber vier, oder fünf oder sogar noch mehr? *Verdammt!* Sie befand sich in einer Zwickmühle! Egal wie sie sich auch entschied, sie verlor immer. Nur, was war ihr lieber? Ihr Leben oder ihr Verstand? In ihrer Zeit gab es mehr als genug fähige Psychiater oder Psychologen, die ihr helfen konnten, zu retten, was noch zu retten war. Aber ihr Leben? Wie hieß es so schön? Man lebt nur einmal!

Raelyn ließ mit einem Schlag den Verschluss des Armbands los. Eine Nacht! Ein kurzes Gespräch mit ihm und dann würde sie in ihre Zeit zurückkehren. War das zu viel verlangt? Nein! Sie musste sich nur ein wenig zusammenreißen und endlich die Gunst der Stunde nutzen. Wenn er bei dem Gespräch etwas über sie herausfinden wollte, dann konnte sie auch dasselbe bei ihm versuchen. Sie musste nur endlich ihr Schneckenhaus verlassen und wieder zu der Raelyn werden, zu der sie sich in den letzten Jahren entwickelt hatte. Das konnte doch nicht so schwer sein.

Wenn du es einmal geschafft hast, dann schaffst du es auch ein zweites Mal, redete sie sich ein. *Er ist nicht Mary! Er weiß nichts von dir! Nichts von deiner beschissenen Kindheit und nichts von deinen völlig unbegründeten Komplexen! Er sieht dich so wie du jetzt bist und nicht die graue Maus, die du einmal warst!* Je öfter sie diese Sätze in Gedanken herunterbetete, desto leichter fiel es ihr auch, daran zu glauben. Als sie sich schließlich halbwegs in der Lage fühlte, ihm am nächsten Morgen gegenüberzutreten, fielen ihr vor Müdigkeit die Augen zu und sie schlief relativ beruhigt ein.

27

Alexander verharrte noch eine Weile vor der nun fest verschlossenen Tür. Er hätte sich am liebsten selbst geohrfeigt, weil er sie alleine in der Kammer zurückgelassen hatte, doch in ihrem jetzigen Zustand hätte seine Anwesenheit sie wahrscheinlich nur wieder dazu getrieben, sofort zu verschwinden. Er konnte nur hoffen, dass er noch rechtzeitig gegangen war, um es zu verhindern. Wenn er es denn überhaupt verhindern konnte. Raelyn MacLeod war ihm ein Rätsel.

Unbewusst führte er sich ihre Begegnungen noch einmal vor Augen. Beim ersten Mal war sie direkt geflohen. Beim zweiten Mal hatte sie ihm die Stirn geboten und das auf eine Art und Weise, die ihn mehr als anzog. Und jetzt? *Verdammt*! Wie ging man mit einer Frau um, die man nicht einordnen konnte? War sie nun ein Lamm oder ein Wolf? Zahm oder wild? So oder so, eines war gewiss: Sie hütete ein Geheimnis, das er unbedingt ergründen musste.

Er versuchte sich zwar einzureden, dass dies alleine für die Sicherheit seiner Männer und das Gelingen seiner Mission von Nöten war, aber wenn er ehrlich mit sich selbst war, dann hatte sein Verlangen danach nichts mit diesen fadenscheinigen Begründungen zu tun. Nein! Ganz im Gegenteil! Ihm war es in diesem Moment vollkommen egal, ob seine Mission scheiterte. Sie war ja eh nichts anderes als ein von seinem verhassten Onkel aufgezwungener Befehl. Gut, seine Männer sollten zwar nicht darunter leiden, aber noch war nichts vorgefallen, was sie in Gefahr bringen konnte. Worte waren keine Taten und solange diese nicht den Worten folgten, hatten die Rotröcke auch nichts gegen sie in der Hand.

Zur Hölle nochmal, was war nur mit ihm los, dass er so darüber dachte? Hatte er nicht immer seine eigenen Belange hinter die der anderen gestellt? Hatte er nicht immer das getan, was von Nöten gewesen war, um seinem geliebten Schottland Gerechtigkeit zu bringen? Und jetzt dachte er ernsthaft darüber nach, all seine Prinzipien einfach über Bord zu werfen und das wegen einer Frau?

Nicht wegen einer Frau, meldete sich seine innere Stimme, *sondern wegen deiner shithiche beag! Aye! Seine shithiche beag!*

Er konnte nur hoffen, dass das was er über sie herausfand, wenn es denn jemals dazu kam, ihn nicht vollständig in den Abgrund, vor dem ihm die Alte gewarnt hatte, hineinziehen würde.

Alexander atmete noch einmal tief ein und aus, dann gab er sich einen Ruck und stieg die Treppe zum Schankraum hinunter. Unten war es erstaunlich ruhig. Die meisten Männer waren verschwunden. Wahrscheinlich waren sie nach Hause geeilt, um sich von ihren Familien zu verabschieden. Nur einige Wenige saßen noch an den Tischen und redeten leise miteinander. Kendrick, der sein Erscheinen bemerkte, grinste ihn vielsagend an.

»Und?«, wollte er von ihm wissen. Alexander ließ sich auf den Stuhl neben ihm sinken und griff nach dem Becher Whisky, der noch immer auf dem Tisch stand.

»Was und?«

»Hast du etwas aus ihr herausbekommen?«, Alexander sah ihn entsetzt an.

»Du kennst mich doch!«, entgegnete er ihm bestürzt.

»Eben!«, Kendricks Grinsen wurde noch eine Spur breiter. »Deshalb frage ich ja. Ich kenne dich viel zu gut. Du würdest ihr niemals zu nahetreten, selbst wenn dein Leben davon abhinge.«

»Ich glaube, das sieht sie ein wenig anders«, antwortete Alexander ihm beschämt.

»Wie?«, wollte Kendrick erstaunt von ihm wissen.

»Ich musste ihr das Mieder aufschnüren, damit sie ...« Weiter kam er nicht. Kendrick brach in schallendes Gelächter aus.

»Das ich das noch erleben darf! Der ehrbare Alexander Cameron fasst einer Lady ungefragt ans Mieder.«

»Ja, mach dich auch noch darüber lustig. Ich denke, ich habe sie jetzt endgültig verschreckt. Sie hält mich für ein Untier.«

»Hat sie das gesagt?«, Alexander schüttelte seinen Kopf.

»Wenn das der Fall wäre«, winkte Kendrick ab, »dann wäre deine *shithiche beag* mit Sicherheit schon wieder verschwunden. Und ist sie verschwunden?« Erneut schüttelte Alex seinen Kopf. »Dann besteht auch noch Hoffnung! Also Kopf hoch. Du wirst noch genügend Gelegenheiten bekommen, sie von dem Gegenteil zu überzeugen.«

28

Ein leises Klopfen riss Raelyn aus ihrem Schlaf. Erschrocken öffnete sie ihre Augen, nur um sie direkt wieder zu schließen. Das Klopfen wurde lauter. Rae öffnete erneut ihre Augen und starrte an die aus grob bearbeiteten Holzbohlen gefertigte Zimmerdecke.

Verdammt! Wo war sie? Das hier war auf jeden Fall nicht ihr gemütliches Zimmer! Und das, worauf sie gerade lag, war auch nicht ihr Bett, sondern eher ein Strohsack mit einer zerschlissenen Decke darüber. Stimmt!, schoss es ihr durch den Kopf. *Du bist ja gestern gar nicht in deine Zeit zurückgekehrt, sondern hast dich entschlossen, noch etwas länger hier zu bleiben.*

In diesem Moment klopfte es ein weiteres Mal. *Alexander*! *Das konnte nur Alexander sein!* Rae schaffte es gerade noch, die Bettdecke bis an ihr Kinn hochzuziehen, da wurde bereits die Tür aufgerissen. Doch nicht Alexander, sondern das Schankmädchen, das sie am Abend zuvor beobachtet hatte, betrat den Raum.

»Der *Laoch* hat mich geschickt«, bemerkte sie, während sie den Raum betrat. »Er möchte, dass ich Euch etwas zur Hand gehe. Er wartet unten auf Euch!« Raelyn sah sie fragend an.

»Der *Laoch*?« Das Mädchen nickte.

»Alexander Cameron, Mistress.« Rae stutzte. Wieso nannte das Mädchen ihn *Laoch*? *Laoch* war das gälische Wort für Krieger, Held und König. Dass sie ihn einen Krieger nannte war ja noch nachzuvollziehen. Aber Held oder gar König? Raelyn schüttelte unwillkürlich ihren Kopf, was das Mädchen anscheinend falsch deutete.

»Ihr wollt meine Hilfe nicht? Ich kann Feuer machen und Euch auch sonst zur Hand gehen«, das Mädchen klang enttäuscht und nicht nur das. Rae konnte Tränen in ihren Augen erkennen. Was war nur mit der Kleinen los? Befürchtete sie, dass sie bestraft wurde, wenn sie nicht tat, was der *Laoch* von ihr verlangte? Aber warum sollte er sie bestrafen?

Die Reaktion der Kleinen machte Rae neugierig, sodass sie das Mädchen erst einmal genauer betrachtete. Ihr war gar nicht aufgefallen, wie jung sie noch war. Höchstens dreizehn oder vielleicht vierzehn Jahre alt, demnach fast noch ein Kind und dennoch arbeitete sie bereits bis tief in die Nacht hinein in einem Schankraum. *Gut, dass es in dieser Zeit noch kein Jugendschutzgesetz gab! Das Jugendamt hätte seine wahre Freude daran!* Da sie ihr jedoch nicht sofort antwortete, deutete die Kleine offensichtlich ihr Schweigen wieder falsch, denn sie wandte Rae jetzt ihren Rücken zu und bewegte sich leise schluchzend in Richtung Tür.

»Halt warte!«, hielt Rae sie daraufhin auf. Das Mädchen hielt inne. »Ich nehme sehr gerne deine Hilfe in Anspruch. Geh nicht!« Die Kleine wandte sich ihr jetzt erneut zu. »Wie heißt du?«

»Cathy, Mistress!«

»Also Cathy, wenn der *Laoch* sich schon die Mühe macht und dich zu mir schickt, dann wollen wir ihn auch nicht enttäuschen«, entgegnete Rae ihr und lächelte sie dabei an. »Ich würde vorschlagen, du machst Feuer, dann schnürst du mir das Mieder und flechtest mir mein Haar. Vielleicht könnten wir uns dabei ein wenig unterhalten?« Ein strahlendes Lächeln erschien auf Cathys Gesicht.

»Wie Ihr wollt, Mistress! Ich werde Euch nicht enttäuschen! Ich kann das gut. Ich habe drei Schwestern, denen ich auch immer zur Hand gegangen bin.«

Während Rae nun langsam aus dem Bett stieg, beobachtete sie grinsend die Kleine, die nun eifrig damit beschäftigt war, das Feuer im Kamin erneut zu entfachen. Das hier war ein Glücksfall! Auch wenn sie bereits schwer arbeitete, so war Cathy doch nichts anderes als fast noch ein Kind und Kinder sagten immer, was sie dachten. Sie witterten nicht bei jeder Frage gleich einen Hintergedanken. Vielleicht konnte sie das Mädchen ja dazu bringen etwas mehr zu verraten als unbedingt nötig. *Das hast du doch gerade nicht wirklich gedacht? Wie konntest du nur?* Raes innere Stimme protestierte lauthals gegen ihre Gedanken. Rae schrak zusammen. Mein Gott, es stimmte. Wie konnte sie auch nur in Betracht ziehen, dieses arme Kind so schamlos auszunutzen? An die Konsequenzen, die die Kleine ausbaden musste, wenn irgendjemand zufällig davon erfuhr, wollte sie gar nicht denken. Schließlich war das Mädchen ja bereits in Tränen ausgebrochen nur weil sie ... Dennoch ... Ein paar kleine unbedeutende Fragen konnten ja wohl kaum einen großen Schaden anrichten. Oder ...?

Cathy deutete nun auf einen alten, klapprigen Schemel, den sie in der Zwischenzeit vor den Kamin gestellt hatte. Rae nickte und ging auf das Mädchen zu.

»Setzt Euch. Ich kümmere mich erst einmal um Euer Haar. Wenn ich das Mieder zuerst schnüre, habt Ihr es lange nicht so bequem.« Wieder nickte Rae, dann ließ sie sich auf dem Schemel nieder.

»Das hast du gut gemacht!«, lobte sie das Mädchen, das sie daraufhin wieder strahlend anlächelte. Anscheinend wurde Cathy nicht sehr oft gelobt.

Das kannte Rae ebenfalls. In ihrer Kindheit hatte es auch wenig Lob gegeben, doch man lernte damit zu leben. Wenn auch nur schwer.

»Wieso nennst du ihn *Laoch*?«, Raelyns Neugier gewann schließlich doch noch die Oberhand über ihr Gewissen.

»Weil er unser *Laoch* ist«, erwiderte Cathy, dabei entfernte sie geschickt die Nadeln aus Raes Haarknoten.

»So meine ich das nicht! Wieso ist er Euer *Laoch*?« In demselben Moment löste sich der Knoten und Raes gesamte Haarpracht fiel in sanften Locken bis hinunter auf den Schemel. Anstatt ihr zu antworten, stieß Cathy einen verzückten Schrei aus. Rae war irritiert.

»Was ist?« Rae wandte ihr Gesicht dem Mädchen zu und sah sie fragend an.

»Euer Haar Mistress.«

»Was ist damit?«

»Es sieht aus wie das eines Engels.« Cathy machte dabei ein so ernstes Gesicht, das Rae krampfhaft versuchte nicht laut loszulachen.

»Cathy hast du schon einmal einen Engel gesehen?« Das Mädchen schüttelte seinen Kopf. »Siehst du! An meinem Haar ist nichts Ungewöhnliches. Es ist einfach nur ...«

»Aber es leuchtet«, unterbrach das Mädchen sie. Da Cathy sie immer noch mit todernster Miene anstarrte, schüttelte Rae leicht ihren Kopf.

»Das kommt vom Feuer!«, versuchte sie, ihr zu erklären. »Mein Haar ist so hell, dass sich die Flammen darin spiegeln.« Die Kleine sah sie skeptisch an.

»Das kann nicht sein. Shona hat genauso helles Haar wie Ihr, aber ihres leuchtet nicht.«

»Vielleicht hast du nur noch nicht richtig hingeschaut.« Cathys Gesichtsausdruck wandelte sich schlagartig von ernst in nachdenklich. Man konnte in ihrem Gesicht förmlich wie in einem offenen Buch lesen.

»Aye, ihr habt recht«, erwiderte sie nach einer Weile. »Ihres habe ich noch nie vor dem Kamin geflochten. Aber das werde ich, sobald ich wieder einmal zu Hause bin.« Mit diesen Worten wandte sie sich erneut Raes Haaren zu.

»Ist es weit weg? Dein Zuhause?«

»Nur zwei Tagesmärsche von hier, aber ich habe selten Gelegenheit es zu besuchen.«

»Vermisst du deine Eltern und Schwestern nicht?«

»Oh, Mistress, ich habe nicht nur Schwestern, ich habe auch noch vier Brüder. Wäre der *Laoch* nicht gewesen, dann ...«, sie hielt plötzlich inne.

»Dann was?«

»Ich darf nicht darüber reden.«

»Nicht?«

»Nein! Solange der *Laoch* sich nicht sicher ist, dass Ihr nicht für die *sassenachs* spioniert, soll ich ...«

»Cathy, sehe ich aus wie eine Engländerin?«

»Nein, aber ...«

»So schlimm kann das, was du mir erzählen wolltest, doch gar nicht sein, dass ich es nicht wissen darf«, hakte Rae nach.

»Ist es auch nicht! Aber ...«, erneut zögerte sie, dann jedoch sprudelte es förmlich aus ihr heraus. »Der *Laoch* hat mir diese Arbeit verschafft. Er ist ein guter Mann, auch wenn die Rotröcke es vielleicht nicht so sehen. Ohne ihn wären viele von uns schon längst tot und begraben. Er sorgt für uns. Er gibt uns Geld, damit wir die Steuern für den Laird und die Rotröcke zahlen können. Und er verfolgt die Abtrünnigen, die unser Vieh stehlen, unsere Hütten niederbrennen und ...«, erneut hielt sie inne.

»Ich glaube, ich habe Euch schon viel zu viel erzählt.«

»Nein, ganz im Gegenteil!«, entgegnete Rae ihr. »Ihr könnt euch glücklich schätzen, dass es den *Laoch* gibt. Viele beneiden euch sicher um ihn.«

»Aye, das tun wir auch. Deshalb würde auch jeder hier sein Leben für ihn geben.« Eine ganze Weile schwiegen sie.

»Ihr verratet mich doch nicht?«, in Cathys Stimme lag ein ängstlicher Unterton. Raelyn schüttelte ihren Kopf.

»Nein! Wieso sollte ich?«

»Mistress, keiner weiß, dass er der *Laoch* ist. Wenn die Rotröcke es erfahren dann, ...«

»Du hast Angst um ihn!« Das Mädchen nickte.

»Aye!«

»Keine Sorge Cathy. Ich gebe dir mein Ehrenwort. Das hier bleibt unser kleines Geheimnis.« Cathy nickte abermals.

»Ihr solltet jetzt besser stillhalten«, wechselte sie abrupt das Thema. »Sonst werden wir nie fertig. Der *Laoch* wartet nicht gerne lange.«

»Dann sollten wir uns wirklich beeilen«, entgegnete Rae ihr daraufhin mit einem Lächeln. »Wir wollen den *Laoch* ja nicht verärgern.«

Während Cathy sich nun ganz ihrer Arbeit widmete, ließ Rae sich das eben Gehörte noch einmal durch den Kopf gehen. Alexander hatte demnach den Beinamen *Laoch,* weil er sich um die Menschen hier kümmerte. Wenn sie Cathys Worte richtig deutete, dann nicht nur, indem er ihnen Geld gab, sondern er verhalf ihnen auch zu einer Arbeit. Diese beiden Dinge waren allerdings nichts, wofür die Engländer einen Spion auf ihn angesetzt haben könnten. Das Andere schon. Der *Laoch* hatte es sich anscheinend zur Aufgabe gemacht, marodierende Banden zu verfolgen und dies mit Sicherheit nicht unter dem Schutz der Krone. Alexander nahm demnach das Gesetz in die eigene Hand. Eine meist erfolgreiche Art mit seinem Leben zu spielen, denn sie endete fast immer tödlich. Raelyn seufzte leise.

»Habe ich Euch wehgetan?«, Cathy klang erschrocken.

»Nein!«

»Ich bin auch gleich fertig. Wenn Ihr Euch nun hinstellen würdet, damit ich Euer Mieder schnüren kann.« Rae hörte zwar die Worte und stand auch mechanisch auf, doch in ihrem Kopf herrschte das reine Chaos.

Wieso spielte Alexander mit seinem Leben? Wieso beließ er es nicht einfach bei seinen ohnehin schon guten Taten, sondern riskierte Kopf und Kragen für andere? Fast wäre es ihr lieber gewesen, das Mädchen hätte geschwiegen, dann hätte sie ihn auch weiterhin für einen schnöden Weiberhelden halten können, der es nicht wert war, dass man ihm auch nur eine Träne nachweinte. So aber ... *Verflucht*! Das hatte ihr gerade noch gefehlt. Ein verdammt gutaussehender Weiberheld, mit einem Robin Hood Komplex. *Keine gute Mischung! Wirklich keine gute Mischung!* Jedenfalls nicht für ihr Seelenheil.

29

Alexander erwartete Raelyns Erscheinen voller Ungeduld. Zunächst hatte er einfach nur abwartend dagesessen, während Kendrick ihm die Informationen über die neusten Entwicklungen ihrer Mission gab. Der Angriff auf Ruthven Barracks war gescheitert. Aber dennoch war der Prinz mit seiner Armee in Edinburgh einmarschiert. Anscheinend waren die beiden englischen Dragonerregimente, aus denen die Garnison, die zum Schutz der Stadt dort postiert worden war, bestand, vor ihm und seinen Männern geflohen, so dass Charles Edward Stuart nun im „Holyroodhouse“ residierte. Es hieß weiter, dass General Cope sich nun mit einer aus vier Infanterieregimenten bestehenden Armee der Stadt nähere, um den Prinzen von dort wieder zu vertreiben.

Alexander hatte den Ausführungen seines Freundes nur halbherzig gelauscht, denn seine Gedanken kreisten ausschließlich um die Frau, die sich oben in der Kammer befand. Nach mehr als einer Stunde des schier endlosen Wartens war er schließlich aufgesprungen und nun tigerte er unruhig hin und her. Doch auch das half nicht wirklich.

»Wieso dauert das so lange? Sie wird doch nicht ...?«

»Keine Sorge«, unterbrach Kendrick ihn. »Wenn sie verschwunden wäre, dann würde es nicht so lange dauern.«

»Ich frage mich, was die beiden dort oben treiben. Lizzie hat niemals ...«

»Deine Lizzie war auch keine *shithiche beag*«, unterbrach Kendrick ihn erneut.

»Aye, dennoch ...« Alexander hielt kurz inne und sah Kendrick dabei an, der ihn breit angrinste.

»Alex setz dich! Du machst mich wahnsinnig. Sie wird schon bald kommen.«

»Wenn das noch viel länger dauert, dann hole ich sie da heraus. Wir haben heute noch einen langen Ritt vor uns und ich möchte ungern ...« Alexander verstummte augenblicklich, denn in demselben Moment öffnete sich die Tür zu der Kammer und Raelyn trat heraus. Sogar in dem einfachen Gewand zog sie alle Blicke auf sich, selbst die der anwesenden Frauen.

Das Merkwürdige daran war allerdings, dass sie es noch nicht einmal zu bemerken schien, denn anders als bei den meisten Frauen, die er kannte, versuchte sie offensichtlich nicht, ihre Reize in den Vordergrund zu stellen, sondern ganz im Gegenteil, sie schien sich ihrer Reize noch nicht einmal bewusst. Das war wieder eine neue Facette an ihr, die ihn noch neugieriger auf sie machte.

»Kein Wunder, dass du sie deine *shithiche beag* nennst. Bei allem, was mir heilig ist, so etwas habe ich noch nie gesehen.« Kendrick versetzte ihm einen Stoß in die Seite, auf den Alexander mit einem wütenden Knurren reagierte. Er hatte noch nicht einmal bemerkt, dass sein Freund aufgestanden und zu ihm gelaufen war. Das war ungewöhnlich! Mehr als das! Er hörte oder spürte doch sonst immer jedwede Bewegung in seiner Nähe. Zur Hölle nochmal! Das war kein gutes Zeichen. Wenn er nicht gewaltig aufpasste, dann würde seine *shithiche beag* wirklich noch seinen Untergang bedeuten und das nicht nur in einem Sinne.

»Lass sie bloß in Ruhe«, zischte er seinen Freund daraufhin wütend an. »Sie ist nichts für dich!« Auf Kendricks Gesicht erschien ein Grinsen.

»Habe ich auch nur die leiseste Andeutung gemacht, dass sie mich interessiert?«

»Was ist es dann?«

»Nur meine Art zu beobachten und zu genießen. Ich freue mich schon riesig auf die nächsten Tage.« Alexander funkelte ihn wütend an.

»Da wird es nichts zu beobachten und erst recht nichts zu genießen geben.«

»Das werden wir noch sehen, mein Freund! Das werden wir noch sehen.«

Raelyn kam nun die steile Stiege hinunter und blieb direkt vor ihm und Kendrick stehen.

»Ihr habt mich rufen lassen, Mylord, oder wie soll ich Euch sonst anreden? Ich dachte nicht, dass ihr mich in aller Öffentlichkeit verhören wollt.« Sie wollte ihn herausfordern, das war offensichtlich. Alexander zog verblüfft eine Augenbraue nach oben, während Kendrick noch breiter grinste. *Da war sie wieder, die Wölfin. Verdammt! Das konnte ja heiter werden.*

»Wer sagt Euch, dass ich Euch hier verhören will?«, entgegnete er ihr so gelassen wie möglich. »Wir wollen aufbrechen! Wo ist Euer Umhang?« Raelyn sah ihn entsetzt an.

»Aufbrechen? Wohin?«

»Das hat Euch nicht zu interessieren!«, wahrscheinlich klang seine Antwort schroffer als beabsichtigt, denn Raelyn funkelte ihn jetzt wütend an.

»So hat es das nicht? Dann werde ich auch nicht mit Euch kommen. Es war nie die Rede davon, dass ich Euch begleiten soll, — wohin auch immer. Ihr wolltet nur unser Gespräch von gestern Abend fortsetzen. Wenn Ihr mich irgendwohin verschleppen wollt, dann müsst Ihr mich schon tragen. Ich jedenfalls werde keinen Schritt ...«, weiter kam sie nicht, denn Alexander knurrte leise, umfasste fest ihre Taille, hob sie in die Höhe und warf sie sich wie einen Mehlsack über die Schulter.

»Verflucht noch eins! Lasst mich sofort herunter!« Raelyn zappelte wie ein Fisch am Haken, dabei trommelte sie mit ihren Fäusten auf Alexanders Rücken. Kendrick brach in leises Gelächter aus.

»Fluchen kann sie! Das muss man ihr lassen!«

»Aye! Mach dich auch noch lustig darüber«, Alexander schäumte vor Wut. »Du bist ja nicht derjenige, der ihre kleinen Fäuste zu spüren bekommt. Da verstehe einer die Weiber. Gestern Abend hat sie kein Wort herausbekommen.«

»Das macht es doch gerade so interessant«, erwiderte Kendrick ihm. »Und jetzt komm, oder willst du noch länger hier herumstehen?«

Alexander hatte große Mühe, die immer noch zappelnde Raelyn auf seiner Schulter zu halten. Wie eine dermaßen zarte Person derartige Kräfte entwickeln konnte, war ihm ein Rätsel. Ganz zu schweigen von der Litanei an Schimpfwörtern, mit der sie ihn auf ihrem Weg bedachte. Wobei *elender Schuft* und *sturer Bock* noch die freundlichsten ihrer Worte waren. *Wie konnte eine Frau mit dem Gesicht eines Engels nur dermaßen unge-*

hobelte Dinge von sich geben? Allem Anschein nach entwickelte sich seine *shithiche beag* gerade zu einer rasenden Furie. War das seine Schuld?

»Hört auf, zu zappeln!«, fuhr er sie daraufhin scharf an.

»Und wenn nicht? Bekomme ich dann von Euch eine Tracht Prügel?«, zischte sie zurück.

»Vielleicht wäre die ganz angebracht, doch mir liegt es fern, Euch zu züchtigen. Nur wenn Ihr weiter so zappelt, dann kann ich Euch nicht mehr lange halten«, entgegnete er ihr wütend.

»Dann solltet Ihr mich lieber absetzen«, gab sie genauso wütend zurück.

»Damit ihr erneut flieht?«

»Wer sagt, dass ich fliehen will?«

»Wollt Ihr nicht?«

»Nein, ich will nur nicht mit Euch kommen!«

»Dann haben wir ein Problem! Ihr werdet nämlich mit mir kommen!«

»Werde ich nicht!« Raelyn zappelte noch eine Spur heftiger. Alexander hielt inne.

»Verdammt Raelyn! Wenn Ihr weiter so zappelt, lasse ich Euch gleich fallen und Ihr landet im Dreck. Wollt Ihr das?«, schrie er sie an.

»Dann lande ich eben im Dreck! Besser im Dreck als auf dem Rücken eines ...«, schrie sie zurück.

»Ich würde das, was Ihr sagen wollt, besser nicht aussprechen. Zur Hölle nochmal!«, Alexander atmete mehrfach ein und aus, bis er sich halbwegs wieder unter Kontrolle hatte, dann fügte er noch ruhig, »habt Ihr alles vergessen, was ich Euch gestern gesagt habe?« Anscheinend hatte er endlich den richtigen Tonfall oder die richtigen Worte getroffen, denn Raelyn beendete abrupt ihr Gezappel und Alexander atmete diesmal erleichtert aus.

»Wollt Ihr wirklich, dass ich Euch in dem Wirtshaus lasse, in dem Euch alle für eine Spionin halten? Habt ihr auch nur eine Vorstellung, was sie mit Euch machen werden?«

»Nein«, gab sie kleinlaut zu.

»Dann habt Ihr keine Wahl! Entweder ich oder meine Männer! Was ist Euch lieber?«

»Pest oder Cholera? Ich glaube, da wähle ich Pest, also Euch!«, entgegnete sie ihm schnippisch. Seine Kontrolle über sich selbst, die er gerade erst so mühsam zurückgewonnen hatte, war schlagartig wieder verschwunden.

»Ihr ...!« Alexander umfasste grober als beabsichtigt Raelyns Taille und hob sie von seiner Schulter. Doch wenn sie gehofft hatte, dass er sie jetzt vor sich auf dem Boden abstellte, dann hatte sie weit gefehlt. Er dachte gar nicht daran, ihr den Gefallen zu tun. Stattdessen ließ er sie nur so weit hinunter, bis ihr Gesicht sich vor seinem befand.

Das hätte er besser lassen sollen, denn seine *shithiche beag* funkelte ihn nun angriffslustig an. Er starrte wütend zurück. Der Blick ihrer außergewöhnlichen Augen traf auf seine. Angriffslustig! Herausfordernd! Verführerisch! Einfach unwiderstehlich! Alex Denkvermögen setzte für einen Moment aus, doch dieser kurze Augenblick reichte vollkommen aus, um seinen Gefühlen, die er so lange verdrängt hatte, Tür und Tor zu öffnen. Er konnte einfach nicht anders. Er zog sie näher an sich, so dass sich ihre Nasenspitzen fast berührten, dabei flüsterte er ihr, »Ihr habt es nicht anders gewollt«, zu und presste schließlich seine Lippen fest auf die ihren.

Der Kuss war eigentlich als eine Art Bestrafung gedacht, wenn er überhaupt etwas gedacht hatte, doch jetzt, wo sie in seinen Armen lag und er ihre weichen Lippen auf den seinen spürte, war er sich nicht mehr sicher, wen von ihnen beiden er eigentlich bestrafen wollte. Raelyn in seinen Armen zu spüren, war wie, ... ja was eigentlich? Es fühlte sich so richtig an. So als hätte sie schon immer dorthin gehört. Als er dass begriff, wurde sein Kuss sanfter. Er versuchte, leicht mit der Zunge ihre Lippen zu öffnen und wie durch ein Wunder gewährte sie ihm Einlass. Der leise Seufzer, der ihrer Kehle entrann, spornte ihn nur noch mehr an. Ihr Duft nach irgendetwas Exotischem, das er nicht kannte, raubte ihm fast den Verstand. Er wollte mehr von ihr. Nein, nicht nur mehr, sondern alles!

Ihr schien es ähnlich zu gehen, denn nach anfänglichem kurzem Zögern, schlag sie nun ihre Arme um seinen Hals und presste ihren Körper gegen den seinen. Alex war nicht mehr in der Lage aufzuhören. Er war wie gefangen in diesem Augenblick, der für ihn alles ändern würde, denn ein zurück würde es für ihn nicht mehr geben. Die Zeit der Selbstkasteiung war endgültig vorbei. Er wollte endlich wieder leben und Raelyn war der Schlüssel dazu.

Ein mehrmaliges, stetig lauter werdendes Räuspern holte ihn schließlich zurück in die Wirklichkeit. Es kostete ihn all seine Kraft, Raelyn freizugeben und sie vor sich auf den Boden zu stellen. Doch noch immer konnte er seinen Blick nicht von ihr abwenden. Wie sie so da stand, mit geschlossenen Augen, die Wangen leicht gerötet und die Lippen geschwollen von seinem Kuss, lud sie geradezu dazu ein, sie erneut an sich zu drücken und den Kuss zu wiederholen. Er wollte gerade seinen Gedanken in die Tat umsetzen, da hörte er Kendricks Stimme.

»Ich möchte dich ja nicht stören, aber wir sollten langsam wirklich aufbrechen. Warst du es nicht, der so schnell wie möglich von hier verschwinden wollte?« Alexander nickte, derweil Raelyn ihre Augen öffnete. Der einzigartige Zauber des Moments verflog genauso schnell, wie er gekommen war. Im Stillen verfluchte er seinen Freund, doch es half ja alles nichts. Kendrick hatte recht. Wenn sie vor der Dunkelheit zu ihrem vereinbarten Treffpunkt gelangen wollten, dann mussten sie jetzt aufbrechen, ob er wollte oder nicht.

30

Raelyn war kaum noch in der Lage zu atmen. Sein Kuss fühlte sich an, wie die Strömung des Meeres, die sie immer weiter mit sich riss. Es hatte auch keinen Sinn, dagegen anzukämpfen. Doch wollte sie das überhaupt? So hatte sie noch niemals zuvor empfunden. Ihre Arme schlangen sich wie von selbst um seinen Hals. Seine Wärme hüllte sie ein wie ein schützender Mantel. War das, was sie verspürte, Geborgenheit? Oder vielleicht sogar mehr? War es so, wenn man sich sicher war, dass man zueinander gehörte? Sie hatte noch zu niemandem gehört. Nicht in ihrer Kindheit und erst recht nicht danach. Auch wenn es nur für einen kurzen Augenblick war, so wollte sie die Erinnerung daran doch hüten wie einen Schatz. Einen Schatz, der für sie unerreichbar war, denn das was war, konnte niemals von Dauer sein. Dennoch oder grade deshalb schmiegte sie sich umso enger an ihn. Ihre Finger glitten durch seine dichten Locken, während er leise seufzte. Das trieb sie noch mehr an.

Doch genauso plötzlich, wie er den Kuss begonnen hatte, ließ er wieder ab von ihr. Völlig benommen stand sie einfach nur da, nicht fähig sich zu bewegen, und wartete darauf, dass er zu ihr zurückkehren würde. Doch er tat es nicht. Ihr Warten war vergebens.

Raelyn fühlte sich, als hätte man ihr einen Eimer kaltes Wasser über den Kopf geschüttet. Ihre Wut, die durch den Kuss vollständig verraucht war, kehrte schlagartig zurück und das heftiger als je zuvor. Was bildete sich dieser Kerl nur ein? Gut, sie hatte es darauf angelegt, indem sie ihn bis aufs Blut provozierte, doch musste er direkt wieder den Casanova herauslassen? Verflucht! Sie war so stolz auf sich gewesen, dass sie ihm gegenüber endlich wieder selbstbewusst auftreten konnte. Hatte sich darüber gefreut, ihm mehr als deutlich zeigen zu können, was sie wollte und was nicht und dann ... Ein einziger Kuss und sie schmolz dahin, wie ein pubertierender Teenager. Na toll! Das war ihr jetzt in kürzester Zeit schon zum zweiten Mal passiert. Wenn man bedachte, dass selbst James sie niemals so weit gebracht hatte, obwohl sie ihn ja eine Zeit lang aufrichtig zu lieben geglaubt hatte, dann war das erstaunlich. Nicht erstaunlich, sondern eher beängstigend. Wie konnte Alexander in so kurzer Zeit solche Macht über sie gewinnen und das, obwohl sie ihn noch nicht einmal richtig kannte? Verdammt! Wenn sie nicht aufpasste, dann ... *Nein!*, ermahnte sie sich selbst im Stillen. *Denk nicht mal daran! Verbanne den Gedanken so weit in die hinterste Ecke, dass er in Vergessenheit gerät.*

Doch so einfach, wie sie es sich wünschte, war es nicht. Was nutzte es, wenn sich ihr Verstand immer erst dann zurückmeldete, wenn es bereits zu spät war? Sie war nicht die Art von Frau, die derlei Dinge auf die leichte Schulter nahm. Ja, wenn sie so wie Mary Fitzpatrick wäre, dann könnte sie genauso mit seinen Gefühlen spielen, wie er mit ihren. Dann wäre es ihr ein Leichtes, ihre Reize so zu nutzen, dass er ihr letztendlich aus der Hand fraß. Und wenn sie ihn dann endlich soweit hatte, dann würde sie ihn fallen lassen wie eine heiße Kartoffel. Doch sie war nicht Mary und hatte nie dieses Spiel gelernt und es auch gar nicht gewollt. Sie wollte nur einen aufrichtigen Mann, der sie liebte und ihr endlich das Zuhause gab, das sie niemals kennengelernt hatte. War das zu viel verlangt?

Anscheinend schon, denn selbst hier reagierte ihr Körper gerade auf einen, der das genaue Gegenteil davon war. Schlimmer noch, James war wenigstens für eine Weile treu geblieben und hatte ihr das Gefühl gegeben, wichtig für ihn gewesen zu sein. Alexander hingegen ... Was war sie für ihn? Eine Art Spielzeug? Etwas, das man benutzte und dann wieder weglegte, je nach Bedarf? Je mehr sie darüber nachdachte, desto wütender wurde sie, nicht nur auf ihn, sondern viel eher auf sich selbst. Ganz gleich, was auch noch geschah, sie würde nie wieder zulassen, dass er mit ihr spielte. Nie wieder!

Raelyn funkelte Alexander aus halb zusammengekniffenen Augen wütend an.

»Ist das Eure Art, Frauen zum Schweigen zu bringen? Ich muss Euch enttäuschen, bei mir wirkt die Masche nicht. Jeder Möchtegerncasanova kann das viel besser als Ihr! Kein Wunder, dass Ihr Euch an alles, was Röcke trägt, heranmachen müsst. Denn diejenigen, die Eure **Vorzüge**«, sie spuckte das Wort geradezu angeekelt aus, »einmal genossen haben, werden mit Sicherheit keinen Wert auf ein zweites Mal legen.« Während Alexander sie gleichzeitig verständnislos und wütend ansah, brach Kendrick erneut in leises Gelächter aus.

»Ich weiß zwar nicht, was eine Masche, geschweige denn ein Möchtegerncasanova ist, aber ich denke, mein Freund, deine *shithiche beag* ist mehr als wütend auf dich!« Raelyn, die in diesem Moment begriff, dass sie im Eifer des Gefechts, gar nicht darauf geachtet hatte, was sie ihm da an den Kopf warf, errötete, räusperte sich und wandte sich dann an Kendrick.

»Da habt Ihr recht! Und jetzt werde ich gehen!« Doch noch bevor sie ihre Worte in die Tat umsetzen konnte, packte Alexander sie bereits am Handgelenk und zog sie hinter sich her.

»Nicht, bevor wir nicht geredet haben!«

»Und wie wollt Ihr das verhindern?«

»Das werdet Ihr schon sehen!«

»Ihr droht mir schon wieder? Lasst mich los!« Alexander hielt abrupt inne, sodass sie abermals fast in ihn hineinrannte, dabei drehte er sich langsam zu ihr herum.

»Euer Benehmen ist keineswegs förderlich für unser Unterfangen!«, ermahnte er sie.

»Eures aber auch nicht!«, entgegnete sie ihm. Eine ganze Weile starrten sie sich nur schweigend an. Dann jedoch merkte sie, wie Alexander langsam seinen Griff lockerte und sie schließlich losließ.

»Raelyn, es liegt mir wirklich fern, Euch Unannehmlichkeiten zu bereiten«, versuchte er sich daraufhin bei ihr zu entschuldigen. »Es tut mir auch aufrichtig leid, wenn ich Euch zu nahetrete, aber ...«, er stockte.

»Aber was?«

»Diese Unterredung ist wirklich wichtig. Nicht nur für mich, sondern auch für meine Männer. Deshalb möchte ich Euch bitten ...«, anscheinend hatte er endlich begriffen, dass er mit seinem Befehlston bei ihr nicht weit kam, denn diesmal blieb er nicht nur ruhig, sondern versuchte sogar einigermaßen freundlich zu bleiben. Das Schlimme daran war nur, dass ein freundlicher Alexander ihr viel gefährlicher werden konnte, als ein wütender. Zu ihrem Glück jedoch ahnte er nichts davon.

»... nur ein kurzes Wegstück mit uns zu kommen«, fuhr er unbeirrt fort.

»Wir können uns dabei unterhalten und anschließend gehen wir und auch Ihr unserer Wege. Ist das zu viel verlangt?« Rae sah ihn noch immer schweigend an, dann aber schüttelte sie leicht ihren Kopf.

»Also schön! Eine kurze Wegstrecke! Für Eure Männer, nicht für Euch. Und Ihr gebt mir Euer Ehrenwort, dass Ihr mich danach einfach gehen lasst.« Alexander nickte.

»Aye! Ich gebe Euch mein Ehrenwort.« Wieder nickte Rae.

»Gut, dann bin ich einverstanden.« Alexander atmete hörbar aus.

»Dann folgt mir, bitte!«, *oh Wunder, er konnte sogar bitte sagen. Das war neu. Vielleicht war es jetzt endlich möglich, eine vernünftige Unterhaltung mit ihm zu führen, die auch für sie von Vorteil wäre.*

Alexander führte sie schnurstracks zu den Stallungen. Dort angekommen deutete er auf ein gesatteltes, riesiges Tier und lächelte sie an.

»Ich habe Euch bereits diese Stute satteln lassen. Soll ich Euch beim Aufsitzen helfen?« Raelyn blieb stocksteif vor dem gigantischen Ungetüm stehen. *Da sollte sie aufsitzen? Keine gute Idee! Gar keine gute Idee.*

»Keine Sorge, *Madainn* sieht zwar nicht so aus, aber sie ist sehr folgsam. Ihr braucht Euch vor ihr nicht zu fürchten.« *Sie sollte sich nicht vor ihr fürchten? Er hatte gut reden.*

»Hier«, Alexander hielt ihr einen Apfel unter die Nase und deutete mit dem Kopf in Richtung des Tieres. »Gebt ihn ihr. Ihr werdet sehen, sie ist ganz vorsichtig und frisst Euch aus der Hand.« Raelyn zögerte noch immer.

»Das ist es nicht«, erwiderte sie ihm kleinlaut. »Ich kann da nicht hinauf?« Er sah sie fragend an.

»Ich weiß, sie ist sehr groß, deshalb würde ich Euch ja auch helfen. Sie ...«

»Ich habe noch nie auf einem Pferd gesessen«, unterbrach sie ihn schnell. »Ich kann nicht reiten!« Alexander sah sie entsetzt an.

»Ihr könnt nicht reiten? Wie seid Ihr dann von einem Ort zum anderen gekommen?«

»Gelaufen und ...«, fast hätte sie noch *mit öffentlichen Verkehrsmitteln oder mit dem Auto*, hinzugefügt, doch zu ihrem Glück vermied sie diesmal den Fehler.

»Wenn wir laufen sollen, dann sind wir Tage unterwegs. Ich würde vorschlagen, ich nehme Euch mit auf mein Pferd.«

»Das halte ich für keine gute Idee.«

»Was dann?«

»Ihr reitet und ich laufe nebenher.« Auf Alexanders Gesicht erschien ein Grinsen.

»Wovor habt Ihr Angst meine *shithiche beag*? Vor meinem Pferd oder vor mir?« Rae antwortete ihm nicht sofort, sondern betrachtete stattdessen verlegen ihre Schuhspitzen.

»Ich mache Euch einen Vorschlag. Ich nehme Euch mit auf mein Pferd und verspreche Euch, Euch nur so weit festzuhalten, dass Ihr nicht herunterfallt. Sobald wir unsere Unterredung beendet haben, setzte ich Euch ab und Ihr könnt Eures Weges gehen. Ich werde nichts tun, was Ihr nicht auch wollt. Nur Reden und Reiten.« Raelyn sah ihn erneut an und musterte ihn dabei skeptisch.

»Also gut! Nur Reden und Reiten!«

»Na endlich«, hörte sie daraufhin Kendrick hinter sich, der sich noch nicht einmal die Mühe machte, sein Lachen dabei zu unterdrücken. »Das wurde aber auch Zeit! Ich dachte schon, ich müsste bis zum Sankt Nimmerleinstag auf euch warten.«

31

Nach anfänglichen Schwierigkeiten, die nicht so sehr darauf beruhten, dass Rae Angst hatte, von dem Pferd zu fallen, sondern eher mit Alexanders plötzlicher Nähe zu ihr, fiel es ihr erstaunlicherweise gar nicht so schwer, sich aufrecht auf dem Tier zu halten. Obwohl er zu seinem Wort stand und sie nur so weit festhielt, dass sie nicht von dem Pferd rutschen konnte, erinnerte ihr Ritt sie an den Tanz auf einem Vulkan. Es war nur eine Frage der Zeit, wann dieser ausbrechen und somit der trügerischen Ruhe ein vorschnelles Ende setzen würde. Doch noch war es nicht so weit und sie konnte nur hoffen, dass es auch so blieb.

Ihr Ritt führte sie über die sanft ansteigenden Hügel der Highlands. Überall blühte das Heidekraut, mal hell, dann wieder dunkelblau bis hin zum satten violett und verströmte dabei seinen betörenden Duft. Es musste demnach Ende August bis Mitte September sein, denn nur dann zeigte die Heide ihre volle Pracht. Wahrscheinlich verlief die Zeit hier ähnlich wie zu Hause. Demnach musste es Anfang September sein. Gut zu wissen! Das konnte ihr vielleicht später weiterhelfen.

Die ganze Zeit hatten sie geschwiegen. Es war so ruhig, dass sie nur das leichte Getrappel der Pferdehufe auf dem harten Untergrund hören konnte. Eine merkwürdige Erfahrung, die sie so vorher noch nicht gemacht hatte. In ihrer Zeit gab es immer irgendein Nebengeräusch und sei es auch nur das von Weitem hörbare Dröhnen eines Flugzeugs. Vielleicht schwiegen sie alle ja, um den Anblick der malerischen Kulisse zu genießen. *Sei doch nicht albern*, ermahnte sie sich daraufhin selbst. *Dass du schweigst*, *weil dich die unberührte Natur geradezu magisch in ihren Bann zieht, ist kein Wunder*, *dass die Männer allerdings auch …* Aye, sie selbst schwieg wirklich, weil keine Straßen, keine stinkenden Autos, keine Flugzeuge, die über den Himmel zogen, die scheinbare Idylle störten und deshalb nichts weiter zu sehen war, als die endlosen Hügelketten, die sie an die Landschaften der Märchen aus ihrer Kindheit erinnerten. War das hier so etwas wie ein Märchen? Aber Märchen wurden niemals wahr, und das, was sie gerade erlebte, war zwar bizarr, doch keineswegs ein Märchen.

Das Schweigen der Männer dagegen hatte mit Sicherheit einen ganz anderen, viel banaleren Grund, doch der war ihr momentan egal. Sie genoss es einfach und versuchte sich keine weiteren Gedanken darüber zu machen.

Sie waren schon eine gute Strecke geritten, als plötzlich leichter Nieselregen einsetzte. Das war einer der Nachteile der Highlands. Hier konnte das Wetter binnen Sekunden umschlagen. Das Unangenehme an dem Nieselregen war, dass er sie nicht sofort völlig durchnässte, sondern sich allmählich durch ihre Kleidung bis auf ihre Haut fraß. Raelyn verfluchte sich im Stillen, dass sie Bess nicht um einen Mantel gebeten hatte, als sie sich das Kleid von ihr geborgt hatte, aber wer hätte auch damit rechnen können, dass sie irgendwann einmal im 18. Jahrhundert auf dem Rücken eines Pferdes durch die Landschaft ritt.

Je länger der Regen dauerte, desto kälter wurde ihr, wobei der leichte Wind, der mit dem Regen aufgekommen war, sein Übriges tat. Wie sehr beneidete sie in diesem Moment die beiden Männer um ihre dicken, wollenen Plaids. Der Regen wurde heftiger, sodass eiskalte Tropfen sich ihren Weg aus ihrem Haar über ihren Nacken bis zu ihrem Rücken bahnten. Lange würde es bestimmt nicht mehr dauern, bis sie vollkommen durchnässt war.

»Ist Euch nicht wohl? Ihr zittert«, hörte sie Alexanders Stimme hinter sich sagen, während er sein Pferd ins Schritttempo versetzte.

»Mir ist kalt!«, gab sie leise zurück.

»Ich würde Euch ja mein Plaid anbieten, aber ...«, er stockte. Raelyn drehte ihm ihr Gesicht zu und sah ihn an.

»Aber was?« Alexander sah ihr tief in die Augen.

»Ich habe Euch mein Wort gegeben, Euch nicht zu nahe zu treten. Wenn wir uns mein Plaid teilen, dann muss ich Euch näher an mich heranziehen. Ich weiß nicht, ob ...«

»Dann tut es!«

»Und es macht Euch wirklich nichts aus, wenn ...« Raelyn schüttelte leicht ihren Kopf. Das reichte anscheinen aus, denn Alexander zog sie nun eng an sich und legte ihr dabei sein Plaid sanft über ihre Schultern. Das Plaid und sein Körper, der sich jetzt fest gegen ihren Rücken drückte, gaben seine Körperwärme ab. Sie war vollständig eingehüllt in seiner Wärme. Binnen kürzester Zeit spürte sie den Regen nicht mehr, der unaufhörlich weiter prasselte, merkte nicht mehr, dass der Wind sanft mit ihrem Haar spielte, sondern fühlte nur noch ihn. Wie in einem schützenden Kokon, der ausschließlich aus ihm bestand. Dazu sein Duft, der in seiner Kleidung hing und sich ebenfalls um sie herum ausbreitete. Männlich, wild, verstörend! Raelyn war sich nicht mehr sicher, dass sie das Richtige tat. Hatte sie ihn nicht durch ihre Provokationen gerade daran hindern wollen, ihr noch einmal so nahe zu kommen? Hatte sie nicht alles darangesetzt ihn so weit wie möglich von sich entfernt zu halten, damit ... Ja, was eigentlich? *Du Idiot*, schalt sie sich selbst. *Das, was du verhindern wolltest, ist doch schon längst geschehen. Er gefällt dir nicht nur, du bist dabei dich in ihn zu verlieben. Wider alle Vernunft!* Aye, sie war dabei sich in ihn zu verlieben. In einen ungehobelten Klotz, der 250 Jahre vor ihrer Zeit gelebt hatte. Der mit den Frauen spielte und vor allen Dingen, mit dem es niemals eine gemeinsame Zukunft für sie geben könnte. Als sie das begriff, wäre sie am liebsten von dem Pferd gesprungen und schreiend davongerannt. Egal wohin, nur weg von ihm. Doch dafür war es bereits zu spät. Ihr Selbstschutz hatte jämmerlich versagt und nun musste sie mit den Konsequenzen leben.

32

Alexander hielt Raelyn fest an sich gedrückt. Es war eine glückliche Fügung des Schicksals, dass der Regen sie überrascht hatte. So hatte er sie endlich dort, wo sie hingehörte, nämlich eng an seinen Körper gepresst in seinen Armen. Vermutlich sah sie das etwas anders, aber er war, so wie es jetzt war, voll und ganz zufrieden.

Allmählich verebbte das Zittern ihres Körpers, was nur bedeuten konnte, dass ihr wieder warm wurde. Bevor er ihr den Vorschlag gemacht hatte, hatte er sie die ganze Zeit beobachtet. Anfänglich hatte sie sich so verkrampft, dass er schon befürchtet hatte, sie absetzen zu müssen. Dann aber, als sie langsam begriffen hatte, dass er sein Wort nicht brechen und ihr nicht zu nahetreten würde, hatte sie sich langsam entspannt und schien den Ritt sogar zu genießen.

Als dann der Regen einsetzte und sie zu zittern begann, war das genau die Chance, auf die er gewartet hatte. Es war eine Qual gewesen, sie so nah zu spüren und dennoch so weit entfernt. Dabei einen Hauch ihres exotischen Duftes einzuatmen, ohne ihn vollends genießen zu können. Selbst Folter konnte nicht schlimmer sein. Und diese Folter hatte er sich auch noch selbst auferlegt.

Es hatte ihn unendlich viel Kraft gekostet, seinem inneren Drang zu widerstehen und sein Versprechen zu halten, doch dann war der Regen gekommen, wie eine göttliche Fügung, als hätte der, der sich solange von ihm abgewendet hatte, endlich ein Einsehen und seine stillen Gebete erhört. Und jetzt? Jetzt war er ihr so nah, dass er sich nur zu ihr herunterbeugen musste, um ... Doch er tat es nicht. Sein Wort war für ihn Gesetz. Er würde es nicht brechen, selbst dann nicht, wenn der Drang nach ihr so stark würde, dass er es kaum noch ertragen konnte.

Alexander seufzte leise. All die Jahre, die seit Lizzies Tod vergangen waren, hatte er nicht einmal auch nur einen Blick an eine andere Frau verschwendet, hatte noch nicht einmal das Bedürfnis nach einer Frau verspürt und hatte ein Dasein gefristet wie ein verdammter Mönch. Und dann war sie plötzlich, wie aus dem Nichts aufgetaucht, und alles hatte sich schlagartig geändert. Seit ihrer ersten Begegnung am Ufer von Loch Leven nahe der alten Eiche, konnte er an nichts anderes mehr denken, als an sie und nach jeder ihrer Begegnungen war es schlimmer geworden. Was hatte sie an sich, dass sie ihn dermaßen faszinierte? Bei ihrer ersten Begegnung hatte er sein Interesse noch darauf begründet, dass sie wie ein Geist plötzlich erschienen und verschwunden war. Doch seitdem er ihre Lippen das erste Mal auf seinen gespürt hatte, war dieser Umstand nahezu ohne Belang. Es wunderte ihn zwar immer noch, wie so etwas überhaupt möglich war, aber mit seinem Bedürfnis ihr nahe zu sein, oder sie in seinen Armen zu halten, hatte es absolut nichts mehr zu tun. Auch nicht mit der Tatsache, dass er sich eingeredet hatte, sie wäre seine *shithiche beag*. Feen waren so unerreichbar für Sterbliche, wie die Sterne am Himmel. Raelyn durfte aber nicht unerreichbar für ihn sein, denn noch einmal ... Verflucht, was war nur mit ihm los? *Du bist dabei, dich in sie zu verlieben,* flüsterte ihm seine innere Stimme zu. Aye! Er war nicht nur dabei, sondern es war bereits geschehen. Er hatte sich in diese Frau, die mehr Geheimnisse als der Grund von Loch Leven hatte, verliebt und es gab kein Zurück mehr

»Fühlt Ihr Euch jetzt etwas besser?«, Alexander zog an den Zügeln seines Pferdes und drosselte damit ein wenig das Tempo, dabei beugte er sich, mehr als unbedingt nötig, zu Raelyn hinunter. Sie sah ihn zwar nicht an, antwortete ihm auch nicht, aber sie nickte.

»Denkt Ihr, Ihr seid in der Lage unser Gespräch von gestern Abend fortzusetzen?«, erneut nickte sie.

»Wärt Ihr im Gegenzug auch dazu bereit, mir ein paar Fragen zu beantworten?«, gab sie leise zurück, dabei wandte sie ihm ihr Gesicht zu. Alexander runzelte nachdenklich seine Stirn. Hatte Ian vielleicht mit seiner Vermutung doch recht und sie war wirklich eine Spionin der Rotröcke? Das durfte zwar nicht, aber dennoch konnte es durchaus sein. Warum sollte sie sonst etwas über ihn wissen wollen? Es gab nur einen Weg, das herauszufinden.

»Ihr habt mir gestern Abend keine Antwort gegeben«, entgegnete er, ihr ohne auf ihre Frage einzugehen.

»Worauf? Auf die Frage, ob ich eine Spionin der *sassenachs* bin?«, erwiderte sie ihm und ging damit genau wie er zuvor ihrer, seiner Frage aus dem Weg. *Aye,* beantwortete er ihre Frage im Stillen, *das ist es, was mich eigentlich interessieren sollte, doch ...* Laut aber sagte er:

»Das meine ich nicht. Euer Armreif?« Raelyn sah ihm jetzt direkt in die Augen.

»Das interessiert Euch mehr, als mein möglicher Verrat?«, sie klang erstaunt. Alexander war nicht fähig, ihr sofort zu antworten. Der Blick ihrer ungewöhnlichen Augen hielt ihn dermaßen gefangen, dass er zu keinem klaren Gedanken fähig war.

»Nein, ..., ja, ... ach was!«, stammelte er, bevor er sich gewaltsam von ihrem Anblick losriss und starr die Hügelkette vor ihnen betrachtete. *So konnte das auf keinen Fall weitergehen! Auf diese* Weise *würde er niemals die Informationen von ihr bekommen, die er so dringend benötigte. Reiß dich endlich zusammen!*, schalt er sich selbst. Schließlich räusperte er sich und fuhr dann fort:

»Ich frage mich nur die ganze Zeit, wenn der Armreif ein Geschenk eines Mannes an Euch war, wieso ist er dann nicht bei Euch?«

»Wenn der Armreif das Geschenk eines Mannes wäre, dann wäre die Frage gerechtfertigt.« Gegen seinen Willen sah er sie erneut an.

»Wenn Ihr wirklich eine MacLeod seid, wie Ihr behauptet, dann müsst Ihr von der Insel gekommen sein. Ihr könnt nicht reiten, habt laut Euren Worten sogar noch niemals auf einem Pferd gesessen. Welcher Mann, so frage ich Euch, würde seine Frau alleine, noch dazu zu Fuß, durch die Highlands reisen lassen?« Alexander wappnete sich innerlich gegen ihre Antwort. Wenn sie ihm jetzt sagte, dass einer dieser Kerle sie wirklich alleine in den Highlands gelassen hatte, dann konnte dieser Hundsfott etwas erleben, wenn er ihn in seine Finger bekam. Und nicht nur das. Die Eifersucht auf diesen Halunken, die an ihm nagte wie eine Ratte an einem Kadaver, trieb ihn schon jetzt, obwohl er ihre Antwort noch nicht kannte, dazu, seine Zähne fest aufeinanderzupressen und seine Hand so um den Zügel zu ballen, dass es schmerzte. Sie allerdings durfte von all dem nichts merken. Deshalb atmete er kurz ein und wartete dann äußerlich ruhig erscheinend, aber innerlich kochend gespannt auf Raelyns Antwort.

»Wenn es so wäre, wie Ihr sagt, dann wäre der Mann mit Sicherheit ein richtiger Mistkerl«, entgegnete sie ihm.

»Wie lautet sein Name?« Das Lächeln, mit dem sie ihn nun bedachte, war entwaffnend.

»Alexander, ich sagte: Wenn es so wäre! Es ist aber nicht so. Das Armband ist von keinem Mann, aber das habe ich Euch ja bereits gestern mitgeteilt.«

»Das muss mir entgangen sein. Wahrscheinlich«, gab er zu, »weil Ihr gestern nicht sehr gesprächig wart.« Das sollte kein Vorwurf sein, aber sie schien seine Worte als einen solchen aufzufassen.

»Wie hättet Ihr denn reagiert, wenn man mit Euch so verfahren wäre, wie Ihr mit mir in dem Schankraum? Hättet Ihr dann geantwortet?« Alexander konnte nicht anders. Er musste unwillkürlich grinsen.

»Ich? Aye, ich hätte geantwortet, allerdings nicht mit Worten, sondern vielmehr mit meinen Fäusten.«

»Das habe ich mir gedacht. Alles andere hätte mich auch gewundert«, antwortet Raelyn ihm ebenfalls grinsend.

»Aber genau das meine ich«, schlagartig wurde er wieder ernst. »Ihr seid vollkommen schutzlos. Wie kann Euer Clan nur zulassen, dass sich eine Frau wie Ihr, getrennt von Ihren Leuten, vollkommen alleine durchschlägt?«

Raelyn runzelte ihre Stirn. Er hatte recht. Das war mehr als ungewöhnlich, jedenfalls in seiner Zeit. In ihrer Zeit war es vollkommen normal, wenn eine Frau alleine reiste. Heutzutage brauchte Frau keinen Mann, der wie eine Klette an ihr klebte, nur um sie zu beschützen. Frauen waren emanzipiert und schützten sich in der Regel selbst. Aber im 18. Jahrhundert ...

»Könnt Ihr Euch überhaupt verteidigen, wenn Ihr angegriffen werdet?«, hakte Alexander in diesem Moment nach.

»Was soll das heißen? Eine Frau wie ich?«, Raelyn, die erst jetzt begriff, was er zuvor gesagt hatte, zischte ihn wütend an. »Was ist an mir so besonders, dass man gerade mich nicht ...«

»Versteht mich nicht falsch«, unterbrach er sie und versuchte dadurch sofort wieder einzulenken. »Es ist nur ... Ihr seid so klein und wirkt so zerbrechlich. Ihr seid die ideale Beute für ... Wenn Ihr Euch noch nicht einmal verteidigen könnt, dann ... Ich möchte es nur verstehen.« Raelyn musste zähneknirschend zugeben, dass er wieder recht hatte. Sie befand sich nicht auf den relativ sicheren Straßen Edinburghs des 21. Jahrhunderts, sondern mitten in der rauen Wildnis im 18. Jahrhundert. Selbst in ihrer Zeit lauerten in der Wildnis Gefahren, im 18. Jahrhundert jedoch überall und sie war nicht in der Lage, sie zu fühlen oder sich gegen sie zu wehren. Sie besaß ja noch nicht einmal einen Sgian Dubh.

Kein Wunder, dass er sich darüber Gedanken machte. Jeder Clan beschützte seine Mitglieder, solange es keine Abtrünnigen waren. Das war ein ungeschriebenes Gesetz der Highlands.

Wie zum Teufel sollte sie ihm nun erklären, dass sie von niemandem beschützt wurde, weil sie niemanden hatte, der sie beschützen konnte. Am besten sie blieb nahe genug an der Wahrheit, denn Lügen waren noch nie ihre Stärke. Sie musste ihm ja nicht gleich alles sagen, nur so viel, dass er Ruhe gab.

»Ihr müsst wissen«, versuchte sie ihm zu erklären. »Ich bin ein Findelkind.«, Alexander sah sie entsetzt an.

»Hat man Euch in einem Waldstück gefunden? So wie einen „Wechselbalg“?« *Wollte er mit seiner Bemerkung etwa auf ihre erste Begegnung anspielen? Aber nein, wenn er das gewollt hätte, dann hätte er sie mit Sicherheit viel eher und direkter danach gefragt.* Raelyn schüttelte ihren Kopf.

»Nein. Man fand mich auf der Schwelle eines Hauses.« Das stimmte ja auch, nur dass sie das Wort Waisen wegließ, weil es in seiner Zeit so etwas wie Waisenhäuser noch nicht gab, denn, wenn sie sich nicht vollkommen täuschte, dann entstanden die Ersten erst am Ende seines Jahrhunderts.

»Dann seid Ihr bei Zieheltern aufgewachsen?« Raelyn nickte erneut.

»Warum haben sie Euch alleine gehen lassen?« *Oh man! Seine Frage war berechtigt. Auch Zieheltern hatten Verantwortung. Verdammt! Sie hätte sich vielleicht besser mit den sozialen Strukturen des 18. Jahrhunderts beschäftigen sollen, bevor sie zu diversen Halbwahrheiten griff.*

»Meine Zieheltern leben nicht mehr«, log sie ihn an und konnte nur hoffen, dass sie dabei nicht puterrot anlief.

»Und Euer Clan?«

»Wir haben außerhalb gelebt.« Sie betete inständig, dass er ihre Antwort schlucken und nicht weiter nachhaken würde, denn allmählich gingen ihr die Ausreden aus.

Zu ihrem Glück schien er aber diesmal ihre Erklärung zu akzeptieren, denn er nickte.

»Trotzdem verstehe ich nicht, was Ihr hier zu schaffen habt.« *Bleib bei der Wahrheit,* ermahnte sie sich selbst. *Sag ihm so viel, dass er die Pille schluckt und den Rest behältst du einfach für dich, denn begreifen würde er es sowieso nicht. Sie begriff es ja selbst kaum.*

»Da war eine Kiste«, begann sie zögernd.

»Eine Kiste?« Raelyn nickte.

»Aye! Sie enthielt allerlei wertvolle Dinge und sie war mit dem Wappen der Camerons versehen.«

»Und?«

»Ich bin auf der Suche nach dem Besitzer.« Erneut sah Alexander sie an, diesmal verständnislos.

»Wieso?«

»Ich dachte mir, er hätte sie vielleicht gerne wieder.«

»Ihr geht das Risiko ein, getötet zu werden und das nur wegen einer Kiste?« Alexander war außer sich. »Wenn sein Besitzer sie bis dato nicht vermisst hat, dann kann sie für ihn nicht von Belang gewesen sein.«

»Es befinden sich aber einige sehr wertvolle Gegenstände darin«, warf Rae ein.

»Wenn das so ist, dann solltet Ihr nach Hause zurückkehren und diese Dinge als Eure Aussteuer betrachten. Ihr werdet sie vermutlich mehr wertschätzen, als ihr Besitzer es je getan hat.« Raelyn musste zugeben, dass, wenn man die Sache aus seiner Warte betrachtete, er erneut recht hatte. In seiner Zeit würde sich vermutlich niemand um den Besitzer einer Kiste scheren, wenn dieser spurlos verschwunden war und man nicht mehr als seinen Nachnamen von ihm wusste. Wahrscheinlich konnte man das mit dem Entdecken einer 50 Pfund Note auf einer Straße in ihrer Zeit vergleichen. Meist behielt der glückliche Finder seine Beute, denn der eigentliche Besitzer war so gut wie unauffindbar. Außerdem konnte sie ihm ja wohl schlecht sagen, dass sie vermutete, dass es sich bei dem Besitzer um ihn handelte und dass sie deshalb aus der Zukunft gekommen war, um nach ihm zu suchen. Höchstwahrscheinlich befand sich die Kiste momentan noch gar nicht in seinem Besitz, was dann nur zu noch mehr Fragen seinerseits führen würde. Und wenn sie dabei dann auch noch den geheimnisvollen Fremden erwähnen würde, der sie dazu trieb, so viel wie möglich über ihn herauszubekommen, wäre das Chaos perfekt. Wie er darauf reagieren würde, konnte sie sich lebhaft ausmalen. Kein schöner Gedanke! Dann bliebe ihr vermutlich wieder nur eine Möglichkeit: die der Flucht! Sie wollte aber nicht fliehen. Nicht solange sie nicht wusste, ob er wirklich derjenige war, den sie retten sollte und warum gerade sie dazu auserwählt wurde. Deshalb ließ sie seine Worte einfach so stehen und wandte sich von ihm ab.

33

Eine ganze Weile schwiegen sie.

Alexander war vollkommen aufgewühlt von dem, was sie ihm erzählt hatte. Sie hatte aufrichtig geklungen, demnach musste ihre Geschichte wahr sein. Wenigstens ein Großteil davon. Dennoch war es ungewöhnlich. Es sei denn, ihre Ziehfamilie war bei ihrem Laird in Ungnade gefallen. Dann war so etwas möglich.

»Und? Was haltet Ihr von meinem Vorschlag«, wollte er schließlich von ihr wissen und begann damit das Gespräch von neuem.

»Ich werde darüber nachdenken.«

»Wenn Ihr eine Entscheidung getroffen habt, dann solltet Ihr sie ruhig mit mir teilen. Ich möchte Euch ungern alleine auf dem Weg nach Hause wissen.« Raelyn nickte, dabei wandte sie ihm erneut ihr Gesicht zu.

»Alexander?«

»Ja?«

»Gestattet Ihr mir jetzt auch eine Frage?«

»Wenn Ihr mir vorher noch eine beantwortet. Als man Euch fand, gab es da nichts, was ...«

»Ihr meint, was irgendwie auf meine richtige Familie hingedeutet hätte?« Alexander nickte.

»Ja, es gab etwas. Eine Kette mit einem Bernsteinamulett.«

»Tragt Ihr sie bei Euch?«

»Nein! Ich trage sie nie. Es ist ...«, sie stockte.

»Wollt Ihr nicht darüber reden?

»Ihr müsst wissen, dass diese Kette mir nicht sehr viel bedeutet. Ich habe mich oft gefragt, warum man sie mir mitgegeben hat. Wahrscheinlich wollte irgendjemand, dass ich etwas habe, was mich an meine Vergangenheit erinnert. Doch sie erinnert mich an nichts. Sie ist bloß ein Schmuckstück, das ich nicht einmal schön finde. Außerdem würde sie mir niemals bei meiner Suche nach meinen Wurzeln helfen. Bernsteinschmuck gibt es zuhauf. Das ist nichts Besonderes, was mir weiterhelfen würde. Außerdem habe ich ...«, erneut stockte sie.

»Ihr habt Angst vor dem, was Ihr entdecken könntet.« Raelyn nickte.

»Was, wenn meine leiblichen Eltern ... Sie haben mich ausgesetzt, also haben sie mich nicht gewollt. Warum sollte ich dann etwas in Ehren halten, was sie mir mitgegeben haben? Da scheiße ich drauf! Sie hätte ich gebraucht! Nicht diese verfluchte Kette!« Alexander sah sie entsetzt an. Solche Worte aus dem Mund einer Lady? Kendrick hatte recht, sie fluchte wirklich wie ein Schankwirt oder sogar noch schlimmer!

»Darf ich Euch jetzt meine Frage stellen?«, änderte sie abrupt das Thema.

»Was wollt Ihr wissen?«

»Steht Ihr in einem engen Verwandtschaftsverhältnis mit dem *Gentle Lochiel*?« Alexander musterte sie prüfend und sah ihr dabei tief in die Augen. Da war keine Falschheit in ihrem Blick. Kein Anzeichen von einem Hintergedanken. Er sah nichts weiter als bloßes Interesse.

»Aye«, entgegnete er ihr schließlich. »Er ist der Bruder meiner Mutter Margret.«

Margret? Raelyn schrak innerlich zusammen. *War das nicht der Name der Frau in Schwarz? Der Mutter des Mannes auf der Bahre? Dann war Alexander wirklich derjenige ... Nein! Das konnte nicht sein! Vielleicht hatte er ja Geschwister und einer seiner Brüder ...* Sie musste unbedingt mehr darüber erfahren.

»Habt Ihr Geschwister?«, hakte sie innerlich aufgewühlt nach, während sie äußerlich versuchte, so ruhig wie möglich zu bleiben. Alexander schüttelte seinen Kopf.

»Nein, meine Mutter hat keine weiteren Kinder bekommen.« Raelyns Herzschlag setzte für einen Moment aus. Dann gab es keine Zweifel mehr.

Alexander war der Mann auf der Bahre. Der Besitzer der Kiste! Der Schwertträger, den sie retten sollte. Doch wie? Und wovor? Vor seinem Tod? Doch wozu? Bestand der Kreislauf des Lebens nicht aus Geburt, Leben und Tod? Ereilte nicht jeden früher oder später dasselbe Schicksal?

Raelyn war dermaßen durcheinander, dass man es ihr anscheinend auch ansah, denn Alexander bedachte sie jetzt mit einem mitleidvollen Blick.

»Ich hätte nicht gedacht, dass Euch mein Mangel an Geschwistern so nahe geht«, bemerkte er leise. »Wenn man bedenkt, dass Ihr noch nicht einmal eine richtige Familie habt ...«

»Vielleicht gerade deshalb«, entgegnete sie ihm ebenso leise. »Weil ich mit Euch fühlen kann. Weil ich ganz genau weiß, wie es ist, wenn man ... Hattet Ihr trotzdem eine glückliche Kindheit?« Alexander runzelte erneut seine Stirn.

»Aus Euren Worten schließe ich, dass Eure nicht gerade glücklich verlaufen ist. Aber, aye, ich hatte eine glückliche Kindheit, wenigstens die ersten Jahre.«

»Und dann?«

»Das werde ich Euch erzählen, wenn wir uns ein wenig besser kennen. Heute ist nicht der richtige Zeitpunkt und dies ist auch nicht der richtige Ort dafür. Außerdem müssen wir uns jetzt ein bisschen sputen. Unser Weg ist noch lang! Der Regen hat etwas nachgelassen., also haltet Euch gut fest!« Mit diesen Worten gab Alexander seinem Pferd die Sporen. Ihre Unterhaltung war damit beendet. Vorerst! Denn Raelyn war noch lange nicht bereit, aufzugeben. Sie hatte zwar schon einiges über ihn erfahren, aber bei weitem nicht genug. Was hatte er gesagt? Er würde es ihr erzählen, wenn sie sich besser kannten. Ok! Dass konnte er haben. Dann musste ihre Rückkehr nach Hause eben noch etwas warten. Sie konnte nur hoffen, dass Anni dafür Verständnis zeigte und in der Zwischenzeit nicht völlig durchdrehte, denn wie lange ihr Aufenthalt hier diesmal dauern würde, stand somit in den Sternen.

Alexander trieb sein Pferd an, um zu Kendrick aufzuschließen, der im Gegensatz zu ihnen sein Tempo nicht gedrosselt hatte und ihnen deshalb ein gutes Stück voraus war. Während sie nun schweigend versuchten, Kendrick einzuholen, ließ sich Alexander Raelyns Worte noch einmal durch den Kopf gehen. Sie war also ein Findelkind, das bei Zieheltern aufgewachsen war. Solche Dinge kamen leider hin und wieder vor. Auch in seinem Clan. Oftmals waren es ledige Mütter, die auf diese Weise den Beweis ihrer Schande loswerden wollten. Wenn er es recht bedachte, dann konnte er von Glück reden, dass seine Mutter mit ihm nicht genauso verfahren war. Er galt zwar als Bastard, aber dennoch hatte sie ihn aufrichtig geliebt. Vielleicht, weil sie seinen Vater genauso geliebt hatte, doch darüber konnte er nicht urteilen, denn sie hatte ihn nie auch nur mit einer einzigen Silbe erwähnt. Raelyn hingegen war vollkommen ohne ihre Familie aufgewachsen und ihre Kindheit war nicht gerade glücklich verlaufen und dennoch war sie mitfühlend und schien sich um andere zu sorgen, was ihre Frage an ihn nur zu deutlich gemacht hatte.

Alexander ertappte sich dabei, wie er ihre Ziehfamilie noch nachträglich zum Teufel schickte, obwohl man die Toten besser ruhen lassen sollte. Irgendjemand musste ihr helfen. Musste ihr zeigen, dass es wichtig war, zu wissen, wohin man gehörte. *Nicht irgendjemand,* meldete sich daraufhin seine innere Stimme*, sondern du!* Aye, er würde niemals zulassen, dass ein anderer Mann ... Nein, dass war ganz alleine seine Aufgabe und er würde sie sich von niemandem mehr streitig machen lassen.

Es dauerte eine ganze Weile, bis sie Kendrick schließlich in unmittelbarer Nähe eines kleinen Waldstücks erreichten. Er konnte sehen, dass sich Raelyn inzwischen nicht mehr so verkrampfte, wie zu Anfang. Ganz im Gegenteil, sie schien den Ritt sogar zu genießen, doch das änderte sich schlagartig, als sie mit Kendrick gleich auf waren, denn fast in demselben Moment, zog Kendrick fest an seinen Zügeln, sodass sich sein

Pferd aufbäumte und brachte es dadurch abrupt zum Stehen. Alexander tat es ihm gleich. Allerdings weit weniger heftig, aus Rücksicht auf Raelyn, die sich vor Schreck erneut verkrampfte und einen spitzen Schrei ausstieß.

»Kendrick, was ist in dich gefahren?«, fuhr Alexander ihn daraufhin an.

»Spürst du es nicht auch?« Alexander sah ihn verständnislos an.

»Was?«

»Alex, hier stimmt etwas nicht?«

»Kendrick du siehst Gespenster. Was soll hier nicht stimmen?«

»Ich denke, wir werden beobachtet und wenn ich mich nicht kolossal täusche, dann habe ich dort hinten im Unterholz«, er deutete mit dem Kopf auf den Wald, »ein grün – blaues Plaid aufblitzen sehen.«

»Bist du dir sicher?« Kendrick nickte.

»Aye! Ich würde meinen Arsch darauf verwetten, dass sich dort hinten Campbells herumtreiben.«

»Abtrünnige oder Anhänger des Hannoveraners?«

»Das kann ich dir auch nicht sagen. Dafür müssten wir wohl erst einmal mit ihnen reden. Allerdings wird das schwierig, denn ich denke nicht, dass sie reden wollen.« Alexander nickte. *Verflucht, das hatte ihnen jetzt gerade noch gefehlt. Wenn sie alleine wären, dann wüsste er, was jetzt zu tun wäre, aber so ...?* Er wollte Raelyn auf gar keinen Fall unnötig einer noch größeren Gefahr aussetzen, als ohnehin schon. Sie war auch so schon verängstigt genug, was man an ihren angstvollen Blicken, die sie mal ihm und dann wieder Kendrick zuwarf, nur allzu deutlich sehen konnte.

»Meinst du, wir können ihnen entkommen?«

»Wir beide mit Sicherheit, aber du vergisst deine *shithiche beag*. Ich glaube kaum, dass sie sich während einer wilden Jagd im Sattel halten kann.« Alexander nickte erneut.

»Dann bleibt uns nur eine Möglichkeit: Angriff und die Hoffnung, dass sie nicht damit rechnen.«

»Du willst angreifen? Mit deiner *shithiche beag* im Sattel?«, Kendrick wirkte mehr als erstaunt.

»Habe ich das gesagt?«, entgegnete Alexander ihm entrüstet. »Ich würde sie nie in Gefahr bringen, das weißt du genau. Aber egal, wie wir uns entscheiden, wir können hier nicht einfach nur so dastehen und abwarten, was sie planen. Je mehr Zeit sie haben, desto unberechenbarer wird das Ganze ... Raelyn«, er wandte sich nun direkt an sie. »Ich werde dich jetzt hier absetzen. Siehst du die Felsen da vorne?« Er deutet mit dem Kopf auf einen Hügel, der von ihrer Position aus, dem Wald genau gegenüber lag. Dort, auf dessen Kuppe, hatte er aus den Augenwinkeln heraus einige größere Felsbrocken gesehen, die ihr als Schutz dienen konnten.

»Wenn deine Füße den Boden berühren, dann läufst du, so schnell wie es dir eben möglich ist, dorthin und versteckst dich solange zwischen ihnen, bis wir dich holen kommen. Hier nimm!« Raelyn starrte ihn nur entsetzt an, rührte sich aber nicht. Während er sich nun ein wenig zu ihr herunterbeugte, um einen seiner Sgian Dubhs aus seinem Stiefel zu ziehen, blieb sie noch immer stocksteif vor ihm sitzen.

Erst als er ihre Taille umfasste, ihr vorsichtig aus dem Sattel half und ihr dabei den Dolch in die Hand drückte, schien sie allmählich zu begreifen, was er von ihr wollte.

Doch noch immer rührte sie sich nicht, sondern sah ihm nur direkt in die Augen.

Auch Alexander starrte sie an. Er hatte sie vor der Gefahr in dem Wirtshaus gerettet, nur um sie jetzt einer noch größeren Gefahr auszusetzen. War das Gottes Art ihm zu zeigen, dass sie nicht für ihn bestimmt war? Dass er sich keiner falschen Hoffnung hingeben sollte, weil sie vergebens war? Weil er niemals das bekommen würde, wonach er sich sehnte, denn Erlösung würde es für ihn niemals geben?

Alexander seufzte. Aye, er hatte es nicht verdient! Er hatte sie nicht verdient! Doch er musste sie jetzt schützen! Beschützen vor der Gefahr, die dort auf sie lauerte und vor ihm selbst, so dass ein anderer sie letztendlich bekommen konnte. Er hasste diesen Unbekannten schon jetzt, so viel stand fest.

Es dauerte noch einen Augenblick, bis er sich schließlich von ihrem Anblick lösen konnte, dann aber gab er sich einen Ruck.

»Verdammt Raelyn, lauf!«, schrie er sie daraufhin an und merkte dabei nicht, dass er sie die ganze Zeit schon nicht mehr förmlich ansprach. In diesem Moment schien auch sie endlich zu begreifen, was er von ihr wollte, denn sie nickte. Noch während er seinem Pferd die Sporen gab, sodass es sich laut wiehernd aufbäumte, hörte er wie sie ihm, »Alexander, sei bloß vorsichtig!«, nachschrie und sah, wie sie anschließend ihre Röcke raffte und in Richtung der Felsen losrannte. Alex war außer sich. Er stob dermaßen in Richtung Wald davon, dass Kendrick ihm kaum folgen konnte.

»Verdammt, Alex, was willst du auf diese Weise erreichen? Wenn sie Gewehre dabeihaben, dann reiten wir direkt in ihre Schusslinie?«, fuhr Kendrick ihn wütend an.

»Wenn sie Gewehre dabeihätten, dann hätten sie schon längst auf uns geschossen.«, entgegnete er ihm genauso wütend.

»Ich frage mich eher, was diese Mistkerle auf unserem Clanland machen. Wenn es Späher sein sollten, dann müssen wir sie auf jeden Fall aufhalten, bevor sie die Truppen des Hannoveraners erreichen. Doch wenn es Abtrünnige sind, dann könnten noch mehr von ihnen hier auftauchen. Verdammt! Kendrick, die meisten Männer unseres Clans haben sich der Armee des Prinzen angeschlossen, das bedeutet, dass sie ihre Familien schutzlos zurückgelassen haben. Selbst die meisten jungen Burschen haben sich auf den Weg gemacht. Wir müssen verhindern, dass ...« Kendrick nickte.

»Aber wie sollen wir beide es alleine mit ihnen aufnehmen? Wir haben keine Ahnung, wie viele es sind!«

»Nicht wir werden es mit ihnen aufnehmen, sondern nur ich!«, Kendrick öffnete bereits seinen Mund, um etwas zu erwidern, doch er kam gar nicht erst dazu.

»Ich weiß, was du mir jetzt sagen willst, aber das ist unsere einzige Chance. Du wirst abdrehen und versuchen, ein Paar unserer Männer aufzutreiben. Die meisten sind erst heute Morgen aufgebrochen. Viele von Ihnen zu Fuß. Das bedeutet, dass, wenn sie nicht ohne Rast durchmarschiert sind, sie sich ganz in der Nähe aufhalten müssten. Wir sind viel schneller mit den Pferden.«

»Aye, aber dennoch ist es zu riskant. Ich kann dich da nicht alleine hineinreiten lassen.«

»Du kannst nicht nur, du musst. Ihr könnt euch dann von hinten an sie heranschleichen.«

»Alex, du bist von Sinnen! Das ist glatter Selbstmord.«

»Wenn du einen besseren Vorschlag hast, dann bitte ... Wenn allerdings nicht, dann solltest du dich sputen. Wie du so schön sagtest, es wäre sonst glatter Selbstmord.«

»Und du bist dir sicher, dass sich unsere Männer hier in der Nähe aufhalten?« Alexander nickte.

»Aye! Das hier ist der einzige Weg, den sie nehmen können. Unsere Pferde sind viel schneller und außerdem wird der Regen sie ebenfalls aufgehalten haben. Jetzt reite endlich los, bevor sich diejenigen, die dort im Gebüsch lauern, auch noch auf dich stürzen können.« Kendrick zögerte noch einen Moment, dann aber nickte er.

»Viel Glück mein Freund!«

»Danke! Ich kann es brauchen.«

34

Raelyn rannte um ihr Leben. Als sie endlich die Felsen erreichte, war sie dermaßen außer Atem, dass sie sich erst einmal ins Gras fallen ließ. Ihr Puls raste und ihr Herzschlag pochte in ihren Schläfen. Das hatte jetzt gerade noch gefehlt! Ein Hinterhalt und Alex und Kendrick waren nur zu zweit. Eigentlich der perfekte Zeitpunkt, um zu verschwinden. Sie musste nur den Verschluss des Armbands lösen und der Spuk wäre vorbei. Raes Finger suchten automatisch nach der kleinen Schließe, doch kurz bevor sie sie öffnen konnte, hielt sie inne. *Verdammt Raelyn*, schalt sie sich selbst. *Du kannst nicht, immer wenn es brenzlich wird, einfach die Flucht ergreifen. Wenn er jetzt getötet wird, dann wirst du es dir nie verzeihen, dass du nicht bei ihm geblieben bist. Und wenn nicht, vertust du die Chance, endlich etwas mehr zu erfahren.* Aye, das stimmte! Wenn sie jetzt verschwand, war alles umsonst gewesen. Sie konnte dann nicht noch einmal hierher zurückkehren. Nicht nach ihrem Gespräch vom Vorabend.

Raes Gedanken überschlugen sich, während sie verzweifelt versuchte, ihren Pulsschlag auf ein normales Maß zu senken. Selbst tief ein und dann wieder auszuatmen, war zwecklos, denn anstatt ruhiger, wurde sie dadurch nur noch nervöser. Es lag nicht so sehr daran, dass sie die ganze Strecke bis hierher gerannt war, sondern eher an der Tatsache, dass sie sich ernsthaft Sorgen um Alexander machte. Wenn sie wenigstens wüsste, was er plante, oder wie das Ganze hier ausgehen würde. Aber er hatte sie ja weggeschickt. *Du Idiot*!, schalt sie sich selbst. *Sicher hat er dich weggeschickt! Um dich zu schützen!* Verflucht! Er riskierte gerade sein Leben und sie dachte ernsthaft daran, einfach abzuhauen? Wenn sie sich selbst noch unbeschwert im Spiegel betrachten wollte, war das mit Sicherheit keine Option. Nein, sie würde nicht abhauen. Diesmal nicht!. Ganz egal wie das hier endete! *Endete? Himmel nochmal!* Von hier hinter den Felsen war es so gut wie unmöglich, etwas davon mitzubekommen, geschweige denn zu sehen. Sie musste näher heran. Musste wissen, was dort vor sich ging. Immerhin besaß sie jetzt ja wenigstens einen Sgian Dubh. *Seinen Sgian Dubh!* Rae starrte auf ihre leere Faust. *Verflucht! Auch das noch!* Er musste ihr bei ihrer Flucht aus der Hand gerutscht sein. *Verdammt!*

Rae sah sich hektisch um. Der Dolch lag nicht in ihrer unmittelbaren Nähe, demnach musste sie ihn bereits vorher verloren haben. Doch wo? Rae versuchte, sich krampfhaft zu erinnern, aber es gelang ihr nicht. Da half nur eines: Sie musste nachsehen. Nicht indem sie direkt den Hügel wieder hinunterrannte, sondern, indem sie etwas ihre Deckung verließ und vorsichtig nachsah.

Raelyn wartete nicht solange, bis sie es sich noch einmal anders überlegen konnte, sondern handelte direkt. Sie ließ sich auf ihren Bauch fallen und robbte dann in Richtung Steine. Dort angekommen, verließ sie ihre Deckung nur so weit, dass sie zwar sehen konnte, was unterhalb geschah, sie selbst aber nicht zu sehen war.

Zunächst suchte sie auch wirklich nur den Hügel nach ihrem Dolch ab, was gar nicht so schwer war, wie sie vermutet hatte, denn in diesem Moment bahnten sich einige vereinzelte Sonnenstrahlen ihren Weg durch die dicke Wolkendecke und tauchten den Hang des Hügels in ihr Licht. An einer Stelle, etwa auf halben Weg, sah sie etwas im Gras aufblitzen. Das konnte nur Metall sein! Ihr Dolch! Sie musste nur irgendwie dorthin gelangen. Aber wie?

Rae überlegte fieberhaft. Vielleicht konnte sie ja zu der Stelle robben? Wenn sie ganz flach auf dem Boden liegen blieb, dann ...

In diesem Moment fiel ihr Blick auf Alexander und Kendrick. Die beiden hatten das Waldstück fast erreicht, da sah sie, dass Kendrick sich von Alexander trennte und in eine ganz andere Richtung davonstob, während Alexander weiterhin schnurstracks auf den Wald zuritt.

Rae war wie versteinert. War er völlig wahnsinnig geworden? Er konnte doch unmöglich annehmen, ganz alleine etwas gegen die Männer, die dort im Unterholz auf ihn lauerten, ausrichten zu können. Sie musste dringend etwas dagegen unternehmen. Das war glatter Selbstmord!

Ohne sich weiterhin Gedanken über ihre Deckung zu machen, sprang Rae auf. Dann rannte sie genauso schnell, wie sie hinaufgerannt war, den Hügel wieder hinunter. Als sie an der Stelle ankam, an der ihrer Meinung nach der Dolch lag, hielt sie kurz inne. Sie hatte richtig vermutet. Dort lag er!

Sie beugte sich herunter, um ihn aufzuheben, ballte ihre Finger fest um den Schaft und rannte dann weiter. Wie zum Teufel man mit so einem Ding umging, war ihr zwar nicht richtig klar, aber er fühlte sich verdammt gut in ihrer Hand an. Irgendwie würde sie ihn schon benutzen können, notfalls wie ein Küchenmesser. Auch wenn sie es nicht schaffte, damit gleich zu töten, verletzen konnte sie damit allemal.

35

Alexander trieb sein Pferd direkt auf den Wald zu. Da es sinnlos war, in diesem Tempo hinein zu reiten, zügelte er seinen Hengst, unmittelbar bevor er die ersten Bäume erreichte, tätschelte ihm noch kurz den Hals und sprang dann aus dem Sattel. Fast gleichzeitig zog er sein Schwert aus der Scheide. Kendrick hatte recht. Das, was er hier versuchte, kam einem Selbstmord gleich, aber welche Wahl hatte er? Inzwischen konnte auch er die Gefahr spüren, die sich vor ihm in den Büschen befand. Seine Nackenhaare hatten sich bereits aufgestellt, als er noch mit Kendrick geredet hatte. Das war kein gutes Zeichen. Er konnte förmlich die Blicke der Männer auf seiner Haut spüren. Jede seiner Bewegungen wurde von ihnen beobachtet. Er kam sich vor wie ein Reh, das von einem Rudel Wölfe belagert wurde, deshalb konnte er nur hoffen, dass seine Vermutung stimmte und Kendrick die Männer schnell finden würde, denn wenn nicht ... Wenigstens war Raelyn vorerst in Sicherheit und er musste, verdammt nochmal, alles dafür tun, dass es auch so blieb.

Alexander näherte sich nun vorsichtig dem Unterholz. Kendrick hatte erneut recht behalten. Die Männer, die dort auf ihn lauerten, waren eindeutig Campbells. Sie waren zwar durch ihr blau – grünes Plaid sehr gut getarnt, aber, wenn man genau hinsah, dann konnte man sie durchaus sehen. Warum sie sich aber noch immer vor ihm versteckten, war ihm ein Rätsel. Sie waren weit in der Überzahl, und dass sie nicht sofort zum Angriff übergingen, war mehr als ungewöhnlich. Alex runzelte seine Stirn. Wenn sie sich nicht bald rührten, dann konnte nur eines weiterhelfen: Die Flucht nach vorne!

Alexander blieb stehen und baute sich dann mit gehobener Waffe vor den Büschen auf.

»Ihr da im Unterholz! Zeigt Euch!« Er wartete gespannt, doch nichts geschah.

»Ihr da!«, wiederholte er seine Aufforderung noch einmal. »Ihr sollt Euch zeigen!«, doch noch immer rührten die Männer sich nicht. *Bei allem, was ihm heilig war, da stimmte wirklich etwas nicht!* Als nach geraumer Zeit immer noch nichts geschah, reichte es ihm schließlich. Er drängte sich durch die Büsche und lief geradewegs auf die Männer zu. Doch, was er dann sah, ließ ihn für einen Moment erst einmal erstarren.

Direkt vor ihm, auf einer kleinen Lichtung, lagen die Leichen von mehr als zehn Männern. Die meisten waren übel zugerichtet. Man hatte ihnen die Kehlen durchgeschnitten, doch vorher ... Er wollte sich gar nicht ausmalen, was ihnen vorher angetan worden war. Der Boden war durchtränkt mit ihrem Blut und es stank bestialisch. Einige waren nur noch mit ihren blutgetränkten Hemden bekleidet, über andere hatte man achtlos Plaids geworfen. Das Schlimmste daran war allerdings, dass es nicht, obwohl es sie dabei um Campbell Plaids handelte, Regierungstreue waren, die da vor ihm lagen, sondern Männer eben des Dorfes, aus dem er gerade gekommen war. Verdammt! Das hier war Clanland der Camerons. Wer würde ...?

In diesem Moment nahm er eine leichte Bewegung wahr und hörte ein leises Stöhnen, das von einem der Männer weiter hinten kommen musste. Vorsichtig stieg er über die Leichen, bis er ihn erreichte. Jetzt, so unmittelbar vor ihm, erkannte er ihn auch. Es war Ian, der Mann der Raelyn in dem Schankraum entdeckt hatte und er lebte. Das erklärte auch, warum er die Blicke auf seiner Haut gespürt hatte. Es waren Ians Blicke gewesen.

Alexander ließ sich nun auf den Boden sinken und kniete sich neben Ian. Er war genauso übel zugerichtet, wie die anderen Männer, nur war der Schnitt an seiner Kehle nicht tief genug gewesen, um ihn sofort zu töten. Er blutete zwar stark, aber ... Verdammt! Der Mann hier würde ganz langsam, elendig verrecken.

»Ian? Kannst du mich hören?« Anstatt ihm zu antworten, stöhnte Ian leise. Alexander beugte sich tiefer über ihn.

»Ian?« Der Mann vor ihm schlug seine Augen auf.

»Alexander?« Seine Stimme war so leise, dass er ihn kaum verstehen konnte und er röchelte eher, als dass er etwas sagte, aber Alexander verstand ihn dennoch.

»Was ist geschehen?«

»Campbells! Sie ... den *Laoch* ... Verräter ... Frau ... sie wissen ...«, stammelte Ian. Alex konnte sehen, dass sich der Brustkorb des Mannes immer heftiger bewegte. Lange hielt er bestimmt nicht mehr durch. Doch sein unzusammenhängendes Gestammel, brachte ihn auch nicht wirklich weiter. Dass es Campbells gewesen waren, die das Massaker hier angerichtet hatten, war kaum zu übersehen. Doch von welcher Frau sprach Ian? Und wer war der Verräter? Die Frau? Wollte Ian ihm damit sagen, dass Raelyn der Verräter war? Verdammt!

»Ian, wovon redest du? Welche Frau? Welcher Verräter?«, hakte er nach. Ian versuchte, sich aufzurichten, doch die Anstrengung brachte ihn zum Husten, sodass sich ein Schwall seines Blutes über Alexanders Plaid ergoss und er schließlich zurück auf den Boden fiel.

»Bleib liegen, mein Freund!«, versuchte dieser daraufhin, sanft auf ihn einzureden. »Du wirst bald nach Hause kommen! Die, die du liebst, warten schon so lange auf dich. Es wird Zeit, dass du sie endlich wiedersiehst. Lass los, mein Freund! Geh endlich zu ihnen!« Es war offensichtlich, dass sich Ian gegen das, was nun kommen sollte, verzweifelt wehrte.

»Alex, ...«, Ians Atmung wurde noch hektischer. »Vorher, ... Ihr ... man hat Euch belogen ... nicht tot ... Verrat ... Sie wollen Euren Kopf!« Alexander starrte Ian verständnislos an. Aye, viele wollten seinen Kopf! Besonders die Regierungstreuen. Doch wer war nicht tot?

»Ian, wer ist nicht tot?« Ian antwortete ihm nicht mehr, sondern starrte ihn nur an. »Verdammt Ian! Ich muss es wissen!« Doch es war bereits zu spät, denn erst in diesem Moment wurde ihm klar, dass Ians tote Augen ihn anstarrten. Der Mann hatte mit letzter Kraft versucht, ihm noch etwas mitzuteilen, es aber nicht mehr geschafft.

»Deagh thuras mo charaid! Deagh thuras!«, flüsterte er ihm noch zu, bevor er sich neben ihm auf den Boden hockte und dabei sein Schwert zur Seite legte. Ian hatte es weiß Gott verdient, dass seine Reise glücklich endete, wo auch immer sie ihn hinführte und sein Schwert war hier nicht mehr von Nöten.

Alex blieb vollkommen verwirrt neben Ian hocken. Er war nicht in der Lage, sich zu bewegen. Ians letzte Worte hallten wie Donnerschläge durch seinen Kopf. Immer und immer wieder! Inwieweit hatte man ihn belogen? Wer war nicht tot, war noch dazu ein Verräter und wollte seinen Kopf? Jetzt war es zu spät, es von Ian zu erfahren. Ihm blieb nur die Hoffnung, es selbst herauszufinden, bevor es endgültig zu spät dafür war.

36

Während seine eisblauen Augen sie stetig beobachteten, stand sie einfach nur da und starrte inzwischen vor ihm ins Leere. Schließlich reichte es ihm und er sprach sie einfach an.

»Und, was gedenkst du, jetzt zu tun?«

»Was soll ich denn deiner Meinung nach tun?«, entgegnete sie ihm nach einer Weile, dabei sah sie ihn endlich wieder an. »Wenn er einen Handel mit dir eingegangen ist, dann ist es rechtens. Allerdings hast du das Recht einmal mehr zu deinen Gunsten verdreht. Du wirst das wieder in Ordnung bringen.«

»Inwiefern?«

»Zum Handel gehört, dass sein Körper in der Höhle der Jäger ruht. Er gehört nicht in Cailleach Mhors Reich! Du wirst ihn hierherbringen!« Dass sie auf diese Weise reagieren würde, damit hatte er fest gerechnet. Nicht nur das! Er hatte es sogar fest eingeplant. Auf seinem Gesicht erschien ein verschlagenes Grinsen.

Diesmal war seine Zeitplanung wirklich nahezu perfekt. Ein Monat in ihrem Reich entsprach nicht einem Kalendermonat, wie bei den Menschen, sondern ihrer richtete sich nach dem Lauf des Mondes. Das bedeutete, in noch nicht einmal einem Tag würde sein Sohn in seinen Körper zurückkehren können und das für ganze zwei Tage. Er musste demnach seine Ankunft in ihrem Reich nur noch ein wenig herauszögern, dann war alles perfekt.

»Gib mir noch ein paar Stunden.«

»Und wozu?« Jetzt war es an der Zeit seinen Trumpf auszuspielen.

»Das hat dich nicht zu interessieren. Aber ich mache dir einen Vorschlag. Du gewährst mir meinen Wunsch und ich gewähre dir im Gegenzug den deinen.« Ihre starren Gesichtszüge entspannten sich.

»Du willst ...«, sie klang erstaunt.

»Ja!«, bestätigte er ihr nickend. »Wenn du mir diese Stunden gibst und mir versicherst, dass du es damit auf sich beruhen und mich in Ruhe lässt, dann werde ich dafür sorgen, dass du sie wiedersiehst.« Sie sah ihn noch eine Weile skeptisch an, dann aber nickte sie.

»Gut, ich akzeptiere den Handel!«

»Dir ist bewusst, dass ein Handel hier auch für dich seine Gültigkeit niemals verliert?« Erneut nickte sie.

»So sei es!« Das Grinsen auf seinem Gesicht wurde noch eine Spur breiter.

»Dann gehab dich wohl! Das nächste Mal wenn wir uns sehen, hoffe ich, dass die Umstände glücklicher sind. Für uns beide!« Mit diesen Worten löste er sich vor ihr in Luft auf und verschwand.

37

Raelyn rannte immer weiter den Hügel hinunter. Ihre Aktion war zwar im Grunde genommen genauso irrsinnig wie seine, aber sie konnte einfach nicht anders. Ihre Füße liefen wie von selbst. Sie dachte nicht mehr an die Gefahr, in die sie da so kopflos hineinrannte, sondern nur noch an Alexander.

Sie musste ihn aufhalten! Musste verhindern, dass er etwas tat, was er im Nachhinein nicht mehr bereuen konnte.

Rae war völlig außer Atem, als sie schließlich das Waldstück erreichte, doch auch dort gönnte sie sich keine Pause, sondern stürmte geradewegs in das Dickicht hinein.

Alexander spürte es bereits, bevor er es hörte oder sah. Etwas näherte sich ihm und dieses etwas war mächtig in Eile.

Er konnte nur hoffen, dass es einer dieser Hurensöhne war, dem sie das hier zu verdanken hatten, denn er benötigte dringend etwas, um seiner Wut Luft zu machen. Der Kerl konnte was erleben. Er würde ihn nicht sofort töten, nein, erst wenn er alle Informationen, die er brauchte, aus ihm herausbekommen hätte und zu diesem Zweck würde er ihn Stück für Stück zerlegen, wie ein fettes Wildschwein.

Alexander sprang mit gezogenem Schwert auf und stellte sich kampfbereit in Position. Der Kerl sollte nur kommen! Er war auf jeden Fall bereit!

Doch nicht einer dieser Campbells, sondern Raelyn tauchte plötzlich vollkommen außer Atem vor ihm auf. Alexander war außer sich. Wie konnte sie nur? Hatte er ihr nicht deutlich gemacht, dass sie hinter dem Felsen auf ihn warten sollte. Wenn er nicht gelauert, sondern direkt angegriffen hätte, würde sie jetzt tot vor ihm auf dem Boden liegen. Verdammt! Dieses närrische Frauenzimmer brachte ihn noch vollkommen um seinen Verstand.

»Verflucht Raelyn! Habe ich Euch nicht gesagt, dass Ihr oben bei den Felsen auf uns warten sollt?«, fuhr er sie deshalb rüder an, als eigentlich beabsichtigt.

»Wir sind also wieder beim **Sie**!«, antwortete sie ihm genauso gereizt, während sie ihn dabei wütend anfunkelte.

»Was zum Teufel ...?« Erst in diesem Moment begriff er, worauf sie hinauswollte. Sie hatte recht! Dennoch ...

»Willst du jetzt jedes meiner Worte ... Sieh dich verdammt nochmal um!« Raelyn wandte ihren Blick von ihm ab und sah zum Boden. Augenblicklich entwich jedwede Farbe aus ihrem Gesicht. Sie sah aus, als würde sie jeden Moment in Ohnmacht fallen, doch sie tat es nicht. Stattdessen stammelte sie nur:

»Warst ... warst ... du ... das?«

»Ich?« Er war so wütend, dass er sich kaum noch beherrschen konnte. Während er sein Schwert mechanisch in dessen Scheide schob, ging er auf sie zu. Kurz vor ihr blieb er stehen, packte dann grob ihr Handgelenk und zog sie schließlich mit sich. Raelyn stolperte über die Leichen hinter ihm her. »Sieh ihn dir an!«, forderte er sie schreiend auf, als sie Ians Leichnam erreichten. Raelyn bewegte sich nicht, sondern starrte nur auf ihn.

»Zur Hölle nochmal, du sollst ihn dir ansehen! Erkennst du ihn?« Zunächst rührte sie sich immer noch nicht, dann aber sah er, wie sie langsam ihren Blick auf Ian senkte. Es dauerte einen Moment, aber schließlich schien sie zu begreifen.

»Du weißt, wer das ist!«, fuhr er unbeirrt fort. »Denkst du wirklich, ich wäre dazu fähig meinen Männern so etwas anzutun? Nein, das hier ist nicht mein Werk! Ich habe sie nur gefunden. Aber ... Weshalb bist du hierhergekommen? Wolltest du dich vergewissern, dass deine Leute auch ganze Arbeit geleistet haben. Wie du siehst, waren sie sehr gründlich. Du kannst dich also beruhigt ...«

»Was soll das heißen, meine Leute?«, jetzt war es Raelyn, die ihn schreiend unterbrach.

»Glaubst du wirklich, das hier wäre mein Werk? Traust du mir so etwas tatsächlich zu?« Raelyn versuchte, sich von ihm loszureißen, aber er hielt ihr Handgelenk auch weiterhin, wie in einem Schraubstock umklammert.

»Was soll ich denn glauben? Du tauchst auf und einen Tag später sind die Männer, die dich gesehen haben und erkennen würden, tot. Wie hast du es gemacht? Wie hast du mit den Campbells Kontakt aufgenommen?«

»Du denkst tatsächlich, dass ich eine Spionin bin! Und dass, nachdem ich ... Du verdammter Mistkerl! Fahr zur Hölle! Und ich blöde Kuh wollte dir auch noch ...« Sie stockte. Alexander sah ihr in die Augen. Ihre Wut war nicht gespielt. Sie war genauso wütend wie er. Allerdings galt ihre Wut ausschließlich ihm, so viel war sicher.

»Was wolltest du? Mir in den Rücken fallen? Mich bezirzen, damit die Campbells ein leichtes Spiel mit mir hätten? Was wollen sie? Ich glaube kaum, dass Späher ein derartiges Blutbad anrichten würden. Das hier hat nichts mit dem Aufstand zu tun! Diese Schweine wollten etwas völlig anderes und du allein weißt, was es war!«

»Weißt du was«, zischte sie ihn daraufhin noch wütender an. »Wenn du das wirklich glaubst, dann kannst du mich mal! Ich riskiere Kopf und Kragen für dich und du ... Lass mich los, damit ich endlich von hier verschwinden kann! Es reicht mir!«

»Ich werde dich auf keinen Fall loslassen! Zuerst erklärst du mir, was du mit all dem hier zu schaffen hast!«

»Muss ich wieder verschwinden? Ist es das, was du erreichen willst? Und wie zum Teufel kommst du überhaupt gerade auf mich? Schon vergessen? Du hattest mich in der Kammer eingeschlossen. Cathy war die Erste, die ich am Morgen zu Gesicht bekam und dann saß ich mit dir auf einem dieser riesigen Monster, und hatte alle Hände voll damit zu tun, nicht hinunterzufallen. Wie sollte ich irgendjemanden über irgendetwas informieren können, zumal ich ja noch nicht einmal wusste, was genau du plantest.« Alexander musterte sie prüfend. Das, was sie ihm da an den Kopf warf, entsprach der Wahrheit. Sie konnte gar nicht ...

»Was ist? Hat es dem *Laoch* die Sprache verschlagen? Sieh mich nicht so an! Ja, ich weiß, dass du der *Laoch* bist. Ich weiß nur nicht, was genau es zu bedeuten hat und warum jeder ein Geheimnis daraus macht. Cathy hat zwar erwähnt, dass die Rotröcke nicht gerade gut auf dich zu sprechen sind, aber ich denke kaum, dass sie deswegen ...«

»Doch!«, unterbrach er sie. »Ganz genau deswegen!« Alexander lockerte seinen Griff und sah ihr dabei tief in die Augen. »Auf den *Laoch* ist ein Kopfgeld ausgesetzt«, fuhr er schon wesentlich ruhiger fort. »In den Augen der *sassenachs* ist er ein Hochverräter, weil er sich nicht an ihre Gesetze hält und für Unruhe sorgt. Was denkst du, was sie mit ihm vorhaben, wenn sie ihn in ihre Finger bekommen. Raelyn, nur diejenigen, denen ich geholfen habe, wissen Bescheid. Nicht einmal meine Mutter ahnt, dass ich es bin, der ... Irgendjemand muss ganz genau gewusst haben, dass diese Männer hier ...«

»Und jetzt denkst du, ich wäre diejenige?« Auch Raelyn klang schon wesentlich ruhiger.

»Ian war noch nicht tot, als ich ihn fand«, versuchte er ihr zu erklären. »Er sagte etwas von einer Frau und da habe ich ...«

»Da hast du direkt an mich gedacht«, ergänzte Rae seine Ausführungen. »Ich muss dich enttäuschen! Wenn ich nicht die einzige Frau in deinem Leben bin, dann wird es wohl eine andere sein, der du das hier zu verdanken hast. Vielleicht eine deiner zahlreichen Liebschaften. Frauen können wahre Bestien werden, wenn man sie hintergeht!« Alexander war hin und her gerissen. Sollte er ihr sagen, dass da keine zahlreichen Liebschaften waren? Ganz im Gegenteil, da war seit fünf Jahren noch nicht einmal eine. Aber in gewisser Weise hatte sie recht. Vielleicht gab es wirklich eine Frau, der er unbewusst Hoffnungen gemacht und die er anschließend verschmäht hatte. Eine gekränkte Frau konnte zu allem fähig sein. Doch ihm fiel beim besten Willen keine ein, die ihn dermaßen hassen könnte. Und auch mit all dem anderen hatte sie recht. Er hatte sich dazu hinreißen lassen, Ians Worte sofort auf sie zu beziehen. Wider alle Vernunft und das, obwohl sein Gefühl ihm zuvor etwas völlig anderes gesagt hatte. Es nur auf seine maßlose Wut zu schieben, war definitiv zu einfach. Dennoch ...

Ach was, was versuchte er, sich hier einzureden. Er war wütend auf sie gewesen, dass sie nicht auf ihn gehört hatte und zu allem Überfluss auch noch kopflos zu ihm gerannt war. Und dann ...? Ja, dann war sie die einzige greifbare Person gewesen, gegenüber der er ... Verdammt! Wie hieß es so schön? Er hatte sie als Prellbock dafür benutzt, seinen Gefühlen endlich Herr zu werden.

Als er das begriff, war er kaum noch in der Lage sie anzusehen. Das hatte sie nicht verdient. Wirklich nicht!

»Es tut mir leid!«, versuchte er, sich bei ihr zu entschuldigen.

»Das sollte es auch!«

»Du musst wissen, ich ...«, wollte er ihr erklären, doch Raelyn unterbrach ihn.

»Du brauchst es mir nicht zu erklären, ich verstehe es auch so! Dennoch ... Alexander ich denke, es ist besser, wenn ich jetzt gehe.« Raelyn wandte ihm nun ihren Rücken zu, Alexander schrak innerlich zusammen. Sie durfte nicht gehen. Nicht jetzt und schon gar nicht so.

»Rae, bitte bleib!« Da er sie noch immer am Handgelenk hielt, verstärkte er etwas seinen Griff und zog sie dann sanft zurück in seine Richtung.

Rae war nicht nur wütend, sie war enttäuscht und das war viel schlimmer als jede Wut. Selbst seine Entschuldigung hatte nicht viel daran geändert. Wie konnte er nur ...? Seine Unterstellungen hatten sie bis ins Mark getroffen. Sie, die schon in Tränen ausbrach, wenn irgendjemand einen toten Hamster erwähnte. Und er unterstellte ihr allen Ernstes, für ein solches Massaker verantwortlich zu sein? Ians starrer toter Blick würde sie von nun an, bis zum Sankt Nimmerleinstag begleiten. So etwas Schreckliches hatte sie noch nie zuvor gesehen und er ...

Raelyn spürte, wie Tränen in ihre Augen traten. Zu ihrem Glück konnte er sie nicht sehen, weil sie ihm noch rechtzeitig den Rücken zugedreht hatte. Und wenn es nach ihr ging, dann würde er sie auch nie sehen, denn vorher verschwand sie lieber.

»Rae, bitte! Geh nicht auf diese Weise!«, der flehende Unterton in seiner Stimme machte alles nur noch viel schlimmer. Was glaubte er, dass sie war? Der Spielball seiner Launen? Zuckerbrot und Peitsche, wie es so schön hieß? Nein, und selbst wenn er vor ihr auf den Boden fiel und sie um Vergebung anbettelte, war sie ... Rae versuchte krampfhaft, ein leises Schluchzen zu unterdrücken, das in ihr hochstieg. Nein, er durfte auf keinen Fall sehen und vor allen Dingen nicht hören, wie es wirklich in ihr aussah. Während ihres Streits hatte sie ihre Gefühle komplett ausgeblendet, so wie sie es immer getan hatte, wenn man sie in ihrer Kindheit angegriffen hatte. Ihr äußerer Panzer hatte wieder einmal perfekt funktioniert und all seine Attacken scheinbar an ihr abprallen lassen. Doch das war nur ihre äußere Hülle. Das, was sie allen zeigen konnte. Niemand sah die Narben, die sie in ihrem Innern in all der Zeit zurückbehalten hatte und er hatte ihr nun eine weitere, vielleicht sogar die Größte von allen zugefügt. War es da nicht verständlich, dass sie einfach nur noch wegwollte. Weg von ihm! Weg aus dieser Zeit, damit sie ihn nie wieder sehen musste.

»Rae! Wie oft muss ich dir noch sagen, dass es mir leidtut? Soll ich vor dir auf die Knie fallen und dich anflehen?«, hörte sie Alexander flüstern und spürte dabei seinen Atem an ihrem Hals. Sie hatte noch nicht einmal bemerkt, dass er näher an sie herangetreten war und dass sie ihn jetzt auch noch so deutlich spüren konnte, war die Krönung des Ganzen. Das war eindeutig zu viel, die Schluchzer, die sie so krampfhaft zurückgedrängt hatte, bahnten sich ihren Weg hinaus, während Tränen über ihre Wangen liefen.

»Lass mich in Ruhe!«, gab sie leise schluchzend zurück. Alexander erstarrte. Weinte sie etwa? Die Frau, die ihm gerade noch äußerst eindrucksvoll die Stirn geboten hatte, stand jetzt vor ihm und weinte? Verdammt und das alles nur wegen ihm?

Alexander war vollkommen überfordert. Was sollte er jetzt tun? Er war hin und her gerissen zwischen seinem Bedürfnis, sie tröstend in den Arm zu nehmen und seinem Gewissen, das ihn unablässig dazu drängte, ihr ihren Wunsch zu erfüllen, auch wenn ihr Wunsch genau das Gegenteil von dem war, was er eigentlich wollte. Er hatte demnach die Wahl zwischen Herz und Verstand. Da er in den letzten Jahren seinen Verstand viel zu oft benutzt und seine Gefühle dabei vollständig außer Acht gelassen hatte, trug letztendlich sein Herz den Sieg davon.

»Sieh mich an!«, flüsterte er ihr zu, während er sie sanft zu sich herumdrehte. »Ich kann dich nicht gehen lassen, selbst wenn ich es wollte.« Rae hob leicht ihren Kopf und sah ihn aus tränenverhangenen Augen an.

»Heißt das, dass du mir immer noch nicht glaubst? Hast du etwa Angst, ich könnte doch noch zu den Rotröcken laufen? Alex ... ich ...« Alexander hörte ihr gar nicht richtig zu. Er sah nur ihre wunderschönen Augen, die ihn tränenverhangen flehend anblickten. Sah die feuchte Spur, die die kleinen wie Perlen schimmernden Tropfen auf ihrer Wange hinterlassen hatten, und war verloren. Er konnte nicht anders. Seine Finger streiften ihre Wange, wanderten ungewollt zu ihrem Nacken und vergruben sich dort in ihrem Haar. Dabei beugte er sich zu ihr herunter und verschloss ihre Lippen mit einem Kuss. Ihr leiser Seufzer, den sie genau in dem Moment ausstieß, als seine Lippen die ihren berührten, spornte ihn nur noch dazu an. Er wollte sie! Sie allein! Selbst wenn sie eine Spionin war, die ihn verraten würde und ihm so den Tod brachte.

Was hatte er denn schon so Großartiges zu verlieren außer seinem Leben. War das, was er seit fünf Jahren führte, überhaupt als Leben zu bezeichnen? Gehörte nicht viel mehr dazu als bloße Existenz? Auch wenn sie ihm niemals das zurückbringen konnte, was er verloren hatte, so konnte sie aber eines mit Sicherheit: Ihm die Einsamkeit und Sinnlosigkeit nehmen. Sie war so schön, so aufbrausend, so geheimnisvoll, so voller Leben, dass sie ihn geradezu magisch anzog. Er brauchte sie, so wie die Luft zum Atmen, damit sie ihm endlich wieder beibrachte, was es hieß zu fühlen. Und jetzt, da er langsam wieder eine vage Vorstellung davon bekam, wie es sein konnte, war es hoffnungslos sich weiterhin dagegen zu sträuben. So sehr ihm sein Verstand auch immer wieder einzuflüstern versuchte, dass er sie nicht verdient hatte, sein Herz sagte ihm etwas völlig anderes.

Als ihm das bewusst wurde, vertiefte er den Kuss. Er hing an ihren Lippen, wie ein Verdurstender. Zu seinem Erstaunen schien es ihr ähnlich zu gehen. Anstatt ihn von sich zu stoßen, womit er eigentlich gerechnet hatte, zog sie ihn näher an sich heran. Ihre beiden Körper schmiegten sich so eng aneinander, als wären sie eins. Zwei Teile eines Ganzen, die sich endlich gefunden hatten.

Etwas abseits, gut geschützt vom dichten Unterholz, beobachteten zwei eisblaue Augen die Szene. Alles lief viel besser, als er es je zu träumen gewagt hatte. Und das, ohne sein Dazutun. Vielleicht lag es an dem Teil ihres Blutes, von dem die beiden nicht wussten, dass sie ihn überhaupt besaßen. Der Teil, der früher oder später immer die Oberhand gewann und ständig danach strebte, sich mit seinesgleichen zu verbinden. Doch, wie dem auch sei, bisher verlief alles nach seinem Plan und wenn es so weiterging, dann war es nur noch eine Frage der Zeit, wann der letzte Vorhang endlich fallen würde.

38

Das Geräusch von brechenden Zweigen holte ihn unsanft zurück in die Wirklichkeit. Er lauschte gespannt, ohne sich jedoch von Raelyn zu lösen. Da war es wieder, dieses leise Knacken. Irgendjemand näherte sich ihnen und das noch nicht einmal vorsichtig. Es gab nur zwei Möglichkeiten, entweder es war Kendrick, der endlich ein paar Männer aufgetrieben hatte, um ihn zu unterstützen oder aber die Campbells waren zurückgekehrt, um sich zu vergewissern, dass die Männer hier auch wirklich tot waren. Um sie nicht erneut zu verängstigen, löste er sich nur äußerst widerwillig von Raelyn und auch nur so weit, dass er ihr etwas zuflüstern konnte.

»Rae, bitte bleib jetzt ruhig!«, versuchte er sie direkt zu beruhigen, bevor sie, so wie beim letzten Mal, als er ihren Kuss unterbrochen hatte, wieder anschreien konnte. »Du musst mir glauben, dass auch ich nichts lieber täte, als das hier fortzusetzen, aber ... Da schleicht sich jemand an uns heran. Ich kann nicht sagen, ob es Kendrick oder die Campbells sind, deshalb flehe ich dich an, diesmal das zu tun, was ich dir sage. Wenn es nicht Kendrick sein sollte, wirst du von hier verschwinden, so wie du es damals in der Galerie meines Onkels getan hast. Du kannst es doch noch? Ich meine einfach verschwinden?« Rae öffnete ihre Augen und sah ihn an. Schließlich nickte sie.

»Gut! Und keine Widerrede. Wenn ich kämpfen muss, dann will ich dich in Sicherheit wissen. Du bist dort, wo du hingehst, doch in Sicherheit?« Erneut nickte sie.

»Raelyn, *mo shithiche beag,* darf ich dich vorher noch um etwas bitten!«

»Aye!«, entgegnete sie ihm leise.

Doch so weit kam es erst gar nicht. Direkt neben ihnen tauchte plötzlich Kendrick, dicht gefolgt von einer Gruppe Männer, mit gezücktem Schwert auf und stürmte auf die Lichtung.

»Mein Gott, Alex!«, stieß er völlig außer Atem aus. »Wir haben einige Männer auf dem Boden liegen sehen und es war so still, sodass wir schon befürchtet haben, wir wären zu spät.« Alexander und Raelyn rückten automatisch fast gleichzeitig ein wenig voneinander ab. Er fühlte sich ertappt, obwohl er eigentlich nichts Verbotenes getan hatte. Dennoch erschien es ihm irgendwie nicht richtig, wenn seine Männer sahen, was er und Raelyn getan hatten. Der Kuss kam ihm plötzlich in Anbetracht all der Leichen wie ein Sakrileg vor, wenngleich sich diese ja nicht mehr darüber beschweren konnten.

»Für die hier seid ihr zu spät!«, entgegnete Alex ihm bitter.

»Warst du das?«

»Dasselbe hat mich Raelyn auch schon gefragt. Kendrick, sieh sie dir einmal genauer an. Kommen sie dir nicht bekannt vor?« Sowohl Kendrick als auch seine Männer folgten Alexanders Aufforderung.

»Verflucht, Alex, was ist hier geschehen? Das sind alles Männer aus dem Dorf!«, entgegnete Kendrick ihm nach einiger Zeit.

»Aye! Auch Ian ist unter ihnen. Weißt du noch, was ich dir gestern gesagt habe?« Kendrick nickte.

»Dass sie die Lämmer sind, die zur Schlachtbank geführt werden.« Jetzt nickte Alexander.

»Nur dass diese Männer hier nicht für die Sache, sondern für mich gestorben sind!« Kendrick sah ihn entsetzt an.

»Wie kommst du darauf?«

»Ian hat noch gelebt, als ich ihn fand. Er sagte etwas von Verrat, einer Frau und dass sie meinen Kopf wollen. Ich denke, genau darin liegt die Begründung für das hier.«

»Du denkst, dass irgendjemand, vielleicht eine Frau, den Campbells verraten hat, dass diese Männer hier mehr über den *Laoch* wussten. Die Campbells haben ihnen aufgelauert und sie dann mit Gewalt dazu gebracht, sie mit den nötigen Informationen zu versorgen. Anschließend haben sie ihre Plaids mit unseren Männern getauscht und jetzt ...«

»Jetzt warten sie irgendwo auf unserem Weg nach Edinburgh auf uns, um uns dingfest zu machen«, ergänzte Alexander. Kendricks Blick und die Blicke seiner Männer wanderten zu Raelyn, die sich sichtlich unwohl dabei fühlte.

»War sie es?« Alex schüttelte seinen Kopf.

»Nein! Mit Sicherheit nicht. Wie sollte sie auch? Wir haben sie keinen Moment aus den Augen gelassen.«

»Aye!«, bestätigte Kendrick. »Nur, wer war es dann? Gibt es da etwas, was du mir nicht erzählt hast?« Alexander schüttelte abermals seinen Kopf.

»Nein, soweit ich weiß nicht.«

»Dann ... Verdammt! Alex, du bist nirgendwo in Schottland mehr sicher. Du musst ...«

»Deine Sorge in Ehren, aber ich werde nicht fliehen«, unterbrach Alex ihn. »Ich werde mich nicht wie ein räudiger Hund einfach davonstehlen. Und das weißt du auch.«

»Dann können wir nur hoffen, dass der Prinz seinen rechtmäßigen Platz noch lange hält.«

»Was soll das heißen?«

»Mir ist zu Ohren gekommen, dass die Armee des Hannoveraners eine verheerende Niederlage hinnehmen musste. Cope ist in der Nähe von Edinburgh auf unsere Truppen gestoßen. In Prestonpans, um es genauer zu sagen. Mehr als 400 seiner Männer sind gefallen und über 1000 wurden gefangen genommen. Bis auf zwei Festungen, nämlich die von Edinburgh und die von Stirling befindet sich Schottland wieder in der Hand eines Schotten, und wenn das so weiter geht, dann wird bald auch wieder der Rest des Königreichs in seiner Hand sein. Wahrscheinlich haben die Männer, die hier das Blutbad angerichtet haben, noch keine Ahnung von den neusten Entwicklungen. Was auch erklären würde, warum sie jetzt zugeschlagen haben. Dennoch würde ich an deiner Stelle vorsichtig sein. Solange sich nicht auch England und die beiden letzten Festungen in der Hand unseres Prinzen befinden, besteht immer noch die Gefahr, dass sie dich, sobald sie deiner habhaft werden, von hier, entweder in eine der Festungen oder direkt nach England bringen und dich dort deiner Strafe zuführen.«

»Dann darf ich mich vorerst also noch nicht aufgreifen lassen«, entgegnete Alexander ihm grinsend. Kendrick nickte.

»Genau das wollte ich dir damit sagen. Wenn wir nach Edinburgh reiten, besteht die Gefahr, dass sie dort bereits auf uns warten. Wir sollten uns vorerst erst einmal ruhig verhalten. Es kann nicht mehr lange dauern, bis der Prinz mit seinen Truppen nach England aufbricht, um seinen Thron zurückzuerobern. Wenn wir uns seiner Armee erst dann anschließen, ...«

»Stimmt! Bis dahin haben die Campbells vermutlich aufgegeben. Und ein kleiner Trupp Campbells wird wohl kaum in der Lage sein, es mit Charles kompletter Armee aufzunehmen, nur um einen seiner Männer gefangen zu nehmen.« Kendrick nickte erneut.

»Dann würde ich vorschlagen«, fuhr Alexander fort. »Ihr sorgt erst einmal dafür, dass unsere Männer ein anständiges Begräbnis bekommen. Ich denke, es ist auch in eurem Sinne, wenn sie nicht einfach hier liegen bleiben und so den Wölfen und Wildschweinen zum Fraß dienen.« Jetzt nickten alle Männer unisono. »Kendrick, ich werde mit Raelyn zu Ians Hütte reiten. Sie liegt weit genug von unserer eigentlichen Route entfernt, sodass die Campbells sie höchstwahrscheinlich völlig außer Acht lassen. Ihr folgt mir dann, sobald ihr hier fertig seid. Dort können wir anschließend in aller Ruhe besprechen, wie wir weiter verfahren wollen. Ich denke, so ist es am besten.«

»Sei bloß vorsichtig! Ich möchte ungern eure Leichen auf der Straße vorfinden.«

»Das wirst du nicht, mein Freund! Das wirst du nicht!«

39

Ians Hütte lag an einem Fluss unweit von Loch Leven. Rae erkannte die Gegend sofort, auch wenn sie sich in den nächsten 250 Jahren etwas verändern würde. Sie war vor ein paar Jahren mit James hier gewesen, als sie beide in Glencoe seine Tante Fiona besucht hatten. Lairig Mor! Und der Fluss musste der Kiachnish sein.

Sie erinnerte sich noch gut daran, wie James ihr voller Stolz erzählt hatte, dass er ein paar Jahre zuvor hier bei dem alljährlichen Rennen, das jedes Jahr im November stattfand, mitgefahren war und gar nicht so schlecht dabei abgeschnitten hatte.

Jetzt allerdings war die Landschaft vollkommen unberührt. Keine Straße, noch nicht einmal ein Schotterweg, nur Ians kleine Hütte, die als einziges Zeugnis menschlichen Lebens, einsam und verlassen dort stand. Sie waren also noch immer auf Cameron Land. In Lochaber, um genau zu sein. Und auch das ungefähre Datum konnte sie inzwischen sehr gut einschätzen. Wenn sie vor Kendricks Ausführungen auch nur eine vage Vorstellung davon gehabt hatte, so wusste sie jetzt, dass es sich in etwa um den 22. oder 23. September 1745 handeln musste. Prestonpans fand am 21. September 1745 statt. Wenn man ein bis zwei Tage hinzurechnete, in denen sich die Nachricht verbreitet hatte, dann konnte es nur einer dieser beiden Tage sein. Der zweite Jakobitenaufstand war demnach voll in Gang und sie war mittendrin.

Den ganzen Weg über hatten sie geschwiegen, was auch nicht weiter verwunderlich war, denn Alexander hatte sein Pferd dermaßen angetrieben, dass Raelyn sich kaum im Sattel halten konnte. Dabei war ihr die Lust auf Konversation gehörig vergangen und ihm anscheinend ebenso. Kurz bevor sie die kleine Hütte erreichten, zügelte Alexander sein Pferd, sprang aus dem Sattel und half ihr anschließend abzusitzen. Rae war völlig erschlagen. Da sie einen dermaßen harten Ritt nicht gewohnt war, taten ihr sämtliche Knochen weh. Außerdem dämmerte es bereits und sie wollte sich nur noch irgendwo hinlegen und schlafen. Schlafen, um den Anblick, der sie wie ein Gespenst verfolgte, endlich zu vergessen.

Während Alexander nun sein Pferd hinter die Hütte führte, um es dort, in dem kleinen Verschlag unterzubringen, rannte Rae einfach los. An der Tür zur Kate angekommen, riss sie diese, ohne großartig zu überlegen, auf und stürmte ins Innere. Doch weit kam sie nicht, denn sie rannte direkt in die Arme eines Mannes.

»Was haben wir denn da?«, hörte sie ihn hämisch sagen. »Ein kleines Vögelchen, das zurück in sein Nest flattert. Die Nächte sind verdammt kalt hier und du kommst mir wie gerufen, um sie mir ein wenig zu versüßen.« Rae schrie entsetzt auf, als sich seine Arme fest um ihren Körper schlangen, er sie grob packte und dann tiefer mit sich in die Hütte zog. Er stank ekelerregend.

Obwohl sich jede Faser ihres Körpers gegen ihn stäubte, war sie nicht in der Lage sich gegen ihn zu wehren. Sie war wie gelähmt. Der Fremde warf sie nun gewaltsam auf einen Strohsack, der Ian wohl als Bett gedient hatte, und hockte sich breitbeinig auf sie.

»Oh meine Süße, wir werden sehr viel Spaß miteinander haben. Du wirst schon sehen. Bisher hat sich noch keine beschwert.« Mit diesen Worten beugte er sich zu ihr herunter und küsste sie brutal auf den Mund. Ihr wurde übel, als sich sein stinkender Atem mit ihrem vermischte. *Das konnte doch alles nicht wahr sein. Sie musste sich in einem ihrer schlimmsten Albträume befinden.* Doch der Mann auf ihr war so real, wie sie selbst. Während er seine feuchten, wulstigen Lippen weiter fest auf ihre presste, spürte sie, wie er hektisch an den Bändern ihres Mieders zog. Anscheinend ging ihm das aber nicht schnell genug, denn binnen weniger Augenblicke, ließ er davon ab und schob nun direkt ihre Röcke nach oben.

Erst in diesem Moment löste sich ihre Erstarrung. Rae schrie und trat dabei um sich, doch es half alles nichts, der Mann klebte auf ihr, wie eine Zecke.

Alexander war gerade dabei, sein Pferd in die kleine Box zu führen, da hörte er es. Rae schrie, als wäre der Teufel selbst hinter ihr her. Und ihre Schreie kamen aus der Hütte. Verdammt! War das verrückte Frauenzimmer etwas direkt in die Hütte gelaufen. Wusste sie denn gar nicht, dass hier überall Gefahren auf sie lauern konnten? Alexander überlegte nicht lange. Er zog sein Schwert aus der Scheide und rannte los.

Die Szene, die er dann im Innern der Hütte zu sehen bekam, trieb ihn schier zur Weißglut. Angus, der Anführer einer dieser marodierenden Banden, saß breitbeinig auf Raelyn, deren Röcke er schon hochgeschoben hatte. Raelyn schrie und zappelte, doch Angus grinste sie nur breit an. Dann versetzte er Rae einen Schlag mitten ins Gesicht. Das war der Moment, in dem Alexander vollkommen rot sah. Er stürmte auf Angus zu, packte ihn am Kragen und zog ihn gewaltsam von Raelyn herunter. Angus grunzte wütend, griff in seine Stiefel, drehte sich abrupt zu ihm um und warf den Sgian Dubh, den er aus seinem Stiefel gezogen hatte, direkt in Alexanders Richtung. Zu seinem Glück hatte Angus nicht sehr gut gezielt, denn der Dolch traf nur seinen Oberarm. Allerdings bohrte er sich so tief hinein, dass ihm das Schwert aus seiner Hand fiel. Rae schrie entsetzt auf, während Angus ihn breit angrinste.

»Wen haben wir denn hier? Den *Laoch*!« Er spuckte ihm das Wort gerade zu entgegen. »Da werden sich die Rotröcke aber freuen! Und ich mich umso mehr! Die Belohnung, die auf deinen Kopf ausgesetzt ist, ist nicht zu verachten. Sie wird mich eine ganze Weile vergessen lassen, was du mir angetan hast und dein Täubchen hier, wird ihr Übriges dazu tun.«

»Lass sie in Ruhe! Das hier ist eine Sache, die nur uns etwas angeht!«, zischte Alexander ihn an, während er den Dolch aus seinem Arm zog und ihn achtlos zu Boden warf.

»Das denke ich nicht!« Angus Grinsen wurde noch eine Spur breiter. »Es geht sie sehr wohl etwas an. Denn wenn ich erst einmal mit dir fertig bin, dann werde ich ihr zeigen, was es bedeutet, bei einem richtigen Mann zu liegen. Ich werde sie so hart nehmen, dass sie nie wieder einen anderen ansieht. Sie wird dich vergessen, genauso wie all die anderen vor ihr!«

Alexander konnte sehen, dass Raelyn nun instinktiv ein wenig von ihnen abrückte, sich in die hinterste Ecke der Schlafstelle drückte, ihre Beine anzog, ihre Arme um ihre Knie schlang und sie dabei fassungslos anstarrte. *Gut so! Dann war sie wenigstens halbwegs in Sicherheit, wenn es zum Kampf kam. Und dass es zu einem kommen würde, war nicht bloß eine Vermutung, sondern sicher.*

Es war offensichtlich, dass Angus ihn mit seinen verbalen Attacken aus der Ruhe bringen wollte, damit er etwas Unüberlegtes tat, aber da konnte er lange warten.

»Was ist, hat es dem *Laoch* die Sprache verschlagen? Vielleicht sollte ich ...« Alexander sah die Klinge eines weiteren Sgian Dubhs aufblitzen, noch bevor Angus sie richtig in seiner Hand hielt. *Das also hatte der verdammte Hurensohn geplant, mit Worten ablenken und dann ... Aber nicht mit ihm! Noch einmal fiel er nicht darauf herein!*

Bevor Angus sich bewegen konnte, schlug Alexander auch schon zu. Seine Faust landete in Angus Magengegend. Angus krümmte sich zusammen, doch Alexander wartete erst gar nicht, bis dieser sich wieder aufrichten konnte, sondern schlug erneut zu. Diesmal mit seiner anderen Faust, direkt auf Angus Kinn. Es tat ihm zwar höllisch weh, seinen verletzten Arm zu benutzen, aber wenn er und vor allen Dingen Raelyn, das hier unbeschadet überleben wollten, dann durfte er sich nicht von derlei Kleinigkeiten abhalten lassen.

Angus knurrte ihn wütend an, holte dann aus und schlug zurück, dabei versuchte er, die Klinge seines Dolchs in Alexanders Bauch zu rammen. Doch auch diesmal war das Glück auf seiner Seite.

Alex wich der Klinge aus und zog dabei ebenfalls einen seiner Sgian Dubhs hervor.

Raelyn beobachtete panisch die Szene. Alex war verletzt, doch das schien ihn nicht weiter zu kümmern. Er stand vor Angus mit stoischer Miene und wirkte dabei vollkommen ruhig. Anders sein Angreifer, der nahezu vor Wut schäumte und sich dann wie ein Besessener auf Alex stürzte.

Rae schrie vor Schreck erneut auf. Doch das war vollkommen unnötig, denn Alexander parierte Angus Angriff mit einer Leichtigkeit, die sie nie für möglich gehalten hätte. Es war gleichzeitig erschreckend und faszinierend, die beiden Männer bei ihrem Kampf auf Leben und Tod zu beobachten. *Leben und Tod?* Rae schrak innerlich zusammen. Hatte sie das gerade tatsächlich gedacht? Ja, denn es stimmte. Das hier war kein Spiel oder eine Szene aus einem dieser Spielfilme, sondern das hier war Realität. Einer dieser beiden Männer würde nicht mehr lebend aus dieser Hütte herauskommen und sie konnte nur hoffen, dass es nicht Alexander war.

Alexander wartete gespannt auf Angus nächsten Schachzug. Da dessen Attacken ständig ins Leere trafen, wurde dieser immer wütender und somit auch immer unvorsichtiger. Das war genau das, was er zu erreichen versucht und worauf er gehofft hatte. Angus stürzte sich jetzt mit seinem vollen Gewicht auf ihn, sodass sie beide polternd zu Boden fielen. Damit hatte er gerechnet. Noch im Fallen drehte er sich blitzschnell auf die Seite, so dass anstatt seiner, Angus lautstark auf dem Boden aufschlug. Gleichzeitig stach Alex mit seinem Dolch zu. Die Klinge fuhr bis zum Anschlag, an Angus Rippen vorbei, direkt in dessen Herz, so dass er, noch bevor man den Aufprall hören konnte, sein Leben bereits mit seinem letzten Atemzug aushauchte.

Alexander rappelte sich mühsam auf, derweil Angus tote Augen ihn ungläubig, aber auch anklagend anstarrten. Sein Blick wanderte zu Raelyn. Seine *shithiche beag* hatte sich während des gesamten Kampfes nicht einmal gerührt. Vielleicht weil sie geahnt hatte, dass sie ihn dabei nur ablenken würde. Auch jetzt saß sie noch immer vollkommen regungslos da und sah ihn an.

»Rae, geht es dir gut?«, hörte sie ihn sanft fragen. Rae nickte mechanisch. Er war verletzt und wollte von ihr wissen, ob es ihr gut ging?

»Bin ich zu spät gekommen?«, diesmal schüttelte sie leicht ihren Kopf.

»Verdammt! Wo zum Teufel bist du aufgewachsen, dass du jedwede Vorsicht außer Acht lässt und einfach so in ein Haus stürmst. Weißt du denn nicht, welche Gefahren hinter einer Tür auf dich lauern können?«

»Ich ...«, brachte sie mühsam hervor.

»Sag jetzt nichts. Beruhige dich erst einmal! Es ist ja noch einmal gut ausgegangen. Der Kerl hier wird niemandem mehr etwas antun. Doch ... Wir reden später. Vorher schaffe ich Angus erst einmal hinaus. Er muss ja nicht hier liegen bleiben.« Alex sah sie noch einmal kurz an, dann packte er Angus Füße und zog ihn hinter sich her aus der Hütte.

Alex hatte recht! Sie war so ein Idiot! Hatte er sie nicht erst heute Morgen darauf hingewiesen, wie gefährlich das Leben in den Highlands sein konnte. Hatte er sie nicht ausdrücklich gewarnt. Und sie Riesenrindvieh trampelte völlig unbedarft direkt in eine dieser Gefahren hinein. Kein Wunder, dass er sauer auf sie war. Er war verletzt oder vielmehr fast getötet worden, nur wegen ihr. Dass sie noch einmal mit einem blauen Auge davongekommen war, war alleine sein Verdienst. Wenn er nicht gewesen wäre ... Raelyn spürte, wie eine Welle von noch nie dagewesenen Emotionen sie plötzlich erfasste, die nichts mit ihrer Dankbarkeit ihm gegenüber zu tun hatten. Aye, sie war dankbar, aber da war noch weitaus mehr. Was zu Anfang vielleicht nur eine Schwärmerei gewesen war, hatte sich inzwischen zu etwas völlig anderem entwickelt. Obwohl er schnell aufbrauste, sie nicht gerade zuvorkommend behandelte und mit ihren Gefühlen gespielt hatte, fühlte sie sich dermaßen zu ihm hingezogen, dass es weh tat. Und jetzt, da er ihr das Leben gerettet hatte, war es sinnlos, es auch weiterhin zu leugnen. Sie hatte sich in diesen ungehobelten Kerl verliebt. Wider alle Vernunft! Und dass es so war, machte ihr mehr Angst, als all die Geschehnisse dieses Tages zusammen.

Alexander versteckte Angus Leiche in dem Schuppen. Es war wichtig, dass man ihn nicht sofort sah, denn wo er war, waren seine Männer meist in der Nähe. Er konnte von Glück sagen, dass nur er in der Hütte gewesen und Raelyn nicht direkt auf seine komplette Bande gestoßen war, denn dann wäre das Ganze für sie beide bestimmt nicht so glimpflich ausgegangen. Wie konnte sie nur? Aber es war im Grunde genommen auch nur wieder seine Schuld gewesen. Er hätte sie nicht aus den Augen lassen dürfen. Raelyn war alles andere als zurückhaltend. Sie überlegte nicht lange und stürmte einfach darauf los. Das hätte er nach ihrer Aktion auf der Lichtung wissen müssen. Doch, wer konnte ahnen, dass sie direkt ... Verdammt! Durch seine Unachtsamkeit wäre sie beinahe ...

Er wollte den Gedanken gar nicht erst zu Ende denken. Aber eines wurde ihm dadurch nur zu deutlich: Er war eine Gefahr für diejenigen, die er liebte. Liebte? Aye, er liebte Raelyn. Mit jeder Faser seines Seins. Doch, wenn er verhindern wollte, dass auch sie ihm genommen wurde, dann musste er verhindern, dass sie sich ebenfalls in ihn verliebte. Niemand war in seiner Nähe sicher. Vor allem die nicht, die unter seinem Schutz standen. Demnach gab es nur eine Möglichkeit sicherzustellen, dass Raelyn nicht dasselbe Schicksal erlitt, wie einst Lizzie, er musste sie dazu bringen ihn zu verlassen und das so schnell wie möglich.

Nachdem Alexander in die Hütte zurückgekehrt war, hatte er nicht, wie angekündigt, mit ihr geredet, sondern sich stattdessen wortlos dem Feuer gewidmet. Jetzt saßen sie seit einer gefühlten Ewigkeit in ihrem Innern, Alexander direkt vor dem Kamin auf einem Schemel und sie auf dem aus Latten und einem Strohsack bestehenden Bett und schwiegen noch immer. Die Stille war bedrückend, denn das leise Knacken der Holzscheite im Kamin war das einzige Geräusch, das sie hören konnte.

Es war offensichtlich, dass Alexander sich die Schuld am Tod der Männer und vielleicht auch an Angus Angriff gab, denn sein Blick, den er starr auf das Feuer gerichtet hielt, zeigte ihr nur allzu deutlich, dass er mit seinen Gedanken ganz woanders war.

»Alexander?« Es dauerte eine Weile, doch schließlich drehte er sich zu ihr um und sah sie an.

»Was ist mit dir los? Ich sehe doch, dass dich etwas quält. Ist es wegen der Männer oder machst du dir wegen Angus Vorwürfe?« Alexander schwieg noch immer.

»Du hattest recht. Ich hätte nicht einfach in die Hütte stürmen dürfen. Ich habe nicht nachgedacht. Es tut mir leid.«

»Rae«, antwortete er ihr leise. »Dir braucht es nicht leidzutun. Ich war Schuld! Ich hätte dich nicht ... Es war nicht das erste Mal, dass diejenigen, die unter meinem Schutz standen, dafür mit ihrem Leben bezahlt haben und du wärst beinahe die Nächste geworden.«

»Wovon redest du?«

»Ich glaube, jetzt ist es an der Zeit, dir deine Frage von heute Morgen zu beantworten. Aye, ich hatte eine glückliche Kindheit, jedenfalls solange, bis meine Mutter mich hierherbrachte. Ich bin in Frankreich aufgewachsen, auf einem kleinen entlegenen Anwesen in der Bretagne. Der Cameron hatte uns dorthin verbannt, um ihre Schande, nämlich mich, möglichst weit von sich entfernt zu wissen.«

»Du bist ein Bastard?«, Rae war erstaunt. »Das hätte ich nicht gedacht. Ich habe immer geglaubt, dass in deiner Zeit ...«, Rae biss sich vor Schreck auf die Zunge. *Verdammt, was hatte sie gerade gesagt? Sie musste besser aufpassen! Viel besser!* Alexander sah sie, derweil fragend an.

»Meine Zeit?«

»Ich meine, in dieser Zeit«, berichtigte sie schnell. »Manche Clans gehen nicht sehr freundlich mit Bastarden um. Aber die Mitglieder deines Clans scheinen dich hoch zu schätzen. Deshalb hätte ich nie ...« Alexander nickte.

»So ist es auch normalerweise«, unterbrach er sie. »Man ist bis zu seinem Tod gebrandmarkt.«

»Aber du nicht?«

»Nein, weil ich sie unterstütze, ihnen helfe, so gut ich kann. Die Einzigen, die mich immer noch nicht als vollwertiges Mitglied ihres Clans betrachten, sind die Brüder und Schwestern meiner Mutter. Sie würden mich am liebsten zum Teufel schicken, denn ich bin der schwarze Fleck auf ihrem ach so reinen Stammbaum. Aber weiter: Du kannst dir vielleicht denken, dass, als mich meine Mutter zu meinem Onkel brachte, er nicht gerade erfreut darüber war, mich zu sehen. Das hat er mich auch bei jeder erdenklichen Gelegenheit spüren lassen. Wäre Kendrick nicht gewesen ...

Doch nicht nur mir ging es damals schlecht. Nach dem letzten Aufstand war es für die verarmten Pächter nicht gerade einfach hier in den Highlands. Das was sie hatten, reichte kaum zum Leben. Oft zogen marodierende Banden umher, die ihnen auch noch den letzten Rest von dem nahmen, was der Laird oder die Engländer ihnen gelassen hatten. Du kannst dir das Elend kaum vorstellen, das dort herrschte. Kendrick, der mir nähersteht als ein Bruder, und ich beschlossen damals gemeinsam, etwas für diese Menschen zu tun. Es konnte ja nicht angehen, dass ihr Laird in Saus und Braus lebte, während seine Untergebenen am Hungertuch nagten. So wurde schließlich der *Laoch* geboren. Nicht der Gesetzlose, zu dem er sich später entwickelte, sondern vorerst nur der, der mit dem beachtlichen Vermögen seiner Mutter Gutes tat. Doch dann lernte ich Lizzie kennen. Sie wurde meine Frau und wir bekamen einen Sohn ...«

»Du bist verheiratet?«, unterbrach ihn Rae erstaunt.

»Ich war verheiratet. Meine Familie ist tot. Seit fünf Jahren. Man hat ihre Leichen in unserer abgebrannten Hütte gefunden. Es geschah, als mich die Rotröcke ...«

»Die Rotröcke?«

»Aye! Eine Verwechslung, denn der *Laoch* existierte zu diesem Zeitpunkt schon lange nicht mehr. Ich hatte Angst, dass, wenn ich ...

Ich wollte sie nicht in Gefahr bringen, denn damals nahmen die Angriffe auf abgelegene Höfe stetig zu. Ich ... Rae, du musst verstehen, dass es ein Risiko war, sie alleine zurückzulassen. Jedes Mal, wenn ich sie alleine zurückließ, bestand die Gefahr, dass — ...

Deshalb ließ ich den *Laoch* erst einmal verschwinden. Doch die Gefahr kam ohne mein Dazutun! Ich konnte mich noch nicht einmal von ihnen verabschieden. Seitdem treibt der *Laoch* ungehemmt sein Unwesen in den Highlands. Und das nicht nur in dem ...«

»Hast du sie getötet!« Alexander nickte.

»Aye! Jeden Einzelnen. Und nicht nur sie. Rae es waren seitdem viele. Sehr viele! Nicht nur Abtrünnige, sondern auch Rotröcke. Was meinst du, warum sie mich suchen? Keiner schert sich um ein paar tote Schotten. Um tote Rotröcke allerdings schon! Was mich erwartet, wenn sie mich in ihre Finger bekommen, wird alles andere als angenehm. Und es ist nur noch eine Frage der Zeit, wann es so weit sein wird, denn ich denke nicht, dass Charles mit seinem Aufstand Erfolg haben wird. Ich wünsche es mir zwar, aber ...

Unsere Armee ist lange nicht so gut ausgebildet wie die der Engländer. Sie haben zwar einen unbeugsamen Willen und unsagbaren Mut, aber dennoch ...« Rae zuckte innerlich zusammen. Wie recht er mit seiner Prognose hatte. Der Aufstand, der so erfolgversprechend begann, würde im Desaster von Culloden enden. Schottland würde nie wieder von einem Schotten regiert und was das Schlimmste von allem war, in den nächsten Jahren würden die Schotten mehr unter den Engländern leiden als jemals zuvor. Doch das konnte und wollte sie ihm nicht sagen.

»Du siehst also«, fuhr Alexander unbeirrt fort. »Mein Leben ist verwirkt und diejenigen, die mir beistehen, werden mit mir in den Abgrund gezogen werden, ob sie wollen oder nicht. Ich bringe keinem Glück. Jeder, der mir ... Rae, zuerst war es meine Mutter, die wegen mir in die Verbannung geschickt wurde, dann meine Familie, die Männer auf der Lichtung und jetzt wärst du fast ... Das war reines Glück, dass Angus alleine hier gelauert hat. Doch so viel Glück wird uns nicht immer beschienen sein. Ich kann dir nur raten, dich möglichst weit von mir zu entfernen, bevor auch du ein Opfer meiner Unfähigkeit wirst.« Rae stand einfach nur da und sah ihn an. Kein Wunder, dass er geschwiegen hatte, wenn er sich selbst die Schuld an all dem gab. Dennoch hatte er Unrecht! Nicht er war Schuld, sondern es war schlicht und ergreifend eine Verkettung unglücklicher Zufälle. Doch dass er seinen Sohn ... Sie spürte, wie ihr allein schon beim Gedanken an ihn, Tränen in die Augen traten und konnte sich nur allzu lebhaft vorstellen, wie es Alexander damit gegangen war.

»Wie alt war er?«

»Noch kein Jahr!«

»Oh, Alexander!« Raelyn ließ ihren Tränen freien Lauf. Das war so schrecklich! Auch in Alexanders Augen schimmerten nun Tränen. Rae konnte nicht anders. Seine Trauer traf sie bis ins Mark. Sie wollte nur noch eins: Ihn trösten. Ihn in den Arm nehmen und ihm zeigen, dass es jemanden gab, der mit ihm fühlte. Der für ihn da war, wann immer er sie brauchte. Sie sprang auf, lief zu ihm, ließ sich vor seinem Schemel auf ihre Knie fallen und schlang ihre Arme um seinen Hals. Alexander rührte sich nicht. Er saß stocksteif da.

Raelyn versuchte verzweifelt, ihn ein wenig zu sich zu ziehen, doch anstatt ihr entgegenzukommen, sperrte er sich gegen sie. Das war zu viel für sie. Das war weit schlimmer als all das, was er ihr zuvor angetan hatte.

»Rae, lass mich! Das habe ich nicht verdient! Ich habe dich nicht verdient!«, hörte sie ihn leise sagen. Seine Worte trafen sie wie ein Faustschlag. Rae starrte ihn an. Er wollte ihren Trost nicht! Er wollte sie nicht! Er wollte einzig und allein, dass sie ging. Dass sie ihn in seiner Trauer und in seinem Selbstmitleid in Ruhe ließ. Und sie hatte sich tatsächlich eingebildet ... Verdammt! Die Tränen, die jetzt über ihre Wangen liefen, waren nicht die aus Trauer, sondern die aus Wut.

»Wer sagt das?«, brachte sie schließlich mühsam hervor. »Du?« Mit jedem Ihrer Worte wurde sie nur noch wütender. Wie konnte ein einzelner Mann, noch dazu einer wie er, sich nur derartig in seinen Selbstzweifeln und seinem Selbstmitleid suhlen? Gut, sie hatte sich auch sehr lange darin gesuhlt, aber sie hatte auch allen Grund dazu. Ihr Sprachfehler und ihr damaliges Aussehen hatten nicht gerade ihr Selbstbewusstsein gefördert. Doch Alexander war das genaue Gegenteil von ihrem damaligen Ich. Er war groß, stark, gütig und was das Wichtigste war, die Leute hier schauten zu ihm auf. Wie konnte er sich dann so aufführen, als wäre er der größte Versager auf dem Erdball. Raelyn schnaubte vor Wut.

»Willst du dich bis in alle Ewigkeit für etwas bestrafen, an dem du nicht die Schuld trägst? Warst du es, der seine Mutter ins Exil schickte? Hast du deine Familie oder die Männer auf der Lichtung eigenhändig getötet? Bist du Hals über Kopf in die Hütte gerannt und hast dich in Gefahr begeben? Verdammt, Alexander! Nicht jedes Unglück, das geschieht, ist von dir verschuldet. Du bist genauso ein Opfer wie diejenigen, die tot vor dir gelegen haben. Und ... ob du mich verdienst oder nicht, das ist ja wohl ganz und gar meine Entscheidung!« Alexander starrte sie irritiert an.

»Wieso hast du mich dann überhaupt noch mit hierher genommen? Nur um mir dein Unvermögen vor Augen zu führen? Das hättest du dir auch sparen können! Es wäre vielleicht wirklich besser gewesen, wenn ich auf der Lichtung verschwunden wäre.« Rae sprang vor ihm wieder auf ihre Füße. »Eines noch Mr. „Ich bin ja so arm dran“ Cameron, die Welt dreht sich nicht nur um dich! Auch anderen Menschen widerfahren schreckliche Dinge, doch sie geben nicht so schnell auf. Sie kämpfen, denn das Leben ist viel zu kurz, als dass man es mit haltlosen Selbstvorwürfen vergeuden sollte! Aber da du es anscheinend ja so willst, bitte, tue dir keinen Zwang an! Ich allerdings werde dir nicht dabei zusehen, wie du dich selbst zerstörst —... Du willst mich nicht! Gut! Dann gehe ich! Aber wage es ja nicht, anschließend darüber zu jammern. Denn es wird niemand mehr da sein, der es hört!« Mit diesen Worten drehte sie ihm den Rücken zu. So hatte sie noch niemals zuvor mit irgendjemanden gesprochen. Diese Seite an ihr war ihr völlig neu. Aber sie war auch noch nie zuvor so wütend gewesen und er hatte es, weiß Gott, auch nicht anders verdient!

Alexander starrte Raelyn völlig entgeistert an. So hatte noch niemand mit ihm zu sprechen gewagt, noch nicht einmal seine Mutter. Das Fatale daran war jedoch nicht, dass sie mit ihrer Tirade recht hatte, sondern dass er augenscheinlich erreicht hatte, was er wollte. Sie ging! Und so wütend, wie sie diesmal auf ihn war, wahrscheinlich endgültig.

Sie war zu ihm gekommen, und er hatte sie von sich gestoßen. Sie zweimal an einem Tag dermaßen zu verletzen, war definitiv einmal zu viel. Aber hatte er wirklich gewollt, dass sie verschwand? Nein, mit Sicherheit nicht! Doch woher sollte sie das wissen, wenn er sich benahm wie der größte Narr in ganz Schottland. Nur **wie**? Nein, er **war** der größte Narr Schottlands.

Wenn er sie jetzt gehen ließ, dann hatte er sie wirklich nicht verdient. Und wie kam sie bloß darauf, dass er sie nicht wollte? Seit ihrer ersten Begegnung konnte er an nichts anderes mehr denken, als an sie. Selbst in seinen Träumen sah er nur noch sie. Und nun war sie leibhaftig zu ihm gekommen und er ließ sie gehen? Du riesen Tölpel, schalt er sich selbst. Wenn du jetzt einfach hier sitzen bleibst und sie nicht aufhältst, dann ist das diesmal wirklich deine Schuld. Dann hast du es dir diesmal wirklich selbst zuzuschreiben, dass du den Menschen, den du liebst, verloren hast! Liebe? Wie kam er nur darauf, nach nur wenigen Begegnungen an Liebe zu denken? Brauchte Liebe nicht Zeit, um zu wachsen? War es nicht doch eher Begehren, was er empfand? Nein, beantwortet er sich selbst seine Frage. Mit bloßem Begehren waren seine Gefühle für sie nicht zu beschreiben. Da war weit mehr, und wenn er nicht unverzüglich handelte, dann ...

Alexander sprang dermaßen entschieden auf, dass der Schemel, auf dem er gesessen hatte, laut polternd auf den Boden fiel. Mit wenigen Schritten erreichte er Raelyn, kurz bevor diese die Tür öffnen konnte.

»Rae, geh nicht!«, bat er sie leise. Raelyn sah ihn nicht an.

»Wie oft noch, Alexander? Ich kann das nicht. Jedes Mal, wenn du wütend auf dich selbst bist, bin ich diejenige, die es zu spüren bekommt. Das habe ich nicht verdient. Ich wollte dich trösten, wollte dir zeigen, dass nicht du ...«, sie stockte.

»Es tut mir leid!«

»Sicher! Im Moment schon und dann? Alexander, man hat mich in meinem Leben, weiß Gott genug ... Nicht auch noch du! Das mit uns hat sowieso keine Zukunft. Was nutzen einem Gefühle, wenn sie doch nur enttäuscht werden. Ich will aber nicht mehr enttäuscht werden! Nie wieder!«

»Und wenn ich dir verspreche, dass ich von nun an ...«

»Versprich nichts, was du nicht halten kannst!«

»Ich verspreche es nicht nur, ich gelobe es dir feierlich. Rae, du hast mir die Augen geöffnet. In all den Jahren wollte ich es nicht wahrhaben, aber du hast recht.

Und ich will verdammt sein, wenn ... Rae, bitte sieh mich an!« Raelyn schüttelte ihren Kopf.

»Nein, dieses Mal nicht! Ich werde dich nicht ansehen, nie mehr.«

»Willst du einen Beweis?« Alexander wartete erst gar nicht auf ihre Antwort, sondern umfasste direkt ihre Taille. Dabei beugte er sich zu ihr hinunter und fuhr mit seinen Lippen über ihren Nacken.

Diesmal war es Raelyn, die stocksteif vor ihm stehenblieb und ihm auf diese Weise schmerzhaft zu verstehen gab, dass er damit nichts erreichte.

So langsam bekam er eine Vorstellung, wie sie sich bei seiner Zurückweisung gefühlt haben musste, doch so schnell wie sie würde er nicht aufgeben. Dieses Mal nicht!

Verständlich, dass sie so reagierte, doch damit würde sie niemals das erreichen, was sie eigentlich wollte. Ganz im Gegenteil! Er würde nicht aufhören, ihre Zurückweisung spornte ihn nur noch mehr an.

»M*o shithiche beag*«, flüsterte er ihr zu, als seine Lippen die kleine Kuhle unter ihrem Ohr erreichten. »Bitte!« Er konnte fühlen, wie ihre Anspannung ganz langsam etwas anderem wich. »Rae, ich habe mich noch nie einer Frau gegenüber ... Du raubst mir den Verstand! In deiner Nähe kann ich nicht mehr klar denken und deshalb ...« Erneut küsste er sie auf die empfindliche Stelle unter ihrem Ohr. Rae hielt den Atem an. Erst als er seinen Mund von ihr löste, hörte er sie ausatmen.

»Deshalb verletzt du mich?«, brachte sie schließlich tonlos hervor.

»Nein, ich wollte dich nie verletzen. Das musst du mir glauben.« *Vielleicht war jetzt der richtige Moment sie, ...*

Alex versuchte zaghaft, sie in seine Richtung zu drehen und sie gab, wider Erwarten, tatsächlich nach. Sie sah ihn an, wie ein verletztes Reh, das nur darauf wartet, dass man ihm den Todesstoß versetzt, doch den würde sie nicht bekommen. Nicht von ihm! Niemals!

»Rae, seit unserer ersten Begegnung, kann ich an nichts anderes mehr denken, als an dich. Vielleicht habe ich mich deshalb so benommen. Ich wollte dich von mir wegstoßen, weil ich mir selbst nicht erlaubt habe ... Ach verdammt! Ich bin nicht gut in so etwas ... Ich glaube, ich sage schon wieder das Falsche. Ich ... Was ich dir eigentlich sagen will ...«, stammelte er.

Raelyn sah ihm tief in seine Augen. Hieß es nicht, dass die Augen der Spiegel der Seele seien? Seine Augen, Tigeraugen, diesmal in der Farbe eines dunklen Bernsteins, erwiderten ihren Blick und sie schmolz dahin.

Solche Augen müssten verboten werden, schoss es ihr durch den Kopf. Wenn schon ein einzelner seiner Blicke, sie völlig aus der Fassung brachte, was würde dann erst geschehen, wenn er ... Als hätte er ihre Gedanken erraten, beugte sich Alexander nun noch weiter zu ihr herunter. Seine eine Hand wanderte über ihren Rücken, bis hinauf zu ihrem Hals und vergrub sich dort in ihrem Haar, dabei zog er sie näher zu sich.

Sie konnte bereits ahnen, was nun kommen würde. Ihr Verstand versuchte, sie laut und deutlich davor zu warnen, doch ihr Herz öffnete ihm bereits Tür und Tor. In dem Moment, als seine Lippen sanft die ihren berührten, seine Zunge zaghaft um Einlass bat und sie ihm diesen gewährte, wusste sie, dass sie verloren war. Sie gehörte ihm. Mit jeder Faser ihres Seins und ein Zurück würde es für sie nicht mehr geben.

Alexander stöhnte leise, als sie ihren Mund für ihn öffnete und ihm so zu verstehen gab, dass auch sie es wollte. Er war nicht mehr Herr seiner Sinne. Raelyn erwiderte seinen Kuss mit derselben Hingabe, die auch er an den Tag legte. Als er spürte, dass sie dabei ihren Körper noch näher an seinen presste, war es um ihn geschehen. Sein Verlangen nach ihr war so stark, dass es schmerzte. Er wollte sie ganz! Wollte ihr zeigen, was er für sie empfand. Wollte, dass auch sie so für ihn empfand. Wollte sie endlich spüren lassen, dass sie zu ihm gehörte. Ganz allein zu ihm!

Er konnte an nichts anderes mehr denken, als sie unter sich zu spüren und sich tief in ihr zu versenken, um mit ihr zu einem Ganzen zu verschmelzen. Alexander seufzte leise, während er Raelyn nun auf seine Arme hob und langsam zu dem Strohsack trug. Das hier war zwar nicht das, was er sich für sie wünschte, aber warten konnte er auch nicht mehr.

Ihr schien es ähnlich zu gehen, denn noch während er sie trug, spürte er ihre Finger, die vorsichtig die Brosche seines Plaids lösten, es dann von seiner Schulter schoben und schließlich in den Ausschnitt seines Hemdes wanderten. Ihre sanften Berührungen trafen ihn wie ein Schlag. All seine verdrängten Emotionen, die sich in den vergangenen Jahren aufgestaut hatten, bahnten sich ihren Weg an die Oberfläche und entluden sich, wie ein brodelnder Vulkan. Die Zeiten der Askese und selbstauferlegten Einsamkeit waren endgültig vorbei. Was niemand vor ihr geschafft hatte, hatte sie in nur wenigen Tagen vollbracht. Seine wunderschöne *Shithiche beag* hatte seine Mauern eingerissen und nun gab es kein Zurück mehr.

40

Als Raelyn erwachte, lag sie auf Alexanders breiter, nackter Brust. Sein Brustkorb hob und senkte sich gleichmäßig. Er schlief also noch. Die vergangene Nacht war die berauschendste ihres Lebens gewesen. Alexander hatte sie auf eine Art und Weise geliebt, wie sie es sich selbst in ihren kühnsten Träumen niemals hatte ausmalen können. Er war so zärtlich und gleichzeitig so stark und wild gewesen, dass die Wogen seiner Leidenschaft, sie einfach mit sich gerissen hatten. Als er ihr dann auch noch, *tha gradh agam ort* zugeflüstert hatte, war es endgültig um sie geschehen. Ein Mann wie er, flüsterte mit Sicherheit nicht gleich jeder, *Ich liebe dich,* in ihr Ohr. Jetzt im Schlaf wirkte er nicht nur entspannt, sondern genauso gesättigt wie sie. Die feinen Bartstoppeln, die sich auf seinen Wangen und auf seinem Kinn zeigten, verliehen ihm ein verwegenes Aussehen. Das passte, denn auch in der Liebe war er mehr als verwegen.

Rae konnte nicht anders. Sie musste wissen, wie sie sich auf seiner Haut anfühlen würden. Ganz vorsichtig, um ihn nicht zu wecken, fuhr sie mit einer Hand über die Konturen seines Gesichts.

Alexander schlug die Augen auf, als er die sanfte Berührung spürte. Raelyn! Sie war noch immer bei ihm. Verflucht! Er hatte sich wie ein Tier benommen. Er hatte sie noch nicht einmal gefragt, ob ... Doch allem Anschein nach hatte sie es genauso genossen wie er, denn sie war nicht einfach gegangen. Hatte sich nicht davon gestohlen, wie ein Dieb in der Nacht, sondern, war bei ihm geblieben. Mehr als das! Sie lag noch immer vollkommen unbekleidet auf ihm und ...

Ihre nackte Haut auf seiner, brachte ihn erneut dazu, sofort wieder hart zu werden. Seine Arme schlangen sich wie von selbst um ihren Körper und zogen sie näher an sich heran.

»Du bist wach?«, ihre Frage klang erstaunt. Alexander nickte.

»Aye, *mo chridhe*!«, entgegnete er ihr leise. Er nannte sie sein Herz? Aye, denn sie hatte es wieder zum Schlagen gebracht. »Geht es dir gut? Ich meine, ich habe dich ... Warst du noch ...?« Raelyn lächelte ihn an.

»Nein, keine Sorge da war nichts mehr, was du zerstören konntest. Die letzte Nacht war ...«

»Rae ich habe mich dir gegenüber wie ein Tier verhalten«, unterbrach er sie. »Ich wollte dich eigentlich ..., aber ... Habe ich dir weh getan?« Rae schüttelte ihren Kopf.

»Nein! Ganz und gar nicht! Die vergangene Nacht war die Schönste, die ich je erlebt habe. Aber wie geht es dir? Dein Arm ... oder fragst du mich, weil du es schon wieder bereust?«

»Verdammt, Rae, das, was wir zusammen hatten, werde ich niemals bereuen. Du bist das Beste, was mir seit sehr langer Zeit widerfahren ist, also frage mich nie wieder, ob ich es bereue:«

»Und dein Arm? Soll ich ihn dir neu verbinden?« Rae sah auf den inzwischen blutdurchtränkten Verband, den sie ihm, nach ihrem ersten Mal, aus einem aus ihrem Unterrock gerissenen Streifen um die Wunde gebunden hatte. Alexander schüttelte seinen Kopf.

»Nein! Die Wunde blutet nicht mehr und außerdem fallen mir unzählige Dinge ein, die ich jetzt viel lieber mit dir täte.« Raes Blick wanderte unwillkürlich hinunter auf seine Lenden.

»Das sehe ich.«

Er brauchte sie noch nicht einmal dazu auffordern. Diesmal jedoch ließ er sich Zeit. Viel Zeit! Denn sie hatte es verdient, dass er sie sanft und zärtlich zum Höhepunkt brachte.

Als sie schließlich mit von ihrem Liebesspiel noch immer geröteten Wangen neben ihm lag und sich eng an ihn schmiegte, fühlte er sich einfach nur ... zufrieden. Ja er war zufrieden und nicht nur das. Er war glücklich! So glücklich, wie seit einer Ewigkeit nicht mehr.

»Sollten wir uns jetzt nicht besser wieder anziehen«, wollte sie schließlich von ihm wissen.

»Wenn Kendrick mit den Männern auftaucht, möchte ich ihm ungern ...«

»Kendrick wird nicht so schnell auftauchen. Wie ich ihn kenne, wird er mit den Männern in der letzten Nacht Totenwache gehalten und die Gefallenen erst nach dem ersten Hahnenschrei begraben haben. Es dürfte demnach noch etwas dauern, bis er zu uns stößt.« Rae schmiegte sich erneut enger an ihn.

»Du hast mir meine Frage von gestern immer noch nicht beantwortet.« Rae hob ihren Kopf und sah ihn an.

»Glaubst du immer noch, ich ...?«

»Nein«, unterbrach er sie schnell. »Ich meine das Armband. Wenn es nicht von einem Mann ist, woher stammt es dann?«

»Aus der Kiste«, antwortete sie ihm wahrheitsgemäß.

»Damals, als du einfach verschwunden bist. Du weißt, in der Galerie meines Onkels, da hattest du ein Pferd in deiner Hand.« Rae nickte.

»Das Pferd«, fuhr er fort, während er unwillkürlich mit einer ihrer Locken spielte.

»Ich habe es sofort erkannt. Ich dachte, du hättest es aus meinem Sporran genommen. Aber heute weiß ich, dass es nicht so war. Als ich nachgesehen habe, hat es sich noch darin befunden. Wie war das möglich?«

Rae starrte ihn an. Was sollte sie ihm sagen? Die Wahrheit?

»Alex, ich ...«

»Als ich es dir aus der Hand gerissen habe, bist du einfach verschwunden. War das Magie?«

»Alex ich weiß nicht, was es war«, entgegnete sie ihm. »Ich ...«

»Könntest du auch jetzt wieder einfach verschwinden?« Rae nickte, dabei wanderte ihr Blick unbewusst auf ihr Armband. Alexander bedachte sie daraufhin mit einem Lächeln.

»Ich verstehe. Deshalb machst du ein Geheimnis daraus. Aber es ist gut, dass ich es jetzt weiß.«

Sie musste wohl leicht eingeschlafen sein, denn als Raelyn ihre Augen erneut öffnete, war der Platz neben ihr im Bett leer und genauso leer fühlte sie sich auch. Irgendetwas fehlte. Nicht irgendetwas, sondern Alexander! Rae ließ ihren Blick durch die kleine Kammer schweifen. Dort stand er, nahe dem kleinen Fenster und spähte vorsichtig hinaus. Sie musste eine ganze Weile geschlafen haben, denn, in der Zwischenzeit hatte er sich vollständig angekleidet. Selbst sein Schwert steckte bereits in dessen Scheide.

»Alex?« Er drehte sich zu ihr um.

»Du bist wach? Das ist gut! Rae es kommen Reiter. Mehr als ein Dutzend!«

»Kendrick?« Alex schüttelte seinen Kopf.

»Nein! Ich glaube, ich muss dir nicht sagen, wer sie sind!« Rae erschrak. Die Campbells!

»Dann musst du von hier verschwinden«, entgegnete sie ihm, während sie dabei hektisch ihre Sachen zusammensuchte.

»Nein Rae!«, Alex war mit wenigen Schritten bei ihr. »Wenn wir jetzt fliehen, würde ich dich nur in Gefahr bringen. Mo chridhe, meine kleine *shithiche beag,* küss mich noch einmal.« Alex nahm ihr Gesicht in seine Hände und küsste sie, als wäre es das letzte Mal. Rae war dermaßen gefangen, dass sie gar nicht bemerkte, wie er eine seiner Hände von ihrem Gesicht über ihren Hals, ihre Schulter und schließlich über ihren Arm bis zu ihrem Handgelenk wandern ließ.

Für einen Moment löste er sich von ihr und sah ihr dabei tief in die Augen.

»Ich weiß, dass du das jetzt nicht verstehen wirst«, flüsterte er ihr zu. »Vielleicht wirst du mich deswegen auch hassen, aber es ist das Beste für dich. Vergiss nie: Tha grad agam ort, Raelyn MacLeod. Ich liebe dich und werde dich bis in alle Ewigkeit lieben und so Gott will, werden wir uns eines Tages wiedersehen.«

Rae wollte gerade erwidern, dass sie sich nicht wiedersehen mussten, weil sie ja noch immer bei ihm war. Da spürte sie seinen Daumen unter dem Verschluss ihrer Armbands. Sie hörte das leise Klicken, als sich der Verschluss öffnete. Fühlte, wie das Armband langsam von ihrem Handgelenk glitt und sah wie Alexander vor ihren Augen verschwamm und schließlich vollends verschwand.

41

Alexander fühlte die erneute Leere in sich, noch bevor Raelyn vollständig verschwand. Er war sich bewusst, dass er sie niemals mehr lebend wiedersehen würde. Aber hieß es nicht, dass zwei Seelen, die zueinander gehörten, sich immer wieder fanden? Ganz egal wohin sie auch gingen? Wohin er in nicht allzu ferner Zeit gehen würde, war ihm klar. Er konnte nur hoffen, dass sie ihn, wenn sie ihm dereinst in die andere Welt folgte, fand.

Alex ließ sich auf das Bett sinken und griff nach Raelyns Oberteil, das dort noch immer lag. Ihr Duft hing wie ein leichter Hauch in der Luft. Das war alles, was ihm von ihr geblieben war und er würde ihn solange einatmen, bis die Campbells kamen, um ihn zu holen.

»Willst du leben«, hörte er nach einer Weile eine Stimme, die vom Kamin kam. Alex blickte auf.

Dort, direkt vor dem Feuer stand ein Mann und beobachtete ihn. Seine eisblauen Augen schienen von innen heraus zu glühen, und seine silbrig glänzenden Haare reflektierten den Schein des Feuers. Er kannte diesen Mann. Ron, wenn er sich nicht täuschte. Er hatte ihn schon mehrfach bei seiner Mutter gesehen. Was sie allerdings mit ihm zu schaffen hatte, wusste er nicht. Er war ihm immer aus dem Weg gegangen. Jetzt allerdings konnte er ihm nicht aus dem Weg gehen.

»Was wollt Ihr von mir, und wie seid Ihr überhaupt hier hereingekommen?«

»Ich habe Mittel und Wege, von denen du nichts verstehst. Und was ich von dir will? Sagen wir es einmal so. Ich bin die helfende Hand, die verhindern kann, dass die Campbells dich in ihre Finger bekommen.« Alex sah ihn skeptisch an. Er mochte den Mann nicht. Etwas stimmte nicht mit ihm.

»Und Euer Preis?« Ron kam nun direkt auf ihn zu.

»Du kommst gleich zur Sache, das gefällt mir. Mein Preis bist du!«

»Seid Ihr der Teufel?« Ein selbstgefälliges Grinsen erschien auf Rons Gesicht.

»Was habt Ihr nur alle immer mit dem Teufel? Sehe ich so aus? Habe ich einen Schwanz oder einen Pferdefuß? Nein, mein Junge, mit dieser Kreatur habe ich genauso wenig gemein, wie du mit einem Schafbock. Ich will auch nicht nur deine Seele, sondern ich will dich ganz!«

»Dann werdet Ihr Euch einen anderen für Euren Handel suchen müssen.«

»Du willst also dein Leben einfach wegwerfen? Es enden lassen, bevor es überhaupt richtig begann?«, Ron sah ihn ungläubig an. Alex nickte.

»Wenn meine Rettung bedeutet, dass ich mich stattdessen in Eure Hände begeben muss, dann ja. Ich werde auf keinen Handel mit Euch eingehen. Niemals!«

»Dann willst du sie auch nicht mehr wiedersehen?«

»Lasst Raelyn aus dem Spiel! Sie hat damit nichts zu schaffen!«, Alexander funkelte ihn aus halbzusammengekniffenen Augen wütend an. »Wenn es mein Schicksal ist, dann soll es so sein.«

»Dann, mein Junge, kann ich nichts mehr für dich tun. Aber ich habe es wenigstens versucht. Gehab dich wohl!« Mit diesen Worten löste er sich genau wie zuvor Raelyn vor Alexanders Augen in Luft auf.

Alexander starrte auf die nun leere Stelle. Konnte dieser Ron etwa genauso wie Raelyn anhand von Gegenständen plötzlich verschwinden. Aber nein! Ron war anders! Irgendwie unheimlich! Raelyn hingegen war ...

Das Wiehern einiger Pferde unterbrach abrupt seinen Gedankengang. Alex sprang auf und lief zu dem Fenster. Dort spähte er vorsichtig hinaus. Vor der Hütte befanden sich in etwa zwei Dutzend schwer bewaffnete Männer. Ihr Anführer, ein hagerer, bleicher, rothaariger Mann gab einigen von ihnen ein Zeichen, sodass sie absaßen.

»Und Ihr seid Euch sicher, dass er sich hier versteckt?«, hörte er ihn rufen.

»Er kann sich nur hier verkrochen haben. Das ist die einzige Hütte im Umkreis von wer weiß wie viel Meilen. Ich würde darauf wetten, dass er hier ist«, hörte er eine Frauenstimme sagen, die ihm merkwürdig bekannt vorkam.

»Zu schade, dass die Männer, die wir vorhin aufgegriffen haben, uns nichts verraten wollten.« *Redete er von Kendrick? Verdammt!*

»Los Männer, durchsucht die Hütte, aber lasst ihn am Leben. Das, was wir für ihn vorgesehen haben, ist viel erbaulicher, als ein allzu schneller Tod.« Die angesprochenen Männer stürmten nun auf die Hütte zu. Einige von ihnen konnte er ohne Zweifel mitnehmen, wenn sie versuchten, ihn in die Hölle zuschickten. Aber es waren definitiv zu viele, um ihnen zu entkommen. Er hatte also die Wahl, sich entweder kampflos zu ergeben oder aber ... Nein er würde sich nicht ergeben! Niemals! Alexander zog sein Schwert aus der Scheide, baute sich dann vor der Tür auf und wartete.

Doch als die Tür von außen aufgerissen wurde, waren es keine Männer, die vor ihm standen, sondern ... Lizzie. Alex Augen weiteten sich. Das konnte nicht sein. Er musste sich täuschen. Lizzie war seit fünf Jahren tot und begraben und sein Sohn mit ihr.

»Lizzie ...«, brachte er schließlich tonlos hervor.

»Aye! So sehen wir uns also wieder.« Lizzie grinste ihn hämisch an, derweil sie einen Schritt auf ihn zukam.

»Ich dachte, du wärst ...«

»Was? Tot? Nein! Die verbrannte Leiche, die sie fanden, war die einer Hure aus dem fahrenden Volk. Sie hat sich zwar gestäubt, aber letztendlich musste sie sich ihrem Schicksal ergeben.« Alexander sah sie verständnislos an.

»Du fragst dich sicher, warum? Warum ich meinen Tod vorgetäuscht habe? Weil ich dich hasse Alexander Cameron. Ich habe dich schon immer gehasst! Ich konnte es nicht länger ertragen, wenn du mich mit deinen schwieligen Händen berührt hast.«

»Und unser Sohn?«

»Der ist mit dieser Hure zusammen verbrannt.«

»Du hast ihn nicht aus dem Feuer geholt?«

»Ich habe das Feuer gelegt, warum sollte ich ihn dann herausholen.« Alexander war zutiefst erschüttert und verwirrt.

»Warum Lizzie? Habe ich dir nicht alles gegeben, was du wolltest?«

»Aye, aber das war lange nicht genug. Ich dachte, wenn ich einen aus dem allseits gepriesenen Cameronclan heirate, würden sich mir ungeahnte Möglichkeiten eröffnen. Aber weit gefehlt, ich bin nur an den Bastard geraten, der von den Seinen verabscheut wurde. Doch das war es nicht allein! Erinnerst du dich zufällig noch an Gordon MacKenzie? Du weißt, der Anführer einer dieser marodierenden Banden. Es ist bereits Jahre her. Du warst damals noch sehr jung. Gerade den Kinderschuhen entwachsen und auf deiner ersten großen Mission für deinen Onkel. Es muss demnach in etwa ein Jahr vor unserem ersten Zusammentreffen gewesen sein.«

Alexander versuchte verzweifelt, sich zu erinnern. Ja, Gordon MacKenzie, war einer der Schlimmsten seiner Sorte. Alex war damals mit Kendrick und einigen Männern seines Onkels aufgebrochen, um nach einigen Pächtern zu sehen. Seinem Onkel war zu Ohren gekommen, dass Abtrünnige, sich auf seinem Land herumtrieben, Vieh stahlen und den Frauen Gewalt antaten. Als sie eine der Katen erreicht hatten, waren sie auf Gordon und dessen Männer gestoßen. Es war zum Kampf gekommen, bei dem nur einer dieser Hurensöhne hatte fliehen können. Er selbst hatte sich mit Gordon angelegt und den Sieg davongetragen. Alexander nickte. Aye, er konnte sich an Gordon erinnern. Lizzie sah in hasserfüllt an.

»Das dachte ich mir. Du musst wissen, Gordon MacKenzie war mein Vater!«

»Ich dachte, du wärst —...«

»Bridgets Cousine? Aye! Ihre Mutter und meine Mutter waren Schwestern. Außerdem hast du mich nie nach meinem Vater gefragt. Du siehst also, ich habe allen Grund, dich zu hassen! Ich musste verdammt lange warten. Aber das Warten hat sich gelohnt. Jetzt werden sie dich dorthin schicken, wo du hingehörst, nämlich in die Hölle!« Alexander starrte sie noch immer entgeistert an.

Was sie ihm erzählte, war unfassbar. Sie hatte die Hütte angezündet, ihr Kind verbrennen lassen und das alles nur um sich an ihm zu rächen. Seine Fassungslosigkeit verwandelte allmählich in maßlose Wut. Je mehr er über ihre Worte nachdachte, desto zorniger wurde er. Das hatte Ian gemeint, als er vom Verrat einer Frau sprach und von der Lüge, die damit zusammenhing.

»Hat es jemand gewusst?«, presste er mühevoll hervor. Lizzie nickte.

»Wer?«

»Dein Onkel! Er wusste nicht warum und er hat auch nicht danach gefragt, aber er hat mitgespielt. Wahrscheinlich war er froh, dass er mich und deinen Sohn nicht weiter durchfüttern musste. Ein Bastard bleibt eben ein Bastard! Und der Spross eines Bastards ist genau wie sein Vater ein elender Bastard, der es nicht verdient hat, in unserer Welt zu existieren.« Alexander war dermaßen wütend, dass er sich selbst vergaß. Sein Hass auf Lizzie und all jene, die von ihrem Verrat wussten, raubte ihm den letzten Rest seines Verstandes. Ohne zu überlegen, zog er einen seiner Sgian Dubhs aus seinem Ärmel und warf ihn in Lizzies Richtung.

Er hatte wesentlich besser gezielt als Angus, denn sein Dolch verfehlte sein Ziel nicht. Er bohrte sich tief in Lizzies Brust. Lizzie schrie auf, taumelte und fiel zu Boden. Das einzige woran er noch denken konnte, war, dass sie wenigstens die gerechte Strafe für ihre Taten bekommen hatte und dass, wenn er zur Hölle fuhr, sie wahrscheinlich schon dort wäre.

42

Er hatte sich anschließend doch ohne Widerstand von den Campbells verhaften lassen. Diese hatten ihn in die Festung von Stirling geschafft. Mittlerweile musste es November sein. Aber das war eine reine Vermutung, denn er hatte inzwischen jedwedes Zeitgefühl verloren. Bei ihren fast täglichen Verhören waren die Rotröcke nicht gerade zimperlich mit ihm umgegangen. Nur der Gedanke an Raelyn hatte ihn dazu gebracht, nicht vollkommen irrsinnig zu werden. Sie war sein Halt, seine Stütze und das, obwohl er sie nie wiedersehen würde. Er würde sie nie wieder in seinen Armen halten können. Nie wieder ihre Lippen auf seinen spüren, und ihren exotischen Duft dabei einatmen. Sie war für ihn für immer verloren und das schmerzte ihn mehr, als all die Wunden, die seine Häscher ihm in der Zwischenzeit zugefügt hatten. Doch noch lebte er. Zwar mehr schlecht als recht, aber er lebte. Das würde sich allerdings bald ändern, sehr bald sogar!

Vor ein paar Tagen hatten sie ihn aus seiner Zelle gezerrt und ihm zum Schein den Prozess gemacht. Da war ihm auch aufgefallen, dass sich auf dem Hof eine Schicht Raureif gebildet hatte. Demnach war der Winter nicht mehr fern. Doch er würde ihn nicht mehr erleben, denn dies hier war seine letzte Nacht.

Das Licht des vollen Mondes warf einen bizarren Schatten auf den nackten kalten Boden seiner dunklen Zelle. Ein Kreuz, an dem ein Mann hing. Seine Gedanken waren eindeutig Blasphemie, aber selbst bei mehrmaligem Hinsehen, änderte sich das Bild nicht. Zum einen lag es daran, dass die Gitterstäbe des kleinen Fensters sich als Kreuz auf dem Boden abzeichneten und zum anderen an seinem eigenen Schatten. Sie hatten ihn aufrechtstehend mittig an die Decke der Zelle gekettet. »Damit er seine letzte Nacht nicht verschlief«, wie einer der Rotröcke ihm grinsend zu verstehen gegeben hatte. Auch wenn sie ihn nicht in dieser Haltung zurückgelassen und er sich auf die Pritsche hätte legen können, würde er in dieser Nacht ganz gewiss keinen Schlaf finden. Wie auch? Das, was sie morgen für ihn bereithielten, war nicht gerade leicht zu verdauen. Hochverrat! Und morgen früh, direkt nach dem ersten Hahnenschrei sollte das Urteil vollstreckt werden. Nicht die milde Vorgehensweise, die sie in den letzten Jahren sooft praktiziert hatten, nein, die Strafe, die auf ihn zukommen würde, war genau die, die in dem uralten Gesetzestext für sein Vergehen vorgesehen war.

Über Alexanders Rücken jagte ein Schauer und ließ ihn erzittern. Kein Wunder, dass die Alte sie damals so eindringlich vor ihrem Schicksal gewarnt hatte. Wenn sie wirklich das Zweite Gesicht besessen und sein Ende vorausgesehen hatte, dann ...

In seinem Kopf entstanden unwillkürlich Bilder, die seinen Herzschlag zum Rasen brachten und ihm den Schweiß auf die Stirn trieben. Wenn nicht noch ein Wunder geschah, dann ... *Verflucht! Reiß dich zusammen! Du wirst dir auf keinen Fall die Blöße und ihnen die Genugtuung geben, um einen schnellen Tod zu winseln. Du bist nicht der Erste und wirst auch nicht der Letzte sein, der dieses Schicksal erdulden muss.* Dennoch graute ihm davor. Seinem Freund Kendrick war wenigstens einen schneller Tod vergönnt gewesen, er aber ...

»Herr im Himmel«, flehte er. »Lass mich vor ihnen nicht zusammenbrechen. Alles nur das nicht!«

Sein Blick wanderte bei seinen Worten unwillkürlich hinauf zum schroffen Deckengewölbe seiner Zelle. Es war ein sinnloses Unterfangen. Selbst unter freiem Himmel würde von dort oben keine Hilfe kommen. Sie kam niemals. Hatte er nicht schon oft genug seinen Schöpfer um Beistand angefleht, und hatte dieser jemals geantwortet oder ihm eine helfende Hand geboten?

Während er seine Frage innerlich verneinte, schüttelte er unbewusst seinen Kopf und senkte ihn wieder. Als sein Blick erneut auf das Kreuz am Boden fiel, sah es so aus, als würde sich der Körper auf ihm winden. Alexander schrak zusammen. *War das ein Omen? Würde er sich morgen auch winden wie ein Wurm oder war er bereit, sein Los mit stoischer Gelassenheit zu ertragen?* Stoischer Gelassenheit? Bist du von Sinnen?, ermahnte ihn seine innere Stimme. Wie gedenkst du, das alles stoisch zu ertragen? Es stimmte. Das, was sie mit ihm vorhatten, war nicht zu ertragen. Das Hängen vielleicht, aber den Rest ... Er konnte nur hoffen, dass er im Laufe der Tortur in Ohnmacht fiel, damit er wenigstens nicht als jammernder Feigling in die Annalen seines Clans einging.

Es war nicht so, dass er den Tod an sich fürchtete. Das war es nicht. Schon in seiner frühsten Kindheit war er oft genug damit konfrontiert und später war er zu einem treuen Begleiter geworden. Dennoch es bestand ein gewaltiger Unterschied darin, auf dem Schlachtfeld zu fallen, oder aber als Mittelpunkt eines Schauspiels zu enden, das ausschließlich als Abschreckung dienen sollte. Und nicht nur das! Einige würden es mit Sicherheit sogar genießen, ihn endlich bluten zu sehen.

Wie lange würde es wohl noch dauern, bis sie kamen, um ihn zu holen? Er wusste es nicht. Er hatte jedwedes Zeitgefühl verloren.

Da er mit dem Rücken zum Fenster stand, konnte er auch nur anhand des Schattens in etwa einschätzen, wie weit die Nacht schon vorangeschritten war. Seine letzte Nacht! Wahrscheinlich würde bald ein Priester kommen, um ihm die Beichte abzunehmen. Um seine Sünden zu bereuen und Buße zu tun! Doch es gab nichts, was er bereute! Jedenfalls nichts, woran er selbst die Schuld trug. Obwohl ...

Etwas gab es, was er zutiefst bedauerte, aber das war kein Vergehen vor dem Gesetz gewesen, sondern etwas, was ...

Verdammt! Warum war er so töricht gewesen und hatte sie fortgeschickt? *Weil du sie schützen wolltest und sie mehr liebst als dein Leben. Und weil du ihr den Anblick deines zerstückelten Körpers ersparen wolltest,* beantwortete er sich selbst die Frage. Jetzt würde er sie nie wieder sehen. Niemals!

Alexander hatte den Gedanken noch nicht ganz zu Ende gedacht, da erregten Schritte im Gang vor seiner Zelle seine Aufmerksamkeit. Die Schritte kamen näher, hielten inne und schließlich konnte er hören, wie sich ein

Schlüssel im Schloss der schweren Eichentür drehte. *Es war demnach so weit! Gleich würde der Priester zu ihm hereinkommen und anschließend würden sie ihn holen.* Erneut brach ihm der Schweiß aus und sein Herz hämmerte bis zu seinen Schläfen. Seine Beine gaben unter ihm nach, doch die Ketten verhinderten, dass er zu Boden stürzte. Und zu seinem Glück auch noch weit mehr. Sie verhinderten nämlich auch, dass er trotz seiner guten Vorsätze wimmernd und winselnd vor ihnen auf dem Boden kroch, denn jetzt, so unmittelbar vor seiner Hinrichtung, war da keine Gelassenheit mehr. Noch nicht einmal ein Hauch davon. Nackte Angst überlagerte alles und hinderte ihn daran, überhaupt noch klar zu denken. Er musste sich dringend etwas beruhigen, wenn er nicht …

Alexander schloss seine Augen und versuchte sich verzweifelt auf etwas Anderes als auf sein Schicksal zu konzentrieren. Er atmete mehrere Male tief ein und aus, solange bis Raelyn vor seinem inneren Auge erschien und sich sein Herzschlag weitestgehend normalisierte. Er nahm sich fest vor, es am Morgen genauso zu machen. Raelyn würde ihm den Halt und vor allen Dingen die Kraft geben, die Tortur zu ertragen. Doch gerade, als er glaubte, die Kontrolle über sich selbst zurückgewonnen zu haben, hörte er das leise Gelächter eines Mannes, der anscheinend direkt neben ihm stand.

Als er seine Augen öffnete, sah er unmittelbar vor sich in ein Paar eisblaue.

»Du hättest besser auf meinen Handel eingehen sollen. Ich will ja nicht gehässig sein, aber wenn nicht du derjenige wärst, der hier so vor mir steht, dann würde ich dich fragen: War es das, was du mit deinem falschen Stolz zu erreichen suchtest?« Alexander schloss mehrmals verwirrt seine Augen und öffnete sie dann wieder. Doch die Person, die vor ihm stand, verschwand nicht. Er war also kein Trugbild.

Er stand wirklich und wahrhaftig direkt vor ihm in seiner stinkenden, menschenunwürdigen Zelle und dass er nicht nur gekommen war, um mit ihm zu plaudern, war offensichtlich.

»Ihr?!«, war das einzige, was er erwidern konnte.

»Ja ich! Was hast du erwartet?« Ron sah ihm tief in die Augen, so als könne er in ihnen die Antwort lesen.

»Oder sollte ich besser fragen: Wen hast du erwartet? Lass mich raten! Einen Priester und die elenden Henkersknechte, die es gar nicht erwarten können, dich endlich zu holen? Ich muss dich enttäuschen oder vielleicht doch eher beruhigen. Noch ist es nicht so weit! Dir bleibt noch in etwa eine Stunde.«

»Und da dachtet Ihr, Ihr kommt vorbei, um sie mir zu versüßen?« Seine Worte trieften vor Sarkasmus.

»Mitnichten! Ich denke kaum, dass ich der Richtige dafür bin. Ich bin aus einem ganz anderen Grund hier.«

»Und der wäre?«, Alexander starrte ihn herausfordernd an.

»Erinnerst du dich noch an meinen Vorschlag?«

»Welcher Vorschlag?«

»Stell dich nicht dümmer als du bist. Du weißt ganz genau, wovon ich rede.«

»Ah, diesen Vorschlag meint Ihr?«, zu seinem Sarkasmus gesellte sich nun auch Zynismus. »Der, der mich zwar rettet, aber mir dennoch das Leben nimmt. Ich denke, da verzichte ich lieber.«

»Mach dich nicht lächerlich. Dein Hang zur Melodramatik ist zwar amüsant, aber er wird dir nicht helfen.«

»Euer Vorschlag auch nicht!«

»Da wäre ich mir an deiner Stelle nicht so sicher.«

»Nicht?«

»Nein! Was, wenn ich dir sage, dass mein Vorschlag die einzige Möglichkeit ist, dem Schicksal, das dich in einer Stunde erwartet, zu entgehen?«

»Dann lehne ich immer noch dankend ab!«

»Ich denke, du bist dir der Tragweite deiner Entscheidung nicht bewusst. Soll ich es dir noch einmal vor Augen führen? Wenn diese Tür dort aufgeht«, er deutete mit dem Kopf auf die Zellentür.

»Dann werden sie dich holen. Sie werden dich auf einem Karren quer durch die Stadt fahren oder dich in Ketten über einen Platz zerren und anschließend dem Henker übergeben. Und ich kann dir versichern, der Mann versteht sein Handwerk. Er wird dich aufhängen. Nicht so, dass dein Genick bricht, sondern nur solange bis du fast ohnmächtig wirst, dann wird er dich vom Strick schneiden und wieder zu Kräften kommen lassen. Anschließend werden sie dich zwischen vier Pferde binden, aber nicht zerreißen, sondern nur ein wenig strecken, denn das eigentliche Schauspiel findet erst danach statt. Er wird einen Dolch nehmen und ...«

»Das reicht!«, unterbrach Alexander ihn wütend.

»Wirklich? Was ist? Mache ich dir Angst? Oder sollte ich besser fragen: Noch mehr Angst?«

»Ich weiß, was sie mit mir machen werden.«

»Dann verstehe ich nicht, warum du auf meinen Vorschlag nicht eingehen willst. Wenn du schon nicht an dich selbst denkst, dann denk wenigstens an deine Mutter. Was glaubst du, empfindet sie dabei, wenn sie ihren Sohn noch nicht einmal begraben kann, geschweige denn, dabei zusehen muss, wie sie ...«

»Lasst meine Mutter aus dem Spiel!« Er schrie ihn geradezu an.

»Nein mein Junge, das werde ich nicht, denn sie allein ist es, die mich erneut dazu gebracht hat, zu dir zu kommen. Und jetzt verlange ich von dir eine Entscheidung. Du hast zwei Möglichkeiten. Die Erste lautet: Du schickst mich unverrichteter Dinge fort und ergibst dich in dein Schicksal. Und die Zweite wäre: Du gehst auf meinen Handel ein. Deine Mutter kann sich von dir verabschieden und, wenn mein Plan aufgeht, dann ...«

»Aber ist das Schicksal, das Ihr mir aufbürden wollt, nicht schlimmer als der Tod?«, unterbrach Alexander ihn erneut.

»Mit Sicherheit nicht schlimmer, als der, der dir auferlegt wurde. Bedenke, mein Handel lässt dir wenigstens die Hoffnung auf Errettung!«

Alexander schloss erneut seine Augen. Er hatte also die Wahl zwischen Pest und Cholera. Nur, wofür sollte er sich entscheiden. Wenn er auf den Handel einging, dann war seine Zukunft mehr als ungewiss. Er würde zwar leben, aber nicht so, wie er es sich erhofft hatte. Und konnte man das, was ihn dann erwartete, überhaupt Leben nennen? Wenn er den Handel ausschlug, dann jedoch war sein irdisches Dasein für immer vorbei. Er würde seine geliebten Highlands nie wieder sehen. Nie wieder den Duft des Heidekrauts riechen und die kühle Brise am Rand von Loch Leven auf seiner Haut spüren. Alle seine Wünsche, Sehnsüchte und Träume würden mit ihm begraben. Sein Leben würde enden, noch bevor es richtig begann. Und, was ihm mehr als alles andere zu schaffen machte: Er würde **sie** wirklich niemals wiedersehen!

Alexander seufzte leise. Sollte er diesmal das Wagnis eingehen? *Wieso fragst du dich das überhaupt noch?*, meldete sich seine innere Stimme. *Du hast dich doch schon entschieden!*

Aye, er hatte sich entschieden! Schon vor Wochen, als er das erste Mal eine Entscheidung treffen musste und ihm danach schnell klargeworden war, dass es die Falsche gewesen war. Was konnte auch so schlimm daran sein, sich in Rons Hände zu begeben. Schlimmer als seine Häscher konnte auch er ihn nicht behandeln und immerhin blieb ihm dann ja noch seine Hoffnung. War das nicht weit mehr, als er jetzt zu erwarten hatte?

Wie oft hatte er sich in den letzten Nächten eine zweite Chance herbeigesehnt. Eine Gelegenheit, seinen Fehler rückgängig zu machen. Er hatte geschworen, sollte sich ihm noch einmal die Möglichkeit bieten, nicht noch einmal denselben Fehler zu begehen und die helfende Hand, die sich ihm bot, auszuschlagen. Diesmal musste er sie ergreifen, auch wenn es die seines Gegenübers war!

War er das Wunder, auf das er so verzweifelt hoffte? Aber wieso gerade er? Er traute ihm immer noch nicht! Würde ihm auch niemals vertrauen, doch wenn er diesmal erneut auf den Handel verzichtete, dann war es endgültig vorbei! Und was nutzte ihm sein Stolz, wenn er nicht mehr am Leben war. Alexander seufzte erneut, dann öffnete er seine Augen.

»Und?«, die eisblauen Augen seines Gegenübers blitzten herausfordernd auf. »Ich will dich nicht zu einer Entscheidung drängen, aber uns läuft die Zeit davon. Du kannst es nicht sehen, aber am Horizont zeigen sich bereits die ersten Strahlen der Sonne.«

»Ich bin bereit!«, seine Worte waren nicht mehr als ein Flüstern.

»Wozu bereit?«

»Auf Euren Handel einzugehen«, wieder flüsterte er.

»Was? Ich kann dich nicht verstehen?« Auf dem Gesicht seines Gegenübers erschien ein teuflisches Grinsen.

»Ich werde auf Euren Handel eingehen!«, erwiderte Alexander ihm etwas lauter.

»Warum nicht gleich so? Es hätte dir einiges erspart, wenn du meinen Vorschlag direkt in Betracht gezogen hättest.«

»Mag sein, doch ...«

»Junge, du musst eines wissen. Ich werde und wollte dir niemals schaden. Das, was ich für dich vorgesehen habe, ist die beste Lösung.«

»Wenn Ihr meint!« Sein Gegenüber nickte.

»Ich meine nicht nur, ich weiß. Und nun sollten wir keine Zeit mehr vergeuden«, mit diesen Worten zog der Mann eine kleine Phiole aus seinem Gewand, entkorkte sie und hielt sie Alexander unter die Nase.

»Wenn der Handel gelten soll, dann musst du das hier trinken.« Alexander nickte nun ebenfalls.

»Und dann?«

»Dann, mein Junge, nimmt das Schicksal seinen Lauf.«

43

Raelyn landete mitten in ihrer kleinen Küche. Obwohl sie diesmal mehrere Tage in Alexanders Zeit verbracht hatte, fühlte sie sich nicht so erschlagen, wie bei ihrer letzten Rückkehr. Vielleicht lag es daran, dass sie sich allmählich an die Zeitreisen gewöhnte. Auf jeden Fall war sie diesmal nicht müde, sondern nur stocksauer. Wie hatte er sie nur dermaßen hintergehen können und das, obwohl sie die schönste Nacht ihres Lebens mit ihm verbracht hatte. *Nicht obwohl,* meldete sich ihre innere Stimme. *Sondern gerade deshalb! Verflucht Alexander! Du und dein Drang, alles und jeden beschützen zu wollen!* Genau deshalb hatte er sie weggeschickt! Er wollte sie schützen, weil er sie liebte. Ja, er liebte sie und hatte es ihr oft genug zu verstehen gegeben. Und sie? Sie hatte es ihm nicht ein einziges Mal gesagt. Nicht mal, als ...

Verdammt! Sie musste zurück. Zurück zu ihm! Aber wie? Und vor allen Dingen nicht so! Sie war ja noch immer nackt. Er hatte ihr noch nicht einmal die Zeit gelassen, sich anzuziehen, bevor er ...

Einerseits verstand sie ja, dass er sie nicht dabeihaben wollte, wenn die Campbells ihn ..., doch war sie nicht eine erwachsene Frau, die selbst entscheiden konnte, was sie wollte?

Aye, sie konnte entscheiden und ihre Entscheidung war es, sofort zu ihm zurückzukehren. Immerhin besaß sie ja noch einen Gegenstand, den sie bisher nicht benutzt hatte: seine Clanbadge!

Rae rannte aus der Küche in ihr Zimmer und warf sich die nächstbesten Klamotten über, die ihr in die Hände kamen. Dann hechtete sie zurück in die Küche und zog eines der Messer aus dem Messerblock. Was hatte er ihr gesagt? In den Highlands lauerten überall Gefahren? Gut, das hier war zwar nicht die optimale Waffe, aber wenigstens war es eine. Zu guter Letzt raste sie in das Wohnzimmer. Hier musste sich die Clanbadge irgendwo befinden. Wenn Anni in der Zwischenzeit nach Hause gekommen war, dann hatte sie sich vermutlich gedacht, was mit Rae geschehen war. Wie sie ihre Freundin kannte, hatte diese dann vor lauter Sorge angefangen, aufzuräumen. Das war Annis Art, sich abzulenken. Demnach musste sie die Clanbadge, mitsamt dem Schal, irgendwohin gelegt haben. *Die Ablage im Flur*!, schoss es ihr durch den Kopf. Anni legte ihre Fundstücke meist dorthin.

Rae stürmte in den Flur. Ihren Schal sah sie schon von Weitem, demnach konnte die Clanbadge auch nicht weit sein. Und richtig! Dort lag sie! Rae überlegte nicht erst lang, sondern ballte direkt ihre Finger um das Schmuckstück. Wenig später landete sie auch schon vor Ians Hütte.

Es war eiskalt und totenstill. Nur die runde Scheibe des Mondes warf ihr Licht auf die kleine Kate, die einsam und verlassen vor ihr stand. Rae ballte ihre eine Faust entschlossen um das Messer, während sie mit der anderen die Badge dermaßen festhielt, dass ihre Fingerknöchel weiß hervortraten. Dann näherte sie sich vorsichtig der Hütte. Die Tür stand sperrangelweit auf. Auf der Schwelle konnte sie einen riesigen dunklen Fleck erkennen. Doch mehr war da nicht!

Raelyn tastete sich vorsichtig weiter vor. Da sich ihre Augen langsam an die Dunkelheit gewöhnten, konnte sie inzwischen auch einige Einzelheiten erkennen. Die Hütte war in ihrem Innern vollkommen unverändert. Selbst ihre Röcke lagen noch auf dem Bett, doch von Alexander oder den Campbells fehlte jedwede Spur. Sie war zu spät! Wie hatte sie auch nur annehmen können, die Badge würde sie genau dorthin zurückbringen, woher sie gekommen war? So funktionierte das nicht!

Außerdem hätte ihr bereits bei ihrer Ankunft auffallen müssen, dass es viel zu kalt für September war. Die Temperaturen entsprachen eher denen von Ende Oktober oder Anfang November. Verflucht, dann war sie mindestens sechs Wochen zu spät, wenn sie denn überhaupt im richtigen Jahr gelandet war. Und was mit Alexander in der Zwischenzeit geschehen war, das wusste nur Gott allein. Verdammt! Was nutzte ihr ihre Fähigkeit durch die Zeit zu reisen, wenn sie den Zeitpunkt nicht bestimmen konnte? Wenn sie immer nur zufällig irgendwo landete?

»Hätte ich dieses beschissene Schwert doch bloß nie angefasst«, schrie sie in die dunkle Nacht. »Wofür war das alles dann gut, wenn ich ihn sowieso nicht retten kann?« Voller Verzweiflung holte sie aus und warf die Clanbadge wütend gegen eine Wand. Wenn das Ding ihr nicht half, dann konnte sie auch sofort in ihre Zeit zurückkehren. Es war sinnlos hier auf irgendein Wunder zu warten. Wunder gab es nicht! Schon gar nicht für sie.

Die Clanbadge prallte lautstark von der Wand ab und landete wieder genau vor ihren Füßen. Wie, sie landete vor ihren Füßen? Raelyn bückte sich automatisch und hob sie auf. Hätte sie nicht sofort wieder verschwinden müssen, als sie die Badge fallen ließ? Sie war aber nicht verschwunden. Sie befand sich immer noch in Ians Hütte. Wie war das möglich? Rae war vollkommen verwirrt. Hieß das jetzt, dass sie für immer im 18. Jahrhundert feststeckte?

»Raelyn MacLeod, so sehen wir uns also endlich von Angesicht zu Angesicht.« Raelyn fuhr erschreckt zusammen und drehte sich dabei ruckartig um. Nicht weit von ihr stand er. Seine eisblauen Augen leuchteten in der Dunkelheit wie kleine helle Fackeln.

»Ihr?«

»Ja, ich! Wen hast du erwartet? Alexander? Den wirst du hier nicht mehr finden?«

»Was soll das heißen?«

»Er befindet sich nicht mehr in dieser Welt.«

»Dann ist er tot?«, Raelyn traten unwillkürlich Tränen in die Augen. »Wie? ... Wann?«

»Keine Sorge, sein Körper ist noch völlig intakt, sollte das deine Befürchtung sein. Wann? Heute im Morgengrauen. Und was bedeutet schon der Tod? Ist er nicht bloß der Übergang in eine andere Welt? Aber wenn es dich beruhigt, noch ist er nicht richtig tot.«

»Wie kann man nicht richtig tot sein?« Raes Verzweiflung hinderte sie am Denken. Der Fremde kam einige Schritte auf sie zu und blieb dann direkt vor ihr stehen.

»Wie kann man nicht richtig Leben? Ist es nicht immer eine Frage des Betrachters?«

»Bei unserer ersten Begegnung habt Ihr mich bedroht. Ihr wolltet ...«

»Dass du ihn rettest«, ergänzte er grinsend. »Das will ich immer noch!«

»Aber wenn er nicht mehr hier ist oder tot oder was auch immer, wie soll ich ihn dann retten?« Der Fremde kam ihr nun so nahe, dass Rae erschauderte.

»Wer hat je behauptet, dass du ihn hier retten sollst? Dein Platz ist nicht hier, genauso wenig wie der Seine.« Langsam trieben sie seine mehr als rätselhaften Aussagen zur Weißglut. Wie sollte sie auf diese Weise auch nur erahnen, was genau er von ihr verlangte?

»Verdammt! Sprecht mit mir nicht wie ein verfluchtes Orakel. Ihr wollt etwas von mir, dann sagt mir wenigstens genau, was ich tun soll!«

»Du weißt, was ich von dir will! Aber gut! Weil du es bist, werde ich dir noch ein paar Ratschläge auf deinen Weg mitgeben.

Zu allererst einmal: Der Schlüssel liegt in den Steinen. Als Nächstes: Der Unbekannte muss beim Namen genannt werden. Und zu guter Letzt: Nur durch den Kuss der wahren Liebe findet er Erlösung.«

»Das war alles? Mehr habt Ihr nicht für mich?«

»Wieso mehr? Das ist mehr als genug. Wenn du ihn retten willst, dann befolge die Anweisungen, das ist alles, was ich noch dazu sagen kann.«

»Kann oder eher will?«

»Eher darf! Doch eines noch, bevor ich dich nun verlasse: Sein Schicksal ist das Portal zu deiner Vergangenheit!«

»Was?« Rae war mehr als verwirrt. Was hatte Alexander mit ihrer Vergangenheit zu tun und woher zum Teufel wusste der Fremde von all dem?

»Das musst du schon selbst herausfinden. Und nun, gehab dich wohl. Ich hoffe, dass unser nächstes Treffen unter glücklicheren Umständen stattfindet.« Mit diesen Worten wandte er sich von ihr ab.

»Wartet! Ich habe noch so viele Fragen an Euch«, versuchte Rae, ihn aufzuhalten. Für einen Moment hielt er inne.

»Die ich dir nicht beantworten werde. Raelyn MacLaod, nicht nur ich, sondern auch er vertraut darauf, dass du das Richtige tun wirst. Also sei wachsam und ... viel Glück.« Noch in demselben Moment löste er sich vor ihren Augen auf. Gleichzeitig verschwamm auch das Innere der Hütte.

Als Rae wieder klar sehen konnte, stand sie in Bess Gewandung vor dem Spiegel in ihrem Zimmer. Wieso trug sie plötzlich wieder Bess Klamotten? Lagen die Sachen nicht noch immer in Ians Hütte? Und wieso stand sie vor dem Spiegel? Wenn die Worte des Fremden sie schon verwirrt hatten, dann war das jetzt die Krönung des Ganzen. Rae verstand überhaupt nichts mehr. Was war hier los? Sie drehte ihrem Spiegelbild den Rücken zu und lief dann in ihr Wohnzimmer. Auf dem kleinen Tisch vor dem Sofa lag ihr Schal und darauf der Armreif und die Clanbadge. Wie war das möglich? Hatte sie nicht gerade erst die Clanbadge aus der kleinen Ablage im Flur genommen? Aye! Hatte sie! Das konnte nur eines bedeuten: Er hatte seine Finger im Spiel. Der Fremde! Er hatte die ganze Zeit mit ihr gespielt! All die Zeitreisen hatten nicht aufgrund ihrer eigenen Fähigkeiten stattgefunden, sondern nur weil er was auch immer mit den Gegenständen veranstaltet hatte. Deshalb war sie auch während ihrer Studienzeit und all die Jahre danach nie durch die Zeit gereist. Und jetzt hatte er sie genau zu dem Zeitpunkt zurückgeschickt, bevor sie mit Alexander ... Ergab das einen Sinn? In ihren Augen schon. Verdammt! Dieser unheimliche Kerl hatte sie die ganze Zeit verarscht und sie blöde Kuh hatte es noch nicht einmal gemerkt. Dennoch, ... ganz egal wie es auch dazu gekommen war, sie konnte ihre Gefühle für Alexander nicht mehr leugnen und sie wollte es auch gar nicht. Das hieß, wenn sie ihn retten wollte, dann musste sie sich wohl oder übel mit den abstrusen Rätseln des Fremden befassen. Doch wo fing man da an?

44

Mittlerweile war mehr als ein Monat vergangen, in dem Rae keinen Schritt weitergekommen war. Auch Anni war ihr keine große Hilfe, denn ihre Freundin hatte inzwischen einen Mandanten an Land gezogen, der ohne sie anscheinend gar nicht mehr auskam. Rae hasste es, die meiste Zeit alleine in ihrer Wohnung zu verbringen, denn das Alleinsein brachte sie zum Grübeln, das Grübeln wiederum zu Alexander, und der Gedanke an Alexander führte ihr noch deutlicher ihre Einsamkeit vor Augen. Deshalb verbrachte sie immer mehr Zeit in ihrem Atelier. Oftmals saß sie bis spät in der Nacht vor einer ihrer Arbeiten, fuhr dann zum Schlafen nach Hause, nur um bereits vor dem ersten Hahnenschrei wieder zurückzukehren. Immer wenn ihr Blick dann auf sein Bild fiel, versetzte es ihr einen Stich. Wie sehr wünschte sie sich, dass er hinaussteigen könnte, um sie in seine starken Arme zunehmen, ihr dabei *„Ta gradh agam ort*“ zuflüsterte und sie ihm dann auch endlich sagen würde, dass sie ihn ebenfalls liebte. Aber das waren ihre reinen Wunschvorstellungen. Nicht einmal Anni wusste oder ahnte auch nur, wie es in ihr aussah. Sie hatte ihr zwar gesagt, dass sie noch einmal in die Vergangenheit gereist war, weil Anni wissen wollte, warum sie eine Gewandung aus dem 18. Jahrhundert getragen hatte, aber den Rest hatte sie ihr verschwiegen. Wie auch hätte sie ihr das alles erklären können? Und da Anni ja mehr unterwegs als Zuhause war, war es auch kein Wunder, dass sie von ihrem jetzigen Zustand nicht sehr viel mitbekam. Die Einzige, mit der sie in der letzten Zeit öfter telefonierte, war Caitriona, denn auf irgendeine merkwürdige Art und Weise fühlte sie sich mit der jungen Frau verbunden. Sie konnte mit ihr zwar auch nicht über ihr eigentliches Problem reden, trotzdem half es ihr, sie hin und wieder anzurufen, einfach nur um nachzufragen, ob sie schon etwas herausbekommen hatte, oder mit ihr über Fiona zu plaudern, denn ansonsten wäre sie vermutlich vollkommen durchgedreht.

Rae war gerade dabei, sich dem Frauenporträt zu widmen, da hörte sie, wie die Tür zu ihrem Atelier mit solcher Wucht aufgeschlagen wurde, dass sie gegen die Wand schlug. Kurz darauf folgte das Klappern von Stilettoabsätzen, und schließlich tauchte Mary Fitzpatrick direkt neben ihr auf. Auch das noch!

Rae verdrehte unwillkürlich ihre Augen. Heute war eh nicht ihr Tag. Erst vor knapp einer Stunde war ihr neuster Versuch, etwas über die Steine herauszufinden, kläglich gescheitert. Seit der Fremde ihr gesagt hatte, dass die Steine des Rätsels Lösung wären, war sie dazu übergegangen, alles darüber zu erfahren. Während Cat Geschichtsbücher durchwühlte, traf sie sich neuerdings mit Geologen, Petrologen und Gemmologen. Aber keiner konnte ihr helfen. Alle hatten nur das bestätigt, was sie selbst auch schon wusste: Die Granate waren echte Granate und stammten vermutlich aus dem Clangebiet der Camerons. Immer wieder dasgleiche Ergebnis! Es war so frustrierend!

»Wie hast du das gemacht, MacLeod«, fuhr Mary sie giftig an, ohne überhaupt „Hallo“ oder etwas anderes zu ihr gesagt zu haben. Typisch Mary! Sie kam gleich zur Sache!

»Wie habe ich was gemacht?« Rae drehte sich zu ihr um.

»Tu nicht so scheinheilig! Ist das deine verspätete Rache an mir?«

»Ganz ehrlich, ich weiß zwar nicht, wovon du redest, aber wenn du wieder einmal deine schlechte Laune an jemandem auslassen willst, dann such dir gefälligst eine andere!« Sie war eh schon dermaßen wütend und frustriert, dass Marys absolut haltlose Anschuldigungen ihr nur recht kamen.

»Du willst mir doch wohl nicht ernsthaft weismachen, dass du nichts weißt?«

»Verdammt Mary! Soll ich hier Rätselraten oder was willst du?«

»Sie haben Gordon auf eine der äußeren Inseln versetzt«, rückte Mary endlich mit der Sprache heraus. »Der neue Kurator hatte nichts besser zu tun, als mich zu feuern. Mich! Die Tochter des größten Mäzens.«

»Eben! Du bist nur seine Tochter!«

»Was soll das heißen, ich habe hier gute ...«

»Wenn du sagen willst, du hättest hier gute Arbeit geleistet, dann solltest du das besser lassen!« Rae konnte ihre Schadenfreude kaum verbergen. »Es sei denn, du betrachtest deine horizontale Arbeit mit Gordon als echte Arbeit, aber das kann ich ja wohl schlecht beurteilen.«

»Was bildest du dir ein, du ...?«

»Was ich mir einbilde? Sollte ich nicht besser fragen, was du dir einbildest? Ich weiß, worauf ich mir etwas einbilden kann«, Mary starrte sie entgeistert an. Rae wunderte sich zwar selbst über sich, aber endlich konnte sie ihr einmal sagen, was sie von ihr hielt. Endlich konnte sie ihr die Stirn bieten und wenn schon, dann richtig. »Ich leiste gute Arbeit. Ich muss nicht mit meinem Boss in die Kiste steigen, um das Karrieretreppchen eine Stufe höher zu klettern. Du ärgerst dich doch gar nicht über deine Kündigung, sondern vielmehr darüber, dass der neue Kurator nicht auf deine Masche hereinfällt. Wimpernklimpern ist nicht alles! Es gibt auch Leute, die nicht darauf hereinfallen. Und eines noch! Es reicht nicht, immer nur die Tochter zu sein. Irgendwann kann Daddy dir auch nicht mehr helfen. Ich denke, dass dieser Zeitpunkt für dich endlich gekommen ist. Also geh zu Daddy, lecke deine Wunden und lass mich gefälligst in Ruhe.« Rae drehte Mary wieder ihren Rücken zu und widmete sich erneut dem Porträt. Für sie war die Unterhaltung damit beendet. Mary blieb völlig perplex neben ihr stehen. Dann schließlich machte auch sie kehrt. Rae konnte das Klappern ihre Absätze auch noch hören, als sie bereits verschwunden war.

»Was war das denn eben?«, wollte James von ihr wissen, der kurz darauf das Atelier betrat. Rae sah ihn an.

»Nichts!«, entgegnete Rae ihm scheinheilig.

»Dein „*Nichts*“ scheint Mary aber gehörig zugesetzt zu haben. So habe ich sie noch nie erlebt. Sie hatte sogar Tränen vor Wut in den Augen.«

»So, hatte sie das? Dann weiß sie endlich, wie sich das anfühlt.«

»Rae?«, versuchte er, sie aus der Reserve zu locken.

»Also schön! Ich habe Mary endlich einmal gehörig die Meinung gesagt. Jetzt rennt sie zu ihrem Daddy und leckt sich die Wunden!«

»Du hast was?«

»Ihr gesagt, was ich von ihr halte. Das war überfällig!« James starrte sie entgeistert an.

»Rae, das war das erste Mal seit wir uns kennen.«

»Ja und?«

»Bist du wirklich Raelyn MacLeod oder ihr Klon?« Rae brach in leises Gelächter aus.

»Vielleicht war die Raelyn, die du kanntest ja mein Klon. Ich bin mir nämlich ziemlich sicher, dass ich, ich selbst bin. Und weißt du was, ich fühle mich richtig gut damit.«

Ihr Gespräch wurde jäh unterbrochen, als Raes Handy leise klingelte. Das konnten nur entweder Cat oder Anni sein. Niemand sonst rief sie an und schon gar nicht während ihrer Arbeitszeit. Rae kramte nach dem Smartphone in ihrer Tasche und warf einen Blick auf das Display. Es war Cat!

»Ja?«

»Rae, hast du ein paar Tage Zeit?« Cats Stimme am anderen Ende der Leitung klang aufgeregt.

»Wieso, was gibt es?«

»Das möchte ich dir eigentlich nicht am Telefon erzählen. Nur so viel: Es gibt Neuigkeiten.« Rae wurde kreidebleich. Ihr Herz raste und sie zitterte dermaßen, dass sie schon befürchtete, dass das Telefon ihr jeden Moment aus der Hand fallen würde..

»Rae?«, James kam auf sie zu. »Ist dir nicht gut? Du siehst aus, als hättest du einen Geist gesehen.«

»Nein James«, entgegnete sie ihm tonlos. »Es ist alles in Ordnung.«

»Ist James in deiner Nähe?«, meldete sich nun Cat wieder aus dem Hörer. »Dann frage ihn, ob er dich für ein paar Tage entbehren kann. Rae, es ist wichtig! Verdammt wichtig sogar.«

»Klar kann ich sie ein paar Tage entbehren. Aber wozu?«

»Das kann sie dir erzählen, wenn sie wiederkommt.«

»Schön, dass ihr beiden über meinen Kopf hinweg, meine Zeit verplant, aber ...«

»Nichts aber! Fiona hat schon ein Zimmer für dich hergerichtet. Also schwing dich in dein Auto und komm vorbei.« Rae starrte auf das nun wieder stumme Telefon in ihrer Hand.

»Rae, los lauf schon«, James sah sie mitleidig an. »Wenn dich Cats Anruf dermaßen aus der Bahn wirft, dann muss es wirklich wichtig sein. Ich komme schon klar. Lass dir alle Zeit der Welt.«

»Und was willst du Ron erzählen?«

»Dass du zu Nachforschungszwecken ins Clangebiet der Camerons gefahren bist. Ach ja, und apropos Ron. Er wollte dich unbedingt sprechen. Du sollst zu ihm kommen.«

Ron erwartete sie schon voller Ungeduld in seinem Büro.

»Rae, was sind das hier für Rechnungen?«, eröffnete er ihr direkt nach ihrem Erscheinen, ohne sich die Mühe zu machen erst einmal über etwas Belangloses mit ihr zu reden. »Warum hast du Geologen, Petrologen und Gemmologen hinzugezogen? Wie sollen Steinkundler uns bei der Zuordnung der Gegenstände helfen?«

»Ich dachte, sie könnten vielleicht etwas über die Granatsteine herausfinden.«

»Reicht es nicht, dass du weißt, dass sie aus dem Clangebiet der Camerons stammen?«

»Doch, aber ...«

»Rae, warum in die Ferne schweifen, wenn das Offensichtliche so nah?«

»Ron?«

»Es gibt Dinge zwischen Himmel und Erde, die ...«

»Bist du heute ein wandelndes Zitatenbuch oder willst du mir damit etwas sagen?«, unterbrach Rae ihn.

»Rae, wenn dich diese Steine so sehr beschäftigen, warum fährst du dann nicht einfach mal dorthin, anstatt ein Heidengeld für irgendwelche Fachleute auszugeben, die dir immer nur dasselbe erzählen.«

»Wo du es gerade ansprichst. Das hatte ich sowieso vor. Du gibst mir doch ein paar Tage?«

»Bei all den Überstunden, die du in den letzten Wochen gemacht hast, würde ich sagen: Das ist kein Problem. Außerdem muss sich der neue Kurator erst einmal einen Überblick verschaffen, also nimm dir so viel Zeit, wie du brauchst.«

»Ach ja, der neue Kurator. Mary hat mir vom ihm erzählt. Wer ist es?«

»Ich!«

»Du? Kein Wunder, dass Mary fuchsteufelswild war. Wer bekommt dann deine Stelle?« Ron grinste sie breit an.

»Das, meine liebe Raelyn wirst du noch früh genug erfahren.«

45

Es dauerte eine Zeit, bis sie die nötigen Sachen für ihren Trip nach Glencoe gepackt, sie in ihrem Auto verstaut und sich auf den Weg gemacht hatte. Damit sich Anni nicht völlig umsonst um sie sorgte, hatte sie ihrer Freundin noch eine Nachricht auf der Pinnwand am Kühlschrank hinterlassen und war dann aufgebrochen.

Es war bereits später Abend, als sie auf dem Kiesweg vor Fionas Cottage einbog. Fiona hatte sie wohl kommen hören, denn sie stand bereits in der Türöffnung und lächelte sie an.

»Rae, Kind! Meine Güte hast du dich verändert!«

»Ich hoffe doch sehr zu meinem Vorteil«, entgegnete Rae ihr ebenfalls lächelnd.

»Aye, das kann man wohl sagen! Und jetzt komm erst einmal herein. Ich habe frische Scones gebacken. Die hast du doch immer so gerne gegessen. Und dann können wir auch reden.« Rae folgte Fiona ins Haus. Viel hatte sich dort nicht verändert. Einzig und allein ihre rosa geblümten Vorhänge, die überall an den Fenstern gehangen hatten, waren etwas Dezenteren gewichen.

Rae stellte ihre Tasche neben der Treppe ab und folgte Fiona in ihr Wohnzimmer. Cat und Dusten saßen bereits auf der Couch und schienen sie genauso ungeduldig zu erwarten, wie Fiona selbst.

»Rae, setzt dich doch, bevor die Scones endgültig kalt werden.« Rae folgte Fionas Aufforderung und ließ sich auf einem der Sessel nieder.

»Was gibt es denn so Wichtiges, dass ihr mich von meiner Arbeit wegholt und mich dazu auffordert, für ein paar Tage hierzubleiben?«

»Du kommst direkt zur Sache,« bemerkte Caitriona. Rae nickte. »Das würde ich auch, wenn ich an deiner Stelle wäre, aber ich habe das ja zum Glück schon hinter mir.« Rae sah sie fragend an.

»Weißt du noch? Bei unserer ersten Begegnung, da hast du mich doch gefragt, wie man an solch ein Prachtexemplar, wie meinen Mann kommen kann.« Rae nickte erneut, während Dusten bei Cats Ausführungen puterrot anlief.

»Ich glaube, ich sollte dir da kurz eine Geschichte erzählen. Vor fast genau einem Jahr, damals war ich noch Studentin und stand kurz vor meiner Abschlussarbeit, da sollte ich hier in Glencoe für einen Aufsatz recherchieren. Meine Freundin Gwenny hat mich begleitet. Wir wollten uns den Wasserfall ansehen, doch ich bin gestürzt und habe mir den Kopf angestoßen. Gwenny lief dann los, um Hilfe zu holen.

Als ich meine Augen aufschlug, sah ich ihn. Dusten oder vielmehr seinen Geist. Morgane hielt ihn seit über dreihundert Jahren in ihrem Reich gefangen und ich war die Einzige, die ihn sehen konnte. Man brachte mich zu Fiona, und wir drei haben dann beschlossen, ihm zu helfen.

Ich wollte ins Feenreich, landete aber im Körper einer gewissen Moira in seiner Zeit. Dort habe ich über drei Monate verbracht und mich schließlich in Dusten verliebt. Lange Rede, kurzer Sinn! Du siehst, irgendwie gelang es mir, ihn zu retten, denn sonst würde er wohl kaum hier sitzen.« Rae starrte sie völlig entgeistert an.

Es dauerte eine Weile, bis sie endlich ihre Sprache wiederfand.

»Dusten stammt aus der Vergangenheit?«

»Aye«, bestätigte er ihr. »Um genau zu sein. Ich wurde im Jahr 1666 hier in Glencoe geboren, und während des Massakers ins Feenreich verschleppt. Im Frühling hat Cat mich dann gerettet.«

»Moment! Verstehe ich das richtig, du bist über 350 Jahre alt?« Dusten nickte.

»Aber du siehst gar nicht so alt aus!«

»Danke, ich weiß!«, entgegnete er ihr grinsend. »Ich habe mich verdammt gut gehalten. Aber Spaß bei Seite. Im Feenreich verläuft die Zeit anders als hier. Wenn ich es so grob überschlage, dann müsste ich jetzt in etwa 27 Jahre alt sein.« Rae schluckte. Dann waren 350 Jahre im Feenreich in etwa ein Menschenjahr und was sollte diese Information ihr jetzt bringen?

»Du fragst dich sicher, warum wir dir das alles erzählen. Rae du bist genauso besessen davon etwas über diesen Alexander herauszufinden, wie ich es damals bei Dusten war. Mir ist das noch nicht einmal aufgefallen, aber Fiona ist sehr gut darin, bestimmte Sachverhalte sofort zu erkennen. Was ich jetzt von dir wissen will: Hast du diesen Alexander Cameron getroffen?« Rae zögerte.

»Warst du, wie ich, in seiner Zeit?« Rae zögerte noch immer. *Sollte sie ihr wirklich die Wahrheit sagen*?

»Du hast ihn nicht nur bloß getroffen. Habe ich recht?« Da Cat sowieso keine Ruhe geben würde, bevor sie eine Antwort bekam, nickte Rae schließlich.

»Habe ich es doch gewusst!«, bemerkte Fiona wie nebenbei.

»Ja, du hattest definitiv mal wieder den richtigen Riecher«, bestätigte Cat ihr.

»Würdet ihr Euch bitte mit Euren neumodischen Ausdrücken ein wenig zurückhalten. Du weiß, dass ich da noch nicht ganz mitkomme«, mischte sich nun Dusten ebenfalls ein.

»Ich weiß, mein Schatz«, wendete sich Cat nun an ihren Mann. »Und genau deshalb liebe ich dich so sehr. Ich liebe es, wenn du mir auf deine altmodische Weise zu verstehen gibst, wie sehr auch du mich liebst.« Raes Blick wanderte von Cat zu Dusten und wieder zurück. Wenn die beiden es geschafft hatten zueinanderzufinden, bestand dann nicht auch die Möglichkeit, dass sie und Alexander ...

»Aber ich verstehe immer noch nicht, was eure Geschichte mit meiner zu tun hat.« Cat lächelte sie vielsagend an.

»Meine liebe Rae, ich habe noch ein wenig recherchiert und bin endlich auf ein paar Dokumente gestoßen.« Rae hielt den Atem an.

»Und«, brachte sie schließlich mühsam hervor.

»Du weißt, dass ich die ganze Zeit nach einem Alexander Cameron gesucht habe, der der Sohn von Margret Cameron war. Du hast mir auch erzählt, dass er unehelich zur Welt gekommen war. Aber über diesen Alexander Cameron war nichts zu finden. Ich denke, weil seine Geburt verschwiegen wurde, um die Schande aus dem Stammbaum zu tilgen. Auf jeden Fall schien seine Existenz vollkommen ausgelöscht worden zu sein. In einem unserer letzten Telefonate hast du dann aber den *Laoch* erwähnt. Das machte mich stutzig. Ich habe dann nach einem Mann gesucht, der den Beinamen *Laoch* führte und ... Bingo! Da waren Verhörprotokolle und ein Gerichtsurteil vom 28. Oktober 1745. Darin stand, dass das Urteil, das auf Hochverrat lautete, am 31. Oktober nach dem ersten Hahnenschrei, vollstreckt werden sollte.« Rae war nahe dran zu hyperventilieren. Ihre Atmung wurde hektisch, ihr Puls raste und die kalten Schauer, die ihr während Cats Bericht über den Rücken krochen, konnte sie gar nicht zählen.

»Geht es dir gut, mein Kind?« Sie hörte zwar Fionas Stimme, war aber nicht in der Lage ihr zu antworten. »Ich glaube, wir sollten das hier beenden«, hörte Rae sie schließlich noch zu Cat sagen.

»Nein!«, fuhr sie energisch dazwischen. »Ich muss es wissen! Jetzt und hier!« Fiona sah sie besorgt an.

»Also schön, aber danach ist Schluss! Dann legst du dich erst einmal hin. Der Rest kann bis morgen warten.« Rae nickte mechanisch, dann fuhr Cat fort.

»Wo war ich stehengeblieben? Ach ja, die Hinrichtung. Zu der ist es gar nicht erst gekommen. Laut Protokoll verstarb er direkt unter dem Galgen. Als der Henker ihn aufhängen wollte, war er schon tot und da das Spektakel, das sie eigentlich für ihn vorgesehen hatten, mit einem Toten keinerlei Wirksamkeit zeigt, haben sie wohl davon abgesehen, ihn auszuweiden und schließlich ... Rae geht es noch?« Erneut nickte sie mechanisch. Alexander war demnach tot! Tot und begraben und deshalb würde es für sie niemals das Happy End geben, das Cat und Dusten vergönnt gewesen war.

»Und jetzt kommt der eigentliche Clou!« Cat ließ ihre Worte ein wenig wirken, doch Rae stand überhaupt nicht der Sinn nach derlei Spielchen.

»Bitte Cat! Nicht!« Sie musste wohl so verzweifelt geklungen haben, dass Cat sofort fortfuhr.

»Also schön, ich reiß mich ja schon zusammen. Rae, Alexander wurde niemals beerdigt. Man übergab seine Leiche zwar seiner Mutter, aber es fand nie eine Beisetzung statt. Alexanders Leiche ist verschwunden und niemand wusste wohin.«

46

Die darauffolgende Nacht war eine der schlimmsten ihres Lebens. Wenn sie nicht gerade über Cats Worte nachgrübelte und schließlich doch einschlief, wachte sie schweißgebadet mit dem Bild von Alexanders geschundenem Körper vor Augen wieder auf. Wie sehr mussten sie ihn malträtiert haben, wenn er noch vor seiner Hinrichtung unter dem Galgen gestorben war. Was ihr jedoch noch viel mehr zu schaffen machte: Wer war so dreist und entwendete eine Leiche? Noch dazu aus dem Haus seiner Mutter? Und vor allen Dingen, wohin hatte man ihn gebracht? Fragen über Fragen, die ihr niemand beantworten konnte.

Da sie sowieso keinen Schlaf finden würde, schlich sie sich hinunter in die kleine Küche. Dort saßen Cat und Fiona bereits mit einer Tasse Tee.

»Du kannst nicht schlafen«, bemerkte Fiona leise. »Das habe ich mir gedacht. Soll ich dir etwas geben, was dir dabei hilft?«

»Nein! Aber danke! Mir gehen die Dinge, die Cat gesagt hat, nicht aus dem Kopf. Wer würde eine Leiche stehlen und warum?«

»Das habe ich mich auch gefragt«, entgegnete Cat ihr. Sag mal, wie bist du in der Vergangenheit gelandet? Du kannst es mir ruhig erzählen.«

»Also schön ...«, Rae berichtete ihr wahrheitsgemäß von dem Schwert, Annis Reaktion auf ihren Bericht und ihre Entdeckung bei sich zu Hause, ihre Begegnung mit dem unheimlichen Fremden, seine Drohung und schließlich ihr etwas längerer Aufenthalt in seiner Zeit, dann von ihrer erneuten Begegnung mit dem Fremden. Sie ließ auch nicht aus, dass sie sich für ihre Selbstversuche einige Gegenstände aus dem Museum geborgt hatte. Dass sie und Alexander sich aber weitaus näher gekommen waren, allerdings schon. Und endete schließlich mit: »Seitdem versuche ich verzweifelt, die Rätsel dieses Mannes zu lösen, aber ich bin keinen Schritt weitergekommen.« Sowohl Cat als auch Fiona betrachteten sie während ihrer gesamten Rede nachdenklich. Erst als sie geendet hatte, räusperte sich Fiona leise und bemerkte dann:

»Ich glaube, da kann ich dir weiterhelfen.« Rae sah Fiona ungläubig an.

»Du?«

»Ja ich! Du musst wissen, dass ich mich, seit meiner Jugend, mit den alten Mythen und Legenden unseres Landes beschäftige. Das hatte auch einen guten Grund, nämlich Dusten. Er ist der Bruder meiner direkten Vorfahrin, deshalb ...

Aber lassen wir das. Viel wichtiger als das ist jetzt meine Vermutung für dich. Eigentlich ist es nicht nur eine Vermutung, sondern ich bin mir fast sicher. Rae, kennst du die Legende von den Granatsteinen, die man auf Cameronland findet?« Rae nickte.

»Du redest von der Geschichte über *„das Blut der Krieger*“? Wer kennt sie nicht? Es heißt, dass die Seelen der toten Krieger über den Himmel ziehen müssen, um ihre Sünden zu büßen. Des Nachts aber steigen sie hinab auf die Erde und kämpfen gegeneinander. Dort wo sie ihr Blut vergießen, findet man am Morgen die Granate, eben „*das Blut der Krieger*“ «, Fiona nickte.

»Aye, genau die meine ich. Als Cat und Dusten mir von dem Schwert erzählt haben und dabei erwähnten, dass sich auf ihm ein riesiger Granat und auf seiner Klinge noch immer Spuren von Blut befinden, schoss mir direkt ein Gedanke in den Kopf: Das Blut des Kriegers und das gleich zweimal!«

»Genau dasselbe habe ich auch gedacht, als ich es das erste Mal sah.«

»So und nun kommen wir zu meiner Theorie. Von Cat weiß ich, dass sich auf mehreren Gegenständen der Kiste Spuren von Blut finden lassen, nämlich genau auf denen, die ein Krieger beim Kampf tragen würde. Du magst mich für verrückt halten, aber meiner Meinung nach, weist all dieses Blut immer wieder auf die Steine hin. Dass das Schwert erst nachträglich verziert wurde, hat mit Sicherheit auch etwas zu bedeuten. Dusten meint, es sei eines Königs würdig, und wenn er das sagt, dann stimmt das auch. Wir haben also das Schwert eines *Laoch*, Krieger, Helden, Königs, das auf Alexander und gleichzeitig auf die Granate, die man auf seinem Clanland finden kann, hinweist.«

»Du denkst also, Alexander wurde zu einem dieser Krieger, die im Glen Dassery nachts kämpfen?« Fiona nickte abermals.

»Genau das denke ich. Aber du fragst dich jetzt mit Sicherheit, was das alles mit Cats Geschichte und dem Feenreich zu tun haben könnte. Das kann ich dir sagen. Meine Theorie geht nämlich noch weiter. Es existiert eine weitere Legende, die allerdings nicht so bekannt ist.

Hast du jemals von der *Wilden Jagd* gehört?« Rae schüttelte ihren Kopf.

»Die *Wilde Jagd* ist eines der Märchen der Gebrüder Grimm, aber sie kommt auch in unsere Mythologie vor. Die *Wilde Jagd* wird von Arawn einem Krieger der *Tùatha Dê Danann* angeführt. Es heißt, er jagt mit seinen Mannen des Nachts über den Himmel und zieht die Seelen von Schlafenden mit sich fort. Diese Seelen kehren dann als Geister an bestimmten Tagen, nämlich den althergebrachten Festtagen wie zum Beispiel Samhain auf die Erde zurück, um dort zu jagen und zu kämpfen. Nur derjenige, dessen Seele erkannt wird und der den Kuss der wahren Liebe empfängt, kann erlöst werden. Die anderen werden auf ewig jagen. Erkennst du die Parallelen?«

»Ja, doch Alexander hat ja nicht geschlafen, sondern er war tot«, warf Rae ein.

»In früheren Zeiten wurden viele für tot erklärt, die es noch gar nicht waren, weil ihre Körperfunktionen auf ein Minimum reduziert waren. Die Ärzte erkannten das nicht und so wurden diese armen Menschen lebendig begraben. Deshalb ging man auch dazu über, Leichen drei Tage aufzubahren.«

»Du denkst, Alex war ein Scheintoter?«

»Ja.«

»Und was ist dann mit seinem Körper geschehen?«

»Er wurde ins Feenreich gebracht?«

»Fiona, das glaubst du doch nicht wirklich?«

»Doch! Dusten ist der lebende Beweis, dass es existiert und eine andere Möglichkeit gibt es nicht.«

»Was ich dich noch fragen wollte«, warf Cat plötzlich ein.

»Wie sah der Fremde eigentlich aus? Der, der dich bedroht und aufgefordert hat, seinem Sohn zu helfen?«.

»Der Fremde? Groß, schlank, schulterlanges silbrig glänzendes Haar, eisblaue Augen, ...«

»Ron!«, unterbrach Cat sie.

»Cat du kennst den Mann?« Cat nickte.

»Er hat mir geholfen, als Dusten ...

Wenn er sich bei dir ebenfalls einmischt, dann hat Fiona vollkommen recht. Dein Alex muss sich genau wie mein Dusten damals im Feenreich befinden, denn Dusten kennt den Mann ebenfalls und er ist sich sicher, dass er einer der *Tùatha Dê Danann* ist.«

»Ein *Tùatha Dê Danann*? Ich glaube, ich brauche, einen Whisky.

»Genauso habe ich auch zuerst reagiert, als Fiona damals ... Rae, wenn Fiona einmal recht hatte, wieso dann nicht auch ein weiteres Mal? Ihre Theorien haben seinerzeit gestimmt und werden jetzt garantiert auch wieder stimmen. Rae, verstehst du überhaupt, was ich dir sage?« Rae starrte sie einfach nur an. Sie musste das Gehörte erst einmal verdauen.

»Wenn sie recht hat, dann bist du viel näher an der Lösung deines Problems, als du es dir vorstellen kannst. Morgen ist Samhain. Samhain ist eines dieser uralten Feste.« Rae starrte noch immer apathisch auf einen imaginären Fleck, irgendwo auf dem Tisch.

»Cat, ich glaube, wir überfordern Rae gerade. Wir sollten morgen weiterreden«, mischte sich nun Fiona in ihr Gespräch ein.

»Nein Cat, rede ruhig weiter. Ich höre dir zu. Ich kann es nur gerade nicht richtig fassen.«

»Das verstehe ich. Ich kann nachfühlen, wie es dir mit all dem gehen muss. Wie schon gesagt, ich habe damals fast genauso reagiert wie du jetzt. Worauf ich allerdings hinaus will ist, der Glen Dessary liegt nicht allzu weit entfernt. Es ist quasi ein Katzensprung von hier. Ich habe bereits mit Dusten geredet und er wird dich morgen dorthin bringen. Ich würde ja mitkommen, aber ich muss mich etwas schonen.« Cat lächelte sie vielsagend an. Dabei fuhr sie sich liebevoll mit einer Hand über ihren noch flachen Bauch.

»Du bist schwanger?« Cat lächelte sie strahlend an.

»Ab dem nächsten Frühjahr sind wir zu dritt. Dusten platzt fast vor Glück. Dennoch ist es extrem anstrengend. Er benimmt sich wie ein Glucke. Aber man muss es ihm nachsehen, immerhin hatte er die Hoffnung auf eigene Kinder bereits vor dreihundert Jahren aufgegeben.«

»Jetzt verstehe ich auch, warum er dich bei eurem ersten Besuch in meinem Atelier vor mir beschützen wollte.« Cat nickte.

»Ja, so ganz hat er anscheinend immer noch nicht begriffen, dass von Morgane keine Gefahr mehr droht.«

»Ich beneide dich!« Cat grinste sie breit an.

»Das musst du nicht. Du wirst sehen, eher als du denken kannst, wirst du auch einen kleinen Racker in deinen Armen halten. Womit wir wieder beim Thema wären. Dusten liebt es Auto zu fahren, seitdem er einen Führerschein besitzt. Er freut sich schon auf die Fahrt. Morgen wird sich dann herausstellen, wie wir weiter vorgehen müssen. Sollte Fiona Unrecht haben, dann betrachte die Fahrt als schönen Ausflug. Wenn sie allerdings recht hat, kannst du deinen Alexander vielleicht schon morgen in deine Arme schließen. Einen Versuch ist es auf jeden

Fall wert!« Rae sah Cat nachdenklich an. Sie hatte ja recht. Einen Versuch war es wirklich wert. Doch allzu große Hoffnungen machte sie sich nicht. Viel zu groß war ihre Angst vor Enttäuschung. Dennoch ... hieß es nicht, die Hoffnung stirbt zuletzt?

47

Den Rest der Nacht und fast den gesamten nächsten Tag war Rae kaum ansprechbar. Sie war dermaßen nervös, dass sie sich am liebsten mit irgendetwas abgelenkt hätte, doch da gab es nichts, womit sie sich ablenken konnte. Die Stunden bis zu ihrer Abfahrt schlichen einfach nur dahin. Mit jeder Stunde, die verstrich, wuchs ihre innere Anspannung. Nachdem sie bis zum Mittag kaum ein Wort mit den anderen gewechselt hatte, kam Cat schließlich zu ihr und drückte ihr einen Stapel Ausdrucke in die Hand.

»Rae, das geht so nicht. Wenn du so weiter machst, dann drehst du noch bis zum Abend völlig durch. Das wird schon! Mach dir keine unnötigen Sorgen. Hier, ich habe dir die Protokolle, von denen ich dir gestern erzählt habe, ausgedruckt. Vielleicht helfen sie dir ja dabei, dass die Zeit bis zu eurer Abfahrt ein wenig schneller für dich vergeht. Aber ich muss dich warnen, einige Dinge, die darin stehen sind ein wenig verstörend. Wenn du sie allerdings, ...« Rae nahm ihr den Papierstapel aus der Hand.

»Cat, das ist lieb von dir! Selbst wenn sie verstörend sind, vielleicht helfen sie mir ja dabei, zu verstehen, was genau geschehen ist und warum er ...« Cat nickte.

»Ich würde genauso reagieren. Ich ... Damals, als ich Dusten gerettet habe ... Er war in keinem sehr guten Zustand. Morgane hatte ihn gefoltert und er war mehr tot als lebendig. Ich weiß bis heute nicht genau, was damals geschah. Dusten redet nicht sehr viel über seine Zeit im

Feenreich, aber es muss schrecklich für ihn gewesen sein. Fiona weiß wohl etwas, weil er im Fieberwahn so einiges erzählt hat, aber sie sagt es mir auch nicht. Entweder, weil sie es ihm versprochen hat, oder aber um mich zu schonen. Mich macht es allerdings fast verrückt. Ich dachte mir schon, dass du es wissen möchtest. Es ist einfacher, jemandem zu helfen, wenn man weiß, worum es geht.«

Rae befasste sich bis zu ihrer Abfahrt mit den Protokollen. Cat hatte recht. Einige Dinge, die sie nun erfuhr, waren mehr als verstörend. Er hatte sich widerstandslos von den Rotröcken verhaften lassen, nachdem er seine Frau getötet hatte. *Seine Frau?* Sie war demnach nicht zusammen mit seinem Sohn verbrannt, sondern hatte ihren Tod nur vorgetäuscht. Sie war es auch, die ihn verraten hatte. Ian hatte also recht. Der Verräter war eine Frau! Seine Frau!

Anschließend hatte man ihn in die Festung von Stirling gebracht und ihn dort diversen Verhören unterzogen. Ihr wurde schlecht bei der Auflistung der Methoden, die sie bei ihm angewandt hatten, wobei Auspeitschungen noch die harmlosesten waren. Schließlich war es dann zum Prozess gekommen, der mit dem Urteil auf Hochverrat endete. Nach seinem Tod hatte sich dann ein gewisser Ron MacPherson dafür eingesetzt, dass Alexanders Leiche seiner Mutter übergeben wurde. Rae traten Tränen in ihre Augen. Mein Gott, was hatte er alles durchgemacht. Konnte ein Mann nach solch einer Tortur überhaupt noch derselbe bleiben? Wenn nicht, so würde sie es, so Gott wollte, bald erfahren und ihn dabei unterstützen, wieder der zu werden, der er einmal war.

48

Es dämmerte bereits, als Dusten seinen Wagen am Rande des Glen Dassary parkte. Rae war so nervös, dass sie unruhig auf ihrem Sitz hin und her rutschte, während ihr tausend Dinge durch den Kopf jagten. Was, wenn sie ihn, er sie aber nicht erkannte? Oder Fionas Vermutung doch nicht stimmte? Oder ... Verdammt, sie musste sich etwas beruhigen.

Dusten hatte die ganze Zeit über geschwiegen, jetzt aber sprach er sie an.

»Rae, ich denke, es ist auch in deinem Sinne, wenn ich hier auf dich warte. Ich würde ja doch nur stören. Wenn irgendetwas nicht stimmen sollte, dann rufe laut nach mir. Ich bin dann sofort bei dir!« Rae nickte.

»Auch wenn ich es dir von ganzem Herzen wünsche, es kann sein, dass ...« Rae nickte abermals.

»Ich weiß, und ich mache mir auch keine sehr großen Hoffnungen.«

»Das scheint mir aber ganz anders.«

»Du hast recht«, gab sie zähneknirschend zu. »Auch wenn mein Verstand sagt, ich soll es nicht tun, so sagt mein Herz mir etwas völlig anderes.« Diesmal nickte Dusten.

»Wenn Cat damals nicht so hartnäckig gewesen wäre, dann würde ich jetzt nicht hier sitzen. Versprich mir, dass auch du alles versuchen wirst. Niemand hat ...«, er stockte und wechselte dann abrupt das Thema. »Rae, eines noch: viel Glück!« Dusten beugte sich nun über sie und öffnete ihr die Autotür. Wenig später befand sie sich auch schon mitten auf dem Weg in das Tal.

Langsam wurde es immer dunkler. Der Mond zeigte sich in seiner ganzen Pracht als volle Scheibe und warf sein fahles Licht auf die vor ihr liegende Landschaft. Es war totenstill. Nichts rührte sich.

Rae ließ sich auf einem dicken Felsbrocken nieder und wartete. Die Minuten verrannen. Vielleicht waren es auch nur Sekunden oder sogar Stunden, sie konnte es nicht genau sagen, denn in der Dunkelheit und Stille funktionierte ihr Zeitgefühl nicht. *Das hier war doch vollkommen sinnlos! Wie hatte sie sich nur darauf einlassen können.*

Doch gerade als sie bereit war aufzugeben, hörte sie es. Der Ruf eines Jagdhorns hallte durch die stille Nacht, gefolgt von lautem Hundegebell und den Schreien mehrerer Männer. Rae hielt den Atem an.

War das etwa wirklich ...? Kurz darauf erschienen auch schon die ersten Schemen, fast unmittelbar vor ihr. Die Schemen formten sich zu Männern, deren Konturen merkwürdig verschwammen. Einige rannten einfach drauf los, so als wollten sie etwas jagen. Andere blieben stehen, zogen ihre Schwerter und kämpften miteinander.

Die Nacht war inzwischen erfüllt von ihrem Kampfeslärm. Sie konnte das Klirren der Schwerter, das Stöhnen der Männer und ihre Rufe hören, die nun wild durcheinander hallten. Und dann sah sie ihn, wenn auch nur schemenhaft, aber dennoch gut zu erkennen. Alexander! Fiona hatte recht behalten. Er war einer der Kämpfer.

Rae sprang auf. Die Worte des Fremden hallten durch ihren Kopf: Ihn beim Namen nennen und der Kuss der wahren Liebe. Ohne sich um die anderen Kämpfer zu kümmern, rannte sie los. Quer durch die kämpfende Meute, bis sie ihn schließlich erreichte.

»Alexander?«, der vor ihr stehende Kämpfer hielt inne und sah sie an. Da waren sie, seine Tigeraugen.

»Raelyn? Bist du das wirklich?« *Er wusste, wer sie war. Er hatte sie erkannt!* In diesem Moment traf ihn das Schwert seines Gegenübers und Alexander ging zu Boden. Rae schrie entsetzt auf. War das ihre Schuld? Hatte sie ihn etwa abgelenkt und jetzt würde er ... Nein, er würde nicht sterben. Geister konnten nicht sterben, oder doch? Alexander stöhnte leise. Sie sah, wie Blut aus seiner Wunde auf den Boden tropfte. *Das Blut des Kriegers,* schoss es ihr unwillkürlich durch den Kopf. *Sein Blut!* ... Alexander besah sich seine blutende Wunde, ein tiefer Schnitt, der in seiner rechten Seite klaffte und presste seine Hand darauf. Erneut stöhnte er, dann wandte er sich Raelyn zu und sah sie an. Rae ließ sich neben ihm auf die Knie fallen und erwiderte seinen Blick. Seine Augen wirkten klar und dennoch irgendwie verschwommen, durchscheinend, gespenstisch, doch die Intensität seines Blicks war noch dieselbe, die sie kannte.

»Wie schlimm ist es?«, wollte sie von ihm wissen.

»Nicht schlimm! Gar nicht schlimm! Das geschieht in jeder Nacht!«

»Jede Nacht?« Er nickte.

»Aye, in allen Nächten, seitdem ich ... Man gewöhnt sich daran. Es heilt schnell!« Rae konnte ihre Tränen kaum noch zurückhalten.

»Oh Alex!« Sie beugte sich über ihn und versuchte, ihn zu umarmen, doch ihre Hände glitten einfach durch ihn hindurch.

»... Du bist es wirklich!«, hörte sie ihn daraufhin leise sagen, mehr zu sich selbst als an sie gewandt.

»Es ist gut, dass ich dich noch einmal sehe. So kann ich mir wenigstens dein Bild noch einmal einprägen, damit ich es nie vergesse.« Rae erschrak. Er glaubte nicht mehr an seine Rettung, das wurde durch seine Worte nur allzu deutlich.

Seine Rettung! Der Kuss der wahren Liebe, hörte sie Rons Stimme laut und deutlich in ihrem Kopf. *Sie musste ihn demnach nur küssen. Doch wie küsste man einen Geist. Höchstwahrscheinlich genau auf dieselbe Art und Weise, wie den Mann, der er einst war.*

»Aye!«, antwortete sie ihm auf seine Frage. »Ich bin es wirklich und ich bin gekommen, um dich zu mir zurückzubringen. Ich ... Alex ... Weißt du noch, als wir uns das letzte Mal sahen, da habe ich etwas vergessen. Ich wollte dir noch etwas sagen, aber ...: Alexander Cameron, *tha gradh agam ort.*« Die Worte gingen ihr wie selbstverständlich über die Lippen. »Und jetzt küss mich!« Alexander lächelte sie an.

»Raelyn MacLeod, meine *shithiche beag*, *tha gaol agam ort cuideachd.* Immer! Bis in alle Ewigkeit und ich tue nichts lieber als das.« Raelyn beugte sich nun noch weiter über ihn, derweil Alexander sich auf seine Ellbogen stützte und ihr entgegenkam. Rae schloss ihre Augen in Erwartung seiner Lippen, doch sie kamen nicht. Als sie ihre Augen wieder öffnete ,sah Alexander sie traurig an.

»Es geht nicht!«, Rae war vollkommen schockiert.

»Wie, es geht nicht. Es muss gehen. Der Krieger, der beim Namen genannt wird und den Kuss der wahren Liebe bekommt, kann in seinen Körper zurückkehren«, entgegnete sie ihm leise.

»Rae, mach dir keine Vorwürfe, du hast es wenigstens versucht«, Alexanders tröstende Worte machten alles nur noch schlimmer. Das konnte doch wohl nicht wahr sein. Sie hatte ihn gefunden und dennoch war alles umsonst. Diesmal brach sie wirklich in Tränen aus. Sie musste es noch einmal versuchen. Vielleicht hatte sie beim ersten Mal ja etwas falsch gemacht. Erneut näherte sie sich Alexander, der sich in der Zwischenzeit wieder auf den Boden gelegt hatte. Sie versuchte, ihre Arme um ihn zu schlingen, um ihn zu sich zu ziehen, doch sie glitten einfach durch ihn hindurch. Dann probierte sie es, indem sie ihre Lippen auf seine legte, doch auch ihr Kopf glitt durch seinen hindurch. Immer wieder versuchte sie es, doch all ihre Bemühungen scheiterten kläglich und bei jedem Versuch schluchzte sie ein wenig lauter. Rae konnte sich kaum noch beruhigen. Schließlich sah Alexander sie mitleidvoll an und versuchte sie aufzuhalten, doch auch seine Hand glitt durch sie hindurch ...

»Rae, es ist sinnlos«, hörte sie ihn daraufhin leise sagen. »Du kannst mich nicht retten. Niemand kann das! Man hat mich betrogen. Und dich ebenfalls! Wer sich der *Wilden Jagd* anschließt, ist für immer verloren. Es gibt kein Zurück.«

»Es muss aber ein Zurück geben!«, entgegnete sie ihm unter Tränen.

»Nein Rae. Ich bin für immer verloren. Nimm es nicht so schwer, ich habe damit gerechnet. Man sollte sich niemals auf Dinge einlassen, die man nicht versteht. Einen

Trost habe ich jedoch: Meine Erinnerung an dich! Ich werde dich auf ewig in meinem Herzen tragen, denn du allein hast es zum Schlagen gebracht. Vergiss mich nicht ganz meine wunderschöne *shithiche bea*g, denn auch ich werde dich niemals vergessen.« Mit diesen Worten verschwamm er vor ihren Augen, wurde zum Schemen und verschwand schließlich vollends.

Rae blieb alleine zurück. Der Strom ihrer Tränen wollte gar nicht versiegen. Alles war verloren. Sie würde ihn nie wiedersehen! In diesem Zustand war sie auch noch, als Dusten sie schließlich am Morgen fand.

49

Ron saß neben dem Körper seines Sohnes in der Höhle der Jäger und wartete darauf, dass dieser endlich erwachte. Raelyn hatte es geschafft, ganz ohne sein Dazutun. Es konnte ihm also niemand vorwerfen, sich in Dinge einzumischen, die ihn nichts anzugehen hatten. Dennoch war etwas äußerst merkwürdig. Hätte Alexanders Geist nicht unverzüglich in seinen Körper zurückgehen, dieser dann von hier verschwinden und in die Welt der Lebenden zurückkehren müssen?

Das war allerdings nicht geschehen. Doch wenn seine Zeitberechnung stimmte, dann musste Alexander dennoch jeden Moment in seinen Körper zurückkehren, um seinen Körper am Leben zu erhalten. Der erste Monat war vorbei, somit war es nur noch eine Frage der Zeit und er würde solange auf ihn warten. Auch während der Tage, die er hier in der Höhle in seinem Körper verbringen musste, würde er seinen Sohn nicht im Stich lassen. Das war er ihm einfach schuldig.

Wenn dann sein Geist erneut seinen Körper verließ, würde er ihn einfach wieder zu Cailleach Mhor schaffen, um der Gefahr vorzubeugen, dass er genauso verweste, wie seine Mitstreiter.

Ron starrte auf den Brustkorb seinen Sohnes, doch noch immer bewegte er sich nicht. Etwas stimmte da nicht, doch er konnte sich nicht erklären, was es war und warum.

»Worauf wartest du?«, hörte er ihre Stimme vom Eingang der Höhle. Das Echo ihrer Schritte hallte von den Wänden, als sie näherkam. »Er wird nicht kommen!« Ron drehte sich abrupt zu ihr um.

»Was heißt das? Er wird nicht kommen! Was hast du getan? Du bist mit mir einen Handel eingegangen, der auch für dich bindend ist.« Sie nickte und sah ihn dabei mitleidig an.

»Das bin ich! Und es ist auch nicht mein Werk, das deinen genialen Plan zum Scheitern verurteilt hat. Du weißt ganz genau, welche Schlange in Morgane steckt. Was sie einmal in ihre Klauen bekommt, lässt sie nie wieder los. Ihr Handel mit den Jägern ist ihr Meisterstück. Der Jäger **kann** nur erlöst werden, wenn man ihn beim Namen nennt und er den Kuss der wahren Liebe erhält. Der Jäger **muss** in seinen Körper zurückkehren, um am Leben zu bleiben. Genau darin liegt das Fatale, in diesen beiden Wörtern **kann** und **muss**!«

»Was willst du mir damit sagen?«

»Er **muss** zwar, **kann** aber nicht bevor —... Deshalb liegen die Körper auch in dieser Höhle. Der einzige Ausweg aus einem Handel **muss** immer mit dem Menschenreich einhergehen.«

»Du denkst der Teil, mit *beim Namen nennen und küssen* bezieht sich gar nicht auf die Geister, sondern auf die Körper?« Ron war entsetzt. Wie hatte ihm nur ein derartiger Fehler unterlaufen können? Ihm, der seit Menschengedenken dafür sorgte, die Fäden des Schicksals wieder richtig zu verknüpfen. Ausgerechnet bei seinem eigenen Sohn beging er einen Fehler. Nicht bloß einen, sondern einen derartig gravierenden! Sein Sohn war nun für immer an die *Wilde Jagd* und somit an Morgane gebunden und es war ganz alleine seine Schuld!

»Ron?«, flüsterte sie ihm leise zu, während sie eine Hand auf seine Schulter legte. »Es tut mir leid! Das habe auch ich nicht gewollt.«

»Hättest du mich schon damals eingreifen lassen, dann wäre es gar nicht erst so weit gekommen!«, entgegnete er ihr schroff. »Deine Tochter würde jetzt um deine Füße tollen und mein Sohn ...«

»Meine Tochter«, entgegnete sie ihm leise. »War sie es? Ist Raelyn meine Tochter?«

»Du hast sie gesehen?« Sie nickte.

»Ich ahnte bereits, dass du etwas planst. Da du selbst aber nicht eingreifen konntest, musstest du dir Hilfe suchen. Ich habe dann gesehen, wie du dich heimlich davonstahlst. Ich bin dir gefolgt und ... Raelyn ist eine Schönheit.« Er nickte.

»Sie liebt ihn wirklich!« Erneut nickte er.

»Liebt dein Sohn sie auch?«

»Mehr als sein Leben!« Titania sah ihn lange schweigend an, dann wanderte ihr Blick auf den starren Körper seines Sohnes, schließlich aber nickte auch sie.

»Dann bleibt mir keine Wahl! Da dir ja die Hände in diesem Fall gebunden sind, muss ich diesmal wohl persönlich einschreiten.«

»Was hast du vor?«

»Ich werde meine Tochter dazu bringen, endlich ihre Wurzeln zu erkennen. Denn allein ihre von mir vererbte Fähigkeit kann ihn jetzt noch retten.«

50

Bereits zwei Wochen waren seit ihrem kläglichen Versuch Alexander zu retten vergangen und Raelyn war nur noch ein Schatten ihrer selbst. Sie sah mittlerweile wie eine Vogelscheuche aus, sprach kaum noch und vergrub sich in ihre Arbeit. Auch Cats ständige Anrufe halfen ihr nicht weiter. Sie wollte nicht reden! Konnte nicht reden! Denn, was nutzte es ihr zu reden, wenn es doch keine Lösung gab.

Im Grunde genommen war alles genauso gekommen, wie sie befürchtet hatte. Sie konnte wirklich nicht mit der Enttäuschung leben. Das Loch, in das sie nach ihrem missglückten Versuch gefallen war, war so tief, dass es kein Herauskommen mehr gab. Schlimmer noch! Langsam entwickelte es sich zu einem Abgrund, der sie tagtäglich immer mehr verschlang. Das Einzige, was sie noch etwas ablenken konnte, war ihre Arbeit, auf die sie sich wie eine Besessene stürzte.

Rae saß gerade über dem letzten Bild aus der Kiste, als Ron zusammen mit einer ihr unbekannten Frau das Atelier betrat.

»Rae ich möchte dir jemanden vorstellen. Eine sehr alte und sehr gute Freundin von mir. Das hier ist Titania.« Rae sah die Frau fragend an. Sie war groß und schlank. Silbrig schimmerndes Haar fiel ihr bis auf die Taille und ihre Augen waren so blau wie das Meer. Das Faszinierendste an ihnen war jedoch, dass sie von einem violett schimmernden Kranz umgeben wurden. Die Frau lächelte sie nun warmherzig an.

»Titania? Wie die aus dem Sommernachtstraum von Shakespeare?«, die Frau nickte.

»Ja und ich kann dir versichern, dass der Name kein Zufall ist.« Ihre Stimme klang weich und melodisch.

»Rae, Tani muss mit dir reden. Ich denke, dafür lass ich euch erst einmal allein.« Tani? Ron nannte sie Tani? Was konnte sie von ihr wollen? Und was war so wichtig, dass er sie beide alleine ließ? Rae war verwirrt. Erst als die Tür hinter Ron ins Schloss fiel, sprach die Frau sie erneut an.

»Rae? Ich darf dich doch Rae nennen? Welche Erinnerungen hast du an deine Kindheit?« Das musste man ihr lassen. Sie kam gleich zur Sache. Aber na gut, wenn sie es unbedingt wissen wollte. Viel gab es ja eh nicht darüber zu erzählen.

»Keine.«

»Gar keine?«

»Doch, natürlich! An das Waisenhaus erinnere ich mich schon.«

»Und an davor?«

»Nichts!«

»Wirklich gar nichts? Nicht einmal ...« Rae schüttelte ihren Kopf.

»Ich war noch viel zu klein. Wie soll ich mich da an etwas erinnern.«

»Gib es denn gar nichts, was dich mit deiner Vergangenheit verbindet? Etwas, was dich ...« Rae sah sie fragend an. Was wollte sie von ihr? Niemand hatte sich je um ihre Vergangenheit geschert. Was auch gut war, denn auch sie scherte sich nicht länger darum. Und vor allen

Dingen, was nutzte ihr ihre Vergangenheit, wenn die Zukunft, die sie vor Augen hatte, nur ein düsteres, dunkles Loch war.

»Was interessiert Sie meine Vergangenheit?«, entgegnete sie Titania deshalb auch schroffer als eigentlich geplant. »Ich wurde vor diesem Waisenhaus abgesetzt. Niemand aus meiner Vergangenheit hat sich je Gedanken darüber gemacht, was aus mir wurde. Niemand hat sich darum geschert. Was soll es mich dann interessieren, wer dieser niemand war oder woher dieser niemand kam! Ich habe damit abgeschlossen.« In Titanias Augen traten Tränen.

»Was, wenn ich dir sagen würde, dass deine Mutter dich nicht freiwillig hergab. Dass du ihr entrissen und vor ihren Blicken versteckt wurdest? Was wäre, wenn sie erst seit Kurzem wüsste, dass du, du bist?«

»Dann würde ich sie trotzdem zum Teufel jagen, weil ich wüsste, dass sie mich anlügt.«

»Sie kann nicht lügen. Genauso wenig wie du und alle aus ihrem Volk.«

»Aus ihrem Volk? Aye, ich bin ein Alien, dass zufällig aus einem Raumschiff gefallen und vor diesem Waisenhaus gelandet ist.«

»Werde nicht albern. Aliens gibt es nicht.«

»Von welchem Volk reden Sie dann? Ich kenne kein einziges Volk auf diesem Planeten, das immer die Wahrheit sagen muss.

»Doch du kennst eines die *Tùatha Dê Danann.*«

»Ich bin also eine Fee! Wo sind dann meine Flügel?« *Fee? Alexander!* Der Gedanke an ihn ließ sein Bild vor ihrem inneren Auge erscheinen. Er lächelte sie an, so wie er es in ihrer letzten Nacht getan hatte und flüsterte leise: *Ich werde dich auf ewig in meinem Herzen tragen, denn du allein hast es zum schlagen gebracht. Vergiss mich nicht ganz meine wunderschöne shithiche beag, denn auch ich werde dich niemals vergessen.* Raelyn erstarrte. Seine *shithiche beag*. Seine kleine Fee.

»Flügel?«, hörte sie Titanias Stimme sagen, die sie mit ihrer Bemerkung unsanft aus ihren Gedanken riss. »Die *Tùatha Dê Danann* haben keine Flügel. Wer hat euch nur diesen Unsinn eingeredet. Wahrscheinlich fliegen wir in eurer Vorstellung, ähnlich eines Schmetterlings, auch von Blüte zu Blüte.« Was hatte sie gerade gesagt? Wir?

»Wie **wir**? Sie wollen mir weismachen, sie wären eine Fee. Dann ist Ron wahrscheinlich ein Feenrich oder heißt eine männliche Fee anders?« Titania blitzte sie wütend an.

»Ich kann mir vorstellen, dass das hier alles ein wenig überraschend für dich kommt, aber dennoch ist es die Wahrheit. Du weißt ja, wir können nicht lügen.«

»Aha! Ok! Wenn sie es so sagen!«

»Rae, darf ich dir kurz etwas erzählen?«

»Wenn es denn unbedingt sein muss!« *Sollte sie doch, von ihr aus konnte diese Irre ihr erzählen, was sie wollte. Vielleicht hörte sie dann endlich auf, sie nach ihrer Vergangenheit auszufragen.*

»Kennst du die Legende vom Feenbanner auf Dunvegan Castle?«

»Jeder hier in Schottland kennt sie!«

»Gut, dann muss ich nicht so weit ausholen. Anfang des 16. Jahrhunderts, als Alistair der Laird der MacLeods war, verliebte er sich in eine Frau. Die Frau war jedoch keine Frau in dem Sinne, sondern eine Fee. Um genauer zu sein, sie war die Königin aller Feen. Sie blieb eine Zeitlang bei ihm und die beiden waren richtig glücklich miteinander. Doch der Mann der Königin war darüber äußerst erbost. Er brachte sie dazu, sich von ihrem Geliebten zu trennen. Doch sie ging nicht allein. Sie trug ein Kind unter ihrem Herzen. Sein Kind! Doch die Zeit im Feenreich verläuft ein wenig anders als in der Oberwelt. Die Feenkönigin war zutiefst enttäuscht von ihrem Mann, denn er nahm es mit der Treue nicht allzu genau und dennoch missgönnte er ihr, ihr Glück. Sie nahm ihm vorübergehend einige seiner Kräfte, damit er dem Kind keinen Schaden zufügen konnte. Aus Rache begab er sich dann in die Oberwelt und zeugte dort einen Sohn. Das geschah im 18. Jahrhundert.«

»Sie war noch immer schwanger?«, ihre Frage war berechtigt. Welche Frau benötigte über zweihundert Jahre, um ein Kind auszutragen?

»Wie schon gesagt, die Zeit verläuft dort anders. Als die Königin dann kurz vor ihrer Niederkunft stand, ließ sie die Tore zur Oberwelt schließen. In der Zwischenzeit wurde der Sohn ihres Gatten zum Tode verurteilt und schließlich wurde er hingerichtet. Nach der Geburt wurden die Tore zwar wieder geöffnet, aber er kam zu spät. Nicht nur das, ihm waren die Hände gebunden, denn durch das Schließen der Tore, konnte er auch im Nachhinein seine Fähigkeiten nicht benutzen. Es ist erstaunlich, welche Wirkung das eine auf das andere hat. Er konnte zwar in die Zeit vor dessen Hinrichtung zurückkehren, aber nicht helfend eingreifen. Das Einzige, was er tun konnte, um wenigstens das Leben seines Sohnes zu retten, war ihm einen Handel anzubieten, denn ein Handel funktioniert immer. Doch ein Handel ist nur dann etwas

Gutes, wenn der, der ihn vorschlägt, auch etwas Gutes im Sinn hat. Der Handel, den er gewählt hatte, war jedoch alles andere als gut. Doch so weit dachte er nicht. Er sah nur die Möglichkeit, seinem Sohn einen qualvollen Tod zu ersparen, und schließlich ging der Junge, nach einigem Zögern, auf den Handel ein.

Der Gemahl wähnte sich am Ziel. Er wusste, dass das Kind seiner Frau später einmal einige Fähigkeiten seiner Mutter an sich entdecken würde, denn Fähigkeiten können nur von den Müttern an ihre Kinder weitergegeben werden. Und da das Kind obendrein noch aus dem Königsgeschlecht stammte, das nicht an Regeln gebunden war, war es seine einzige Hoffnung, seinem Sohn das volle Ausmaß seines Schicksals zu ersparen. Da er wusste, dass seine Frau niemals einwilligen würde, dass er ihr Kind für seine Zwecke benutzte, stahl er es ihr und setzte es vor einem Waisenhaus aus.«

»Ah, jetzt verstehe ich!«, Raes Worte trieften vor Sarkasmus. »Ich soll dieses arme, geraubte Kind sein, das man seiner Mutter einfach entrissen und vor einem Waisenhaus ausgesetzt hat. Eine rührselige Geschichte. Dann kommt jetzt wahrscheinlich noch, dass sie meine Mutter sind, und darf ich raten, Ron ist der Vater des Jungen.« Titania sah sie traurig an.

»Du glaubst mir nicht!«, bemerkte sie leise.

»Nein! Jetzt kommt bestimmt wieder, dass sie ja nicht lügen können.«

»Nein! Ich gebe es auf! Denn ich verstehe, dass du auf diese Weise reagierst. Du bist jetzt verwirrt, dennoch möchte ich dir etwas mit auf den Weg geben. Ron hatte recht! Du bist die Einzige, die seinem Sohn jetzt noch helfen kann. Wenn dir also etwas an Alexander liegt, dann hörst du mir jetzt zu.« *Alexander? Hatte sie gerade Alexander gesagt?*

»Es gibt einen Gegenstand, der sowohl ihm als auch dir gehört. Er kann dich zu ihm bringen! Du hast nur eine einzige Chance, Kind. Nutze sie gut!«

»Was soll das heißen!«

»Glaube an dich und deine Fähigkeiten. Ich weiß, du wirst das Richtige tun.«, Titania sah sie noch einmal an. »Du hast so viel von ihm und dennoch auch so viel von mir. So lebe denn wohl mein Kind. Ich hoffe, wir sehen uns bald wieder!« Mit diesen Worten verschwand sie einfach. Löste sich auf, wie ein verdammter Geist.

Rae konnte nicht mehr klar denken. Ihr Verstand hatte sich bereits bei der Erwähnung von Alexanders Namen verabschiedet. Sie allein konnte ihn noch retten? Doch wie? Ron! Ron wusste bestimmt, was —... *ihre Mutter*?, ihr damit sagen wollte.

Auf ihrem Weg zu Rons Büro ließ sie sich Titanias Worte noch einmal durch den Kopf gehen. Sie war also das Kind von Titania und Alastair Crotach MacLeod. Das hieß, sie war über 600 Jahre alt. Toll! Wie hatte Dusten gesagt, er hätte sich gut für sein Alter gehalten, sie dann ja wohl erst recht. Aber nein! Sie war zu diesem Zeitpunkt ja nur gezeugt worden. Geboren wurde sie erst im 18. Jahrhundert. Oh man! Keiner würde ihr diese abstruse Geschichte abkaufen. Was bezweckte Ron mit diesem Theater? Wollte er sie aus ihrer Lethargie reißen oder bloß verarschen? Der konnte was erleben, wenn sie ihn in ihre Finger bekam.

Vor Rons Bürotür blieb sie nicht, wie sie es normalerweise tat, stehen und klopfte an, sondern stürmte direkt hinein. Ron war nicht da.

»Ron?« Auch in dem kleinen Nebenraum befand er sich nicht. Dann musste ihre Unterredung eben warten, bis er zurückkam, denn ihn mit seiner völlig haltlosen Inszenierung einfach davonkommen zu lassen, das konnte und vor allen Dingen wollte sie nicht..

51

Raelyn rannte den Weg zurück in ihr Atelier. Sie war völlig außer Atem, als sie es erneut betrat. Doch ein Gutes hatte ihr kleiner Abstecher zu Rons Büro bewirkt: Sie konnte endlich wieder klar denken. Was hatte Ron sich nur dabei gedacht? Zu ihrem Glück hatte James sich heute freigenommen, so dass er wenigstens nichts von diesem irrwitzigen Schauspiel mitbekommen hatte. Er hätte sich vermutlich königlich darüber amüsiert.

Dennoch, wenn diese Titania eine Schauspielerin gewesen war, dann war sie äußerst gut in ihrer Rolle. Sogar Tränen hatten in ihren Augen gestanden. Aber lernten Schauspieler derlei Dinge nicht schon in ihrem ersten Semester auf einer dieser Schauspielschulen? Trotzdem, einige Dinge waren merkwürdig.

Wenn Ron sie engagiert hatte, woher wusste er dann von Alexander? Oder von der Tatsache, dass man ihn retten musste? Ihm gegenüber hatte sie ihn niemals auch nur mit einer einzigen Silbe erwähnt. Dann war da noch diese komische Sache mit dem Handel?

Alexander hatte bei ihrer letzten Begegnung einen Handel erwähnt, aber auch das konnte Ron nicht wissen. Je mehr sie darüber nachdachte, desto mehr Dinge fielen ihr auf, die Ron gar nicht wissen konnte. Noch nicht einmal erahnen.

Es sei denn Ron war nicht ihr Ron, sondern jemand ganz anderes. Vielleicht ein Privatdetektiv, der ihr nachgeschnüffelt hatte, und dabei zufällig auf ihre Faszination zu Patons Bild gestoßen war. Titania und Obe**ron**, dass sie nicht lachte! Und dann auch noch die Erwähnung eines Gegenstands, der ihr und zugleich Alexander gehörte. *Lächerlich! Welcher Gegenstand sollte das wohl sein.*

Die Krönung des Ganzen war dann die Erwähnung ihrer Fähigkeiten gewesen. *Welche Fähigkeiten? Sie besaß keine!* Darin war sie sich, seit dem Vorfall mit der Clanbadge ziemlich sicher. Immerhin war das ganze Spektakel aber gut durchdacht gewesen und Titanias Abgang war nahezu perfekt, das musste man den beiden lassen.

Noch während sie über all das nachdachte, fiel ihr Blick unwillkürlich einmal mehr auf Alexanders Porträt. Es wurde ihm in keiner Weise gerecht. Selbst seine Augen, die sie einmal für so perfekt gemalt gehalten hatte, waren nur ein billiger Abklatsch seiner selbst. Sie waren nur tot und nichtssagend. Und dennoch schienen sie sie aus dem Bild heraus zu betrachten. Wenigstens hatte sie noch ein Bild von ihm, das sie ansehen konnte, wenn ihre Sehnsucht nach ihm sie an den Rand des Wahnsinns trieb. Er hatte nichts dergleichen. Er würde nun bis in alle Ewigkeit über den Himmel ziehen, sein Blut in den Nächten vergießen und wieder über den Himmel ziehen. Ein endloser Kreislauf, der niemals enden würde.

Rae war erneut den Tränen nahe. So konnte das nicht weitergehen! Wenn sie ihn jedes Mal, wenn sie das Atelier betrat, sah, würde der schwarze Abgrund sie noch viel schneller verschlingen.

Rae nahm eines der Tücher, die sie zum Einpacken der Bilder für den Transport bereits aus der Kammer geholt hatte, von dem Tisch und näherte sich seinem Porträt.

Doch kurz bevor sie das Tuch über das Bildnis legen wollte, fiel ihr plötzlich etwas auf, was sie zuvor nicht gesehen oder besser, worauf sie vorher erst gar nicht geachtet hatte, denn seine Augen hatten sie mehr interessiert als der ganze Rest des Bildes. Dort an seinem Hals befand sich eine Kette, deren Anhänger genau in den geöffneten Halsausschnitt seines Hemdes fiel. Die Kette war extrem dünn und sehr zart gemalt für den Hals eines Mannes, deshalb war sie ihr wahrscheinlich auch nicht aufgefallen. Der Anhänger war nur ein wenig dunkler als seine Haut und etwas gelblicher. Nein, der Anhänger hatte nicht die Farbe seiner Haut, sondern eher die seiner Augen.

Dunkler Bernstein!, schoss es ihr sofort durch den Kopf. *Bernstein? Er trug einen Bernsteinanhänger?* Was hatte Titania gesagt? Etwas, was ihm und gleichzeitig ihr gehörte? Aber das war doch Quatsch, der totale Blödsinn! Sie war bloß eine Schauspielerin! Doch, was, wenn sie sich in diesem Punkt irrte und sie gar keine war?

Rae, jetzt drehst du wirklich völlig durch, ermahnte sie sich selbst. *Du klammerst dich selbst an einen Strohhalm, der gar keiner ist.* Aye, sie hatte der Hoffnung schon wieder Tür und Tor geöffnet, auch wenn sie ganz genau wusste, dass keine Hoffnung mehr bestand.

Aber war das wirklich so verkehrt? Was konnte schon großartig geschehen, wenn sie erneut enttäuscht wurde? Viel tiefer konnte das Loch, in dem sie steckte, ja wohl kaum werden.

Rae gab sich einen Ruck. Einen einzigen Versuch konnte sie ja noch starten. Was war schon ein Versuch? Auf jeden Fall besser, als nur darauf zu warten, dass doch noch ein Wunder geschah.

Rae wandte sich erneut dem Bild zu. Vielleicht hatte der Maler ja noch ein Detail hinzugefügt, dass sie mit bloßem Auge nicht erkennen konnte. Sie war derartig aufgeregt, dass sie eine der Staffeleien mit sich riss, als sie zu dem Tisch zurückrannte, um sich eine Lupe zu holen. Ihre Hände zitterten dermaßen, dass es ihr kaum möglich war, sie ruhig zu halten, um sich die Stelle auf dem Porträt genauer anzusehen. Schließlich aber gelang es ihr doch.

Der Bernsteinanhänger hatte die Form eines Tropfens und war gefasst mit etwas, das einem keltischen Knoten nicht unähnlich war. In seiner Mitte befand sich ein kleiner schwarzer Punkt, den der Maler allerdings nicht sehr sorgfältig ausgearbeitet hatte. Diese Machart des Anhängers kam ihr mehr als bekannt vor. *Sah der Anhänger an ihrer Kette nicht fast genauso aus? Die Kette, nach der Alexander sie gefragt hatte, als sie ihm von ihrer Kindheit erzählte und die sie vor ihm als normale, völlig unwichtige Kette abgetan hatte?* Sie musste sich unbedingt Gewissheit verschaffen. Raelyn kramte hektisch ihr Smartphone aus ihrer Tasche und startete die Kamerafunktion. Dann schaltete sie das Zoom ein und drückte schließlich mehrfach auf den Auslöser. Anschließend warf sie ihr Smartphone zurück in die Tasche, schnappte sich diese und rannte los.

52

»Und du glaubst, es war richtig, ihr das alles so unverblümt zu erzählen?« Ron sah Titania skeptisch an. »Hättest du nicht ...?«

»Was?«, entgegnete sie ihm gereizt. »Willst du mir jetzt Vorschriften machen?«

»So habe ich das nicht gemeint«, lenkte er sofort wieder ein. »Ich denke nur, dass du sie mit deiner kleinen Rede vielleicht etwas überfordert hast. Sie wird dir nicht glauben und dann ...«

»Du hast Angst, dass sie meinen Hinweis überhört hat. Das ist verständlich. Aber ich denke, sie wird es schneller begreifen, als du es dir wünschen kannst. Du vergisst, sie ist meine Tochter.« Ron nickte.

»Dennoch ...«

»Kein dennoch! Ihr liegt genauso viel an ihm wie dir. Hast du nicht gesehen, wie sie reagiert hat, als ich seinen Namen erwähnte. Glaub mir, sie wird die Hinweise verstehen und sich an den von mir gereichten Strohhalm klammern.«

»Bist du dir da sicher?« Sie nickte.

»Sie wird das Richtige tun, darin bin ich mir vollkommen sicher.«

»Und dann?«

»Dann wird der letzte Vorhang fallen und dieses eine Mal gebührt der Applaus dann alleine mir!«

53

Der Weg bis zu ihrer Wohnung kam ihr heute unsäglich weit vor. Es dauerte eine gefühlte Ewigkeit, bis sie endlich zu Hause ankam. Sie machte sich noch nicht einmal die Mühe die Tür leise zu schließen, sondern ließ sie einfach mit voller Wucht zuknallen, dann rannte sie sofort in ihr Zimmer, warf ihre Tasche auf das Bett, und holte das Smartphone hervor. Trotz der Eile und ihrer zitternden Hände, waren die Bilder, die sie von dem Anhänger gemacht hatte, einigermaßen scharf zu erkennen. Doch, wo war ihre Kette? Bei ihrem Einzug hier hatte sie die Kiste mit den wenigen Habseligkeiten, die ihr aus ihrer Zeit vor dem Waisenhaus geblieben waren, in irgendeine Schublade geworfen. Doch in welche? Sie musste eben alle ausleeren! Wahrscheinlich befand sie sich sowieso in einer der hintersten Ecken, unter einer Unmenge von Krimskrams oder Wäsche verborgen, weil sie nie im Leben damit gerechnet hatte, sie einmal freiwillig hervorzuholen.

Rae riss vehement an den Griffen ihrer Schubladen und zog eine nach der anderen vollständig heraus. Dann schüttete sie deren Inhalt einfach auf den Boden. Irgendwann musste das verfluchte Ding ja auftauchen. Doch in den Schubladen war sie nicht. Dann konnte sie sich nur noch in einem der Schränke befinden. Genauso rabiat wie bei ihren Schubladen, riss sie nun auch die Schranktüren auf. Danach fegte sie den Inhalt der Schränke mit ihren Armen einfach hinaus. Der Boden ihres Zimmers sah mittlerweile wie ein Schlachtfeld aus, doch das störte sie nicht weiter. Sie musste diese verdammte Kiste einfach finden.

Rae hatte die Hoffnung schon fast aufgegeben, als sie sie endlich im hintersten Winkel eines ihrer Kleiderschränke entdeckte. Der kleine, zerschlissene Schuhkarton schien sie in diesem Moment anzugrinsen und ihr sagen zu wollen: Wer hätte das gedacht, dass du mich einmal brauchst! Ja, wer hätte das gedacht, aber sie brauchte ihn in diesem Moment wirklich nötiger als die Luft zum Atmen. Rae zog ihn langsam hervor und öffnete den Deckel. Zuerst kam die Kleidung, die sie an jenem Tag getragen hatte, zum Vorschein. Ein silberdurchwirktes Kleid, das einer Puppe passen würde. Sie warf das Kleid achtlos zu den anderen Sachen auf den Boden. Dasselbe geschah mit ihren Schuhen, die sich ebenfalls darin befanden. Dann endlich beförderte sie das kleine Schmuckkästchen, das Anni ihr einmal für ihre Kette gegeben hatte, zu Tage.

Rae hielt inne und starrte auf das kleine Kästchen in ihrer Hand. Sollte sie es wirklich aufmachen? Und dann? Wenn die Kette in der Kiste mit der Kette auf dem Bild übereinstimmte, was dann? Konnte sie sie dann auf irgendeine Weise benutzen? Wie sich anhand der Clanbadge ja herausgestellt hatte, war ihre mehr als ungewöhnliche neuentdeckte Fähigkeit ja nichts weiter als Lug und Trug gewesen. Wie konnte die Kette ihr dann von Nutzen sein?

Raelyn gab sich einen Ruck. Wenn sie hier, mit dem Schmuckkästchen in der Hand einfach sitzen blieb, würde sie es nie erfahren. Sie ballte ihre Faust fest um das Kästchen, steuerte energisch auf ihr Bett zu und ließ sich darauffallen. Anschließend stellte sie es neben ihr Smartphone, öffnete den Deckel und schaltete das Telefon an. Der Anhänger lag gut sichtbar auf einem kleinen Samtkissen, das sich ebenfalls in der Schatulle befand. Das goldbraun des Bernsteins bildete einen hervorragenden Kontrast zu der dunkelblauen Farbe des Samtes, sodass alle Einzelheiten sehr gut zu erkennen waren.

Raelyn sah sich jedes Foto, das sie von der Kette auf dem Bild gemacht hatte, ganz genau an und verglich sie mit dem Anhänger in dem Kästchen. Form, Farbe und Fassung stimmten schon einmal überein. Der schwarze Fleck, der sich auf dem Gemälde in dem Bernstein befand, war in ihrem Anhänger ebenfalls gut zu sehen. Etwas, was wie eine kleine schwarze Perle aussah, vielleicht ein Sandkorn oder etwas Ähnlichen, das dort eingeschlossen wurde. Demnach konnte ihre Kette auch seine Kette gewesen sein. Und jetzt?

Was hatte Titania noch gleich gesagt? Sie solle auf ihre Kräfte vertrauen? Welche Kräfte? Sie besaß doch ... Moment! Mit einem Mal dämmerte es ihr. Wenn sie keinerlei Kräfte besaß, wieso war sie dann in ihrer Kindheit plötzlich verschwunden und in seiner Zeit gelandet? Ron hatte damals bestimmt nicht die Kerze manipuliert. Warum auch? Ein Kind hätte ihm sowieso nicht helfen können. Dass er hingegen etwas mit den Gegenständen aus der Kiste veranstaltet hatte, war vermutlich sicher. Vielleicht um das, was er vorhatte, ein wenig zu beschleunigen. Aber dass er dann auch noch die Dinge, die sich hier in ihrer Wohnung befunden hatten, manipuliert hatte, war mehr als unwahrscheinlich. Wie auch? Sie hatte ja selbst erst von den Gegenständen erfahren, als Anni sie ihr unter die Nase gehalten hatte.

Wenn das alles stimmte, was sie sich da zusammenreimte, dann —... War es wirklich so einfach?

Rae war drauf und dran den Anhänger sofort in ihre Hand zu nehmen, doch kurz davor hielt sie inne. Sie hatte schon einmal den Fehler begangen, überstürzt in seine Zeit zu reisen. Diesmal passierte ihr das nicht.

Rae rannte zurück in den Flur und nahm den Bügel mit dem Kleidersack, in dem sich Bess Gewandung befand und der noch immer dort hing, von der Garderobe. Anschließend rannte sie in die Küche, zog eines der Messer aus dem Messerblock und lief zurück in ihr Zimmer. Dort warf sie sich Bess Gewandung über, verstaute das Messer in einem ihrer Ärmel und griff schließlich nach dem Anhänger. *Bitte,* flehte sie in Gedanken. *Lass es funktionieren! Dieses eine Mal noch! Lass mich nicht erneut scheitern!* Doch ihre Sorge war völlig unbegründet. Kaum dass ihre Finger den Anhänger berührten, spürte sie auch schon das vertraute Ziehen und verschwand.

Rae landete in der letzten Reihe einer riesigen Menschenmenge auf dem Vorhof einer Festungsanlage. Sie brauchte sich noch nicht einmal umzusehen, um zu wissen, wo sie sich befand und zu welchem Zeitpunkt: Stirling! Und es war mit Sicherheit der 31. Oktober 1745 nach dem ersten Hahnenschrei. Bewaffnete Rotröcke bildeten eine Kette, um die Menschenmasse vom eigentlichen Platz des Geschehens fernzuhalten: einem Galgen, der bedrohlich seinen Schatten auf die Mauer, die sich direkt hinter ihm befand, warf und der von den ersten Strahlen der Sonne in blutrotes Licht getaucht wurde.

Auf seinem Vorplatz standen bereits vier riesige gesattelte Pferde. Von ihren Sätteln hingen Taue herab, an deren unteren Enden eiserne Fesseln gebunden waren. Die Tiere, wohl durch die Menschenmenge nervös geworden, tänzelten unruhig hin und her, sodass die auf dem Boden liegenden Ketten leise klirrten. Es war so still, dass man das Schnauben der Pferde bis zu ihrem Platz hören konnte. Sie stand am hinteren Ende der Traube, die am weitesten vom eigentlichen Schauplatz entfernt war. Sie musste unbedingt näher heran, um besser sehen zu können.

Während sie sich nun ihren Weg durch die Masse bahnte, betrachtete sie neugierig die Gesichter der Leute an denen sie sich vorbeizwängte. Männer, Frauen, Alte und sogar Kinder waren anwesend und starrten auf das große Portal der Festungsanlage, das noch geschlossen war. Noch war die Hinrichtung also nicht im Gange. Noch musste sie nichts unternehmen. Doch wenn die Tür sich erst einmal öffnete ... Raes Puls raste, sie konnte ihren Herzschlag bis hin zu ihren Schläfen spüren und er donnerte in ihren Ohren wie Trommelschläge, während sie dem Galgen immer näherkam.

Langsam kam auch Leben in die Menschenmenge. Anscheinend ging es einigen von ihnen nicht schnell genug, denn inzwischen waren Rufe zu hören, die lautstark ihren Unmut über die Verzögerung deutlich machten und Alexanders Kopf forderten. Andere wiederum versuchten, sich mit ihr zusammen weiter nach vorne zu drängeln. Wieder andere schienen sich davon anspornen zu lassen, sodass die gesamte Menschentraube schließlich in Bewegung geriet. Die englischen Soldaten, zuvor noch die Ruhe selbst, versuchten inzwischen die ersten Reihen mithilfe ihrer Gewehrläufe zurückzudrängen. Es war ein heilloses Durcheinander. Dies änderte sich schlagartig, als plötzlich aus dem Inneren der Festungsanlage gleichmäßige, rhythmische Trommelschläge zu hören waren. Die Trommeln wurden lauter und die Menge beruhigte sich wieder. Diesmal richteten sich all ihre Blicke auf das riesige Tor. Rae brach kalter Schweiß aus. Gleich war es soweit und sie hatte immer noch nicht die leiseste Ahnung, wie sie ihn retten sollte. Gut sie war da, aber das half ihr auch nicht weiter. Mit ihrem kleinen Küchenmesser war sie wohl kaum in der Lage ein ganzes Bataillon von Soldaten aufzuhalten. Vermutlich nicht einmal einen Einzigen.

Ein einzelner lauter Trommelschlag ertönte und die gewaltigen Flügel des Tores öffneten sich endlich. Einige aus der Menge grölten und johlten, während andere plötzlich noch stiller wurden. Die Trommeln setzten erneut ein. Zuerst erschien ein Soldat auf einem Pferd. Raelyn nahm an, dass es sich beim ihm um den Kommandanten der Festung handeln musste, dann folgte eine Formation aus Trommlern. Direkt dahinter zeigte sich ein Koloss von einem Mann, der vermutlich das Urteil vollstrecken sollte. Seine Statur sprach eindeutig für ihre Einschätzung und die ernste Miene, mit der er nun die tobende Meute bedachte, war ebenfalls ein Anzeichen dafür. Wahrscheinlich war er im Augenblick zu sehr damit beschäftigt, sich auf seine kommende Arbeit zu konzentrieren.

Dann sah sie ihn. Er war noch nicht einmal in der Lage, eigenständig zu laufen. Zwei Rotröcke schleiften ihn mehr, als dass sie ihn beim Gehen unterstützten, in Richtung des Hinrichtungsplatzes. Sein Oberkörper war nackt, sodass man deutlich die Spuren der Folter, der er ausgesetzt gewesen war, erkennen konnte. Sein zu einem Kilt gebundenes Plaid, das er um die Hüften trug, war vollkommen verdreckt, genauso wie seine ebenfalls nackten Beine. Sein lockiges Haar klebte an seinem Kopf und war mit Blutklumpen übersät. Er sah die Menge nicht an, sondern starrte geistesabwesend auf den Boden. Als sie ihn an den hintersten Reihen vorbei zerrten, sah sie, dass einige, der dort stehenden Personen, ihn anspuckten, und versuchten, ihn mit irgendetwas zu schlagen.

Rae war den Tränen nahe. Was hatten sie ihm bloß angetan? Wo war ihr stolzer Highlandkrieger geblieben, in den sie sich verliebt hatte? Der Reiter ritt nun direkt an ihr vorbei und die Kette der wachhabenden Soldaten teilte sich. Die Trommler folgten und postierten sich direkt neben dem Galgen vor der Mauer. Anschließend nahm der Henker seinen Platz auf dem Schafott ein. Sie hatte recht behalten, es war dieser kolossale Kerl. Als Alexander schließlich an ihr vorbeigezerrt wurde, war sie nicht mehr fähig, sich zu beherrschen. Ein lauter Schrei entwich ihrer Kehle und sie brach hemmungslos in Tränen aus. Obwohl er die ganze Zeit über kaum reagiert hatte, hob Alexander daraufhin seinen Kopf und sah in ihre Richtung.

Alexander hörte ihren Schrei, obwohl der Trank, den Ron ihm gegeben hatte, seinen Verstand trübte. Er fühlte sich wie in einem Vollrausch und war, genau wie bei einem solchen, kaum in der Lage etwas wahrzunehmen oder auf etwas zu reagieren. Doch ihre Stimme hätte er unter Tausenden sofort erkannt. Um sich zu vergewissern, versuchte er seinen Kopf leicht zu heben, um etwas zu erkennen. Die schreienden Menschen um sich herum und die vielen Gesichter, die vor seinen Augen zu einer einheitlichen Masse verschwammen, machten es ihm nicht gerade leichter eine einzelne Person darin auszumachen. Doch dann hörte er sie leise schluchzen und es kam von fast unmittelbar neben ihm. Raelyn! Sie war gekommen! Er musste sie sich nicht vorstellen, um die Tortur zu überstehen, sondern er konnte sie wirklich und wahrhaftig dabei ansehen, denn sie war zu ihm zurückgekehrt und das, obwohl er sie fortgeschickt hatte.

Alexanders trüber Blick glitt zu der Stelle, an der er sie vermutete.

»Raelyn«, er erschrak, als er seine Stimme hörte, die nicht mehr als ein leises Kratzen war. »Raelyn«, versuchte er es lauter, doch auch jetzt waren seine Worte nicht wirklich zu verstehen. Er musste es noch einmal versuchen. Ihr zu verstehen geben, dass er wusste, dass sie für ihn zurückgekommen war. »Raelyn MacLeod, tha grad agam ort!« Alexander schrie die Worte förmlich in ihre Richtung und versuchte sich dabei mit letzter Kraft aus dem Griff der Soldaten zu befreien. Doch er war viel zu schwach dazu. Ein Gewehrkolben, den ihm einer der wachhabenden Soldaten in die Magengegend schlug, bereitete seinem kläglichen Versuch ein abruptes Ende. Alexander sackte erneut in sich zusammen.

Raelyn sah, wie Alexander plötzlich seinen leeren Blick auf sie richtete. Er wollte ihr etwas zurufen, doch sie konnte ihn nicht verstehen. Voller Verzweiflung kämpfte sie sich immer weiter zu ihm durch. Dann hörte sie ihn: »Raelyn MacLeod, tha grad agam ort!«, und sah, wie er unter Aufbietung aller Kräfte versuchte, sich von den Soldaten loszureißen. Sie hatte ihn fast erreicht, nur noch wenige Schritte, dann ... Doch der Gewehrkolben eines der Wachmänner beendete mühelos seinen kläglichen Versuch.

Raelyn war am Boden zerstört. Sie war ihm so nah und doch so weit von ihm entfernt. Wäre sie nur ein wenig schneller gewesen, hätte sie ihn erreichen können und hätte ... Ja was eigentlich? Ihn wenigstens noch einmal spüren können. So aber konnte sie nur noch eines für ihn tun: »Alexander Cameron«, diesmal war es sie, die schrie. »tha gaol agam ort cuideachd.« Alexander hob noch einmal seinen Kopf, sah in ihre Richtung und lächelte, dann zogen die Soldaten ihn weg von ihr und zerrten ihn schließlich das Podest hinauf, direkt unter den Galgen.

Alexander wankte, als sie ihn direkt unter den Galgen stellten und losließen. Er konnte sich kaum noch auf den Beinen halten. Der Trank, den Ron ihm in seiner Zelle eingeflößt hatte, wirkte schnell. Verdammt schnell sogar. Wenn er gewusst hätte, dass er Raelyn auch ohne den Trank wiedersehen würde, hätte er ihn gar nicht erst zu sich genommen. Dann hätte er sich niemals auf Rons

Handel eingelassen. Jetzt war es zu spät, um es rückgängig zu machen. Er würde sich, ob er wollte oder nicht, gleich in Rons Hände begeben und ...

Alex wusste nicht, was dann mit ihm geschah, nur dass er nicht hingerichtet werden würde, denn Ron hatte nie von dem Schicksal, das ihn nun erwartete, gesprochen. Doch er konnte sich auch ohne Rons ausschweifende Erklärung vorstellen, dass es kein angenehmes Los werden würde. Wann er Raelyn oder ob er sie überhaupt jemals wiedersehen würde, war so ungewiss wie der Ausgang des Aufstands, den er jetzt nicht mehr erleben würde. Er musste unbedingt dafür sorgen, dass sie etwas von ihm bekam. Etwas, dass sie an ihn erinnerte.

Hatte er nicht noch einen letzten Wunsch frei? Aye, einen letzten Wunsch würden sie ihm gewähren. Doch er musste sich verdammt nochmal beeilen, wenn er ihn noch äußern wollte, denn langsam wurde er immer schwächer.

Raelyn sah Alexander wanken und wäre am liebsten direkt verschwunden. Doch sie tat es nicht.

Jetzt, wo sie hier war, musste sie unbedingt sehen, was mit ihm geschehen würde. Musste mit eigenen Augen sehen, dass er nicht gehängt wurde, sondern vorher schon ... Was hatte Titania ihr gesagt? Sie hatte nur eine Chance und sollte sie weise nutzen. Sie hatte sie genutzt, doch nicht weise und jetzt war das einzige, was sie noch tun konnte, ihm dabei zuzusehen, wie er langsam in die Welt der *Tùatha Dê Danann* hinüberglitt.

Der Henker kam nun auf Alexander zu. Das war seine letzte Möglichkeit! Er musste ihm jetzt sofort seinen

Wunsch mitteilen, denn inzwischen fielen ihm seine Augen immer öfter zu. Wenn er jetzt nicht redete, dann mit Sicherheit nie mehr. Alexander sah dem Mann in die Augen.

»Gewährt Ihr mir noch einen Wunsch?«, flüsterte er seinem Henker zu. Sein Henker hielt inne.

»Aye! Wie lautet er?«

»In meinen Sachen ...« Alexander spürte, wie seine Beine langsam unter ihm nachgaben und ihm das Sprechen immer schwerer fiel. *Nicht jetzt! Bitte!,* flehte er in Gedanken. *Nicht gerade jetzt.* »In meinem Sporran ... eine Kette ... mit einem Bernstein ... Raelyn MacLaod in der Menge ... gebt sie ihr.« Der Henker nickte. Auf Alexanders Gesicht erschien ein Lächeln.

»Ich danke Euch!« Dann sackte er in sich zusammen und verlor das Bewusstsein.

Raelyn sah, dass Alexander zusammenbrach und reglos auf dem Podest, direkt unter dem Galgenstrick liegen blieb. Obwohl sie wusste, was mit ihm geschehen würde, war der Moment, in dem es geschah, ein so großer Schock für sie, dass sie laut aufschrie.

Sofort wurde es totenstill, ob aufgrund ihres Schreis oder Alexanders Zusammenbruch, konnte sie nicht sagen. Gleichzeitig richteten sich die Blicke fast aller Anwesenden geradewegs auf sie. Auch die des Kommandanten und Henkers. Schließlich aber wandte der Kommandant sich dem Galgen zu und sah zu Alex und dem Henker hinüber.

»Was ist mit ihm?« Der Henker zuckte mit den Schultern.

»Sire, ich habe noch gar nicht angefangen, woher soll ich wissen, was mit ihm geschehen ist?«

»Dann sieh nach!« Der Henker beugte sich nun über Alexander.

»Sire, er atmet nicht mehr. Ich glaube, er ist tot!« Durch die Menge ging ein Raunen. »Soll ich dennoch fortfahren?« Sein Gegenüber sah ihn mit wutverzerrter Miene an.

»Und was soll es uns nutzen? Ich bin kein Leichenfledderer. Das geht selbst mir zu weit. Schafft ihn fort! Und treibt endlich die Menge auseinander! Hier gibt es heute nichts mehr zu sehen. Sie sollen sich hinfort trollen!« Der Henker nickte. Einer der Soldaten schrie:

»Habt ihr nicht gehört? Ihr sollt gehen. Das Schauspiel ist beendet.« Während die Wachen nun mit ihren Gewehren die Menge gewaltsam auseinandertrieben, versuchte Raelyn verzweifelt, so nah wie möglich am Ort des Geschehens zu bleiben.

»Sire, was ist mit seinem letzten Wunsch?«, wollte der Henker gleichzeitig noch von ihm wissen.

»Ich denke, wir sollten ihn ihm erfüllen. Der letzte Wunsch eines Mannes sollte ihm stets gewährt werden. Selbst dann, wenn es sich um den Letzten eines elenden schottischen Bastards handelt. Es bringt Unglück, wenn man ihn nicht gewährt.«

»Sire, er wollte, dass ich etwas aus seinem Sporran einer Frau aus der Menge gebe.«

»Dann tue es!« Der Henker nickte.

»Und seine Leiche?«

»Entsorgt sie, genau wie all die anderen!« Damit war das Gespräch beendet. Der Kommandant gab seinem Pferd die Sporen, galoppierte an ihnen vorbei und verschwand schließlich durch das Tor im Innern der Festung.

Allmählich schienen nun auch die Letzten aus der Menge zu begreifen, dass heute kein Schauspiel mehr stattfinden würde. Sie wirkten zwar nicht gerade erfreut darüber, doch langsam leerte sich der Platz und es kehrte Ruhe ein. Die beiden Männer, die ihn zuvor zum Richtplatz gezerrt hatten, hievten Alexanders Körper auf einen Karren, dann folgten sie ihrem Kommandanten. Als endlich fast alle von dem Vorplatz verschwunden waren, kam der Henker auf sie zu.

Raelyn begriff erst gar nicht, dass er direkt auf sie zusteuerte. Sie war nicht in der Lage, sich zu bewegen. Sie hatte die ganze Szene vollkommen apathisch beobachtet und war in eine Art Lethargie gefallen, die sie selbst am Denken hinderte. Das Einzige, was ihr Geist noch zustande brachte war der Gedanke, dass sie wenigstens so lange durchgehalten hatte, bis man ihn von hier fortschaffte. Jetzt gab es für sie nichts mehr, was sie hier noch länger hielt. Sie hatte jämmerlich versagt! Hatte ihn im Stich gelassen und dass er von nun an für immer ein Teil der *Wilden Jagd* werden würde, war ganz alleine ihre Schuld.

»Seid Ihr Raelyn MacLeod?« Rae zuckte beim Klang der Stimme des Mannes unwillkürlich zusammen.

»Seid Ihr Raelyn?«, wiederholte dieser seine Frage. Raelyn nickte mechanisch.

»Kommt! Ich soll Euch etwas geben!« Der Mann fasste sie nun bei der Schulter und führte sie in Richtung Festung davon. Raelyns Beine bewegten sich automatisch Sie war wie in Trance. Immer wieder hörte sie die leise Stimme in ihrem Kopf, die ihr zuflüsterte: »Du hast versagt!«

Der Henker brachte sie in eine kleine Kammer in der Festung. Dort lagen auf einem Tisch Alexanders Habseligkeiten. Sein Schwert, seine Sgian Dubhs, seine Schuhe und sein Sporran. Der Mann öffnete nun die Tasche, kramte darin herum und kam erneut auf sie zu.

»Hier! Das soll ich Euch von ihm geben. Es war sein letzter Wunsch.« Raelyn streckte mechanisch ihre Hand nach dem Gegenstand aus, den er in seiner Hand hielt. Sie sah das gelbliche Schimmern eines Bernsteins, als dieser ihn ihr in die Hand drückte. Jetzt besaß sie also gleich beide Ketten, seine und ihre. Jede davon in einer ihrer Hände. Und, was nutze es ihr?

Rae schloss ihre Augen. Plötzlich spürte sie ein vertrautes Ziehen, das durch ihren Körper fuhr.

»Was will die Frau hier auf dem Podest?«, hörte sie daraufhin die Stimme des Kommandanten wütend rufen. Rae öffnete ihre Augen. Sie befand sich nicht mehr in der Kammer, sondern erneut auf dem Richtplatz. Nicht nur das! Sie stand direkt auf dem Podest und vor ihr lag Alexanders Körper. Sie konnte ihn demnach noch einmal in ihren Armen halten, ihn berühren, bevor sie ihn von hier fortschaffen würden.

»Bringt sie weg!« Bevor der Henker sich auf sie stürzen konnte, ließ sich Rae auf den Boden fallen. Sie umfasste Alexanders leblosen Körper mit ihren Armen und zog ihn an sich.

»Alexander Cameron, tha gradh agam ort. Auf ewig!«, dann presste sie ihre Lippen auf Alexanders Mund. Gleichzeitig versuchte der Henker, sie von Alexander fortzuziehen. Dabei fiel ihr ihre eigene Kette aus der Hand. Sie merkte es noch nicht einmal, denn sie war viel zu sehr damit beschäftigt, Alexander auch weiterhin in ihren Armen zu halten, während sie sich gegen den Henker zur Wehr setzte. Erst als sie das vertraute Ziehen spürte, begriff sie, was geschehen sein musste.

Gleich würde sie verschwinden, aber sie würde ihn solange festhalten, wie nur eben möglich.

Rae klammerte sich mit der Kraft der Verzweiflung an Alexander, schloss ihre Augen, presste erneut ihre Lippen auf seine und wartete darauf, dass das Unausweichliche geschehen würde.

Doch es geschah nicht! Vielmehr es geschah nicht so, wie sie erwartet hatte. Als sie ihre Augen erneut öffnete, befand sie sich nicht mehr auf dem Richtplatz, sondern mitten in ihrem Schlafzimmer. Sie kniete auf ihrem Bett mit Alexander in ihren Armen. *Alexander war hier bei ihr? Wie war das möglich? Wieso war ...*

In diesem Moment schlug Alexander seine Augen auf.

»Mo *shithiche bea*g, du bist bei mir? Träume ich?« Rae brach in Tränen aus, diesmal allerdings waren es Tränen des Glücks.

»Nein, Alex, das hier ist kein Traum, denn wenn es so wäre, müsste ich dann nicht auch träumen?

»Du bist zu mir zurückgekehrt?« Rae nickte.

»Und du hast mich gerettet.« Erst in diesem Moment begriff Rae, dass er recht hatte. Sie hatte ihn wirklich gerettet. Er war nicht nur hier bei ihr, sondern sein Geist war auch in seinen Körper zurückgekehrt. Er war in Sicherheit! Er hatte nie wieder etwas zu befürchten. Keine Verfolgung durch die Rotröcke mehr, kein Henker, der auf ihn wartete und vor allen Dingen keine *Wilde Jagd*! Würde er überhaupt wissen, worauf er sich bei seinem Handel eingelassen hatte? Von ihr jedenfalls würde er es nie erfahren. Warum die Zeit mit Dingen vergeuden, die inzwischen vollkommen nebensächlich geworden waren. Sie konnte sich weit Wichtigeres und Schöneres vorstellen. Raelyn lächelte Alexander an.

»Aye, ich habe dich gerettet!«

»Dann küss mich, meine wunderschöne *shithiche bea*g und beweise mir, dass ich nicht träume.« Ihr Kuss dauerte eine gefühlte Ewigkeit. Rae fühlte sich wie im siebten Himmel. Ihn endlich wieder zu spüren, war die Erfüllung all ihrer Träume.

»Rae?«, hörte sie ihn leise sagen, als sie sich schließlich von ihm löste. »Wo sind wir eigentlich?« Rae grinste ihn an.

»Das mein Lieber, wirst du noch früh genug erfahren. Vorher wüsste ich ganz andere Dinge, die ich gerne mit dir machen würde.« Alexander grinste nun ebenfalls.

»Aye, du hast recht! Dein Wunsch ist mir Befehl! Soll ich sie dir alle zeigen?«

Epilog

Ron sah Titania zufrieden an.

»Sie hat es tatsächlich vollbracht!«

»Was hast du erwartet? Sie ist meine Tochter.«

»Dennoch habe ich nicht mehr damit gerechnet.«

»Du kennst doch meinen Hang zur Theatralik«, entgegnete sie ihm grinsend. »Ich denke, auch den hat sie von mir geerbt.« Ron nickte.

»Offensichtlich!«

»Vielleicht war das hier dir endlich eine Lehre. Deine Alleingänge führen zu nichts. Du kannst von Glück reden, dass es auf diese Weise geendet hat.« Ron nickte abermals.

»Und nun? Was gedenkst du nun zu tun?«

»Du erwartest ein Urteil für dein Vergehen? Oder eher meine Rache?«

»Ich denke sowohl das Eine als auch das Andere«, gab er ehrlich zu.

»Dann erwartest du zu viel. Deine Angst um ihn war meines Erachtens Strafe genug. Und da du meiner Tochter ja keinen Schaden zugefügt hast ... Die Zeit, die wir mit unseren Zwistigkeiten vergeudet haben, war lang genug. Es gibt weit Wichtigeres zu erledigen. Ich habe bereits einen neuen Auftrag für dich!« Ron verbeugte sich vor ihr und grinste sie dabei auf seine unverkennbare Art an.

»Wie Ihr wünscht meine Königin! Und der lautet?«

Anmerkung der Autorin

Hallo Ihr Lieben,

ich hoffe, Euch hat mein Buch gefallen. Zum Schluss möchte ich noch ein paar Dinge klären.

Das von mir erwähnte Feenbanner, mit dem meine Geschichte beginnt, existiert wirklich. Wer es sich einmal aus nächster Nähe ansehen möchte, sollte nach Dunvegan Castle reisen. Dort liegt es in einer Vitrine.

Auch einige der von mir erwähnten Personen gab es wirklich. So war Alistair »Crotach« MacLeod wirklich im 16. Jahrhundert der Laird des MacLeod Clan und auch die Geschichte, die Ron über ihn erzählt ist geschichtlich belegt. Allerdings glaube ich kaum, dass er eine Feenkönigin zu seiner Geliebten gemacht hat, das entspringt meiner Fantasie, genauso wie Raelyn und ihr Alexander.

Donald Cameron, sein Bruder Archibald und Margret, seine Schwester, haben dagegen tatsächlich existiert, allerdings nicht auf die Art, wie ich sie beschreibe. Dass Donald in meiner Geschichte nicht gerade liebenswert ist, ist ausschließlich der Geschichte geschuldet. Ebenso das uneheliche Kind von Margret. Gerade zu dieser Zeit geschahen oft Dinge, die niemals belegt und nie preisgegeben wurden. Deshalb habe ich mir die Freiheit erlaubt, einige davon zu erfinden. Ich hoffe, dass ich niemandem damit Schaden zufüge oder auf die Füße trete.

Zum guten Schluss noch eines:

Geschichten sollten immer erzählen und unterhalten. Ich will mit dieser Geschichte ein wenig Licht in eine Zeit bringen, die nicht gerade rosig war. Vorurteile, Hass und Gewalt waren an der Tagesordnung und gehörten zum Leben. Nicht nur der Hass auf alles Fremde und Unbekannte, sondern auch, auf Dinge, die nicht sein durften, wie zum Beispiel Bastarde. Deshalb ist mein Alexander einer von ihnen. Und er hat es geschafft, seine Herkunft durch seine Taten in den Hintergrund zu stellen. Nehmt es mir also nicht übel, dass ich die geschichtliche Wahrheit ein bisschen für meine Zwecke verbogen habe. Ich hoffe, ihr hattet trotzdem Euren Spaß beim Lesen und freut Euch auf mein nächstes Buch.

In diesem Sinne, alles Liebe
Eure Daniela Vogel

Übersetzung der gälischen Ausdrücke und Erklärungen zu den mythischen Personen

Túatha Dé Danann,

Bezeichnung des Feenvolks

A Thighearna Air nèamh, dìon mo mhàthair. Leig leotha fois a ghabhail ann an sìth agus an cuid anma a thoirt gu do rìoghachd shiorruidh! Athair, air néamh, na mo lámhan chuir mi mo dhuais! Thèid do thoil a dhèanamh!

Herr im Himmel, beschütze die Meinen! Lass sie in Frieden ruhen und führe ihre Seelen in dein ewiges Reich! Vater im Himmel, in deine Hände lege ich mein Schicksal! Dein Wille geschehe!

Handfasting

Ein durch Handschlag besiegeltes, mündliches Ehegelöbnis ohne Priester, das für ein Jahr gilt.

Cailleach Mhor Nam Fiadhs

Name der alten Seehexe von Kilmorack in der schottische/keltischen Mythologie.

Arawn

Der Anführer der Wilden Jagd. Sein Name wird allerdings oftmals nur in den walisischen Sagen erwähnt.

shíthiche beag

Gälisch für: Kleine Fee

Tog glainne Air a 'Phrionnsa Teàrlach Eideard Stiùbhart! Slàinte!

Hebt das Glas auf unseren Prinzen Charles Edward Stuart! Prost!

Laoch

Gälisch für: Krieger, Held und König

Wechselbalg

Zur damaligen Zeit wurden Säuglinge, die schwächlich und kränklich waren, oder permanent geschrien haben, im Wald ausgesetzt. Verstarb das Kind, erklärte man es sich damit, dass das Kind des Nachts gegen ein Feenkind ausgetauscht worden und somit kein Menschenkind gestorben wäre, sondern das Feenkind. Das Menschenkind allerdings wüchse nun bei den Feen auf. Daher wäre es ein Wechselbalg,

Sassenach

Gälisches Wort für die Engländer, allerdings nicht gerade sehr freundlich gemeint.

Tha gradh agam ort

Gälisch für: Ich liebe dich!

Mo chridhe

Gälisch für: mein Herz

Tha gaol agam ort cuideach
Gälisch für: Ich liebe dich auch!

Deagh thuras mo charaid! Deagh thuras!
Gute Reise, mein Freund! Gute Reise.

Über den Autor:

Daniela Vogel, Jahrgang 1967, lebt im Ruhrgebiet, ist verheiratet und hat zwei Kinder.

Bereits seit ihrer Jugend schreibt sie Liedertexte, Kurzgeschichten und Gedichte. Schon früh entwickelte sie ein besonderes Interesse für Geschichte und die meist damit zusammenhängenden Sagen und Legenden. In ihren neuen Erzählungen verbindet sie diese beiden Dinge miteinander und paart sie mit einer Liebesgeschichte.

Sie studierte Mathematik und Informatik und war einige Jahre in einer Computerschule als Dozentin tätig. Erst als ihre Kinder, wie es so schön heißt, aus dem Gröbsten heraus waren, begann sie erneut mit dem Schreiben. Zunächst mit den Texten für ein Kindermusical, das lokal ein Mal aufgeführt wurde. Damals entstand auch ihre Idee für ihren ersten Fantasy Roman, den sie 2015 im Selbstverlag veröffentlicht.

Sie ist begeisterte Hobbyschneiderin für historische Gewandungen, musiziert in einem Gitarrenchor und trainierte jahrelang eine Tanzgruppe.

Weitere Informationen über Daniela Vogel und ihre Bücher finden Sie unter:

http://www.fantasy-by-daniela-vogel.de

Bereits erschienen:

Die Chroniken Aranadias I- Die Tochter des Drachen

Die Chroniken Aranadias II-Die Herrin der Seelen

Die Kristallgrotte

Gleann Comhann -Gefangen im Tal der Tränen

Gleann Comhann - Gefangen im Tal der Tränen

Die junge Studentin der schottischen Geschichte, Caitriona "Cat" Campbell, muss zu Samhain, der Nacht vom 31. Oktober auf den 1. November, für einen Aufsatz recherchieren. Ziel ist das Tal der Tränen in den Highlands, wie man den romantischen Ort Glencoe (gälisch Gleann Comhann), Schauplatz eines Clan-Massakers im 17. Jahrhundert, auch nennt. Sie glaubt nicht mehr an die große Liebe, geschweige denn an die Mythen von früher. Doch der Geist von Dusten MacDonald belehrt sie eines Besseren. Dusten wird im Feenreich gefangen gehalten und ist mit einem Fluch belegt. Nur zu Samhain ist es ihm erlaubt, sich den Sterblichen zu zeigen, um nach Erlösung zu suchen. Sie beschließt, ihm zu helfen. Allerdings landet sie nicht im Feenreich, wie ursprünglich geplant, sondern im 17. Jahrhundert. Dort trifft sie auf Dusten. Doch wie soll sie verhindern, dass das Unausweichliche geschieht?

Leseprobe

Cat schlug die Augen auf. Wenn man einmal von den unzähligen Blessuren und ihrer zerrissenen Jacke absah, dann musste sie sich eingestehen, dass sie verdammt noch mal Glück im Unglück gehabt hatte. Allein ihr

Kopf dröhnte und hämmerte, als hätte man ihn mit einem Presslufthammer bearbeitet. Vorsichtig versuchte sie sich aufzurichten, doch schon bei dieser kleinen Bewegung wurde ihr schwindelig.

Verdammt! Sie musste sich eine Gehirnerschütterung zugezogen haben. Das fehlte jetzt auch noch! Wenn sie wirklich eine Gehirnerschütterung hatte, dann hieß das, dass sie für mehrere Tage im Bett bleiben musste. Auf diese Weise würde sie die verfluchte Arbeit mit Sicherheit nicht fertigbekommen, und das bedeutete, ihren Master konnte sie vergessen.

»Du verfluchter Hurensohn, hätte ich dich doch bloß niemals getroffen!«, entfuhr es ihr.

»Was für ein Tag!«, hörte sie daraufhin die tiefe Stimme eines Mannes sagen, die direkt vom Wasserfall zu kommen schien. »Erst Fiona und jetzt ein Gift und Galle speiendes anderes Weibsbild! In dieser Zeit haben die Weiber viel zu viel Muße! Sie sollten sich besser auf die wirklich wichtigen Dinge besinnen, wie zum Beispiel das Kinderkriegen. Das würde ihnen auf jeden Fall die Begeisterung für derlei Gehabe und Redensart nehmen.«

»Ist da jemand?« Cat probierte ihren Kopf in die Richtung zu drehen, aus der die Stimme gekommen war, den erneuten Schwindel versuchte sie dabei demonstrativ zu ignorieren

»Hat Gwenny Sie geschickt?« In den aufwallenden Nebelschwaden konnte sie die Umrisse eines Mannes erkennen. Eines Mannes in vollständiger Highland-Tracht! Plaid, Hemd, Bonnet und alles, was sonst noch dazugehörte. Er sah aus, als wolle er gerade auf eine Kostümparty gehen, und vielleicht war es auch so, denn schließlich hatte sie selbst ja auch ursprünglich auf eine Party gewollt. Der Fremde hockte auf einem der Steine, starrte auf den Wasserfall und murmelte unverständliche Dinge vor sich hin.

»Sie da! Hat Gwenny Sie geschickt?«, wiederholte sie ihre Frage. Doch der Angesprochene reagierte nicht.

»Hallo! Ich meine Sie! Sie da an dem Wasserfall in dem grün-blau-roten Plaid.« Bei der Erwähnung der Farben seines Tartans hob der Mann den Kopf und sah in ihre Richtung. *War das Erstaunen, was sich auf seinem Gesicht zeigte? Oder war sie einfach nur von dem Sturz zu benebelt, um seinen Gesichtsausdruck richtig deuten zu können?*

Der junge Mann erhob sich nun und bewegte sich zögernd in ihre Richtung. Je näher er kam, desto deutlicher konnte sie ihn erkennen. *Er war groß! Sehr groß! Um die zwei Meter, wenn sie schätzen sollte. Dazu äußerst muskulös, aber nicht dick! Wahrscheinlich verbarg sich unter seinem weiten Hemd ein erstaunlich ausgebildetes Sixpack! Ein echter Naturbursche eben!* Ihr Blick wanderte weiter nach oben. Pechschwarzes Haar, das im Nacken zu einem Zopf gebunden war, umrahmte ein ebenmäßiges Gesicht. Doch das Faszinierendste an ihm waren seine dunkelblauen Augen, die selbst in der weißen Suppe des Nebels wie kleine blaue Sterne funkelten.

»Wow!«, entfuhr es ihr. »Ich muss öfter aufs Land fahren, da sehen die Männer wenigstens noch nach echten Kerlen aus!«

»Redet Ihr mit mir?« Der junge Mann hatte sie nun endlich erreicht und betrachtete sie abschätzend.

»Mit wem denn sonst? Sehen Sie sonst noch wen?« Der Fremde sah sich um, schüttelte seinen Kopf und murmelte dann »Das kann nicht sein!« vor sich hin.

»Was kann nicht sein?« Der Fremde ignorierte ihre Frage und starrte sie nur völlig entgeistert an. »Ich muss schon sagen, Sie benehmen sich äußerst merkwürdig!«, bemerkte sie daraufhin. »Ich verstehe nicht, warum Sie mir nicht helfen und mich einfach nur anstarren, als wäre ich ein Hund mit zwei Köpfen!« Sein Blick wurde noch eine Spur durchdringender, was Cat langsam zur Weißglut trieb. Je mehr er starrte, desto wütender wurde sie. Selbst ihre Kopfschmerzen waren vorübergehend vergessen.

»Wieso haben Sie sich überhaupt die Mühe gemacht, hierher zu kommen, wenn Sie gar nicht die Absicht haben, mir zu helfen? Dann hätten Sie auch genauso gut auf Ihre verdammte Party gehen können!«, presste sie schnaubend hervor, während sie sich langsam aufrichtete. »Ich bin ja einiges von Männern gewohnt, aber das hier setzt dem Ganzen die Krone auf! So etwas habe ich noch nicht erlebt!«

»Seid Ihr jetzt fertig mit Eurer Litanei?« In die Augen des Fremden trat ein amüsiertes Funkeln. »Eine Furie ist nichts gegen Euch!«

»Furie? Sie vergleichen mich mit einer Furie? Wären Sie nicht sauer, wenn Sie gestürzt wären, und die einzige Person, die Ihnen helfen könnte, einfach nur dasteht und Sie anglotzt wie eine Monstrosität aus einem Gruselkabinett? Und wie reden Sie überhaupt? Gehören Sie zu diesen Role-Playern, die, wenn sie ihr Kostüm erst einmal anhaben, komplett in ihrer Rolle aufgehen?« Der junge Mann hob fragend eine seiner Augenbrauen.

»Roleplay? Kostüm? Und, was zum Teufel bedeutet anglotzt?«

»Jetzt reicht es mir aber langsam! Ich finde es ja gut, dass Sie total in Ihrer Rolle aufgehen, Ihr Kostüm ist wirklich der Hammer, aber in meiner Situation ist man nicht gerade zu Spielchen bereit!«

»Spielchen? Eure Situation?« *War er geistig zurückgeblieben? Es war doch offensichtlich, was mit ihr los war.* »Ich bin den Hang herabgerutscht und habe mir den Kopf an einem der Felsen angeschlagen.«

»Ach deshalb! Ich dachte schon, Ihr findet einfach Gefallen daran, ahnungslose Fremde zu beschimpfen!« Sein amüsierter Tonfall brachte das Fass zum Überlaufen.

»Was ist jetzt? Helfen Sie mir oder nicht? Anscheinend hat Gwenny Sie ja nicht geschickt! Also, wenn Sie schon mal hier sind, könnten Sie sich auch wenigstens etwas nützlich machen!«

Wieder starrte er sie an.

»Verdammt noch mal! Geben Sie mir Ihre Hand, damit ich endlich aufstehen kann!« Der Fremde blieb steif vor ihr stehen und machte nicht die geringsten Anstalten, ihrer Aufforderung nachzukommen. »Was für ein sturer Bock! Ich glaube, das mit dem ›öfter aufs Land fahren‹ überlege ich mir noch!«

»Nein!«

»Was, nein?«

»Nein, ich bin nicht gekommen, um Euch zu helfen!« *Verdammter Scheißkerl!*, der Gedanke folgte seiner Aussage ohne ihr Dazutun. *Gab es auf dieser Erde wirklich nur noch egoistische Idioten?*

»Das hätte ich mir auch denken können! Was ist, haben Sie Angst, ich könnte Ihr teures Kostüm beschmutzen?«

»Das ist es nicht!«, hörte sie ihn daraufhin leise sagen. »Ich kann nicht!«

»Wie, Sie können nicht! Soll das ein Witz sein? Sie stehen hier vor mir, also können Sie mir auch helfen! Wo liegt da das Problem?«

»Cat? Cat? Kannst du mich hören?« Gwennies Stimme hallte schon zu ihr herunter, bevor ihr Kopf oberhalb des Abhangs erschien. »Ist mit dir alles in Ordnung? Oder hast du dir etwas gebrochen? Beweg dich nicht! Ich habe Hilfe mitgebracht! Sie kommen jetzt zu dir herunter!«

»Bis auf meinen Kopf scheint alles OK zu sein. Wenn der Typ hier nicht so unerfreulich wäre, dann wäre ich längst schon wieder oben!«, schrie sie Gwenny zu.

»Welcher Typ?«, schrie diese zurück.

»Ich bin nicht unfreundlich! Ich bin gewissermaßen nur nicht imstande, Euch zu helfen!«

»Wer hat Sie gefragt?«, fuhr Cat ihn daraufhin an. »Vorhin haben Sie den Mund ja auch nicht aufbekommen. Sie können verschwinden! Ich brauche Ihre Hilfe nicht mehr!«

»Mit wem redest du?«, Gwendoline sah irritiert zu ihr herunter.

»Mit dem Kerl hier!«

»Welcher Kerl?«

»Na der, der direkt neben mir steht und mich anstarrt, als hätte ich zwei Köpfe!«

»Cat, da ist niemand!«

»Gwenny, willst du mich verarschen? Der Typ ist doch nicht zu übersehen!«

»Catriona Campbell, anscheinend hast du dir deinen hübschen Schädel doch ein wenig mehr angeschlagen, als du mir vormachen willst. Du halluzinierst, meine Liebe!«

»Verdammt, Gwenny, ich halluziniere nicht! Du musst ihn doch auch sehen! Er …!«

»Ihr seid eine Campbell? Das erklärt einiges! Eigentlich hätte es mir schon viel früher auffallen müssen!«, unterbrach der Fremde sie daraufhin rüde.

»Was soll das heißen?«

»Ihr habt unverkennbar die Wesenszüge Eures Clans! Eure Männer sind selbstgefällige Kretins und Eure Frauen …«

»Das ist ja wohl das Letzte! Muss ich mich von Ihnen auch noch beschimpfen lassen? Sie …! Sie …!«

»Ich an Eurer Stelle würde das, was Ihr denkt, nicht aussprechen! Es könnte Euch leidtun!«

»Wollen Sie mir drohen? Was bilden Sie sich eigentlich ein? Sie …?«

»Mitnichten! Es ist nur … Alle Campbell-Frauen, die ich kennengelernt habe, waren männerhassende Furien!«

»Ich bin keine männerhassende …«

»Seid Ihr nicht?«, unterbrach er sie erneut. »Darf ich Euch an Euren Ausspruch erinnern? Ich glaube, Ihr erwähntet einen verfluchten Hurensohn.« Cat erstarben die Worte auf den Lippen.

»Sie haben es gehört?«, brachte sie schließlich gequält hervor. »Das war …«

»Ich denke, Euer Hurensohn kann nicht schlimmer sein als die Hurensöhne Eures Clans, denen ich meine Lage zu verdanken habe.«

»Cat, hör‹ endlich auf, mit deinem imaginären Fremden zu streiten. Langsam wird es peinlich!«

»Gwenny, ich würde ja, aber der Kerl treibt mich zur Weißglut. Er beleidigt mich pausenlos! Würdest du da ruhig bleiben? Ich …«

»Ich beleidige Euch nicht, ich führe Euch nur die Dinge aus meiner Sicht vor Augen!« Jetzt war es der junge Mann, der sie wütend anblitzte. »Wer trug denn die Schuld an dem Massaker? Hätte dieses verfluchte Massaker niemals stattgefunden, dann würde ich jetzt nicht vor Euch stehen. Morgane hätte mich nicht in ihre Klauen bekommen, und ich hätte mein Dasein friedlich an der Seite meines Clans verbringen können. Doch dank Eures Verrats ist nichts dergleichen geschehen. Nein, ganz im Gegenteil! Morganes Spiel geht so weit, dass gerade Ihr mich sehen könnt! Nach all den Jahren wieder eine Campbell. Niederträchtige Campbells! Hinterhältiges Weibsstück! Zum Teufel mit Euch!« Mit diesen Worten löste er sich vor ihren Augen in Luft auf.

Cat starrte auf die nun leere Stelle. *Wie war so etwas möglich? Er musste in dem immer dichter werdenden Nebel verschwunden sein. Eine andere Erklärung gab es nicht.*

Die Kristallgrotte

Simon de Luca, seines Zeichens Manager und Besitzer von Lugano Industries, eines milliardenschweren Unternehmens, hat eine ungewöhnlich Passion: Er ist geradezu besessen von der Geschichte Schottlands. Als sein Freund Benedikt Peters, ein Archäologieprofessor, das intakte Grab einer keltischen Hohepriesterin entdeckt, die noch dazu vollständig erhalten ist, ist er hin und her gerissen. Irgendwie kommt sie ihm bekannt vor, doch noch weiß er nicht, warum. Schließlich aber bringt ihr Anblick ihm seine verlorenen Erinnerungen wieder. Die Erinnerungen an sein längst vergangenes Leben, in Britannien, als dieses noch von den Römern besetzt war und an Caitlin, seiner wahren Liebe, nach der er sich seit Ewigkeiten sehnt. Um sie beide vor einem Schicksal, schlimmer als der Tod, zu retten, muss er sich auf eine Reise in eben diese Zeit begeben, um seinem ärgsten Feind gegenüberzutreten. Denn nur, wenn er dort den Lauf des Dinge ändert, können sie auf ewig zusammen sein.